# LICHT
# ÜBER DEN
# KLIPPEN

SUSANNA KEARSLEY

# LICHT ÜBER DEN KLIPPEN

Roman

Aus dem Englischen von Sonja Hauser

Weltbild

Die englische Originalausgabe erschien 2011 unter dem Titel
*The Rose Garden* bei Allison & Busby Ltd., London.

Besuchen Sie uns im Internet:
*www.weltbild.de*

Genehmigte Lizenzausgabe für Verlagsgruppe Weltbild GmbH,
Steinerne Furt, 86167 Augsburg

Übersetzung: Sonja Hauser
Umschlaggestaltung: °bürosüd, München
Umschlagmotiv: mauritius images, Mittenwald (© Red Cover)
Gesamtherstellung: CPI – Clausen & Bosse, Leck
Printed in the EU
ISBN 978-3-86365-172-5

2015 2014 2013 2012
Die letzte Jahreszahl gibt die aktuelle Lizenzausgabe an.

*Für meine Schwester, die mir wie immer*
*einen Schritt voraus ist*
*und in meinem Gedächtnis*
*und meinem Herzen tanzt.*

Let the new faces play what tricks they will
In the old rooms. Night can outbalance day,
Our shadows roam the garden gravel still,
The living seem more shadowy than they.

William Butler Yeats
*The New Faces*

Laß doch die Neuen tricksen, wie sie wollen
In alten Räumen; Nacht gleicht aus den Tag,
Noch unsre Schatten auf dem Gartenkies
Wandeln vernehmlicher als diese Lebenden.

Die Neuen, in: William Butler Yeats,
*Die Gedichte, Luchterhand, München* 2005

# *Eins*

Ich verlor meine einzige Schwester Ende November.

Diese Jahreszeit so kurz vor dem Winter, wenn die Dunkelheit immer früher hereinbricht und der Himmel kalte Tränen weint, ist wohl die schrecklichste, um einen Menschen zu verlieren. Nicht dass es einen guten Zeitpunkt für den Tod der besten Freundin gäbe, aber es erscheint einem doch schlimmer, in dem Krankenhauszimmer, in dem die Spezialisten in ihren weißen Kitteln ein und aus gehen, zu sitzen und aus dem Fenster nur auf dichte graue Wolken zu schauen, die jegliche Wärme und Hoffnung sofort ersticken. Zu Beginn ihrer Krankheit waren wir manchmal hinaus in den Garten gegangen und hatten auf der Bank neben dem Sommerflieder schweigend die Strahlen der Sonne auf unseren Gesichtern genossen und die tanzenden Schmetterlinge beobachtet.

Damals war diese Krankheit harmlos und überwindbar erschienen, wie alles, was das Schicksal ihr bis dahin beschert hatte. Sie war bekannt für ihre Energie. Die Regisseure besetzten sie für Rollen in Actionfilmen, die sie mit dem für sie typischen Eifer verkörperte, und die Zuschauer liebten sie dafür. Die Reporter der Klatschpresse hatten sich den ganzen Sommer über vor dem Haus herumgetrieben, und als sie schließlich in die Klinik musste, verfolgten sie sie auch dorthin und postierten sich vor dem Haupteingang.

Doch am Ende waren nur wir drei im Zimmer: ich, meine Schwester Katrina und ihr Mann Bill.

Wir hielten ihre Hände, Bill und ich, den Blick auf ihr Gesicht gerichtet, weil wir es nicht schafften, einander anzusehen. Und schließlich waren wir nur noch zu zweit, Bill und ich. Ich konnte ihre Hand nicht loslassen, wollte nicht glauben, dass es zu Ende war. Ich saß stumm da, bis Bill aufstand und Katrinas Hand auf ihre Brust legte. Er drückte ihre Hand ein letztes Mal sanft, bevor er den kleinen Claddagh-Ring aus Gold, der unserer Mutter gehört hatte, von ihrem Finger zog und mir gab.

Er reichte ihn mir wortlos, und noch immer waren wir nicht in der Lage, einander in die Augen zu sehen. Dann tastete er in seiner Tasche nach seinen Zigaretten und verließ das Zimmer. Und ich war allein. Ganz allein.

Der kalte Novemberregen rann am Fenster herab und warf Schatten in den lichtlosen Raum.

Ich half, die Trauerfeier zu organisieren, sorgte dafür, dass ihre Lieblingslieder gesungen und ihre Lieblingsgedichte vorgelesen wurden, aber als Freunde und Fans ihr das letzte Geleit gaben, war ich nicht dort, um ihnen die Hand zu geben und ihre wohlgemeinten Worte des Trostes zu hören. Ich weiß, dass manche mich deswegen für feige hielten, doch ich konnte es einfach nicht. Meine Trauer war etwas sehr Privates und ging zu tief, um sie zu teilen. Außerdem war es nicht von Bedeutung, ob ich mich in der Kirche aufhielt, weil Katrina sich nicht dort befand.

Sie war nirgendwo.

Ich konnte nicht fassen, dass ein so starkes Licht wie das ihre so vollständig ausgelöscht worden war, ohne den geringsten Schimmer zurückzulassen. Ich hatte gedacht, ich würde ihre Gegenwart spüren … doch das tat ich nicht.

Um den Schmetterlingsflieder im Garten lag Laub, und um die Veranda mit der leeren Schaukel standen kahle Sträucher. Als ich Katrinas Schränke ausräumte, spürte ich nicht den leisesten Lufthauch, der mich hätte glauben machen können, dass meine Schwester noch bei mir war.

Ich erledigte, was zu erledigen war, kümmerte mich um die kleinen Dinge und versuchte, mein Leben weiterzuführen, wie alle es mir rieten, obwohl eine große, hohle Einsamkeit in mir wuchs. Dann kam der Frühling und mit ihm Bill. Eines Samstagmorgens stand er vor meiner Tür. Mit ihrer Urne in der Hand.

Ich hatte ihn seit November nicht mehr gesehen, nur ein paar Mal im Fernsehen, weil gerade ein neuer Film mit ihm angelaufen war.

Bill blieb auf der Schwelle stehen und räusperte sich. »Ich dachte …« Kurzes Schweigen. Er drückte das schlichte Eichenholzkästchen mit Katrinas Asche fester gegen seinen Körper. »Sie wollte, dass ich sie verstreue.«

»Ich weiß.«

»Keine Ahnung, wo ich sie hinbringen soll. Vielleicht …« Er hielt mir das Kästchen hin. »Ich dachte, du kannst das besser.«

Zum ersten Mal seit ihrem Tod blickten wir einander an. Ich sah den Schmerz in seinen Augen. Er hüstelte. »Ich muss nicht dabei sein, wenn du es machst; ich habe mich von ihr verabschiedet. Du weißt besser als ich, wo sie am glücklichsten war. Wo sie hingehört.«

Er drückte mir das Kästchen in die Hand und küsste mich auf die Stirn, bevor er sich zum Gehen wandte. Ich wusste, dass ich ihn nicht wiedersehen würde. Wir lebten in unterschiedlichen Welten; das Einzige, was uns verband, war das schlichte Kästchen mit Katrinas Asche.

Ich stellte es auf den schmalen Tisch am Fenster und überlegte.

Wo sie am glücklichsten war, hatte er gesagt. Da gab es so viele Orte. Ich rief mir Bilder ins Gedächtnis: der Sonnenaufgang am Grand Canyon oder das Wochenende in Kerala an der Südküste Indiens, wo sich Katrina unbeschwert wie ein Kind in die Wellen gestürzt hatte.

Sie war überall glücklich und mit Abenteuerlust durchs Leben getanzt. Wo sie das Glück am deutlichsten empfunden hatte, war unmöglich zu beurteilen. Ich konzentrierte mich auf das, was Bill noch gesagt hatte: *Wo sie hingehört.*

Das war leichter. Ich war sicher, dass meine Erinnerungen mich zu dem richtigen Ort führen würden. Ich schloss die Augen und wartete.

Es war schon fast Abend, als er mir einfiel.

Der Ort, an den wir beide einmal hingehört hatten.

# Zwei

Nach Cornwall zu kommen und die Brücke über den Tamar zu überqueren, vermittelte mir jedes Mal ein ganz besonderes Gefühl, als würde ich durch einen mystischen Schleier treten, der meine Welt von der trennte, in der ich eigentlich leben sollte. Meine Mutter hatte immer gesagt, es sei eine Art Heimkehr, die nur Menschen mit kornischem Blut spüren könnten. Und da meine Vorfahren mütterlicher- wie väterlicherseits seit Generationen aus Cornwall stammten, ist dieses Gefühl bei mir besonders stark ausgeprägt.

Ich hatte in Cornwall das Licht der Welt erblickt, im Norden, jenseits des Bodmin Moor, wo mein Vater, ein Regisseur, einen düsteren Thriller gedreht hatte; meine Eltern waren beide im lieblicheren Süden Cornwalls – im Daphne-du-Maurier-Land – aufgewachsen. Nachdem mein Vater Dozent für Filmwissenschaften an der Universität von Bristol geworden war, hatten seine nun geregelten Arbeitszeiten es uns ermöglicht, jeden Sommer den Tamar zu überqueren und die Ferien bei seinem Jugendfreund George

Hallett zu verbringen, der mit seiner jungen, lebhaften Familie in einem zugigen Herrenhaus auf einem Hügel über dem Meer lebte.

Als ich zehn war, führte der Beruf meines Vaters uns von England fort, nach Vancouver an der Westküste Kanadas, wo er an der University of British Columbia unterrichtete.

Mir gefiel es in Kanada. In Vancouver erhielt meine Schwester mit achtzehn ihre ersten Angebote – anfangs noch kleine Rollen, dann allmählich größere, die Hollywood-Regisseure auf sie aufmerksam machten.

Jahre später folgte ich ihr eher zufällig nach. Ich hatte in der Marketing-Branche gearbeitet, mich dann für PR entschieden und war bei einem Unternehmen gelandet, das hauptsächlich für die Unterhaltungsindustrie tätig war, sodass ich mit fünfundzwanzig von Vancouver nach Los Angeles zog.

L. A. war nicht gerade meine Lieblingsstadt, aber als ich erst kurz dort lebte, hatte ein Betrunkener auf regennasser Straße meine Eltern überfahren, und von meiner Familie blieb mir nur noch Katrina, die nun mal in L. A. zu Hause war.

Wir standen uns sehr nahe. Wo sie auch drehte, besuchte ich sie. Ich war dabei, als Bill ihr den Heiratsantrag machte und sie in einer kleinen privaten Feier den Bund fürs Leben schlossen. Und sie machte mich zu ihrer Pressesprecherin – damit es in der Familie bliebe, wie sie es ausdrückte. In den vergangenen beiden Jahren war sie aufgrund ihres Erfolgs meine wichtigste Klientin geworden.

Zu Hause hatte ich mich in L. A. letztlich nie gefühlt, weder in meinen insgesamt vier Apartments – noch bei den

Männern, mit denen ich zusammen war. Männer hatte es mehr gegeben als Wohnungen, doch keiner von ihnen war geblieben. Der letzte verabschiedete sich gerade aus meinem Leben, als Katrina krank wurde.

Die Trennung hatte ich damals kaum bemerkt, und auch nun beschäftigte sie mich nicht. In den vergangenen sechs Monaten war ich ein Schatten meiner selbst gewesen; erst jetzt, als der First-Great-Western-Zug über den Tamar ratterte, spürte ich, wie sich tief in mir wieder Leben zu regen begann.

Ich war in Cornwall, und es war tatsächlich eine Art Heimkehr. Die draußen vorbeihuschende Landschaft mit den alten Steingebäuden, Hügeln und Hecken hatte etwas angenehm Vertrautes. Und als ich in einen kleineren Zug umstieg, der mich zur Küste bringen sollte, erinnerte ich mich an meine kindliche Vorfreude auf die Sommerferien von damals.

Neben dem weißen Bahnhofshäuschen am Ende der Strecke stand eine blaue Bank an dem schmalen Bahnsteig mit dem weißen Streifen am Rand. An der grünen Hügelflanke dahinter war eine Handvoll Häuser zu sehen.

Drei Menschen warteten am Gleis, einen von ihnen hätte ich überall erkannt.

Bei unserer letzten Begegnung war Mark Hallett gerade achtzehn gewesen und ich zehn, zu jung, um von ihm wahrgenommen zu werden, jedoch nicht zu jung, um seine dunklen Haare und die lachenden Augen attraktiv zu finden. Ich war immer in seiner Nähe gewesen, und er hatte es geduldig ertragen und mir weder das Gefühl vermittelt, ihm lästig zu sein, noch war ihm meine Bewunderung zu Kopf gestiegen.

Katrina hatte ähnlich für ihn empfunden, doch es war mehr daraus geworden. Er war ihr erster Freund, ihre erste große Liebe, gewesen, und als wir am Ende des Sommers abreisten, hatte ich gesehen, wie sehr die Trennung sie beide betrübte. Bald hatte sie sich von dem Schmerz erholt. Er vermutlich auch. Zwanzig Jahre waren seitdem vergangen. Doch als ich nun aus dem Zug stieg und Mark Hallett mich mit einem Lächeln begrüßte, fühlte ich mich wieder wie zehn.

»Eva.« Seine Umarmung fühlte sich vertraut und gleichzeitig anders an. Trotz seines kräftigen Körperbaus war er nicht sonderlich groß gewachsen. Mein Kinn befand sich auf Höhe seiner Schulter; in meiner Erinnerung reichte ich ihm kaum bis zur Brust.

»Kein Problem mit den Zügen?«, erkundigte er sich.

»Nein, alle pünktlich.«

»Ein Wunder.« Er nahm mir den Koffer ab, ließ mir jedoch die Umhängetasche, vermutlich, weil er ahnte, was sich darin befand.

Der Bahnhof war so klein, dass es nicht einmal öffentliche Toiletten gab, und der Parkplatz war nicht mehr als eine Kiesfläche mit einer Telefonzelle. Marks Lieferwagen erkannte ich an dem Trelowarth-Roses-Logo an der Seite. Als Mark meinen Blick sah, lächelte er verlegen. »Ich wäre mit dem anderen Wagen gekommen, musste aber noch etwas in Bodmin ausliefern. Danach hatte ich keine Zeit mehr, nach Hause zu fahren.«

»Kein Problem.« Mir gefiel der Van, in dessen Innern es ganz ähnlich roch wie in dem, den sein Vater früher gefahren hatte: nach feuchter Erde und Pflanzen. Marks Hund, ein Mischling mit Schlappohren, zotteligem braunen Fell und dünnem Schwanz, der ohne Unterlass wedelte, erwartete mich im Wagen. Als er es sich auf meinem Schoß bequem machen wollte, schob Mark ihn sanft zurück.

»Darf ich dir Samson vorstellen? Ein ganz Braver.«

Sie hatten immer drei oder vier Hunde in Trelowarth gehabt, die mit uns Kindern über die Felder tollten und mit ihren schmutzigen Pfoten durch die alte Küche in den Garten liefen, sodass Marks Stiefmutter Claire ständig den Fliesenboden wischen musste.

Ich kraulte Samson hinter den Ohren und fragte Mark, wie es Claire gehe, die sich ein Bein gebrochen hatte

»Viel besser. Der Gips ist weg; sie humpelt schon wieder herum. Der Arzt meint, ein paar Wochen noch, dann ist sie wieder ganz die Alte.«

»Wie hat sie sich das Bein überhaupt gebrochen?«

»Beim Säubern der Regenrinne.«

»Natürlich«, sagte ich. Es überraschte mich nicht, dass sie auch nach ihrem Umzug vom Herrenhaus ins Cottage sämtliche Arbeiten selbst erledigte.

»Gott sei Dank ist das Malheur unten in Bodennähe passiert und nicht oben auf dem Dach«, sagte Mark und schob erneut Samson zurück, der versuchte, sich zwischen uns zu drängen. Dann startete er den Motor und setzte zurück auf die Straße.

Die Küstenstraßen von Cornwall sind schmal und kurvig mit steilen Böschungen und hohen Hecken, die den Blick auf das versperren, was vor einem liegt. Mein Vater war sie immer in hoher Geschwindigkeit entlanggebraust und hatte vor Kurven gehupt, darauf vertrauend, dass entgegenkommende Wagen auswichen. Als ich ihn einmal fragte, was passieren würde, wenn der andere Fahrer es genauso machte wie er, hatte Dad mit den Schultern gezuckt und mir versichert, das würde nicht geschehen.

Gott sei Dank hatte er recht behalten.

»Wohnt Susan noch zu Hause?«, fragte ich Mark.

»Ja.« Er verzog das Gesicht, wenig überzeugend, wie ich fand, denn ich wusste, dass die beiden Geschwister sich nahestanden. »Fast wären wir sie losgeworden, sie hat kurze Zeit in der Nähe von Bristol gewohnt. Aber jetzt ist sie wieder da und will eine kleine Teestube oder so was Ähnliches aufmachen, für Touristen. Unserer Susan gehen die Ideen nie aus.«

»Du bist nicht begeistert davon?«

»Sagen wir mal so: Ich glaube, es wird nicht allzu viele Touristen geben, die so scharf auf Tee sind, dass sie aus dem Ort eigens zu uns herauskommen.«

Da musste ich ihm recht geben. Wir fuhren gerade durch Polgelly mit seinen dicht gedrängten weiß getünchten Häusern und den gewundenen Straßen, die so schmal waren, dass nur Anwohner und Taxis für die Touristen sie passieren durften. Marks Van, wirklich nicht sonderlich breit, passte beinahe nicht zwischen den Gebäuden hindurch.

Polgelly war einmal ein bekannter Fischerort gewesen, der sich mit der Entdeckung Cornwalls durch die Touristen in ein pittoreskes Dorf verwandelte. Nun gab es hier Geschäfte mit Antiquitäten und keltischem Kunsthandwerk und Frühstückspensionen mit Namen wie »Schmugglernest«. Der alte Fish-and-Chips-Laden am Hafen sah noch aus wie früher; das Gleiche galt für das Fudge-Geschäft an der Ecke. Und »der Hügel« hatte sich selbstverständlich auch nicht verändert.

Ich hatte ihn gleich bei der ersten Besteigung »den Hügel« getauft, denn bestimmt gab es keine andere Erhebung auf Erden, die das Durchhaltevermögen auf eine solche Probe stellte. Das lag nicht an der Höhe oder der Steigung allein, sondern vor allen Dingen daran, dass der Weg hinauf kein Ende zu nehmen schien. Die Straße führte zwischen überhängenden Bäumen und Bruchsteinmauern hindurch, ein Anstieg, der die Oberschenkelmuskulatur beanspruchte und sie noch minutenlang zittern ließ, wenn man endlich die Kuppe erreicht hatte.

Als Kinder waren wir jeden Tag hinuntergelaufen, um mit Marks und Susans Schulfreunden in Polgelly zu spielen oder von der Hafenmauer aus den Fischern bei der Arbeit zuzusehen. Und wie Kinder nun mal sind, hatten wir alle Gedanken an den mühsamen Aufstieg verdrängt, bis wir ihn auf dem Rückweg wieder bewältigen mussten. Einmal hatte Mark mich sogar die letzten Schritte getragen. Vermutlich begann ich seinerzeit deswegen, für ihn zu schwärmen.

Diesmal näherten wir uns dem Hügel mit dem Van, und auch der schien Respekt vor ihm zu haben. Ich hätte schwören mögen, dass der Motor ächzte.

Die Äste der mit frischem Frühlingsgrün bewachsenen Bäume bildeten so etwas wie einen Tunnel und sorgten für Licht- und Schattenspiele auf der Windschutzscheibe. Am Straßenrand entdeckte ich Immergrün und Weinranken. Wie früher richtete ich den Blick erwartungsvoll geradeaus, um die Ziegelschornsteine von Trelowarth House nicht zu verpassen.

Sie tauchten als Erstes zwischen den Bäumen auf, und dann die niedrige Mauer entlang der Straße – »kornische Hecke« nannte man solche im Fischgrätmuster aufeinandergestapelten Bruchsteine, überwuchert von Efeu, das sie zusammenhielt. Anschließend folgte eine Lücke zwischen Bäumen und Mauer, und endlich sah ich das Haus vor den ansteigenden Feldern und Wäldern.

Trelowarth House hatte auf diesem Hügel Jahrhunderten getrotzt; seine massiven grauen Steinmauern hatten jedem Sturm vom Meer standgehalten. Es hatte die Form eines schlichten, zweistöckigen L, dessen Vorderseite auf die Klippen und die See ging, während die Längsseite ziemlich nahe entlang der Straße verlief. Die Konstruktion war so durchdacht, dass keiner der zahlreichen Besitzer es für nötig befunden hatte, größere Veränderungen an der Grundstruktur vorzunehmen. Die mit neuen Spitzen versehenen Schornsteine waren im alten Stil verblieben, und in einigen der Flügelfenster befand sich noch Glas aus der elisabethanischen Zeit, durch das die damaligen Bewohner möglicherweise das Herannahen der Armada beobachtet hatten.

Das Gebäude verlockte nicht eben zu romantischen Fantasien. Es wirkte streng, grau und hart; das einzig Weiche daran waren die Rosen, die sich um den steinernen Türstock rankten.

Nach etwa drei Vierteln der Strecke den Hügel hinauf bog Mark scharf in den Kiesweg in Richtung Haus ein. Die Garagen befanden sich in den alten Stallungen am hinteren Ende des Hofs, doch Mark stellte den Van neben dem Gebäude ab. Als wir die Türen öffneten, stürzte sich ein ganzes Rudel bellender Hunde auf uns, die zur Begrüßung an uns hochsprangen.

»Ruhe, ihr Krachmacher«, ermahnte Mark sie, als er nach hinten ging, um meinen Koffer aus dem Wagen zu holen.

Ich stieg vorsichtig aus, weil ich den Hunden nicht auf die Pfoten treten wollte. Es handelte sich um einen schwarzen Cockerspaniel, einen Labrador und ein Tier, das trotz der dicken Schmutzkruste entfernte Ähnlichkeit mit einem Setter hatte. Dazu kam der braune Mischling Samson, der hinter mir aus dem Van hüpfte. Sobald ich sie gestreichelt hatte, hörten sie auf, an mir hochzuspringen, und verlegten sich auf heftiges Schwanzwedeln. Auf dem Weg zum Haus liefen sie zwischen Marks und meinen Beinen hindurch.

Vor dem Gebäude war am Hügel eine kleine Rasenterrasse angelegt, umgeben von Hecken, die den Wind abhielten, und darunter erstreckten sich die grünen Felder bis zum Rand der Klippen.

Wie immer überraschte mich der erste Anblick des atemberaubend schönen Meeres. Grüne Hügel mündeten in Täler, dunkle Wälder wurden hier und da von hellen Schwarzdornblüten aufgelockert. In der Ferne erkannte ich den Hafen von Polgelly mit den weißen Häusern und die Landspitzen zu beiden Seiten. Dahinter erstreckte sich die blaue See, so weit das Auge reichte.

Mark sah mich an. »Nicht wie in Kalifornien, was?«

»Nein.« Dieses Meer erschien mir deutlich lebendiger als der Pazifik. »Besser.«

Da hörte ich hinter uns jemanden »Eva!« sagen und entdeckte eine junge Frau in Jeans und rotem Pullover, die dunklen Haare kürzer geschnitten als die von Mark. Das musste Susan sein. Sie hätte ich mit Sicherheit nicht erkannt, wenn sie mir an einem anderen Ort begegnet wäre. Bei meinem letzten Aufenthalt in Trelowarth musste sie sieben oder acht gewesen sein, jetzt war sie Ende zwanzig, groß und schlank und begrüßte mich mit einem herzlichen

Lächeln. »Ich habe den Van gehört.« Sie umarmte mich. »Eva, du hast dich überhaupt nicht verändert. Nicht mal dein Haar. Darum habe ich dich immer beneidet. Meins würde ich nie so lang kriegen.«

Ich persönlich hielt nicht allzu viel von meinem Haar. Weil es meinem Vater lang gefallen hatte, hatte ich es immer so getragen. Intensive Pflege erforderte es nicht, und wenn es mich störte, band ich es einfach zurück.

»Der kurze Schnitt steht dir«, bemerkte ich.

»Gott sei Dank, denn eine andere Wahl bleibt mir nicht.« Sie strich sich eine Strähne aus der Stirn. »Ich wollte es rot färben ...«

»Und es ist lila geworden«, ergänzte Mark.

»Eher kastanienbraun«, korrigierte sie ihn. »Der Versuch, es besser hinzukriegen, ist misslungen. Da habe ich es abgeschnitten.«

»Selbst«, erklärte Mark.

»Klar.«

»So hätte ich das auch gekonnt«, meinte er. »Mit der Gartenschere.«

Susan zuckte mit den Schultern. »Lasst den Koffer erst mal hier. Claire sagt, ich soll euch gleich zum Cottage bringen, wenn ihr da seid. Sie hat Sandwiches gemacht.«

Mark stellte den Koffer ab und folgte Susan und den Hunden über den grünen Hügel in Richtung Meer bis zu der Stelle, wo der alte, schmale Küstenpfad, festgetreten von den Füßen zahlreicher Wanderer, in den »Wilden Wald« verschwand.

Diesen Namen hatte ich dem Wald in dem Sommer gegeben, in dem Claire mir Kenneth Grahames zeitlos schöne Geschichten vom Maulwurf, der Wasserratte und dem

Kröterich vorlas. Ein Kapitel aus *Der Wind in den Weiden* pro Abend, und ich konnte das Unterholz nicht mehr betreten, ohne auf das Trippeln kleiner unsichtbarer Wesen zu lauschen und die Magie dieses Orts zu spüren.

Ich spürte sie noch immer, als ich Mark und Susan in die dunkle Kühle nachging. Luft und Licht veränderten sich, und der feuchte, erdige Geruch des alten Waldes, der sich bis zu den Klippen erstreckte, stieg mir in die Nase. Die Bäume wuchsen so dicht, dass ich das Meer nicht mehr sehen konnte. Ich bewegte mich in einem Kokon aus Ästen und Blättern – Esche, Holunder, Schwarzdorn und Buche, dazu geisterhaft fahle Ahornstämme.

Der Küstenpfad, der als schmaler Weg in den Wald führte, wurde ein wenig breiter, sodass zwei Menschen nebeneinander gehen konnten, wo die Schatten dunkel auf Farne und Unterholz fielen und die hohen Bäume zu flüstern begannen, wenn der Wind die Blätter bewegte. Ich hatte in diesem von fröhlichem Vogelgezwitscher erfüllten Wald nie Angst gehabt.

»Wir haben sogar einen Dachs hier«, teilte Susan mir mit. »Claire hat ihn gesehen.«

Ich roch das Kohlenfeuer aus Claires Cottage-Kamin, bevor wir die halbkreisförmige, mit Gras und Glockenblumen bewachsene Lichtung betraten, von der aus sich erneut ein weiter Blick aufs Meer bot.

Auf der Lichtung stand wie eh und je das kleine Cottage mit seinen schlüsselblumengelben Mauern unter den durchhängenden Schieferdachziegeln.

In meiner Kindheit hatten die Eigentümer von Trelowarth sich durch die Vermietung des Cottage an Touristen ein Zubrot verdient. Im vergangenen Jahr war Claire mit ihren Leinwänden und Farben dorthin umgezogen und hatte das große Haus ihren Stiefkindern überlassen. Ich konnte es ihr nicht verdenken. Von außen sah Trelowarth House wunderschön aus, doch es war und blieb ein zugiges, feuchtes und reparaturbedürftiges altes Gemäuer mit riskant verlegten elektrischen Leitungen, während das kleine Cottage, das seit den zwanziger Jahren des vergangenen Jahrhunderts an dieser Stelle stand, Behaglichkeit bot.

Wir traten ein, ohne zu klopfen, mit sämtlichen Hunden. Claire, die im Wohnzimmer saß und las, legte das Buch weg und stand auf, um mich zu umarmen.

Claire Hallett schien das Alter nichts anhaben zu können. Sie wirkte mit fast sechzig genauso wie in meiner Kindheit. Vielleicht war ihr Haar ein wenig kürzer und grauer als damals, aber sie trug noch immer Jeans und strahlte Stärke und Energie aus. »Schön, dass du da bist«, begrüßte sie mich. »Katrinas Tod hat uns sehr traurig gemacht.«

Als sie sah, wie mir die Tränen in die Augen stiegen, wandte sie sich anderen Themen zu, dem Cottage und den Veränderungen, die sie daran vornehmen wollte. Wir setzten uns an den wackligen alten Küchentisch, tranken Claires starken Tee und aßen dazu Käsesandwiches mit Mixed Pickles, als wäre unser letztes Treffen Monate, nicht Jahre, her.

Susan erzählte von der Teestube, die sie eröffnen wollte. »Mark ist natürlich dagegen. Er kann Veränderungen nicht leiden.«

»Es geht nicht um die Veränderungen«, widersprach Mark, »sondern um die simple Tatsache, dass die Nachfrage fehlt.«

»Dann sorgen wir eben dafür. Wir könnten die Touristen busweise anlocken, wenn wir die Gärten für die Öffentlichkeit zugänglich machen.«

»Busse sind zu groß für die Straßen von Polgelly.«

»Dann lässt man sie eben von der anderen Seite kommen, von St. Non's. Da fahren die Touristen sowieso hin, um sich den Brunnen anzuschauen – und hinterher kommen sie zum Lunch hierher.« Susan wandte sich ihrer Stiefmutter zu. »Du bist doch hoffentlich auf meiner Seite, oder?«

»Ich halte mich da raus.« Claire schenkte mir Tee nach. »Trelowarth gehört jetzt euch; ihr müsst euch untereinander einigen.«

Susan verdrehte die Augen. »Du behauptest, du hättest Trelowarth aufgegeben, aber wir wissen alle, dass du nie …«

»Wende dich doch an Eva«, meinte Claire. »Es ist ihr Beruf, Dinge an den Mann zu bringen.«

Susan und Mark sahen mich an, doch ich schüttelte den Kopf. »Ich glaube, ich sollte mich da besser auch raushalten.«

Mark machte kein Hehl aus seiner Belustigung. »Das wird dir bei Susan nicht gelingen. Sie wird dir, so lange du hier bist, in den Ohren liegen.«

»Du bleibst doch ein bisschen, oder?«, fragte Susan mich. »Nicht nur übers Wochenende.«

»Mal sehen.«

Claires Blick fiel auf meine Hand. »Das ist der Ring deiner Mutter, stimmt's?«

»Ja.« Der Claddagh-Ring, den Bill im Krankenhaus von Katrinas Finger gezogen und mir gegeben hatte. Meine Mutter hatte den kleinen Goldreif mit dem gekrönten Herzen, gehalten von zwei behandschuhten Händen, ein Symbol immerwährender Liebe, von ihrer irischen Großmutter geerbt, die nach Cornwall gegangen war.

Claire lächelte, als wüsste sie genau, warum ich nach Trelowarth House gekommen war. Sie legte ihre Hand auf die meine und sagte: »Bleib, so lange du möchtest.«

# *Drei*

Als wir den Wilden Wald über den Küstenpfad verließen und nach Trelowarth zurückgingen, stand die Sonne so tief am Himmel, dass die Schatten vor uns lang wurden.

Die Hunde, die während unseres Besuchs bei Claire ruhig geblieben waren, sprangen jetzt an Susan hoch. »Sie haben Hunger«, erklärte sie mir und führte sie zum Hintereingang. Weil mein Koffer vorn stand, kehrte ich mit Mark dorthin zurück.

Als Mark das Licht einschaltete, freute ich mich zu sehen, dass das Haus sich nicht verändert hatte; in der geräumigen Eingangshalle atmete ich den vertrauten Geruch von altem polierten Holz und verstaubten Wollteppichen ein. Früher war diese Halle vermutlich mit dem gleichen dunklen Holz verkleidet gewesen wie die Wohnzimmertür zu meiner Linken und die Treppe, die dahinter zu den Schlafzimmern hinaufging, doch ein Hallett aus einer früheren Generation hatte die Vertäfelung verputzen lassen, um den Raum freundlicher zu gestalten.

Ebenfalls links von mir und jenseits der großen Treppe

führte ein schmaler Flur zum Billardzimmer und zur Küche am hinteren Ende des Gebäudes, und zu meiner Rechten befanden sich die Türen zum Esszimmer und zum Salon.

Mark blieb neben mir stehen, den Koffer in der Hand. »Wir wussten nicht, ob du dein altes Zimmer willst oder …«

»Ja, bitte.« Ihre Aufmerksamkeit rührte mich.

Er ließ mir den Vortritt. Die alte Treppe führte zu einem Absatz, von dem aus sie in der Gegenrichtung zum ersten Stock ging. Die Stufen waren aus Stein, ausgetreten von Generationen von Füßen, und die Wände rundherum mit dem gleichen dunklen Mahagoni verkleidet wie die Türen unten, sodass ich beim Hinaufsteigen das Gefühl hatte, in die Vergangenheit einzutauchen.

Der erste Stock wirkte nicht ganz so antik wie das Erdgeschoss, weil Teppiche die Böden bedeckten und dezent gestreifte Tapeten den Eindruck von Lebendigkeit erzeugten. Einige der Möbel hier kannte ich nicht.

Ich erinnerte mich, welche Tür zu dem Zimmer gehörte, das ich mit Katrina geteilt hatte. Es befand sich in der hintersten Ecke der Vorderseite, am nächsten bei der Straße, und hatte drei Fenster – zwei aufs Meer und eines neben dem Kamin, von dem aus man die Auffahrt sah.

Das Doppelbett, in dem Katrina und ich immer geschlafen hatten, stand am selben Platz wie früher, das Kopfende an der westlichen Wand, das Fußende gegenüber dem Kamin. Dass ich sechs Jahre jünger war als Katrina, hatte mich zur Plage für sie gemacht, weil ich sie durch mein Geplapper vom Schlafen abgehalten oder mehr von der Decke für mich beansprucht hatte, als mir zustand.

Diese Erinnerungen ließen mich trotz meiner Trauer schmunzeln. Als Mark hinter mich trat, sagte ich: »Ihr habt die Bilder umgehängt. Der alte Schäfer und seine Frau.«

»Ja, stimmt«, bestätigte er. »Ich glaube, sie sind jetzt im Esszimmer.«

»Gut. Ihre Augen waren mir unheimlich. Ich hatte den Eindruck, dass ihre Blicke mich überallhin verfolgten.«

Mark stellte den Koffer neben dem Bett ab und sah mich an. »Wie geht's dir wirklich?«

»Gut. Danke.«

»Das stimmt nicht.«

»Es dauert seine Zeit, sagen alle.«

»Wenn du jemanden zum Reden brauchst: Ich bin da.«

»Ich weiß.«

Er berührte kurz meine Schulter. »Du kennst das Haus. Fühl dich ganz wie daheim.«

»Danke.«

Es gab drei Türen in diesem Zimmer. Trelowarth House war eine richtige Schmugglerburg mit Türen, die nicht nur auf den Flur, sondern auch von Zimmer zu Zimmer führten, was das Versteckspielen besonders interessant gemacht hatte. Wie die Schmuggler der Vergangenheit vor den Männern vom Zoll, hatten auch wir Kinder uns hier verborgen.

Zusätzlich zur Haupttür auf den Korridor hatte dieser Raum eine in der Wand zum Nachbarzimmer auf der Ostseite des Hauses, einem Raum, den Claire als Nähzimmer genutzt und praktisch nie an Gäste vergeben hatte, weil oft Onkel Georges Zigarrenrauch aus seinem Arbeitszimmer direkt darunter heraufgedrungen war.

Die dritte Tür befand sich in der Wand am Fußende des

Bettes und führte zu einem der kleineren Vorderzimmer, das früher, soweit ich mich erinnerte, hauptsächlich als Lagerraum verwendet worden war.

Ich setzte mich aufs Bett, sodass die Matratze leise ächzte, und sah mich aus der Perspektive meiner Kindheit in dem Zimmer um. Es hatte sich in den vergangenen zwanzig Jahren nicht wesentlich verändert. Die Wand war nach wie vor meergrün, die Tagesdecke weiß und mit Fransen versehen, und die leichten Spitzenvorhänge bauschten sich in der kühlen Maibrise, die durch das einen Spalt offene Fenster hereinwehte. Auf dem Boden mit den breiten Dielen lag zwischen dem zweitürigen Kleiderschrank an der Wand und dem kleinen Schaukelstuhl vor dem Kamin ein alter Flickenteppich, und wie früher hing über der Kommode zwischen den vorderen Fenstern der Spiegel mit dem weißen Rahmen.

Morgens wurde es in diesem Zimmer früh hell, doch jetzt am späten Nachmittag war es voller Schatten. Ich lehnte mich zurück, die Hände hinter dem Kopf verschränkt.

Eigentlich wollte ich mich nur einen Augenblick ausruhen, bevor ich mich frisch machte und nach unten ging, aber in der vertrauten Umgebung wurde ich müde und schlief ein.

Einige Stunden später holte ein unruhiger Traum mich zurück in die Realität, in das dunkle Haus. Ich schaltete die Lampe auf dem Nachttischchen ein, warf einen Blick auf meine Uhr und stellte fest, dass es fast Mitternacht war.

»Verdammt.« Ich hatte gerade so lange geschlummert, dass ich nicht mehr einschlafen würde, egal, wie sehr ich die Ruhe nach der langen Reise gebraucht hätte.

Ich zog mich aus, schlüpfte in meinen Pyjama und unter die Decke und schaltete die Lampe aus. Doch es hatte keinen Sinn. Die Minuten zogen sich endlos dahin.

»Verdammt«, wiederholte ich und stand auf, um in meiner Handtasche nach den Schlaftabletten zu suchen, die mein Arzt mir verschrieben hatte.

Ich nahm eine, legte mich hin und murmelte »Gute Nacht« in die Richtung, in der früher meine Schwester geschlafen hatte.

Mein erster Gedanke beim Aufwachen war: Ich bin nicht allein.

Ich wusste, wo ich mich befand. Mein Gehirn ordnete die Schreie der Möwen, den Geruch der Luft und das Licht, das ins Zimmer drang, richtig zu. In der Nähe hörte ich flüsternde Stimmen. Mark und Susan, dachte ich, war mir dann aber nicht mehr sicher, weil es zwei Männerstimmen zu sein schienen. Ich verstand nur hin und wieder ein Wort: »weg« und, ganz deutlich, »unmöglich«.

Dann meinte ich, die Stimmen nahe bei meinem Kopf zu vernehmen, durch die Wand zum Nachbarzimmer.

Vermutlich Handwerker. In alten Gemäuern wie Trelowarth gab es immer etwas zu reparieren, und Mark hatte bei Claire Probleme mit den Stromkabeln erwähnt. Ich streckte die Hand aus, um die Verbindungstür zuzuschließen.

Als ich angezogen auf den Flur hinaustrat, begegnete ich Mark, der gerade nach oben kam. »Gut, du bist auf«, begrüßte er mich. »Susan schickt mich. Frühstück ist fertig. Hast du gut geschlafen?«

»Sehr gut, danke.« Ich nickte in Richtung der verschlossenen Tür zum Vorderzimmer. »Du kannst ihnen sagen, dass sie nicht mehr flüstern müssen. Ich bin wach.«

Mark sah mich fragend an. »Wem?«

»Den Handwerkern oder wer auch immer da drin ist.«

Mark drückte schweigend die Klinke zu dem Zimmer neben dem meinen herunter, öffnete die Tür weit genug, um den Kopf hineinstrecken zu können, und versicherte mir: »Niemand drin.«

Ich schaute selbst hinein. »Aber ich hab sie gehört. Zwei Männer. Sie haben sich unterhalten.«

»Kam wahrscheinlich von draußen.«

»Es klang nicht so.«

»Da täuscht man sich manchmal in alten Häusern.«

Alles andere als überzeugt, warf ich einen letzten Blick in das Zimmer, bevor er die Tür wieder schloss.

»Komm mit runter, frühstücken«, forderte er mich auf.

Unten war Susan dabei, ein komplettes englisches Frühstück zuzubereiten, mit Würstchen, Tomaten und Eiern, Toast, Saft und Kaffee.

Susan deutete auf den Tisch. »Setzt euch. Es ist gleich fertig.«

Die Küche war seit meinem letzten Aufenthalt in Trelowarth umgestaltet worden; der Tisch war größer, als ich ihn in Erinnerung hatte, stand jedoch wie eh und je am Fenster, von wo aus man den von Bäumen gesäumten Hof sehen konnte. Der ehemalige Stall am hinteren Ende diente jetzt als Garage. Ich saß, wo ich immer gesessen hatte, mit der Schulter an der Wand, und schaute über den Hof hinaus auf die stufenförmig angelegten, durch hohe Ziegelmauern geschützten Gärten.

Sie waren einzeln ummauert und trugen alle einen Namen: der »Untere Garten« befand sich am nächsten beim Haus; der »Mittlere Garten« war früher der größte gewesen; und der »Obere Garten«, mein Lieblingsort, hieß auch der »Ruhige Garten«.

Diese Gärten waren das Vermächtnis von Marks und Susans Ururgroßvater, der einbeinig und traumatisiert aus dem Burenkrieg zurückgekehrt war. Die Sehnsucht nach einfacheren Zeiten hatte ihn dazu gebracht, traditionelle Rosensorten zu züchten, die allmählich aus der Mode kamen, als die modernen, mehrmals im Jahr blühenden Hybriden beliebt wurden.

Er hatte die neuen Hybriden verachtet, sich passioniert um seine altmodischen Rosen gekümmert und diese Leidenschaft seinen Nachkommen vererbt. Durch die harte Arbeit und die Investitionen späterer Halletts hatte sich in Trelowarth eine der angesehensten Zuchtstätten alter Arten etabliert. Hier wuchsen Rosen, die der Nachwelt ohne Trelowarth verloren gegangen wären.

Das Brutzeln in der Pfanne lenkte meinen Blick vom Fenster zu Susan zurück.

»So ein Aufwand«, sagte ich. »Frühstücksflocken und Milch wären genug gewesen.«

Mark reichte mir eine große Tasse Kaffee und setzte sich mir gegenüber hin. »Das Frühstück ist nicht für dich«, versicherte er mir. »Sie versucht, mich weichzuklopfen.«

»Tu ich nicht«, widersprach Susan.

»Dann ist es wohl Zufall, dass der große Ordner mit deinen Plänen für die Teestube auf dem Tisch liegt, oder?«

»Ich wollte sie durchgehen.«

»Du wolltest sie Eva zeigen.«

»Nein, wollte ich nicht.« Susan gab die Würstchen aus

der Pfanne auf einen Teller und stellte ihn mit einem Knall vor Mark hin.

Er deutete mit der Gabel auf den Ordner. »Steht da die ganze Geschichte von Trelowarth drin oder was?«

Susan reichte mir meinen Teller und setzte sich mit dem ihren zu uns. »Natürlich.«

»Gut. Dann kannst du Eva erklären, dass es hier keine Geister gibt.«

»Ich habe nie behauptet …«, begann ich entrüstet.

»Wieso sollte sie das glauben?«, fragte Susan.

»Sie hat oben Männerstimmen gehört.«

»Schön wär's«, meinte Susan.

Mark lachte. »Was? Wenn Männer hier im Haus wären?«

»Nein, Dummkopf. Wenn wir einen Geist hätten. Das würde die Touristen bestimmt herlocken.«

Das hänge vom Geist ab, meinte Mark.

Susan erkundigte sich, was die Stimmen gesagt hätten, und ich zuckte mit den Schultern.

»Das hab ich nicht verstanden.«

»Vielleicht sind sie gekommen, um uns zu warnen«, mutmaßte Mark und fuhr mit geisterhafter Stimme fort: »Eröffnet keine Teestube in Trelowarth.«

»Siehst du?«, fragte Susan und schaute mich hilfesuchend an. »Siehst du, womit ich mich tagtäglich herumschlagen muss?«

»Trotzdem magst du mich.« Ihr Bruder bedachte sie mit einem Lächeln.

»Ja, sei froh. Das ist der einzige Grund, warum ich dich nicht im hinteren Garten neben deinen Rosen in den Boden ramme.«

Mark wandte sich mir zu. »Was hast du heute vor?«

»Keine Ahnung. Wahrscheinlich sollte ich erledigen, weswegen ich hergekommen bin.«

Sofort wurde die Stimmung ernst. Mark senkte den Blick und aß schweigend weiter, bis er schließlich sagte: »Weißt du schon, wo?«

»Ich dachte … oben beim Leuchtfeuer. Sie wollte an einem Ort sein, an dem sie glücklich war.«

Mark nickte. »Dann ist das eine gute Stelle. Soll ich dich begleiten?«

»Möchtest du das denn?«

Er schob seinen halbleeren Teller weg. »Ja.«

Ich blickte hinaus. »Wir sollten warten, bis die Sonne rauskommt.«

»Gut.« Er stellte auch die Kaffeetasse zur Seite und stand auf. »Sag einfach, wenn du so weit bist.«

# *Vier*

»Mark hat sie wirklich geliebt, nicht?«, fragte Susan, die an der Spüle Wasser übers Frühstücksgeschirr laufen ließ. »Er ist in den Jahren danach nicht vor Kummer vergangen und hatte seitdem auch mehrere ernsthafte Beziehungen, aber deine Schwester war, glaube ich, etwas Besonderes für ihn.«

»Sie war seine erste Liebe; das hat er ihr damals jedenfalls gesagt. Und bei ihr war's genauso. Die erste Liebe vergisst man nicht.«

»Wahrscheinlich nicht.« Susan runzelte die Stirn. »Ich kann mich beim besten Willen nicht an die beiden als Paar erinnern; ich war ja erst sieben und habe mehr Zeit mit dir verbracht. Katrina und Mark sind mir immer um so viel älter erschienen.« Sie ließ Wasser einlaufen und gab Spülmittel dazu. Als ich aufstand, um ihr zu helfen, bedeutete sie mir mit einer Geste, mich wieder zu setzen. »Bleib sitzen. Du bist Gast hier.«

»Trotzdem kann ich dir helfen.«

»Nein, danke.« Sie begann, das Besteck zu spülen. »Und wer war *deine* erste Liebe?«, fragte sie mich.

Ich lächelte. »Ein Mitschüler in Vancouver. Eishockeyspieler. Seinetwegen habe ich Wochenende um Wochenende in lausig kalten Eisstadien verbracht.« Leider klang das nicht so romantisch wie bei Mark und Katrina. »Und deine?«

»Ich warte noch darauf. Mark meint, ich bin zu anspruchsvoll. Ich wünsche mir das, was Dad und Claire hatten.«

»Da wirst du lange warten.« Nicht einmal meine Eltern hatten das, was Onkel George und Claire verbunden hatte. Die Halletts, echte Seelenverwandte, hatten zu den wenigen Paaren gehört, die in der Lage waren, sich ihre eigene kleine Welt zu schaffen.

Susan trocknete eine Tasse ab. »Ich weiß. Meiner Meinung nach lohnt sich das Warten aber. Und in der Zwischenzeit gönne ich mir das eine oder andere Abenteuer.«

Sie war die geborene Abenteurerin. Obwohl von uns vieren die jüngste und kleinste, hatte sie gern Grenzen ausgelotet und sich dabei oft aufgeschlagene Knie und Pflaster eingehandelt. Diese Abenteuerlust schien ihr nach wie vor eigen zu sein.

Daher fragte ich mich, weshalb sie hierher zurückgekommen war, in diese ruhige Ecke des Landes, nach Trelowarth.

»Mark sagt, du hättest eine Weile in der Nähe von Bristol gewohnt.«

Sie sah mich an. »Ach.« Offenbar handelte es sich um ein heikles Thema. »Ja, ich hatte dort ein Catering-Unternehmen.«

»Dann müsste deine Teestube doch ein Erfolg werden.«

»Das hoffe ich. Mark würde nie ein Wort darüber verlieren, aber ich weiß, dass es in den letzten Jahren nicht leicht gewesen ist, seit Dads Investitionen …« Sie wandte den Blick ab.

»Susan.«

»Ja?«

»Trelowarth steckt in finanziellen Schwierigkeiten? Wie schlimm ist es?«, hakte ich nach.

»Schlimm genug. Bitte sag Mark nicht, dass ich dir das verraten habe, sonst rammt er *mich* in den Boden neben die Rosen.«

Ein Anwesen dieser Größe zu unterhalten, kostete vermutlich ziemlich viel Geld. Abgesehen vom Haus gab es die Gärten und die Felder, auf denen die Rosen wuchsen. Und jetzt, ohne Onkel George, musste Mark zur Unterstützung jemanden einstellen. In den Wintermonaten war am meisten zu tun. Die bestellten Rosen mussten ausgegraben und verschickt werden. Die übrigen wurden eingetopft und an die Gartenzentren ausgeliefert, die Trelowarth-Rosen verkauften. Doch auch im Sommer beanspruchte das Tagesgeschäft viel Zeit. Sich um Trelowarth zu kümmern, war harte Arbeit.

»Deswegen bin ich zurückgekommen«, gestand Susan. »Um auszuhelfen, wenn Not am Mann ist.«

»Daher die Idee mit der Teestube.«

»Genau. Mein Dad hat immer von einer Teestube geträumt. Ich dachte, wenn wir die einrichten und die Gärten für Touristen öffnen, bringt das ein bisschen Geld und zusätzlich Werbung für unsere Produkte.« Sie schmunzelte. »Ich hab mich in letzter Zeit viel mit Marketing beschäftigt, merkt man das?«

»Prima Entscheidung.« Mein Blick fiel auf den Ordner auf dem Tisch. »Darf ich mir deine Pläne mal anschauen?«

»Klar. Aber …«

»… ich soll Mark nichts davon erzählen, ich weiß.« Ich griff nach dem Ordner. »Warum ist er gegen die Teestube?«

Susan stellte die letzte Tasse auf das Trockenbrett und ließ das Wasser aus der Spüle. »Richtig dagegen ist er eigentlich gar nicht. Er wehrt sich nur, weil das nicht in seine Vorstellung davon passt, wie Trelowarth aussehen sollte. Mark ist Purist wie mein Großvater. Veränderungen reizen ihn nicht.« Sie lachte. »Wenn du mich fragst: Ich glaube, er möchte einfach unsere Rosen nicht mit wildfremden Menschen teilen.«

Während ich meinen Kaffee austrank, blätterte ich ihre Notizen durch. »Die Teestube soll also da drüben hinkommen«, stellte ich fest und deutete aus dem Fenster, vorbei an der ebenen Rasenfläche, die einmal der Hof vor dem Stall gewesen war.

»Genau, in Dads altes Gewächshaus. Das wird nicht mehr genutzt, hat aber noch sämtliche Wasseranschlüsse, und das Glas ist auch in Ordnung. Es dürfte nicht schwierig sein, es umzubauen.« Sie trat zu mir, um mit mir die Pläne zu begutachten. »Claire sagt, ihre Großeltern hätten sich in einer Teestube kennengelernt. Das klingt sehr romantisch. Ich muss sie fragen, ob sie sich an den Namen erinnert. Wir könnten unsere genauso nennen, dem Projekt so eine Geschichte geben.«

Das hätte meiner Mutter gefallen. Bestimmt hätte sie sofort begonnen, die Einzelheiten von Trelowarths Vergangenheit zu recherchieren.

Als ich Susan von diesem Gedanken erzählte, meinte

sie nur: »Sie hätte nichts Aufregendes finden können. Meine Familie ist todlangweilig und wohnt seit mindestens zweihundert Jahren hier. Aber ich gebe die Hoffnung nicht auf, dass ich irgendwann mal über einen berüchtigten Schmuggler oder Piraten stolpere, der die Touristen herlockt.«

»Eine berühmte Persönlichkeit wäre auch nicht schlecht. Immerhin hat ein Filmstar als Kind die Sommerferien in Trelowarth verbracht«, erinnerte ich sie.

»Nein«, sagte sie sofort. »Katrinas Namen zu Werbezwecken auszunutzen, wäre nicht richtig. Mark würde das nie zulassen. Du kennst doch meinen Bruder.«

Ja, allerdings. Die Jahre veränderten vielleicht unser Äußeres, aber im Innern blieben wir dieselben; wir behielten unsere Gewohnheiten bei. Als ich mit der Asche meiner Schwester in den Garten ging, wusste ich, wo ich nach ihm suchen musste, denn er begann morgens immer auf der obersten Terrasse und arbeitete sich von dort aus nach unten vor.

Ich fand ihn im Ruhigen Garten, wo er mit alter Jeansjacke, dreckverschmierten Stiefeln und windzerzaustem Haar Unkraut jätete. Er hielt inne, als ich durch die alte Holztür in der hohen Steinmauer trat, die die empfindlichen Pflanzen vor der salzigen Gischt des Meeres schützte. Als Mark sah, was ich dabeihatte, fragte er: »Bereit?«

»Wenn du es bist.«

Er zog seine Arbeitshandschuhe aus, stellte sein Werkzeug in den kleinen Schuppen in der Ecke und schlang einen kleinen abgegriffenen Rucksack über die Schulter, bevor er mich aus dem Garten hinausführte.

Der Weg zum Leuchtfeuer gehörte zu den hübschesten von Trelowarth. Wir folgten dem Küstenpfad durch den

Wilden Wald, als wollten wir zu Claire, gingen jedoch an ihrem Cottage vorbei, überquerten die Lichtung und tauchten wieder in den Wald ein. Schließlich kamen wir in der Nähe der Klippen heraus, so nahe am Meer, dass wir die sich an den schwarzen Felsen und auf dem Kiesstrand brechenden Wellen hören konnten. Hier verließen wir den Pfad, kehrten der See den Rücken und näherten uns einer großen abschüssigen Weide, wo Kühe träge vor sich hin kauten, ohne uns zu beachten, als wir über den Zaunübertritt kletterten.

Mark half mir hinüber und ging mir dann wieder voran, mit gesenktem Kopf, in Gedanken versunken. Ich wusste, warum.

In jenem letzten Sommer war er oft mit Katrina zu diesem besonderen Ort heraufgekommen, um den Erwachsenen und uns Kindern zu entfliehen. Ich war damals zu jung gewesen, um die Vertraute meiner Schwester zu sein, und merkte nur, dass sie von den Ausflügen mit Mark strahlend und leichtfüßig zurückkehrte.

Das war es, woran Mark jetzt dachte.

Ich hing meinen eigenen Erinnerungen nach. Meine geschichtsbegeisterte Mutter hatte die romantische Szenerie des Leuchtfeuerhügels geliebt, jenes Überbleibsels einer Epoche, in der es entlang der britischen Küste überall Signalfeuer gegeben hatte, die entzündet wurden, wenn Gefahr drohte. Sie dienten einem doppelten Zweck: Einerseits sollten sie gegen anrückende Feinde mobilisieren, andererseits London informieren. In der elisabethanischen Zeit war dieses Leuchtfeuer das erste gewesen, das das Herannahen der Armada gemeldet hatte.

Damals hatte diese Stelle mit Sicherheit einen imposanten Anblick geboten – ein mehr als mannshoher Steintisch, ganz ähnlich den neolithischen *cromlechs*, die noch jetzt auf den Hügeln dieser Gegend existierten, mit einem stets bereitliegenden Stapel Brennholz darauf. Die Schilderungen meiner Mutter hatten ein so lebhaftes und anschauliches Bild vor meinem geistigen Auge erstehen lassen, dass ich jedes Mal, wenn wir hier picknickten, unwillkürlich den Horizont nach einem spanischen Segel oder einem Leuchtfeuer in der Ferne abgesucht hatte.

Dieser Impuls überkam mich wieder, als wir die ebene Fläche mit den alten, verwitterten, in einem groben Kreis angeordneten Felsbrocken erreichten. Abgesehen von dem flachen, an einer Seite angeschlagenen Stein in der Mitte ließ das Arrangement allerdings kaum noch vermuten, welchem Zweck es früher gedient hatte.

Von hier aus bot sich ein weiter Blick auf die gesamte Küstenlinie, an der die Wellen sich weiß an den schwarzen Klippen und den dunklen Kiesstränden brachen.

Ich schob das Kästchen mit Katrinas Asche auf den Steintisch und sah Mark an, der wiederum mich anschaute, in seinen Rucksack griff und drei kleine Pappbecher sowie eine dunkelgrüne Flasche herausholte. »Wir sollten es mit Stil machen«, erklärte er.

»Und wie geht das?«

»Mit Scrumpy. Katrina und ich haben immer eine Flasche mit heraufgebracht.«

»Scrumpy?«

»Starker Apfelwein.« Er füllte einen Becher und stellte ihn auf das Holzkästchen, bevor er das Getränk in die anderen beiden Becher goss, einen mir reichte und den dritten hob, als wollte er einen Toast ausbringen. »Auf …«, begann er und hielt inne. »Ach, egal«, sagte er und leerte den Becher.

Ich tat es ihm gleich. Mark schüttete den Inhalt des dritten Bechers über das Kästchen, trat beiseite und nickte mir zu. »Jetzt bist du dran.«

Mit zitternden Fingern öffnete ich den Verschluss der Box. »Ich wollte etwas vorlesen.«

Mark sah mich fragend an.

»Aus *Der Prophet*«, erklärte ich. »Von Khalil Gibran. Da gibt es eine Passage über den Tod, die Katrina mochte. Sie hat sie bei der Trauerfeier für unsere Eltern vorgetragen.«

Ich holte einen Zettel aus meiner Tasche und entfaltete ihn, gegen den Wind ankämpfend.

»›Denn was bedeutet sterben‹«, las ich, »›schon anderes, als nackt im Wind zu stehen und in die Sonne zu schmelzen? Und was bedeutet es, nicht mehr zu atmen, wenn …‹« Mir brach die Stimme. Mark nahm mir sanft den Zettel aus der Hand und las mit seiner ruhigen Stimme weiter. Ich richtete den Blick aufs glitzernde Meer, als Mark die letzten Zeilen zitierte: »›Und wenn ihr den Gipfel des Berges erreicht habt, wird euer Aufstieg beginnen. Und wenn euer Körper der Erde anheimfällt, dann werdet ihr wahrhaftig tanzen.‹«

Dies schien der richtige Augenblick zu sein, die Asche zu verstreuen.

Mark sagte mit leiser Stimme: »Dann geh jetzt und tanze.«

Der Wind erfasste die Asche und brachte sie tatsächlich zum Tanzen. Einen kurzen Moment lang waren wir zu dritt auf dem von der Sonne erhellten Hügel, bis eine nach oben gerichtete Luftströmung die Asche in westliche Richtung, hinaus auf die endlose Weite des blau glitzernden Meeres, wirbelte.

# *Fünf*

»Ich glaube, ich hab einen Schwips«, sagte ich, im Windschatten des alten Steintischs auf dem Boden sitzend, zu Mark und sah meinen Pappbecher an. »Wie heißt dieses Zeug noch mal?«

»Scrumpy.«

»Hm, Scrumpy.« In Zukunft würde ich einen weiten Bogen um diese spezielle Sorte Apfelwein machen, so viel stand fest. »Den Rest kannst du haben.«

Er leerte die Flasche in seinen Becher, lehnte sich zurück, stützte die Ellbogen auf den Steintisch und blickte den Hügel hinunter zum Meer. Genau wie ich schien er es nicht eilig zu haben, diesen Ort zu verlassen.

Als hätte er meine Gedanken erraten, fragte er: »Wie lange wirst du hierbleiben?«

»Ich habe keine Eile.« Weit draußen über der See flog eine weiße Möwe. »Job und Wohnung habe ich aufgegeben. Ich fühle mich in L. A. nicht mehr zu Hause, seit …« Ich zuckte mit den Schultern. »Als Bill mir die Asche gegeben hat, war ich gezwungen nachzudenken, wo ich sie verstreuen soll. Das hat mich dazu gebracht zu überlegen, wo *ich* hingehöre, jetzt, da Katrina nicht mehr ist. Ich habe Freunde in L. A., aber keine Menschen, auf die ich mich wirklich verlassen könnte. Und meine Wohnung war … okay … aber …«

»Kein Zuhause?«

»Genau. Ich spiele mit dem Gedanken, hier was zu mieten, vielleicht ein kleines Cottage.«

»Den Sommer über ist alles ausgebucht.« Als Mark meine Enttäuschung sah, fügte er hinzu: »Aber im Herbst findest du ohne Probleme was, und bis dahin kannst du bei uns bleiben.«

»Mark, ich will euch nicht zur Last fallen.«

»Du fällst uns nicht zur Last. Wir haben genug Platz. Du warst doch als Kind auch immer in Trelowarth.«

»Dann will ich euch wenigstens etwas dafür geben.«

»Vergiss es.«

»Ich habe Geld, Mark, mehr, als ich brauche. Ich kann mich nicht bei euch einnisten und von euch verköstigen lassen, wenn …« Mir fiel gerade noch ein, dass ich offiziell nichts über die finanziellen Probleme in Trelowarth wusste.

»Wenn was?«

»Nichts.«

Kurzes Schweigen.

»Was hat Susan dir erzählt?«

»Nichts.«

Ich war nie eine gute Lügnerin gewesen und wusste das auch, doch er hakte nicht nach.

»Von Freunden nehmen wir nichts.«

Ich versuchte es mit einer anderen Strategie. »Dann lasst

mich in Naturalien zahlen. Ich kann Susan bei ihrem Teestubenprojekt helfen.«

»Bloß nicht.«

»Hast du dir ihre Pläne angeschaut?«

»Glaubst du, sie hätte mir eine Wahl gelassen?«

»Mir gefallen sie«, stellte ich fest.

»Tatsächlich?«

»Ja. Es scheint alles gut durchdacht zu sein.«

»Bestimmt.« Er verzog den Mund. »Das hat sie von unserer Mutter. Dad hatte die Ideen, und Mum sorgte dafür, dass sie in die Tat umgesetzt wurden.«

Mark war beim Tod seiner Mutter elf gewesen, Susan noch ein Baby, und ich war gerade in den Kindergarten gekommen. Meine Erinnerungen reichten nur bis zu seiner Stiefmutter Claire zurück, die ich so gern mochte, dass ich mir nie Gedanken über ihre Vorgängerin gemacht hatte.

»Mein Dad hatte nach Mums Tod völlig die Orientierung verloren. Gott sei Dank ist er Claire begegnet, die ihn wieder auf Kurs gebracht hat. Sie ist ganz anders, als meine Mutter es war.«

»Eine Künstlerin.«

»Ja. Wie deine Schwester. Schon als wir noch Teenager waren, vor ihrer Schauspielkarriere, hatte Katrina eine künstlerische Ader wie Claire. Kreative Menschen brauchen Raum, um ihre Flügel auszubreiten. Wie Schmetterlinge.« Er blinzelte auf das glitzernde Meer in Richtung Westen, wohin der Wind Katrinas Asche geweht hatte. »Hast du schon mal versucht, einen Schmetterling festzuhalten? Das geht nicht. Egal, wie vorsichtig du bist: Wenn du ihn berührst, verletzt du seine Flügel, und er kann nicht mehr richtig fliegen. Man muss ihn in Ruhe lassen.«

»Hast du deshalb aufgehört, Katrina zu schreiben?«

»Sie hatte besonders große Flügel«, antwortete er. »Und brauchte Raum dafür. Den hätte sie hier nicht gehabt, oder? Am Ende hat sie ihr Glück ja gefunden und ihren Mann kennengelernt. Sie schienen glücklich miteinander zu sein.«

»Ja.«

»Dann ist es gut.«

Wieder Schweigen. Vielleicht wären wir den ganzen Nachmittag dort sitzen geblieben, wenn sich nicht dicke Regenwolken über uns zusammengeballt hätten.

Mark stand als Erster auf, sicherer auf den Beinen als ich, und hielt mir die Hand hin, um mir aufzuhelfen. »Komm«, sagte er. »Gehen wir zurück.«

Ich folgte Mark, der das leere Kästchen trug, über das Feld und den Zaunübertritt, mit dem ich des Alkohols wegen meine liebe Mühe hatte, und schließlich in den Wald, wo es kühl und ruhig war zwischen den Farnen, Bäumen und Blumen, die ich auf dem Hinweg nicht bemerkt hatte. Entlang des Pfads wuchsen kleine weiße Wildblumen, deren Namen ich nicht bei Mark erfragte, weil er mir den langen lateinischen Ausdruck genannt hätte. Mir waren die volkstümlichen Bezeichnungen lieber, die ich von meiner Mutter gelernt hatte, wie zum Beispiel »Wiesenschaumkraut«.

Früher war es leicht gewesen, um diese Jahreszeit Wiesenschaumkraut zu finden. Ich sah mich danach um, als wir uns der Lichtung mit Claires Cottage näherten, dessen Fenster weit geöffnet waren.

Mark klopfte. Keine Reaktion.

»Sie ist unterwegs«, stellte ich fest.

»Wahrscheinlich.« Er holte seinen Schlüssel aus der Tasche, trat ein und rief vom Eingang aus etwas, um sich zu vergewissern, dass sie wirklich nicht da war. »Wahrscheinlich zeichnet sie irgendwo Skizzen«, meinte er. »Das tut sie gern.« Mit einem Blick zum Himmel fügte er hinzu: »Ich mach die Fenster zu, bevor es zu regnen anfängt. Geh du schon mal voraus. Wir müssen ja nicht beide nass werden.«

Der erste Regentropfen auf meiner Schulter überzeugte mich.

Ich hastete durch den Wald, vielleicht ein wenig zu schnell, denn bereits nach der Hälfte des Wegs wurde mir schwindelig, und ich musste stehen bleiben und kurz die Augen schließen, um mich zu fangen. Als ich sie wieder öffnete, verschwammen die Bäume zu grünen und braunen Schatten. Scheiß Scrumpy, dachte ich.

Der Weg spaltete sich auf. Der eine Pfad, an den ich mich nicht erinnerte, führte in Richtung Klippen. Als ich Schritte hinter mir hörte, drehte ich mich in der Erwartung, Mark zu sehen, um, doch da war niemand.

Nur ein Echo, dachte ich, denn nun tauchte Mark tatsächlich auf. Dass ich an dieser Stelle stand, schien ihn zu überraschen. Er stellte den Kragen gegen den feuchten Wind hoch und fragte: »Alles in Ordnung?«

»Ja, ja.« Ich versuchte, nicht zu wanken, damit er nicht merkte, wie sehr der Scrumpy mir zu schaffen machte. »Ich wusste nur nicht mehr, welchen Weg ich nehmen muss.«

Er lachte – das erste Mal seit meiner Ankunft – und drehte mich so, dass ich den Pfad durch die Bäume sehen konnte. »Es gibt doch nur einen Weg.«

Was sollte ich darauf sagen? Ich ließ mich an der Hand nehmen wie damals als Kind. Als wir aus dem Wald heraustraten, begann es heftig zu regnen, und wir rannten quer übers Feld zum Haus.

Die Hunde, die im Garten gewesen waren, saßen nebeneinander aufgereiht wie arme Sünder im hinteren Flur, während Claire mit einem Mopp die Pfotenspuren vom Boden entfernte. Es roch nach Stein, feuchtem Putz und alten Gummistiefeln, die unter den Haken mit abgetragenen Mänteln und Strickjacken standen. Als Mark und ich, bis auf die Knochen durchnässt, hineinstürzten und den Schmutz von unseren Füßen abstampften, bedachte Claire uns mit einem vorwurfsvollen Blick.

»Keinen Schritt weiter«, warnte sie uns, »bevor ihr nicht die Stiefel ausgezogen habt. Ich möchte nicht noch mal von vorn anfangen.«

Mark beugte sich über seine Schnürsenkel, und sofort kamen die Hunde schwanzwedelnd heran. Er schob sie weg und sagte zu Claire: »Du musst das sowieso nicht machen. Ich kümmere mich schon drum.«

Doch die Macht der Gewohnheit war stärker. Claire tauchte den Mopp in den Eimer mit warmem Wasser und klatschte ihn vor den Hunden auf den Boden. »Und ihr«, ermahnte sie sie, während sie an ihnen vorbeiwischte, »bleibt, wo ihr seid, bis eure Pfoten trocken sind.« Der Setter und der Labrador legten sich hin, der Cockerspaniel und der kleine Mischling Samson blieben in Marks Nähe.

»Meine Füße wären nicht nass, wenn ich nicht deine Fenster hätte zumachen müssen«, erklärte Mark.

»Hab ich die offen gelassen? Tut mir leid.«

Dies war der Teil des Hauses, in dem wir uns als Kinder am häufigsten aufgehalten hatten. Er reichte am weitesten nach hinten in den Hof. Auf einer Seite des Flurs gingen zwei Fenster und die Tür auf diesen Hof hinaus, während sich auf der anderen Seite die Waschküche und das Büro befanden, die Eingänge dazu fast hinter aufgehängten Mänteln verborgen.

Ich stellte meine Stiefel an die Wand, ging um die schmale hintere Treppe zu den alten Dienstbotenzimmern herum und stieg die eine schiefe Stufe zur Küche hinauf.

Mark erkundigte sich, wo er das Kästchen hinstellen solle.

»Wo du möchtest.« Das Kästchen ohne Inhalt bedeutete mir nichts.

Claire, die uns gefolgt war, fragte: »Wie ist es gelaufen?«

»Prima, danke«, antwortete ich.

»Eva hat einen Schwips«, erklärte Mark.

»Ach was.«

»Sagst du doch selbst. Du solltest mal deine Augen sehen.«

»Wenn sie so ausschauen wie deine, brauche ich, glaube ich, einen Kaffee.«

»Ja. Ich mach uns einen«, sagte er und nahm den Wasserkocher.

Claire legte die Hand auf meinen Ellbogen. »Was um Himmels willen habt ihr zwei getrunken?«

»Scrumpy.«

»O je. Dann wirst du dich hinsetzen müssen.«

Sie dirigierte mich in das große vordere Zimmer, das wir der vielen Bücherregale wegen immer die »Bibliothek« genannt hatten, und drückte mich in einen Sessel beim Klavier. Dann kam Mark mit Kaffee für alle und machte es sich auf dem Sofa neben mir bequem. Mit dem von der Feuchtigkeit gelockten Haar sah er fast wieder aus wie der Junge von damals.

»Du solltest raufgehen und ein Bad nehmen«, sagte Claire.

»Die Treppe würde ich im Moment nicht schaffen.« Ich ließ den Kopf nach hinten sinken, richtete mich jedoch gleich wieder auf, weil mir erneut schwindelig wurde.

Claire fragte, wo wir die Asche hingebracht hätten.

»Zum Leuchtfeuer«, antwortete Mark.

Wenn Claire wusste, was das bedeutete, ließ sie es sich nicht anmerken. »Ist schön da oben«, meinte sie nur.

»Ja«, bestätigte ich. »Wo steckt Sue?«

»Ich bin hier«, antwortete Sue, die gerade hereinkam und zuerst Mark und dann mich ansah. »Alles in Ordnung?«

»Bei mir schon«, sagte Mark. »Aber Eva hat zu viel getrunken.«

Ich seufzte. »Du musst reden. Schau dich doch an.«

»Bin ich derjenige, der hier doppelt sieht?«

»Kinder«, ermahnte Claire uns mit ruhiger Stimme.

Susan setzte sich neben mich. »Wer sieht doppelt?«

Mark legte den Kopf ein wenig schräg. »Eva wollte mir weismachen, dass es im Wilden Wald zwei Pfade gibt.«

Das konnte ich leider nicht abstreiten. »Es ist seine Schuld.«

Susan musterte mich voller Mitleid. »Was habt ihr getrunken, Whisky?«

»Nein, Scrumpy.«

»O je. Wie konntest du nur?«, fragte sie Mark.

»Bevor du zu einem voreiligen Schluss gelangst, solltest

du hören, dass Eva deine Teestube jetzt, *nach* dem Genuss von Scrumpy, für eine gute Idee hält.«

Ich stieß ihn mit dem Ellbogen in die Rippen. »Aua!«, beklagte er sich lachend.

»Ich fand die Idee auch schon vor dem Scrumpy gut.«

»Tatsächlich?« Susan wirkte erfreut.

»Ja. Ich habe Mark gerade gesagt, dass ich dir gern helfen würde, das Ganze in die Gänge zu bringen. Ich könnte die PR für dich machen.«

»Als Gegenleistung für Kost und Logis«, erklärte Mark Claire und Susan. »Sie bleibt den Sommer über bei uns.«

Er erwähnte nichts von meinen Plänen, im Herbst, nach der Feriensaison, ein Cottage in der Nähe zu mieten, vielleicht deshalb, weil er Claires Großzügigkeit kannte und sie mir bestimmt das ihre angeboten hätte.

»Wirklich?«, fragte Susan. »Toll. Eva, das wird wie in alten Zeiten.«

Mark sah sie über meinen Kopf hinweg an, um sie daran zu erinnern, dass die Dinge ohne Katrina eben nicht mehr so wie früher waren.

Ich versuchte, diesen heiklen Moment zu kaschieren, indem ich sagte: »Ich werde also viel Zeit haben, dich in puncto Teestube zu beraten.«

»Wenn du möchtest, zeige ich dir das Gewächshaus gleich morgen«, schlug Susan vor. »Felicity will mir helfen, es auszuräumen. Da drin verstauben Sachen seit meiner Studienzeit.«

Claire lächelte. »Wahrscheinlich noch länger.«

»Wer ist Felicity?«, erkundigte ich mich.

»Eine Freundin aus dem Ort. Ich denke, du wirst sie mögen. Oder, Claire?«

»Ja, Felicity mögen alle.« Claire bedachte ihren Stiefsohn, der immer tiefer ins Sofa sank, mit einem liebevollen Blick. »Wenn du noch länger da sitzen bleibst, Mark, schläfst du ein.«

»Mm.« Er schloss die Augen und döste tatsächlich weg.

»Männer«, meinte Susan schmunzelnd. An mich gewandt, fügte sie hinzu: »Du solltest dich auch ein bisschen hinlegen. Es war ein anstrengender Tag.«

Sie hatte recht, doch der Kaffee wirkte bereits. Also unterhielt ich mich mit Claire und Susan über allerlei Dinge, während Mark leise vor sich hin schnarchte. Als die Kaffeekanne leer war und Claire übers Abendessen nachzudenken begann, war ich munterer denn je.

»Ich helfe euch«, bot ich an.

Susan schüttelte den Kopf. »Nein, wir schaffen das schon. Bleib sitzen und entspann dich.«

»Du bist gerade erst angekommen«, sagte Claire und tätschelte im Vorübergehen meine Schulter. »Lass dich ein bisschen von uns umsorgen.«

Ich stand auf und trat ans Bücherregal, in dem ich die alten, abgegriffenen Bände über die örtliche Geschichte entdeckte, die meine Mutter Onkel George und Claire geschenkt hatte. Es war ihre Leidenschaft gewesen, vergessene Bücher in verstaubten Londoner Buchhandlungen mit knarrenden Dielen aufzuspüren.

Ich zog einen Band heraus und schlug ihn auf: *Eine Geschichte von Polgelly*, verfasst im neunzehnten Jahrhundert von einem Herrn, der seiner Ausdrucksweise nach zu urteilen ein eifriger Methodist gewesen war. Er missbilligte praktisch sämtliche hiesigen Ereignisse und verlor kein gutes Wort über Trelowarth, von dem er behauptete, es sei »eine

Räuberhöhle gottloser Spitzbuben gewesen, obwohl sein gegenwärtiger Besitzer Mr Hallett alles in seiner Macht Stehende getan hat, den Teufel von diesem Ort zu vertreiben«.

Leider erwähnte der fromme Verfasser der *Geschichte von Polgelly* nirgends, was genau diese gottlosen Spitzbuben getrieben hatten. Ich stellte das düstere Buch zurück ins Regal und versuchte es mit einem anderen: *Polgelly im Lauf der Zeit*.

Dieser Band versprach angenehmere Lektüre. Im Gegensatz zu dem anderen kam er nicht wie eine Predigt daher, und der Autor, ein Mann mit Hang zur Romantik, begann mit alten Legenden sowie der Geschichte des Brunnens in St. Non's und verwob die Fakten mit Zitaten aus Gedichten.

Bis zum Essen hatte ich das Buch bereits halb gelesen, und anschließend nahm ich es als Bettlektüre mit hinauf in mein Zimmer. Leider war ich, des Kaffees oder meiner Aufgewühltheit wegen, kein bisschen müde. Nach Mitternacht schluckte ich eine meiner Schlaftabletten und wartete darauf, in Morpheus' Arme zu sinken.

Kurz vor dem Einschlafen meinte ich, dieselben Stimmen wie vor dem Frühstück zu hören, ein leises Flüstern, das hinter der Wand am Kopfende meines Bettes hervorzudringen schien.

»Seid endlich still«, murmelte ich, das Gesicht im Kissen vergraben. »Lasst mich schlafen.«

Doch sie redeten weiter. Am Ende störte ihr Flüstern mich nicht mehr, weil die eine Stimme einen sehr angenehmen Tonfall hatte und mich sanft ins Reich der Träume hinübergleiten ließ.

# *Sechs*

Susan hatte recht gehabt: Ich fand ihre Freundin Felicity tatsächlich sympathisch.

Sie war wie Susan lebhaft und intelligent und lachte gern, eine hübsche junge Frau mit dunklem, lockigem Haar, das sie mit einem Gummiband zusammengebunden, mit einer Klammer zurückgesteckt und schließlich mit einem Tuch umwickelt hatte wie eine Zigeunerin, um es vor dem Staub zu schützen, den wir aufwirbelten.

»Ich frage mich wirklich«, sagte sie und hob ein kaputtes Billard-Queue hoch, »warum jemand so was aufbewahrt.«

»Du kanntest meinen Dad nicht.« Susan lächelte. »Wahrscheinlich wollte er noch was Nützliches aus dem Ding machen.«

»Ich mache jetzt auch was Sinnvolles damit.« Sie warf das Queue auf den wachsenden Müllhaufen vor der Tür. Bei dem Gewächshaus handelte es sich um eine relativ moderne Konstruktion. Laut Aussage von Susan war es ein Jahrzehnt zuvor erbaut worden, als Onkel George plötzlich beschlossen hatte, neue Rosensorten zu züchten. Doch wie so viele andere zuvor hatte auch dieses Projekt ihn nicht lange fesseln können. Seine Leidenschaft dafür kühlte rasch ab, als er merkte, dass das Züchten schwieriger war als erwartet, und erlosch schließlich ganz. Danach wurde das Treibhaus nur noch als Lagerraum genutzt.

Seit dem Frühstück kämpften wir uns zu dritt schon zwei Stunden lang durch das Chaos, um Ordnung zu schaffen – eine Herkulesaufgabe.

»Sieht fast so aus, als hätte eure Familie nie etwas weggeworfen«, meinte Felicity. »Was ist das, dein erster Schuh?« Sie hielt Susan einen winzigen Turnschuh hin.

»Eher der von Mark.« Susan hatte mittlerweile selbst einen kleinen Schatz entdeckt. »Schaut euch das an«, sagte sie und schlug ein dickes Album auf, damit wir einen Blick auf die Fotos darin werfen konnten, deren Farbe im Lauf der Jahre verblichen und ein wenig rötlich geworden war. Es handelte sich um einige schöne Ansichten der Gärten von Trelowarth.

»Schade drum. Das verrottet doch hier drin.« Susan blätterte weiter. »Guckt mal, das ist Claire.«

»Was für Klamotten«, lautete Felicitys Kommentar.

»Sei nicht so kritisch, das waren die Achtziger. Eva, schau.« Sie zeigte mir ein hübsches Foto des Unteren Gartens mit den Rosen in voller Blüte.

»Das solltest du vergrößern lassen und in der Teestube aufhängen«, riet ich ihr.

Susan wandte sich Felicity zu. »Könntest du das für mich erledigen, Fee?«

»Klar.«

»Fee kennt sich aus mit Fotografie. Du solltest mal ihre Bilder vom Hafen sehen«, erklärte Susan mir.

»Genau so was wollen die Touristen. Letzten Sommer habe ich für den Laden ein paar Bilder als Postkarten drucken lassen. Die gingen weg wie warme Semmeln.«

»Wo ist dein Geschäft?«, fragte ich.

»Neben *Penhaligon's*.«

»Wo früher Mrs Kinnecks Laden war«, erklärte Susan. »Du erinnerst dich doch noch an Mrs Kinneck mit den Süßigkeitengläsern hinter der Theke, oder, Eva? Sie hat uns immer Lakritze geschenkt.«

Natürlich erinnerte ich mich.

»Der Ort hat sich verändert«, klagte Susan. »Die alten Geschäfte sind bis auf den Fudge-Laden verschwunden – der ist zum Glück noch da. Aber den von Mrs Griggs gibt's nicht mehr und den von Mr Turner auch nicht.«

»Was ist mit dem kleinen Geschäft am Hafen, wo man Muscheln in Körben kaufen konnte?«, erkundigte ich mich.

»Da ist jetzt eine Teestube. Leider kann die Frau, die sie führt, keine Scones backen.«

»Sue wird ihr den Rang ablaufen«, meinte Felicity.

Susan blätterte weiter in dem Album. »Ich will niemanden verdrängen, Fee. Mir geht's lediglich darum, dass wir was verdienen. Mein Vater würde sich im Grab umdrehen, wenn unsere Familie Trelowarth verlöre.«

Felicity hielt ein großes Schild mit der blauen Aufschrift »Trelowarth Rosen« hoch. »Was ist das?«

»Teil der Ausstattung für Blumenschauen, als Dad sich noch dafür interessierte.«

Ich erinnerte mich vage an diese Schauen, die sich vom Frühjahr bis zum Herbst über die Saison verteilten. Als Kind war mir nicht bewusst gewesen, wie viel Mühe Onkel

George auf ihre Vorbereitung verwendete. Mit einem Blick auf das Schild fragte ich: »Nimmt Mark denn nicht an den Ausstellungen teil?«

»Seit Jahren nicht mehr«, antwortete Susan. »Er ist wie jeder echte Hallett nur schwer aus seinem Garten zu locken. Und jetzt, in den Zeiten des Internet, hält er es überhaupt nicht mehr für nötig, sich in Gesellschaft zu begeben. Er wird noch als Junggeselle sterben.«

»Das bezweifle ich«, widersprach ich. »Dazu sieht Mark zu gut aus.«

»Mit dem Haarschnitt?« Susan drehte das Album so, dass Felicity und ich ein Foto von Mark als Teenager betrachten konnten, mit Jeans, leuchtend limonengrünem T-Shirt und Achtziger-Jahre-Fönfrisur.

Felicity musste laut lachen. »Und wer ist das hinter ihm?«

»Claire«, antwortete Susan. »Die Bilder sollten wir ihr zeigen. Wahrscheinlich hat sie die völlig vergessen.«

Felicity argwöhnte, dass Claire das Album absichtlich im Gewächshaus deponiert hatte. »Wer würde schon gern an solche Klamotten erinnert werden?«

Mein Magen machte mich darauf aufmerksam, dass es Mittag wurde und Claire uns zu Sandwiches und Tee eingeladen hatte.

Die Hunde folgten uns, als wir in Richtung Küstenpfad gingen. Susan stieß einen Pfiff aus, und die drei größeren verschwanden im Wald, während Samson mir nicht von der Seite wich.

Ich liebte Hunde, hatte jedoch nie selbst einen besessen. In meiner Kinderzeit in Vancouver hatte mein Vater sich lediglich zu zwei Katzen überreden lassen, und in meinen Wohnungen in L. A. waren keine Haustiere erlaubt gewesen.

Offenbar mochte Samson mich. Er wedelte beim leisesten Wort von mir mit dem Schwanz und war ständig in meiner Nähe. Als er im Unterholz herumzuschnüffeln begann, wartete ich auf ihn und fragte: »Was ist denn da so interessant?«

Samson spitzte die Ohren und schnüffelte weiter. Wahrscheinlich witterte er ein Kaninchen, vielleicht sogar Susans Dachs. Da raschelte es in der Nähe, und Samson hob den Kopf. Kurzes Schnuppern, dann verschwand er im Wald. Als ich Luft holte, um ihn zurückzurufen, begannen die Bäume, sich zu bewegen.

Den Eindruck hatte ich zumindest. Der Pfad schien sich zu verengen, der Wind wurde wärmer, und das Licht der Sonne fiel in einem anderen Winkel durch die Blätter. Unmittelbar vor mir tauchte plötzlich eine Weggabelung auf, die kurz zuvor noch nicht dort gewesen war.

Hatte Mark mir nicht versichert, dass es nur einen einzigen Pfad durch den Wald gab?

Der zweite Weg lag im Schatten und führte in Richtung Klippen und Meer. Der Bewuchs an den Rändern bewies, dass er nicht gerade erst angelegt worden war, und außerdem entdeckte ich tiefe Fußspuren, die jemand nach dem Regen hinterlassen hatte.

Verwirrt betrachtete ich den altbekannten Pfad. Felicity und Susan waren so weit vor mir, dass ich sie nicht mehr sehen konnte. Ich rief: »Susan?«

Keine Antwort.

Da ließ der Wind die Äste und Blätter über mir erzittern; wieder veränderte sich die Umgebung, und mir wurde schwindelig. Ich schloss die Augen.

In dem Moment brach etwas durch die Farne neben

mir, und mir blieb vor Schreck fast das Herz stehen. Kurz darauf spürte ich eine schnüffelnde Schnauze an meinem Bein. Als ich vorsichtig die Augen öffnete, sah ich, dass Samson von seinem Jagdausflug zurückgekehrt war, mit einem Zweig, der sich in seinem wedelnden Schwanz verfangen hatte.

Ich holte tief Luft und hob den Blick zu den Bäumen. Alles war wie immer: ein Weg durch den Wald, jeder Baum an seinem Platz und Felicity und Susan vor mir.

Als meine Knie zu zittern aufhörten, folgte ich ihnen.

Das Mittagessen zog wie hinter einem Vorhang an mir vorbei. Ich folgte dem Gespräch so weit, dass ich an den richtigen Stellen nicken konnte. Hin und wieder trug ich sogar selbst etwas dazu bei. Aber eigentlich war ich nicht bei der Sache, und Claire merkte das.

Nach dem Lunch, als wir mit Keksen und Tee auf die Terrasse hinters Haus gingen, nahm sie mich beiseite. Claires Garten hatte aufgrund seiner Nähe zu den hohen Bäumen des Wilden Walds etwas Märchenhaftes. Was hier gedieh, musste sich mit Schatten begnügen. Geißblatt bedeckte die kornische Hecke, jene halbhohe Steinmauer im für diesen Teil Cornwalls so typischen dichten Fischgrätmuster, und dahinter wuchsen weiche Farne und eine tropisch anmutende hohe stachelige Pflanze. In der Mitte des Gartens, die die Sonne immer erreichte, hatte Claire eine Sonnenuhr aufgestellt und die Erde rundherum umgegraben.

Während Felicity und Susan in dem Fotoalbum blätterten, sagte Claire: »Komm, Eva, hilf mir, die Blumen einzupflanzen.«

Sie gab mir ein Paar Arbeitshandschuhe und eine Kelle und führte mich zu der Sonnenuhr, unter der Setzlinge in kleinen Plastiktöpfen standen. »Hier.« Sie reichte mir ein dürres Pflänzchen, dessen empfindliche Wurzeln in einem Erdballen steckten, und ich kniete neben ihr nieder. Anfangs arbeiteten wir noch schweigend: schaufeln, einsetzen, festklopfen, einen kleinen Wall drumherum, um das Regenwasser zu halten, nach der nächsten Pflanze greifen, wieder schaufeln, einsetzen, festklopfen …

Der gleichförmige Rhythmus beruhigte mich. Das Sonnenlicht fiel auf den goldenen Claddagh-Ring an meiner Hand. »Tante Claire?«

»Ja?«

»Darf ich dich was fragen?«

»Natürlich.«

»Als Onkel George gestorben ist …« Nein, das war nicht der richtige Anfang. »Hat dein Gehirn dir nach dem Tod von Onkel George Trugbilder vorgegaukelt?«

»Was für Trugbilder?«

»Hast du Dinge gesehen, die gar nicht da waren?«

Claire hob den Blick. »Ist das bei dir so?«

»Manchmal. Und ich höre Dinge.«

»Du meinst die Stimmen in deinem Zimmer. Mark hat es gestern erwähnt.«

Ich formte vorsichtig einen kleinen Erdwall. »Hält er mich für verrückt?«

»Aber nein.« Sie zupfte eine welke Blüte von einer Pflanze, bevor sie sie einsetzte. »Unser Körper muss in der Trauer mit vielem fertigwerden. Und um deine Frage zu beantworten: Ja, mein Gehirn hat mir nach dem Tod von George tatsächlich Dinge vorgegaukelt. Das tut es nach wie vor.

Manchmal rieche ich noch sein Rasierwasser. Diesen Frühling ist es fünf Jahre her; trotzdem habe ich hin und wieder das Gefühl, als wäre er in der Nähe. Hab Geduld, Eva. Nach einer Weile wird es leichter.«

Ich war bei der letzten Pflanze angekommen. »Ja, ich weiß.« Schaufeln, einsetzen, festklopfen.

»So, das wär's«, sagte Claire, wischte die Hände an ihrer Hose ab und begutachtete zufrieden unser Werk.

Auch ich erhob mich, und zum ersten Mal betrachtete ich die Sonnenuhr genauer. Das Podest aus Stein hatte anmutig geschwungene Linien, und die Wetterfahne oben, die den Stand der Sonne mit erhobenen römischen Ziffern anzeigte, war geformt wie ein Schmetterling mit geschlossenen Flügeln. Um den oberen Teil verlief ein Schriftzug, Zeilen eines Gedichts:

*Der Schmetterling zählt nicht Monate, sondern Momente und hat Zeit genug.*

Ich zeichnete die Buchstaben mit dem Finger nach.

»Schönes Gedicht, nicht wahr?«, fragte Claire. »Von Rabindranath Tagore. Ich mag seine Werke. Felicity hat sich selbst übertroffen, finde ich.«

»Felicity hat die Buchstaben eingemeißelt?«

»Ja, das ist ihr Beruf«, bestätigte Claire. »Sie ist eine sehr begabte Bildhauerin.«

»Sieht ganz so aus.«

Der Bronzeflügel des Schmetterlings warf seinen langen Schatten zwischen die römischen Zahlen eins und zwei; Claire verglich die Zeit auf ihrer Armbanduhr. »Die Sonnenuhr geht absolut genau«, stellte sie fest. »Diese altmodischen Dinge haben schon etwas.« Sie ließ sich die Brise, die gerade aufkam, um die Nase wehen. »Das keltische Verständnis vom Leben, dass diese Welt und die nächste gar nicht so getrennt voneinander sind, wie wir meinen, hat mich schon immer angesprochen. Meine Großmutter kam aus Wales, war eine echte Keltin. Flüsternde Stimmen in ihrem Haus hätten sie nicht erschüttert. Sie hätte gesagt, dass du die Stimmen von Menschen gehört hast, die zu einer anderen Zeit in Trelowarth lebten und den Raum mit uns teilen.«

Ich gestand ihr, dass mir diese Vorstellung gefiel.

»Mir auch«, pflichtete Claire mir bei. »Vielleicht hast du dir die Stimmen doch nicht eingebildet.«

»Das sagst du nur, damit ich nicht das Gefühl habe, den Verstand zu verlieren.«

»Und, funktioniert's?«

»Irgendwie schon.« Ich ließ mich von ihr umarmen. »Danke.«

»Keine Ursache.«

Sie drehte sich um und schaute hinüber zu Susan und Felicity, die nach wie vor über das Album gebeugt saßen. »Habt ihr zwei immer noch nicht genug über meine Klamotten von damals gelacht?«, rief sie ihnen zu.

»Nein«, rief Susan zurück. »Wir wählen gerade ein paar Fotos für die Teestube aus.«

»Die hänge ich eigenhändig wieder ab.«

»Nicht von dir«, beruhigte Susan sie lachend. »Vom Gewächshaus. Zum Beispiel dieses hier.« Sie kam mit dem Album zu uns.

»Ach«, sagte Claire. »Ja, das ist hübsch.«

»Wolltest du Claire nicht über die Teestube befragen, in der ihre Großeltern sich kennengelernt haben?«

»Ja.«

Felicity gesellte sich ebenfalls zu uns. »Deine Großeltern haben sich in einer Teestube kennengelernt?«

»Ja.«

»Erzähl die Geschichte«, forderte Susan Claire auf. »Sie ist romantisch. Besonders der Teil, in dem dein Großvater sich auszieht.«

Claire schmunzelte. »Das hat er nicht gemacht.«

»O doch. Er ist aus seinem Hemd geschlüpft.«

»Aus Höflichkeit.«

»Das sagen sie alle«, lautete Felicitys Kommentar.

»Es hatte zu regnen angefangen«, begann Claire. »Und die Reisegruppe meiner Großmutter – sie war mit Freunden aus dem walisischen St. David's nach Cornwall gekommen – hat vollkommen durchnässt in der Teestube Schutz gesucht, um sich aufzuwärmen. Mein Großvater hat an dem Tag dort gearbeitet; er war Klempner. Als er sie sah, war es um ihn geschehen.«

Susan führte die Geschichte fort. »Er ist an ihren Tisch gegangen, hat sich das Hemd vom Leib gerissen, und …«

»Nein, es war längst nicht so dramatisch«, widersprach Claire. »Weil sie vor Kälte zitterte, hat er ihr sein trockenes Hemd gegeben. Ein echter Gentleman eben. Allerdings wurde meine Oma den Verdacht nie los, dass er es nur getan hat, um seinen durchtrainierten Körper herzeigen zu können.«

»Wie hieß die Teestube?«, erkundigte sich Susan.

»The Cloutie Tree.«

Passend für Cornwall, dachte ich. *Cloutie trees*, oft Dornbüsche, sind eine keltische Tradition und wachsen bei heiligen Brunnen. Pilger binden *clouts*, in Wasser getauchte Stoffstücke, gegen Krankheit und Wunden daran. Wenn das Tuch sich in der Witterung allmählich auflöst, verschwindet angeblich die Krankheit. Am heiligen Brunnen des nicht allzu weit entfernten St. Non's gab es einen solchen Baum.

»Die Cloutie-Tree-Teestube«, sagte Susan. »Ich glaube, so nenne ich die meine auch. Was hältst du davon, Claire?«

»Prima, Susan«, antwortete Claire geistesabwesend. »Und sehr passend.« Sie berührte die Sonnenuhr mit einer fast schon wehmütigen Geste und machte sich daran, ihr Werkzeug wegzuräumen.

Als ich ihr nachsah, wie sie durch den verwilderten hinteren Garten zum Haus ging, wurde mir bewusst, dass Claire wie ich ihre Familie in jungen Jahren verloren hatte. Ihre Großeltern und Eltern hatten alle nicht mehr gelebt, als sie zwanzig war; bei der Heirat mit Marks und Susans Vater war sie allein gewesen. Und abgesehen von Mark und Susan hatte sie auch jetzt niemanden mehr.

Offenbar war das der Lauf der Welt. Wir konnten nie wissen, was die Zeit uns brachte. Der Schatten der Sonnenuhr hatte sich ein kleines Stück weiterbewegt.

Sie zählte die Momente, nicht die Monate, behauptete das Gedicht. Fast beneidete ich den Bronzeschmetterling, der sich mit einem Dasein in der Gegenwart begnügte und sich nicht um die Vergangenheit scherte. Um das, was hätte sein können.

Claires tröstende Worte, ich solle Geduld haben, mit der Zeit werde alles leichter, kamen mir in den Sinn.

Ich konnte nur hoffen, dass sie recht hatte.

# *Sieben*

*Der Begriff »Halluzination«*, hieß es in dem Internet-Artikel, *bezieht sich auf falsche Sinneswahrnehmungen, meist der Augen oder Ohren.*

Ich machte es mir auf dem Stuhl an Marks Schreibtisch bequem und las weiter. Der endlos lange, in Fachsprache verfasste Artikel beschrieb in dem Unterpunkt »Auditive Halluzinationen« sehr zutreffend das Phänomen der Stimmen, die ich in meinem Zimmer durch die Wand gehört hatte. Und obwohl die meisten Leute, die imaginäre Dinge wahrnahmen, wohl eher Menschen als Pfade heraufbeschworen, war mir klar, dass das, was ich im Wilden Wald gesehen hatte, unter die Kategorie »Visuelle Halluzinationen« fiel.

Die Ursachen, erklärte der Artikel, seien unterschiedlicher Natur. Wenn ich für mich Schizophrenie ausklammerte, blieben noch eine ganze Reihe anderer, darunter Stress, Depressionen und Erschöpfung. Außerdem gab es Arzneien, bei denen Halluzinationen als Nebenwirkung auftreten konnten, insbesondere Beruhigungsmittel.

Ich holte meine Schlaftabletten aus der Handtasche auf dem Boden neben dem Stuhl, gab den Namen in den Computer ein und überprüfte die Nebenwirkungen. Und tatsächlich, da stand es schwarz auf weiß: Halluzinationen.

Ich atmete durch. Also verlor ich doch nicht den Verstand, dachte ich erleichtert. Die Pillen waren schuld. Wenn ich sie nicht mehr nahm und somit die Ursache beseitigte, hatten auch die Halluzinationen ein Ende, behauptete der Artikel.

Ich hörte, wie die Hintertür aufging, jemand eintrat, die Stiefel abstampfte und wie die Pfoten der Hunde über den Boden klackerten. Mir blieb gerade genug Zeit, um die Schlaftabletten in meiner Handtasche verschwinden zu lassen und das Suchfenster zu schließen, bis Mark hereinkam und sich erkundigte: »Na, macht's Spaß?«

»Ich weiß nicht so recht. Welcher Entwurf gefällt dir?«

Er hob argwöhnisch eine Augenbraue. »Ich dachte, die Website ist für Susan.«

»Ja, aber wir versuchen gerade, ein Image für Trelowarth zu kreieren, und dabei möchtest du sicher ein Wörtchen mitreden. Schließlich ist auch dein Blog betroffen.«

»Mein Blog?«

»Du bist doch der Fachmann für alte Rosensorten. Nun zieh kein solches Gesicht. Das wird dir Spaß machen. Per Internet kannst du mit all deinen Kunden ständig in Kontakt sein.«

»Das bin ich jetzt schon. Sie schicken mir ihre Aufträge per E-Mail, und ich führe sie aus.«

»Was für eine gesellige Art der Kommunikation.«

»Und worüber soll ich bloggen?«

Ich zuckte mit den Schultern. »Über das, was du im Garten so treibst. Oder über die Geschichte der Rosen. Egal. Es ist dein Blog.«

»Na schön, Superhirn.« Er rückte einen Stuhl heran und setzte sich neben mich. »Ich gebe mich geschlagen.« Er überflog meine Vorschläge. »Der da ist nicht übel.«

»Gut. Der gefällt Susan auch. Nun sollten wir uns über die Farben unterhalten.«

Mark ertrug geduldig eine halbe Stunde Website-Planung mit mir, bevor er unruhig wurde.

»Genug«, sagte ich. »Ich habe ausreichend Arbeitsmaterial und kann die Website in einer Woche fertigstellen.«

»In einer Woche.« Offenbar bereitete ihm der Gedanke, dass ich so lange in seinem Büro bleiben würde, Kopfschmerzen.

»Ich muss nicht hier arbeiten, wenn das ein Problem ist«, versicherte ich ihm, »sondern kann mich mit deinem zweiten Drucker und dem Laptop an den Küchentisch setzen.«

»Nicht nötig. Weißt du was? Geh doch in das alte Arbeitszimmer meines Vaters. Da hast du deine Ruhe und stolperst nicht die ganze Zeit über meine Sachen.«

Eine gute Lösung, dachte ich. Onkel Georges Büro lag nahe bei meinem Zimmer und war ein ganzes Stück von Marks und Susans Schlafzimmern entfernt, sodass ich bis spät in die Nacht tüfteln konnte, ohne Angst haben zu müssen, dass ich sie aufweckte. Denn nur so würde ich die ersten Nächte ohne Schlaftabletten überstehen.

Die Website war tatsächlich innerhalb einer Woche fertig, und nach einer letzten Überprüfung schlief ich problemlos ein, ohne etwas eingenommen zu haben.

Erholt trat ich am folgenden Morgen durch die hintere

Tür hinaus in einen frischen, sonnigen Tag mit einer steifen Brise vom Meer, die nach einer Woche vor dem Computer die Spinnweben aus meinem Gehirn blies.

Die Hunde stürmten heran, um mich zu begrüßen, und gesellten sich dann wieder zu Mark, der irgendwo im Garten arbeitete. Ich spielte mit dem Gedanken, ihnen zu folgen, wusste aber, dass ich ihm keine Hilfe sein, sondern ihn eher behindern würde. Außerdem wollte ich nun, da die Website stand, mit Susan die nächsten Schritte besprechen.

Sie sah mit Felicity an der Tür des Gewächshauses dem Klempner von Andrews & Son aus St. Non's zu, der für Susan die alten Rohre inspizierte. Der junge Mann war auffallend gut gebaut, und Felicity, die ihn genauso anstarrte wie Susan und ich, stieß ihre Freundin in die Rippen und sagte: »Das hast du prima hingekriegt. Ein genaues Ebenbild der Vergangenheit.«

»Was?«, fragte Susan verständnislos.

»Du erschaffst gerade Claires Cloutie-Tree-Teestube neu, einschließlich des attraktiven Klempners. Ich hätte nichts dagegen, wenn er sein Hemd auszieht.«

»Fee!«

»Was denn? Er kann uns doch nicht hören. Mein Gott, schau dir diesen Körper an.«

Der Handwerker überprüfte soeben eine der oberen Rohrverbindungen, wobei seine muskulöse Brust bestens zur Geltung kam.

»Wie heißt er?«, erkundigte sich Felicity.

Susan schüttelte den Kopf. »Keine Ahnung. Er hat sich nicht vorgestellt.«

»Der könnte auch mal zu mir kommen.«

Ich schmunzelte über Felicitys Geplänkel, ohne ihr wirklich zu glauben, weil ich wusste, dass sie bereits hoffnungslos verliebt war.

Mark ahnte natürlich nichts davon. Mir fiel auf, wie Felicity ihn ansah und lächelte, wenn er mit ihr sprach. Männer konnten ziemlich blind sein, dachte ich, genau wie der Klempner, der sich der allgemeinen Bewunderung nicht bewusst war.

»Vielleicht sollte ich mich bei ihm erkundigen, ob er irgendwelche Fragen hat«, meinte Susan mit Unschuldsmiene, bevor sie das Treibhaus mit ausgeprägtem Hüftschwung durchquerte.

»Schön, dass sie sich nach der letzten Niete wieder für Männer zu interessieren beginnt«, sagte Felicity aufrichtig erfreut.

»War er schlimm?«

»Nein, überhaupt nicht. Aber deutlich älter als Sue, was die Sache manchmal ziemlich schwierig machte. Sie konnte nicht viel mit seinen Freunden anfangen und er nicht mit den ihren, und … na ja, sie kommen aus unterschiedlichen Generationen und Welten, und manchmal lässt sich eine solche Kluft einfach nicht überbrücken. Am Ende hat der Tod deiner Schwester den Ausschlag gegeben. Sue sagt, da habe sie realisiert, dass das Leben zu kurz ist für ständige Auseinandersetzungen, und hat sich auf den Weg nach Hause gemacht. Der Tod deiner Schwester war ein Schlag für alle hier.«

»Für mich auch.«

Zum Glück versuchte Felicity nicht, mich mit Allgemeinplätzen zu trösten. »War sie deine einzige Schwester?«

»Ja.«

»So was kann ich mir gar nicht vorstellen. Ich habe drei

Schwestern und zwei Brüder. Wir vermehren uns wie die Karnickel. Jedes Mal, wenn ich heimkomme, ist ein neuer Neffe oder eine neue Nichte da.«

»Wo bist du zu Hause?«, fragte ich.

»In Somerset.«

Es wunderte mich, dass sie nicht aus Cornwall stammte, denn mit ihren dunklen Haaren und Augen und dem kleinen, zierlichen Körper, der in Jeans und einer taillierten Bluse steckte, sah sie sehr kornisch aus. Ihre Locken hatte sie mit dem Zigeunertuch zu einem schwingenden Pferdeschwanz zurückgebunden. Und sie sprach mit leichtem kornischen Akzent.

»So weit ist das nicht weg«, meinte sie. »Auch wenn mir Cornwall anfangs wie eine andere Welt erschien, als hätte ich eine bedeutende Grenze überschritten.«

»Das hast du, den Tamar.« Ich erzählte ihr, was meine Mutter über den Fluss gesagt hatte, darüber, welche Wirkung er auf Menschen mit kornischem Blut ausübte.

»Tja, dann gibt's in meiner Familie wohl irgendwelche Vorfahren aus Cornwall, denn diese Wirkung habe ich definitiv gespürt. In meinem letzten Jahr an der Uni war ich mit Freunden in den Sommerferien hier. Danach habe ich die ganze Zeit nach einem Grund gesucht, wieder herzukommen. Und am Ende habe ich meine Siebensachen gepackt und bin hergefahren. Ohne genaueren Plan. Meine Eltern dachten, ich hätte den Verstand verloren. Das glauben sie übrigens immer noch, aber inzwischen versuchen sie nicht mehr, mich zu bekehren. Ich habe ihnen gesagt, dass man sich gegen Cornwall nicht wehren kann.«

Ich wusste, was sie meinte. Dieser westliche Zipfel Großbritanniens packte die Seele und ließ sie nicht wieder los.

In den Mooren und den schwarzen Klippen und in der Stimme der See steckte etwas Altes, Wildes, das von unsichtbaren, magischen Dingen kündete.

»In Cornwall«, sagte Felicity, »hat man das Gefühl, dass etwas Magisches geschehen könnte.«

An diese Worte musste ich denken, als ich nach dem Mittagessen auf dem Weg zur Bank in Polgelly den Hügel hinunterging. Ich war ganz allein auf der Straße unterwegs, auf der ein Auto nur mühsam an mir vorbeigekommen wäre. Als ich den dunklen grünen Baldachin der Bäume erreichte, die graue, taillenhohe Steinmauer auf der einen und die grobe Hecke auf der anderen Seite, brachte der Wind die Blätter über mir zum Rascheln, und mir fiel ein, wie zauberhaft ich diese Gegend als Kind gefunden hatte.

Damals war ich sicher gewesen, dass sich zwischen den sanft wippenden Glockenblumen am Straßenrand Feen verbargen, und ich hatte vorsichtig einen Fuß vor den anderen gesetzt, um sie nicht zu stören. Jeder Windstoß hatte für meine kindlichen Ohren eine beschwingte Melodie erzeugt, die Erwachsene nicht hören konnten. Ich hatte mir den Baumtunnel als Eingang zum Land der Feen vorgestellt und war mir sicher gewesen, dass ich auf der anderen Seite an einem wunderschönen Ort herauskommen würde.

Beim ersten Anblick der verwinkelten Straßen und weiß getünchten Läden und Häuser, die sich wie Bauklötze die Anhöhe über dem Hafen hinaufzogen, fühlte ich mich erneut in meine Kindheit zurückversetzt.

Es war Ebbe. Die kleineren Boote lagen wie beschwipst schräg im Matsch und warteten auf die Rückkehr des Meeres.

Der Hafen mit den gezackten Felsen rundherum hatte Schmugglern früher ein ideales Versteck geboten. Ohne die Häuser hätte man nicht geahnt, dass sich hinter diesen Felsen ein Hafen verbarg. Segelboot-Touristen sahen sich bei der Einfahrt oft vor Probleme gestellt.

Die Straße entlang der Kaimauer war im Grunde genau so, wie ich sie in Erinnerung hatte. Die Bank trug einen anderen Namen, befand sich jedoch an der gewohnten Stelle, und im Innern begrüßte mich wie eh und je der Geruch von Bohnerwachs und Papier. Mein neuer Kundenberater Mr Rowe war ein gründlicher Mensch, der mir alle auszufüllenden Formulare geduldig erläuterte. Da ich meinen britischen Pass behalten hatte und somit noch immer britische Staatsbürgerin war, gestalteten sich die Dinge nicht allzu schwierig.

»Sie wohnen momentan in Trelowarth?«

»Ja.«

»Dann trage ich Ihre hiesige Adresse ein. Und wie viel Geld möchten Sie von Ihrer kalifornischen Bank hierher überweisen?«

»Alles«, antwortete ich und reichte ihm Auszüge meiner beiden amerikanischen Konten. Er hob eine Augenbraue angesichts des Betrags, sagte aber nichts.

»Gut«, meinte er. »Ich lasse alles abzeichnen und gebe Ihnen Bescheid, wenn Ihr Geld da ist.«

»Danke.« Ich verabschiedete mich mit einem Händedruck und überquerte die Straße zum Fudge-Laden.

Als ich eintrat, klingelte das Glöckchen wie früher, und, überwältigt vom Geruch der Süßigkeiten, fühlte ich mich wie zehn. Ich erwarb ein halbes Pfund meiner Lieblingssorte Schoko-Minze und ging hinaus, um mich zwischen den Touristen auf der sonnenerwärmten Kaimauer darüber herzumachen. Da fiel mein Blick auf das grüne Apotheken-Schild ein paar Meter weiter. Felicity hatte gesagt, ihr Geschäft befinde sich neben der Apotheke. Ich verstaute die knisternde Papiertüte mit dem Fudge in meiner Tasche.

Eigentlich erwartete ich, dass der Laden geschlossen war, weil Felicity mittwochs frei hatte und sie Susan nach wie vor im Gewächshaus half, doch an der Tür hing ein Schild mit der Aufschrift »geöffnet«. Ich trat ein.

Das Geschäft war hübsch, wenn auch ein wenig chaotisch wie seine Inhaberin. Ich entdeckte darin Postkarten mit zarten Tintenzeichnungen von Hafenszenen und Glockenspiele aus Glas, in denen sich die Sonne spiegelte. Ein Regenbogen aus Seidentüchern und keltischem Silber- und Goldschmuck hatte Mühe, sich gegen allerlei gerahmte Bilder zu behaupten. Einige waren von Claire. Ich kannte ihren sicheren Pinselstrich, die kräftigen Farben sowie ihre Art, die Gemälde durch Licht zum Leben zu erwecken.

Auch Felicitys Bronzeskulpturen befanden sich hier; sie verrieten die gleiche Meisterschaft wie der Schmetterling auf der Sonnenuhr. Besonders gefielen mir die kleinen *piskies*, kornische Feen und Elfen – unterschiedliche Versionen der immer gleichen Figur, die aussahen, als wären sie mitten im Tanz erstarrt.

Hinter mir hörte ich einen Hocker scharren, dann Schritte, die sich mir näherten, und schließlich die freundliche Stimme eines jungen Mannes. »Kann ich Ihnen helfen?«

Ich schüttelte den Kopf. »Ich schau mich nur um.«

»Haben Sie schon was Interessantes gefunden?«, fragte er lächelnd. Er war ungefähr so alt wie ich, attraktiv, hatte goldblondes Haar und blaue Augen, die mir irgendwie bekannt vorkamen.

Ich musterte ihn genauer.

»Du erinnerst dich nicht?«

Ich war mir nicht sicher. »Oliver?«

Konnte das Oliver sein, der Sohn der Frau, die nach dem Tod ihrer Mutter auf Susan und Mark aufgepasst hatte? Da er jeden Tag mit seiner Mum in Trelowarth gewesen war, kannte er Gebäude und Anwesen genauso gut wie wir. Auch nach Claires Heirat mit Onkel George hatte seine Mutter noch hin und wieder bei ihnen ausgeholfen, und Oliver war unser Spielkamerad gewesen.

Er verschränkte die Arme vor der Brust. »Du erinnerst dich also doch.«

»Tja, Jungs, die mit Steinen nach einem werfen, vergisst man nicht so leicht.«

»Ein einziges Mal«, wehrte er sich. »Mit einem Kieselstein. Soweit ich mich erinnere, hast du ihn aufgehoben und zurückgeworfen. Und anders als ich getroffen.«

Das stimmte. Ich hatte ihn an der Stirn erwischt, und er war umgefallen. »Du bist ganz schön erwachsen geworden.«

»Du auch. Mark hat gar nicht erwähnt, dass du zu Besuch da bist. Bleibst du länger hier?«

»Möglich. Du arbeitest für Felicity?«

»Nur am Mittwoch, weil da bei mir geschlossen ist.« Als er meinen fragenden Blick sah, fügte er hinzu: »Ich führe ein Schmugglermuseum.«

»Ach. Wo?«

»Unten am Hafen, zwischen Pub und Teestube.« Oliver legte den Kopf ein wenig schräg. »Was riecht denn hier nach Schokolade?«

»Mein Fudge.« Ich holte die Tüte aus der Tasche. »Energienahrung für den Hügel«, erklärte ich.

»Dann lass uns was davon essen.«

Ich hielt ihm die Tüte hin, und er nahm sich ein Stück heraus.

»Und wofür brauchst du die Energie?«, erkundigte ich mich. »Du wohnst doch hier unten.«

»Stimmt.« Er grinste. »Aber ich könnte mir vorstellen, dass ich in nächster Zeit ziemlich oft den Hügel hinaufgehen werde.«

# Acht

Am Ende mogelte ich und ging nicht über die steile Straße zurück nach Trelowarth, sondern um den Hafen herum und den Küstenpfad hinauf, der sich durch die Felder unter Trelowarth sanft zum Wilden Wald und zur Klippe hinaufwand.

Neben dem Weg blühten gelbe, stachelige Stechginsterbüsche und Grasnelken am Klippenrand, wo ich hörte, wie sich die Gischt dröhnend an den Felsen weit unter mir brach.

Auf diesen Teil des Küstenpfads wagten sich nur wenige Touristen, geübte Wanderer und Leute, die dem Leuchtfeuer einen Besuch abstatten wollten. Oder Menschen, die die wilde, unberührte Natur liebten und keine Höhenangst hatten.

Als der Weg einen Einschnitt in der Klippe erreichte, von dem aus ich unter mir das brodelnde Wasser sah, wurde mir ein wenig schwindelig. Und als dann noch heftiger Wind aufkam, der mich fast von den Füßen fegte, verließ ich den Pfad lieber und durchquerte die Felder unterhalb des Hauses.

Ich stellte den Kragen meiner Jacke hoch und zog den Kopf ein. Fast war ich schon am Gebäude, als ich merkte, dass etwas nicht stimmte.

Hier hätte sich eigentlich der Rasen befinden sollen, auf dem wir früher Federball gespielt hatten. Ich hob den Blick und blieb verwirrt stehen.

Der Rasen war verschwunden.

Dafür stand keine fünf Meter von mir entfernt ein Mann mit dem Rücken zu mir, ohne mich zu bemerken, und beobachtete die Straße.

Er trug eine ärmellose Weste aus grobem braunen Stoff, die bis unter die Taille reichte; die Ärmel seines weißen Hemdes waren bis zu den Ellbogen hochgekrempelt, und die eng anliegende braune Hose steckte in ebenfalls braunen, kniehohen Stiefeln. Auch sein langes, nach hinten gebundenes Haar, das mich an Seeleute in Kostümfilmen erinnerte, war braun.

Eine weitere Halluzination, dachte ich, allerdings eine sehr reelle. Da drehte er sich um und sah mich.

Seine hellen Augen leuchteten in seinem sonnengebräunten Gesicht.

Unsicher wich ich einen Schritt zurück. Er hob eine Hand, um mich zu beruhigen.

»Keine Angst. Ich tue Ihnen nichts.« Seine tiefe, raue Stimme kam mir irgendwie bekannt vor.

Ich wich weiter zurück.

»Warten Sie«, sagte er und schickte sich an, mir zu folgen. Da geschah etwas sehr Merkwürdiges: Als ich mich von ihm wegbewegte, begann er, sich aufzulösen, und verschwand wie ein Schatten.

Ich glaubte wahrzunehmen, wie er die Hand nach mir

ausstreckte, um mich aufzuhalten. Dann war er plötzlich nicht mehr auf dem Hügel und ich auch nicht.

Ich stand wieder auf dem Küstenpfad, an dem Einschnitt in der Klippe, und sah das Wasser unter mir weiß gegen die schwarzen Felsen brodeln.

Onkel Georges Büro, in dem ich in der vergangenen Woche am Computer gearbeitet hatte, war in meiner Kindheit mein Lieblingsversteck gewesen. Hinter dem grünen Stuhl kauernd, konnte ich alle drei Türen im Auge behalten – die eine direkt gegenüber, die auf den Flur führte, und auch die beiden anderen zu den Nachbarzimmern. Der alte Schreibtisch hatte einen offenen Raum für die Beine, in den ich genau passte, und hinter den langen, schweren Vorhängen konnte man sich ebenfalls hervorragend verstecken.

An diesem Nachmittag zog ich mich dorthin zurück. Bei meiner Heimkehr hatte ich erleichtert festgestellt, dass niemand im Haus war – alle arbeiteten noch. So konnte ich ungestört weiter Internet-Artikel über Geisteskrankheiten und Halluzinationen lesen.

Mich störte weniger die Tatsache, dass ich die Realität so schnell und leicht hatte verlassen können, als dass ich glaubte, den Hügel hinaufgeklettert und dem Mann in Braun begegnet zu sein, obwohl ich immer auf dem Küstenpfad geblieben war.

Die Schlaftabletten konnten daran nicht schuld sein, weil ich seit einer Woche keine mehr genommen hatte. Und ich litt auch nicht unter Stress. Ich hatte sogar meine Armbanduhr abgenommen und sie mit meinem Handy in eine Schublade gelegt.

Ich würde einen Arzt aufsuchen, ihm alles erklären und

ihn fragen müssen, ob es eine Möglichkeit gebe, meine Halluzinationen zu behandeln.

Ich las weiter in den Artikeln: *Geistig gesunde Menschen wissen, anders als solche mit psychischen Erkrankungen, dass sie halluzinieren.*

Immerhin ein Trost. Ich hatte bei meiner Begegnung mit dem Mann auf dem Hügel die ganze Zeit über gewusst, dass er nicht real war. Trotzdem hatte sich alles sehr real angefühlt – der Wind, die Wärme der Sonne auf meiner Haut und der harte Boden unter meinen Füßen …

*Halluzinationen können mehrere Sinne betreffen, und zwar so intensiv, dass es fast unmöglich wird, das Eingebildete vom Realen zu unterscheiden. Saft schmeckt nach Saft, und Seide fühlt sich an wie Seide.*

Im Verlauf meiner Recherchen stellte ich fest, dass es bei Halluzinationen nicht ungewöhnlich war, sich menschliche Gestalten einzubilden, sie sprechen zu hören oder sich mit ihnen zu unterhalten. Angeblich waren diese Fantasie-Menschen harmlos, solange sie einem keine heiklen Dinge einredeten, zum Beispiel einen Mord.

*Studien haben ergeben,* schrieb ein Autor, *dass es wenig zu nutzen scheint, wenn man versucht, diese Erscheinungen zu ignorieren. Erfolgreicher ist es offenbar, ihnen einfach zu sagen, sie sollen verschwinden. Außerdem …*

Da nahm ich aus den Augenwinkeln eine Bewegung wahr. Ich hob den Blick, weil ich Mark oder Susan erwartete, doch in der Tür stand niemand. Dafür ging auf dem Flur jemand vorbei. Ein Mann. Ich sah ihn verschwommen wie einen grauen, durchsichtigen Schatten. Er blieb stehen und schaute herein, als hätte er gerade etwas Ungewöhnliches entdeckt.

Ich schloss die Augen und hielt den Atem an, ohne mich zu bewegen. *Er ist nicht real*, sagte ich mir. Meine Gehirnzellen produzierten diese Chimäre, das hatten mir die Artikel soeben erklärt. Da war niemand.

Als ich die Augen wieder öffnete, war tatsächlich niemand mehr da.

Diesmal hatte ich es geschafft, die Erscheinung zu kontrollieren. Vielleicht war das die richtige Methode: Ich musste mir die Zeit nehmen, mich selbst davon zu überzeugen, dass ich mir alles nur einbildete. So würde ich bis zu meinem Arztbesuch vorgehen.

Auf dem Schreibtisch schlug eine kleine Messinguhr fünf Mal. Bald würden die anderen kommen. Ich beschloss, etwas zum Abendessen zu kochen.

Als ich mich erhob und die Hand nach dem Computer ausstreckte, verschwamm der Schreibtisch und mit ihm der ganze Raum vor meinen Augen und löste sich auf.

Wieder machte ich die Augen zu. Ich hörte, wie das Fenster im Wind zu klappern begann, und nahm durch die geschlossenen Lider ein grelles Licht wahr, das mich dazu brachte, sie zu öffnen.

Die Tür zum Nebenzimmer war offen, und darin stand der Mann in Braun.

Jetzt trug er einen offenen weinroten Hausmantel, unter dem ich das schlichte weiße Hemd, die Hose und die hohen Stiefel erkannte. Er wirkte groß, war mit Sicherheit über eins achtzig. Seine Schultern füllten die Tür fast aus.

Mit leiser Stimme fragte er: »Wer sind Sie?«

Ich wunderte mich gerade über diese merkwürdige Frage meiner Halluzination, als sein rechter Arm sich ein wenig bewegte. Nun sah ich, was er in der Hand hielt: ein Messer.

Genauer gesagt, einen kleinen Dolch. Ich bekam es mit der Angst zu tun, obwohl dieser Mann doch eine Ausgeburt meiner Fantasie war und nach Aussage sämtlicher Artikel, die ich gelesen hatte, harmlos. Wie auf dem Hügel wich ich zurück, in der Hoffnung, dass das die gleiche Wirkung haben würde wie dort. Doch statt zu verschwinden, folgte der Mann mir, erreichte mich mit zwei Schritten und packte mit der freien Hand meinen Arm.

Die Berührung schien ihn genauso zu erschrecken wie mich.

Noch einmal fragte er: »Wer sind Sie?«

Die Ratschläge der Internet-Artikel im Hinterkopf, erwiderte ich seinen Blick, so ruhig ich konnte, und antwortete: »Ich bin real, Sie nicht. Und jetzt verschwinden Sie.«

Sein Hausmantel war aus schwerer Seide mit handgenähten Säumen. Das bemerkte ich, da er ihn auszog und mir reichte, mit der Begründung, meine eigene Kleidung erscheine ihm »bei der Kälte unpassend«. In der Tat war es in dem Raum kühler und feuchter als zuvor, und der Morgenrock wärmte mich. Ich dankte dem Mann, glättete eine Falte im Stoff und strich mit den Fingern über die dunkelrote Seide. Schon eigenartig, dachte ich, wie real der Geist Dinge wirken lassen konnte. Es war die eine Sache, einen wissenschaftlichen Artikel darüber zu lesen, wie Halluzinationen die Sinne täuschten; etwas ganz anderes war es, einen Hausmantel zu tragen, der gar nicht existierte, den Stoff deutlich zu spüren und die nicht ganz regelmäßigen Stiche am Ärmel zu sehen.

Obwohl auch der Stuhl, auf dem ich saß, nicht real sein konnte, fühlte ich die Lehne im Rücken. In dem Raum, der nur noch wenig Ähnlichkeit mit Onkel Georges Arbeitszimmer hatte, standen zwei Stühle mit geschwungenen Armlehnen. Dazwischen befand sich ein kleiner Tisch aus dunklem Holz mit einem Tablett voller Tabakspfeifen. Regale waren nicht zu sehen, die Bücher stapelten sich auf einem Schränkchen mit verschließbarer Tür. Auf dem Tisch stand außerdem eine Flasche, die der Mann nun nahm, um einen Zinnbecher mit etwas zu füllen, das aussah und roch wie Brandy.

»Ich werde nicht in Ohnmacht fallen«, versprach ich, als er den Becher vor mir auf den Tisch stellte.

»Das hatte ich auch nicht befürchtet.« Er setzte sich auf den zweiten Stuhl mir gegenüber, nachdem er sich selbst einen Brandy eingeschenkt hatte. »Aber es wäre nur zu verständlich, wenn Sie sich durch den Schrecken der Ankunft etwas unwohl fühlten.«

»Welche Ankunft?«, fragte ich. »Sie sind es doch, der ständig irgendwo auftaucht, dabei sind Sie nicht mal real.«

»Nein?«

Wie sehr das Lächeln sein Gesicht veränderte! Jetzt, da ich mich zu entspannen begann, wurde mir erst bewusst, wie attraktiv er war – für ein Trugbild. Blonde Strähnen durchzogen sein braunes Haar. Aus der Nähe sah ich, dass seine hellen Augen grün waren und sich unter dem Stoppelbart ein kräftiges Kinn verbarg.

Ich trank meinen Brandy, der gut schmeckte und sogar wirkte.

Der Mann musterte mich. »Sie sind eindeutig kein Geist, und an Hexerei glaube ich nicht.«

»Und ich glaube nicht an Sie«, sagte ich. »Verschwinden Sie.«

Er lehnte sich mit dem Becher in den Händen zurück und musterte mich eingehend, als überlege er, wie er mit mir umgehen solle. »Wo kommen Sie her? Ihre Ausdrucksweise erscheint mir seltsam. Sie sprechen nicht wie die Leute in der Gegend.«

»Sie auch nicht.«

»Ich bin in London geboren und aufgewachsen.«

»Tatsächlich?«

»Sie glauben mir nicht?«

»Sie sind nicht real«, erinnerte ich ihn. »Sie können geboren sein, wo Sie wollen.«

»Danke.« Er wirkte belustigt.

Wie lange würde das noch so weitergehen?, fragte ich mich. Die vorherigen Halluzinationen waren alle kürzer gewesen. Vielleicht, dachte ich, konnte ich die Sache beenden, indem ich offensiver agierte.

Nachdem ich den Becher geleert hatte, sagte ich: »Ich kann nicht so hier herumsitzen. Ich habe zu tun.«

»Tatsächlich?«

»Ja. Wenn Sie mich also entschuldigen würden …«

Als ich aufstand, tat er es mir gleich, und als ich den Raum verließ, folgte er mir. »Wohin wollen Sie?«, erkundigte er sich.

»In mein Zimmer.« An der Schwelle drehte ich mich zu ihm um. »Es ist wirklich nett, dass Sie mich begleitet haben, aber jetzt wäre ich gern allein, also gehen Sie.«

Wie zuvor erwiderte er meinen Blick, ohne zu verschwinden.

»Na schön«, seufzte ich und schloss die Tür zwischen uns.

Ich hörte Stimmen aus dem Nebenraum.

Die eine kannte ich nun, die andere, ungeduldig und mit irischem Akzent, gehörte einem Fremden, der sich nicht bemühte, leise zu sein.

»Hast du denn keinen Funken Verstand? Das ist nicht dein Kampf, und das weißt du auch.«

»Wessen Kampf ist es dann?«, fragte der Mann in Braun.

»Nicht der deine«, beharrte der Ire. »Und auch nicht der meine.«

Inzwischen war etwa eine halbe Stunde vergangen, und meine Halluzination dauerte an, in diesem Zimmer, das das meine war und doch nicht so aussah. Die Wände waren weiß, nicht grün, und wo der Schrank hätte stehen sollen, befand sich eine einfache Waschgelegenheit mit einer Schale und einem Krug. Der Schaukelstuhl und die Kommode waren verschwunden; an ihrer Stelle standen zwei niedrige Truhen und ein kleiner Schreibtisch in der Fensternische beim Kamin. Letzterer war unverändert; der Dielenboden knarrte noch immer, wenn ich darauf trat, und das Bett stand an der gleichen Stelle wie sonst. Allerdings nicht dasselbe Bett. Dieses war größer, hatte ein Kopfteil aus Holz, Pfosten und einen Baldachin. Es sah aus, als gehörte es in ein Museum.

Darauf saß ich nun. Ich hatte den Mann in Braun ins Nachbarzimmer gehen hören, dann die Schritte eines anderen Mannes, wahrscheinlich die des Iren, auf der Treppe und im Flur vernommen, und jetzt stritten sich die beiden.

Der Ire fuhr fort: »Hat der verdammte Duke of Ormonde dir je einen Gefallen getan? Nein. Hat er sich für dich eingesetzt, als du in Newgate warst? Hat er dich dort besucht?«

»Fergal.«

»Und, hat er es getan?«

»Ich bin ihm durch unser gemeinsames Blut verbunden.«

»Er soll seines vergießen und uns in Ruhe lassen.«

Leises Lachen. »Dich möchte ich nicht zum Feind haben.«

»Dazu wird es nicht kommen, sonst wärst du schon lange tot.«

»Ein tröstlicher Gedanke.«

»Mein Gott, sei vernünftig. Wenn du schon deinen Kopf riskierst, dann doch nicht für diese Mistkerle.«

»Ich dachte, du stehst auf der Seite des Königs.«

»Das tue ich. Aber den Männern, mit denen er sich umgibt, traue ich nicht. Seit dem Tod von Queen Anne hatten sie nun fast ein Jahr Zeit, ihn zurückzuholen, doch sie haben nichts unternommen.«

Ich hörte Schritte, dann, wie ein Türgriff bewegt wurde.

»Denk über meine Worte nach.«

»Was hältst du von gebratenen Tauben?«

Die Schritte hielten inne.

»Was hat das damit zu tun?«

»Mit vollem Magen kann ich klarer denken.«

»Tatsächlich?«

»Also brat ruhig einen Vogel mehr.«

»Für dich brate ich den ganzen Schwarm«, versprach der Ire. »Wenn du dann wieder zur Besinnung kommst.«

Er schloss die Tür deutlich hörbar und ging schweren Schrittes die Treppe hinunter.

Wieso war der nun meinem Gehirn entsprungen?, fragte ich mich. Und warum hieß er Fergal? Ich kannte keinen Fergal.

Von unten rief der Ire herauf: »Der Constable kommt!«

Na, prima, dachte ich. Noch einer. Dann hörte ich draußen das Klappern von Pferdehufen und stand auf, um hinauszusehen. Im Nachbarzimmer knarrten die Dielen; offenbar trat der Mann in Braun ebenfalls ans Fenster.

Der Reiter, der auf einem glänzend braunen Pferd den Hügel heraufpreschte, wirkte offiziell. Er war mittleren Alters und trug schwarze Kleidung sowie einen tief ins Gesicht gezogenen Hut. Aus dem anderen Zimmer hörte ich hastige Schritte in Richtung Tür und, nachdem diese geöffnet und wieder geschlossen worden war, die Treppe hinunter.

Ich fand es merkwürdig, vom Fenster aus etwas zu sehen, das vertraut und doch fremd wirkte: Es war, als hätte ein Künstler die Szenerie überarbeitet, Bäume gemalt, wo sich zuvor keine befunden hatten, die Dächer und Häuser von Polgelly verschwinden lassen und aus der Straße einen gefurchten Feldweg gemacht.

Der Reiter brachte sein Pferd vor dem Haus zum Stehen und schickte sich an abzusteigen, als die Eingangstür aufgerissen wurde und der Mann in Braun ohne Hut, aber wieder mit Jacke, hinausstürzte.

Da mein Fenster geschlossen war und der Wind daran rüttelte, verstand ich nichts von dem, was die Männer sprachen. Sie reichten einander nicht die Hand, und der Constable blieb im Sattel. Sein Gesicht konnte ich unter dem Hut nicht erkennen, doch seine Gesten wirkten unangenehm arrogant. Die Körpersprache beider Männer verriet, dass sie sich nicht mochten. Als der Mann in Braun eine Äußerung des Constable mit einem Schulterzucken kommentierte, bemerkte ich seinen Schwertgurt.

Da hob der Constable den Blick und ließ ihn über die Fenster schweifen. Unwillkürlich trat ich einen Schritt zurück. Dabei begann der Raum, sich vor meinen Augen aufzulösen.

Wie zuvor auf dem Küstenpfad, befand ich mich wieder an der Stelle, an der ich mich zu Beginn meiner Halluzination aufgehalten hatte, am Schreibtisch im Arbeitszimmer meines Onkels George, die Hand ausgestreckt, um den Computer auszuschalten, und die Uhr vor mir schlug fünf.

Unglaublich, dachte ich, dass die Halluzination keinerlei reale Zeit in Anspruch genommen hatte, wie die Uhr bewies.

Ich fuhr den Computer herunter, sank auf den grünen Stuhl, stützte die Ellbogen auf den Schreibtisch und den Kopf in die Hände. Dann starrte ich ungläubig auf meinen Ärmel und berührte ihn, um sicher zu sein.

Die rote Seide des Hausmantels glitt durch meine Finger.

# *Neun*

Als ich am folgenden Morgen die Schranktür öffnete, hing der Hausmantel noch immer ganz hinten auf dem Bügel, auf den ich ihn gehängt hatte. Es handelte sich um ein reales Kleidungsstück, ein wenig ausgeblichen und an den Rändern ausgefranst vielleicht, aber definitiv dasselbe, das ich getragen hatte, als ich … was für ein Erlebnis das gewesen war, konnte ich nicht sagen.

Ich wusste nur, dass die Ereignisse sich innerhalb allerkürzester Zeit zugetragen haben mussten, das hatte die Uhr auf Onkel Georges Schreibtisch bewiesen. Selbst wenn ich in eine Art Trance verfallen wäre und der Hausmantel sich schon in dem Arbeitszimmer befunden hätte, wäre kaum Zeit genug gewesen, ihn anzuziehen, bevor die Uhr aufhörte zu schlagen.

Was bedeutete, dass die Geschehnisse auf einer anderen Zeitebene passiert sein mussten.

Ich schüttelte den Kopf. Zeitreisen fanden in Büchern oder Filmen statt, nicht in der Wirklichkeit. Trotzdem hielt ich den Hausmantel in Händen. Ich hatte die ganze Nacht über versucht, eine Erklärung zu finden, mit dem einzigen Erfolg, dass die Kopfschmerzen vom Vorabend mich weiter begleiteten.

Ich wäre nicht zum Frühstück hinuntergegangen, wenn es nicht an meiner Tür geklopft hätte.

»Eva?«, hörte ich Susans Stimme.

Ich hängte den Hausmantel hastig zurück in den Schrank, ging zur Tür und öffnete sie.

»Immer noch Kopfweh?«, erkundigte sie sich, als sie mich sah. »Du Arme. Ich bringe dir Tee und Toast. Du musst was essen.« Sie stellte das Tablett auf dem Bett ab. »Brauchst du sonst noch irgendwas?«

»Nein, danke, das hier …« Ich richtete den Blick auf das Tablett. »… ist wunderbar. Ihr dürft mich nicht so verwöhnen.«

»Du bist unser Gast«, sagte Susan. »Außerdem hilfst du uns. Du hast die ganze vergangene Woche damit verbracht, eine Website für uns einzurichten. Wahrscheinlich kommen die Kopfschmerzen daher.«

Ich biss ein Stück von dem Toast ab. »Sie ist übrigens fertig, eure Website.«

»Wirklich? Kann ich sie sehen?«

Besonders wohl war mir nicht bei dem Gedanken, in Onkel Georges Arbeitszimmer zurückzukehren, aber mir fiel keine plausible Ausrede ein. Susan, die mein Zögern bemerkte, sagte: »Wenn du dich nicht gut genug fühlst …«

»Nein, nein, schon in Ordnung.« Ich straffte die Schultern. »Ich zeig sie dir gern.«

Sie bestand darauf, dass ich zuerst den Toast aß. Den Tee nahm ich mit.

Erst als wir die Website und die Presseinfo besprochen

hatten und Susan ging, um Informationen über die Gärten zu holen, die wir einfügen wollten, kam mir der Gedanke, dass die geschichtlichen Hintergründe mir vielleicht helfen könnten, meine seltsamen Erlebnisse besser zu verstehen.

Der Ire hatte den Duke of Ormonde erwähnt. Der Name schien echt. Und über echte Herzöge konnte man in *Burke's Peerage*, dem Adelslexikon, recherchieren.

Im Internet fand ich Einträge zu zwei Dukes of Ormonde. Da der Ire auch von Queen Anne gesprochen hatte, entschied ich mich für den zweiten Duke, einen Zeitgenossen dieser Königin.

Wäre doch meine Mutter da gewesen, die leidenschaftliche Historikerin! Unter den gegebenen Umständen musste ich bei den Eckdaten anfangen: 1714, der Zeitpunkt des Todes von Queen Anne und der Auseinandersetzungen darüber, wer ihr auf den Thron nachfolgen sollte – ihr Halbbruder James Stuart, der Katholik war und im französischen Exil lebte, oder der protestantische deutsche Prinz Georg Ludwig, ein entfernter Verwandter. Ich las Berichte darüber, wie wenig Einigkeit in der damaligen Politik herrschte; die Tories, die sich für den jungen James engagierten, kreuzten die Klingen mit den Whigs, die Prinz Georg unterstützten. Und auf die Krönung von Georg zum König von ganz Großbritannien folgten Unruhen.

Das führte mich ins Frühjahr 1715, in dem die Jakobiten, die Anhänger von James, einen bewaffneten Aufstand planten, um ihn auf den Thron zu bringen.

Die meisten Bewohner von Cornwall hatten offen mit den Tories und James Stuart sympathisiert, weshalb das von den Whigs kontrollierte Parlament King Georges sich rasch daranmachte, die schwelenden Unruhen im Keim zu ersticken.

Der Duke of Ormonde, ein Volksheld, hatte sich im Zentrum des Geschehens befunden. Drei Jahre zuvor, als der mächtige Duke of Marlborough in Ungnade gefallen war, hatte der flotte Ormonde ihn als Befehlshaber der auf dem Kontinent kämpfenden britischen Truppen ersetzt und durch seine Heldentaten eine Popularität erlangt, die die Whigs verunsicherte. Als Ormonde sich dann auf die Seite der Jakobiten schlug, gingen die Whigs gegen ihn vor. Er und ein anderer führender Tory namens Lord Bolingbroke wurden des Hochverrats beschuldigt. Obwohl es beiden durch Landesflucht gelang, der Verhaftung und Einkerkerung zu entgehen, verurteilte das Parlament sie in Abwesenheit, enthob sie ihrer Rechte und ihres Status und machte sie zu Gesetzlosen.

So weit war ich mit meinen Recherchen, als Susan zurückkam.

»Wer ist das?«, fragte sie.

»James Butler, der zweite Duke of Ormonde.« Ein Mann, von dem ich am Vortag das erste Mal gehört hatte und der vielleicht genauso real war wie der rote Hausmantel.

»Und wer soll das sein?«

Ich fasste seine Lebensgeschichte kurz für Susan zusammen und fügte hinzu: »Er hat eine wichtige Rolle bei den Jakobiten-Aufständen in Cornwall gespielt. Vielleicht hatte er Verbindungen zu Trelowarth. Man kann nie wissen.«

Susan runzelte die Stirn. »Ich dachte, die Jakobiten waren Schotten.«

»Ich auch. Aber anscheinend gab es viele von ihnen in ganz England.«

Susan sah sich das Porträt genauer an. »Hübsche Perücke.«

»Ja, so eine trugen damals die meisten Männer.« Ich suchte nach einer Ähnlichkeit des Duke mit dem Mann in Braun, der gesagt hatte, er sei ihm durch das gemeinsame Blut verpflichtet, konnte jedoch keine erkennen. Das Gesicht des Duke of Ormonde war weich und rund, die Nase lang und groß, der Blick stolz und herablassend.

»In welchem Jahr fanden diese Unruhen statt?«, erkundigte sich Susan.

»1715.«

»Also bevor die Halletts hierherkamen. Aber wie du schon sagst: Man kann nie wissen. Es wäre schön, wenn wir eine Geschichte für die Touristen fänden, und die Jakobiten-Rebellion ist gut.«

Nicht für die Jakobiten, dachte ich. Für sie waren die Dinge nie sonderlich gut gelaufen. Zumindest der Ire Fergal schien geahnt zu haben, dass dieser Kampf sich nicht lohnte, und ich fragte mich, ob es ihm gelungen war, den Mann in Braun von seiner Sichtweise zu überzeugen. Vielleicht würde ich das nie herausfinden.

Ich schob den Gedanken beiseite und machte mich daran, mit Susan die Presseinfo zu erarbeiten, wie ich es mit anderen Kunden Hunderte von Malen getan hatte. Susan trug ein paar gute Ideen bei.

»Die Worte ›romantisch‹ und ›verschwunden‹ sollten in dem Text vorkommen«, meinte sie. »Das schafft eine gewisse Atmosphäre. Das Spannende an Trelowarth ist meiner Meinung nach, dass es hier so viele Rosenarten gibt, die ohne unsere Gärten ausgestorben und vergessen wären. Durch sie wird Trelowarth zu einer Art … Zeitmaschine. Hier fühlt sich der Besucher hundert Jahre zurückversetzt.« Sie strahlte. »Das ist doch ein prima Slogan, findest du nicht? ›Reisen Sie in die Vergangenheit – besuchen Sie die alten Rosen von Trelowarth.‹«

Ich gab ihren Vorschlag in den Computer ein. »Ja, klingt gut.«

*Reisen Sie in die Vergangenheit.* Der Satz ging mir nicht aus dem Kopf, nicht einmal, als Susan schon längst wieder im Gewächshaus war.

Ich versuchte es mit einem neuen Ansatz für meine Recherchen und gab »Zeitreise« ein.

Keine Ahnung, was ich erwartet hatte, vermutlich merkwürdiges Zeug, aber ich wurde überrascht: Ich stellte fest, dass Physiker – sogar berühmte – völlig sachlich über das Thema diskutierten und sogar Experimente an Universitäten durchführten.

Von der Debatte begriff ich nur, dass keiner der Wissenschaftler behauptete, Zeitreisen seien grundsätzlich unmöglich. Sogar eine Vorlesung des großen Stephen Hawking wurde zitiert, in der es hieß, nach unserem gegenwärtigen Verständnis der physikalischen Gesetze seien Reisen in die Vergangenheit vorstellbar.

Offenbar hing alles mit Einsteins Relativitätstheorie zusammen, mit der er bewiesen hatte, dass Zeit und Raum nicht fix und absolut sind, wie Isaac Newton behauptete.

Ich fand ein Porträt von Sir Isaac Newton als alter Mann, gemalt um 1710. Sein Gesicht erschien mir sympathisch, doch seine Kleidung interessierte mich mehr: Er trug einen Hausmantel ähnlich dem, der in meinem Schrank hing. Und ihn vor mir zu sehen, überzeugte mich mehr als Stephen Hawkings Worte davon, dass ich, so unglaublich es auch sein mochte, tatsächlich in die Vergangenheit gereist war.

Einen Arztbesuch konnte ich mir damit wohl sparen.

Aus dem Nachbarzimmer waren Stimmen zu hören.

Als ich die Augen aufschlug, war es dunkel, und es dauerte eine Weile, bis ich mich an das fahle Licht des Mondes gewöhnte. Um diese Zeit herrschte im Haus eine Atmosphäre der Einsamkeit. Als Kind hatte ich es gehasst, mitten in der Nacht, umgeben von Schatten, aufzuwachen. Nun war ich froh, dass sich alles an seinem Platz befand – die Betten, der Stuhl, der Schrank. Ich war also, wo ich sein sollte.

Seit meiner letzten Zeitreise drei Tage zuvor hatte sich nichts Ungewöhnliches ereignet, sodass ich inzwischen sicher alles für Einbildung gehalten hätte – wenn da nicht der Hausmantel gewesen wäre.

Die Stimmen im Nachbarzimmer sprachen weiter. Die des Mannes in Braun kannte ich inzwischen; sein Gesprächspartner war vermutlich der Ire. Er klang lebhaft, als wolle er den anderen von etwas überzeugen.

Ich zwang mich, aufzustehen und zum Bad zu gehen.

Auch auf dem Flur war es dunkel, aber ich kannte den Weg und hätte ihn mit verbundenen Augen gefunden. Im Bad musterte ich mein Gesicht im Spiegel. »Feigling«, rügte ich mich. Trotzdem ließ ich mir eine gute Viertelstunde Zeit, ehe ich in mein Zimmer zurückkehrte.

Wo es jetzt still war; ich hörte keine Stimmen mehr, nur das Wispern der nächtlichen Brise durch die ein wenig geöffneten Fenster. Und den Atem von jemandem auf meinem Bett.

Ich erstarrte.

War es noch mein Bett? Das Mondlicht fiel auf Pfosten und Vorhänge und die Gestalt eines Mannes, der auf dem Bett lag, die Hände hinter dem Kopf verschränkt, bekleidet mit der Hose und dem weißen Hemd, worin ich ihn schon gesehen hatte. Er atmete so regelmäßig, dass ich dachte, er schlafe.

Bis seine Stimme aus den Schatten erklang.

»Leider habe ich Ihren Namen vergessen.«

»Sie haben mich nicht danach gefragt.«

Im fahlen Mondlicht konnte ich weder seine Augen noch seinen Gesichtsausdruck sehen.

»Haben Sie denn einen?«

Fast wäre mir mein Name nicht mehr eingefallen. »Eva.«

»Eva. Ist das alles?«

»Eva Ellen Ward.«

»Ein guter Name.« Ich spürte seinen Blick. »Fast hatte ich gefürchtet, dass Ihnen seit unserer letzten Begegnung etwas passiert ist, Eva Ward.«

»Danke, es geht mir gut.«

»Das sehe ich und bin froh darüber, denn Ihr Befinden hat mir Kopfzerbrechen bereitet.«

»Warum?«

»Weil ich nicht daran gedacht hatte, Sie vor dem Verlassen des Hauses zu warnen«, antwortete er. »Diese Gegend ist nicht sicher für eine Frau, und auf den Straßen hier sollte man sich mit Bedacht bewegen.«

»Ich war nicht auf der Straße.«

»Nein?«

»Nein. Ich habe das Haus nicht verlassen.«

»Wieso habe ich Sie dann nicht mehr gesehen? Ach so, Sie sind zurückgekehrt.«

»Ja.« Ich überlegte, wie ich dieses Problem angehen sollte. Bei unserer letzten Begegnung hatte ich zu ihm gesagt, er sei nicht real, er solle verschwinden. Wahrscheinlich hielt er mich für verrückt. »Gehe ich recht in der Annahme, dass ich in die Vergangenheit gereist bin?«

Erst nach einer ganzen Weile antwortete er: »Das hängt davon ab, aus welcher Perspektive Sie es betrachten.«

Das klang logisch. Ich erklärte ihm, aus welchem Jahr ich kam. Falls er überrascht war, ließ er es sich nicht anmerken. »Ja«, sagte er. »Dann sind Sie in der Tat in die Vergangenheit gereist. Etwa drei Jahrhunderte.«

»Es ist das Jahr 1715?«

»Ja«, bestätigte er erstaunt. »Woher wissen Sie das?«

»Ich habe mich informiert.«

»Sie können lesen? Eine stolze Leistung für eine Frau, selbst für eine, die durch die Zeit reist.«

»Sie glauben mir nicht?«

»Ich glaube nicht an Geister, weshalb ich Ihre Geschichte mit Erleichterung höre.« Er schwieg kurz. »Können Sie diese magischen Reisen durch Ihren Willen beeinflussen?«

»Denken Sie, dann wäre ich so hier aufgetaucht?«

»Sie meinen, in meinem Zimmer und mitten in der Nacht?« Wahrscheinlich lächelte er.

»Das ist Ihr Zimmer?«

»Weil ich es dafür halte, habe ich beschlossen, mich darin zur Ruhe zu begeben.«

»Aber als ich das letzte Mal hier war …«

»Als Sie mir sagten, ich solle verschwinden?«, fragte er belustigt.

Ich konnte nur hoffen, dass die Dunkelheit in dem Raum meine Verlegenheit kaschierte. »Sie haben mir nicht gesagt, dass das Ihr Zimmer ist.«

»Ein Versäumnis meinerseits, das muss ich zugeben. Vielleicht hat sich der Schock darüber, so spät im Leben herauszufinden, dass ich gar nicht existiere, schädlich auf meine Manieren ausgewirkt.«

Ich errötete. »Tut mir leid, ich war unhöflich. Ich dachte, ich bilde mir alles nur ein.«

»Ich nehme es Ihnen nicht übel. Es hat mir beim letzten Mal genauso wenig ausgemacht, mein Zimmer mit Ihnen zu teilen, wie jetzt.« Er richtete sich auf und schwang die langen Beine über die Bettkante. Sein weißes Hemd schimmerte geisterhaft im Licht des Mondes. Nach kurzem Schweigen bemerkte er, als fiele es ihm gerade erst auf: »Sie haben sich umgezogen.«

Mit einem Blick auf mein schlichtes T-Shirt und die Pyjamahose erklärte ich: »Auch ich war im Bett.«

Er schien zu überlegen. »Wenn Sie am Morgen noch immer hier sind, brauchen Sie angemessene Kleidung.«

Daran hatte ich nicht gedacht.

Er stand auf. »Warten Sie hier.«

Als er in das kleine Zimmer nebenan ging, fiel mir erneut auf, wie groß er war. Wenig später kehrte er mit einem Kleidungsstück zurück, das er mir in die Hand drückte. »Tragen Sie das, wenn es Ihnen passt.«

»Danke.«

Er nickte. »Schlafen Sie gut, Eva Ward.« Dann trat er zurück und schloss die Tür hinter sich.

An Schlaf war in dieser Nacht nicht zu denken. Ich schaute vom Bett aus durch das Fenster auf den fernen Horizont, an dem die dunkle See und der Himmel zusammentrafen, und wartete auf den Sonnenaufgang.

Die ersten Strahlen drangen durch die beiden Fenster neben dem Kamin, die auf die Straße gingen. Sie vertrieben die Schatten aus den Winkeln und krochen über die Bodendielen und den Schreibtisch zu dem Kleidungsstück, das ich nach wie vor in den Armen hielt. Jetzt sah ich, dass es sich um ein Kleid handelte, genauer gesagt, um ein Oberteil mit langem Rock und einer Art Nachthemd darunter, dazu hatte er ein Paar Schuhe gelegt, die auf den Boden fielen, als ich aufstand und die Sachen auf dem Bett ausbreitete, um sie genauer zu betrachten.

Das Gewand war schlicht, aber wunderschön. Das Oberteil hatte einen tiefen runden Ausschnitt sowie gerade, dreiviertellange Ärmel und war an den Nähten mit geschmeidigen Stützen, einer Art Korsett, verstärkt. Auch der weite Rock gefiel mir. Der Stoff glitt wie Seide durch meine Finger, und seine Farbe changierte im Licht blaugrau.

Wie merkwürdig, solche Kleidung zu tragen, dachte ich. Andererseits konnte ich, falls ich wirklich in der Vergangenheit gefangen war, schlecht im Pyjama herumlaufen.

Am Ende fiel es mir leichter, die Kleidungsstücke anzuziehen, als ich befürchtet hatte. Zuerst schlüpfte ich in das schlichte Unterkleid mit dem runden Ausschnitt und den Ärmeln, die bis zu den Ellbogen eng geschnitten waren und in mehreren Schichten Spitze endeten. Die Spitze lugte unter den dreiviertellangen Ärmeln des Oberteils hervor und ließ es weicher erscheinen. Dann zog ich den Rock an, band ihn an der Taille fest und strich das Mieder darüber glatt, sodass das Ganze wie ein Einteiler aussah.

Sowohl das Gewand als auch die Schuhe passten zu meiner Überraschung genau. Der Rock berührte den Boden knapp, und das Oberteil lag am Körper an, ohne mich zu beengen. Es zu schließen, gestaltete sich allerdings als Herausforderung, weil es nicht mit Knöpfen, sondern mit Nadeln versehen war, an denen ich mich mehrere Male stach. Ich schob gerade laut fluchend die letzte Nadel durch den Stoff, als die Zimmertür aufgerissen wurde und ein Mann wütend fragte: »Wer zum Teufel sind Sie?«

Die Stimme des Iren erkannte ich sofort, doch sein Äußeres erstaunte mich. Er war nicht groß und kräftig wie erwartet, sondern von durchschnittlicher Größe und hatte schwarze Haare.

»Wer zum Teufel sind Sie?«, wiederholte er.

»Ich heiße Eva.« Das klang selbst in meinen Ohren lächerlich. Er runzelte die Stirn.

»Eva.« Er verschränkte die Arme vor der Brust. »Woher kommen Sie? Und wie sind Sie in dieses Haus gelangt?«

Keine seiner Fragen ließ sich ohne Schwierigkeiten beantworten. Ich versuchte, die Wogen zu glätten, indem ich ihn mit seinem Namen ansprach. »Fergal, so heißen Sie doch, oder?«

»Woher wissen Sie das?«

»Von ihm.«

»Von wem?« Er trat ins Zimmer.

O *je*, dachte ich. Ich hatte keine Ahnung, wie der andere hieß. »Von dem Mann …«

»Von welchem Mann?«

»Von dem Mann, der hier wohnt.«

Er machte einen Schritt auf mich zu und hob belustigt die schwarzen Augenbrauen. »Er hat Ihnen meinen Namen gesagt?«

»Ja.«

»Finden Sie es nicht merkwürdig, dass er Ihnen meinen Namen, nicht aber den seinen genannt hat?«

Ich schwieg.

»Er hat Ihnen also meinen Namen gesagt. Und dieses Kleid hat er Ihnen bestimmt auch gegeben.«

»Ja.«

»Sie lügen«, zischte er.

Trotz meiner Angst hob ich trotzig das Kinn. »Das ist keine Lüge.«

Mein Widerspruch schien ihn zu überraschen. Er stutzte.

»Fragen Sie ihn doch selbst, woher ich dieses Gewand habe. Er wird es Ihnen sagen.«

»Tatsächlich?« Er klang nach wie vor angriffslustig, aber nicht mehr so selbstgerecht und legte nachdenklich den Kopf ein wenig schräg. Nach einer Weile meinte er: »Na schön, wenn Sie den Teufel herausfordern wollen, fragen wir ihn, gemeinsam.« Er packte meinen Arm.

»Gut.«

Auf dem Weg nach unten murmelte er vor sich hin: »Ich kenne ihn zwanzig lange Jahre, und nie hat er etwas getan, ohne mich einzuweihen. Dieses Gewand würde er eher eigenhändig verbrennen, als es einer anderen Frau zu geben, da bin ich mir sicher …«

Er brummte die ganze Zeit vor sich hin, während er mich durch den Flur in die Küche zerrte. Offenbar erwartete er, dass ich Angst hatte, als Lügnerin entlarvt zu werden, doch ich wurde von Sekunde zu Sekunde ruhiger. Das verbesserte seine Laune nicht gerade.

»Na schön«, wiederholte er, als wir den hinteren Korridor und die Tür nach draußen erreichten. »Gleich werden wir sehen, wer hier Geschichten erzählt.«

Er schob mich vor sich her. Als ich unvermittelt auf der Schwelle haltmachte, blieb ihm nichts anderes übrig, als ebenfalls zu stoppen. Fluchend versuchte er, das Gleichgewicht nicht zu verlieren.

Vor uns stand der Mann in Braun, der aussah, als wäre er gerade aus den Stallungen jenseits des Hofs gekommen. An seinen Stiefeln klebte Schmutz, und an einem Ärmel hing Stroh. Er begrüßte Fergal mit einem warnenden Blick.

In seiner Begleitung befand sich, wieder in Schwarz wie das letzte Mal, der Constable, der mich nicht aus den Augen ließ.

»Ach nein«, sagte er mit aalglatter Stimme. »Wen haben wir denn da?«

# Zehn

Im Lauf meines Lebens hatte ich gelernt, gefährliche Menschen zu erkennen; ihr Lächeln und ihre Seele spiegelten sich nicht in ihren Augen.

Wie jetzt, bei diesem Constable. Leider konnte ich nicht einfach weglaufen, weil Fergal hinter mir stand.

Der Constable trat einen Schritt auf mich zu. Er war Mitte vierzig, nicht sonderlich groß gewachsen, schlank und drahtig und hatte ein schmales Gesicht, das von einer weiß gepuderten Perücke sowie der Krempe seines schwarzen Huts umrahmt wurde. Er musterte mich von meinem offen getragenen Haar bis zum Saum des Kleides, das ihm offensichtlich bekannt vorkam.

»Butler, Sie erstaunen mich«, wandte er sich an den Mann in Braun. »Ich hätte Sie nicht für einen Mann gehalten, der seine Zeit mit einer Dirne vergeudet.«

»Hüten Sie Ihre Zunge«, sagte der Mann in Braun, ohne sich provozieren zu lassen. »Sie sprechen von Fergals Schwester, die derzeit bei uns ist, um uns im Haushalt zu helfen.«

Ich spürte die Überraschung des Iren hinter mir und fragte mich, ob er mitspielen würde.

Der Constable wirkte nicht überzeugt. »Ihre Schwester?«, fragte er Fergal. »Ich wusste gar nicht, dass Sie eine Schwester haben.«

Der Ire straffte die Schultern. »Ich hab sogar sieben. Diese hier ist nach mir die zweitälteste von uns Geschwistern.«

Der Constable suchte in meinem Gesicht nach Ähnlichkeiten. »Wie heißen Sie?«, erkundigte er sich.

»Sie kann nicht sprechen«, antwortete Fergal. Seine Hand schloss sich warnend um meinen Arm.

»Warum das?«

»Das müssen Sie den Herrgott fragen, denn der hat sie erschaffen. Ich weiß nur, dass sie es nie konnte.« Fergal war ein guter Lügner. Ich hörte nicht die geringste Unsicherheit in seiner Stimme und bewunderte seine Geistesgegenwart. Meine Ausdrucksweise passte nicht hierher. Selbst wenn es mir gelungen wäre, mit passablem irischen Akzent zu sprechen, hätte ich nicht zeitgemäß geklungen. Fergal bewahrte mich vor einer peinlichen Situation.

Der Mann in Braun sagte: »Eva, das ist Constable Creed aus dem Ort. Als Gentleman wird er sich sicher gleich bei Ihnen entschuldigen und Sie hier willkommen heißen.«

Der Constable ließ ein letztes Mal den Blick über mein geborgtes Gewand wandern, bevor er widerwillig sagte: »Mistress O'Cleary, ich wollte Sie nicht beleidigen. Natürlich sind Sie in Trelowarth willkommen.« Er trat einen Schritt zurück und nickte. »Meine Herren.« Dann drehte er sich um und verließ den Hof.

Die Anspannung blieb. Ich spürte sie in Fergal und sah sie in dem Mann in Braun. Er trug die Kleidung, die ich bereits kannte, die eng geschnittene braune Hose, die kurz unter dem Knie in Stiefeln endete, ein weites weißes Hemd, ein Halstuch und eine lange, nicht zugeknöpfte braune Jacke. Inzwischen war er rasiert und wirkte kultivierter als ein paar Stunden zuvor.

Ich spürte den Blick, den er mit Fergal wechselte, als er fragte: »Was wolltest du von mir?«

Für den Fall, dass der Constable uns noch hören konnte, schob Fergal mich ein wenig näher zu ihm. »Sie möchte dir das Gewand zeigen. Und ich soll dir mitteilen, wie sehr sie deine Großzügigkeit zu schätzen weiß.«

Der Mann in Braun sah zuerst meinen Arm an, den Fergal nach wie vor festhielt, dann meine Kleidung, und einen Moment lang glaubte ich, in seinen Augen so etwas wie Schmerz zu entdecken. »Sag ihr, es freut mich, dass es ihr gefällt. Es steht ihr gut zu Gesicht.«

Widerstrebend nahm Fergal die Hand von meinem Arm und brummte: »Das kannst du ihr selbst sagen. Sie hat Ohren.« Er wandte sich ab. »Lasst uns frühstücken. Vielleicht verrät mir dann einer von euch, was zum Teufel los ist.«

Der Blick aus dem Küchenfenster unterschied sich von dem, den ich gewohnt war. Draußen befanden sich keine ummauerten Gärten, nur zwei alte Apfelbäume nahe beim Haus, beide von den unerbittlichen Meereswinden gebeugt.

Auch die Küche war deutlich anders als die, die ich kannte. Es gab keine Einbauschränke, keine Arbeitsflächen, keinen Herd, lediglich den Kamin und eine Feuerstelle aus Stein sowie Metallhaken, an denen Pfannen und andere mir fremde Küchenutensilien hingen.

Nur der Tisch, kleiner und einfacher als in meiner Zeit, stand an derselben Stelle unter dem Fenster. Dort sitzen und ein Frühstück aus dunklem Ale und Brot zu mir zu nehmen, fühlte sich so vertraut an, dass ich ruhiger wurde.

Auch Fergal hatte sich beruhigt, obwohl seinem Gesicht das Erstaunen über das, was er gerade gehört hatte, deutlich anzusehen war. Er füllte seinen Humpen ein zweites Mal und sagte: »Sie behaupten also, aus der Zukunft zu kommen.«

»Ja.« Es kümmerte mich nicht, ob er mir glaubte. Mein einziges Argument war die Wahrheit.

Er musterte mich mit einem seltsamen Blick, bevor er sich dem Mann in Braun zuwandte, der neben mir saß. »Und du glaubst ihr?«

»Ich habe sie mit eigenen Augen zwischen den Welten wechseln sehen. Es ist kein Trick«, antwortete er mit unter dem Tisch ausgestreckten Beinen und vor der Brust verschränkten Armen.

»Es könnte Hexerei sein«, meinte Fergal ohne rechte Überzeugung.

»An Hexen glauben du und ich nicht«, widersprach der Mann in Braun, und Fergal nickte.

»Aye. Aber was ist es, wenn nicht Hexerei?«

»Warum nicht die Wahrheit?«

»Weil wir beide wissen, dass es unmöglich ist.«

»Der Mensch hat auch schon einmal geglaubt, das Meer habe Grenzen, über die sich nicht segeln lasse, weil dahinter Drachen lauerten«, erklärte sein Freund und wandte sich mir zu. »Sie selbst reicht mir als Beweis, dass es möglich ist.«

Fergal stellte seinen Krug auf den Tisch. »Dieses Gespräch verursacht mir Kopfschmerzen. Wenn ihr mich also entschuldigen würdet: Auf mich wartet Arbeit.« Er rückte mit seinem Stuhl zurück und stand auf.

Eine sanfte morgendliche Brise vom Meer strich über den Fenstersims und meine Hände, und in einem der Apfelbäume zwitscherte ein Vogel.

Der Mann in Braun erklärte: »Fergal ist ein guter Mensch. Aber es fällt nicht leicht, sein Vertrauen zu erringen.«

»Das habe ich gemerkt.« Ich rieb meinen Arm, den er gepackt gehalten hatte.

»Sie müssen seine Grobheit entschuldigen.«

»Schon gut. Er dachte, ich sei eine Diebin. Außerdem hat er seine Grobheit durch die Geschichte für den Constable mehr als ausgeglichen.«

Der Mann in Braun zuckte mit den Schultern.

»Ich konnte ihm Ihren Namen nicht sagen«, berichtete ich.

»Wie bitte?«

»Deshalb hat Fergal mich für eine Diebin gehalten. Weil ich Ihren Namen nicht kannte.«

Belustigt zitierte er meine Worte aus dem Schlafzimmer: »Sie haben mich nicht danach gefragt.«

»Haben Sie denn einen?«, fragte ich, ohne seinem Blick auszuweichen.

»Daniel Butler«, antwortete er schmunzelnd. »Zu Ihren Diensten, Mistress.«

»Danke, Mr Butler.«

Mit einem galanten Nicken rückte er den Stuhl zurück, stand auf, streckte sich und sagte: »Wenn Sie mich entschuldigen würden. Auch auf mich wartet Arbeit. Ich würde Ihnen raten, im Haus zu bleiben. Darin können Sie sich frei bewegen.«

»Danke.«

»Ach, und Eva?«

»Ja?«

Er blieb an der Tür stehen. »Eine Frau, die in meinem Bett geschlafen hat, kann mich, glaube ich, Daniel nennen.« Er verließ die Küche mit einem Lächeln, bevor ich eine passende Antwort fand.

Es war seltsam, mich in den Räumen zu bewegen, die ich kannte und trotzdem als fremd empfand.

Die Einrichtung war schlicht und spartanisch, doch ich spürte, dass eine Frau versucht hatte, sie behaglicher zu gestalten, wahrscheinlich die Frau, deren Gewand ich trug. Auf ein paar Stühlen lagen Kissen, andere hatten geflochtene Sitzflächen, und an den Fenstern hingen lange Kattunvorhänge. Der Flur unten war nicht verputzt; die Holzvertäfelung ließ ihn ziemlich dunkel erscheinen, doch die Zimmer wurden durch Teppiche und bunte Drucke mit Motiven aus dem Landleben aufgehellt. Außerdem steckten überall Kerzen, in Wandleuchtern, Glasstürzen auf dem Tisch oder dem Kaminsims, die darauf warteten, bei Einbruch der Dunkelheit angezündet zu werden.

Einige der unteren Räume wurden für andere Zwecke als in meiner Zeit genutzt, das Esszimmer beispielsweise diente als Wohnraum; in dem großen vorderen Zimmer, das ich als Bibliothek kannte, standen auch jetzt Regale mit Büchern. An der Stelle des Klaviers befand sich ein Schränkchen mit Porzellantassen und -tellern und verschiedenen

Kuriositäten, die leicht klirrten, als ich über den Dielenboden schritt.

Fasziniert betrachtete ich alles genauer.

Die elfenbeinfarbenen Tassen, Teller und Untertassen schmückte ein zartes Muster aus Ringen und Rosenknospen. Auf dem Fach darunter entdeckte ich Muscheln unterschiedlichster Formen und Farben, in ihrer Mitte ein Glaskästchen, darin eine dunkle Haarlocke, zusammengehalten von einem blauen Band.

Da wusste ich, dass Daniel Butler genau wie ich einen geliebten Menschen verloren hatte.

Plötzlich erschütterten Schritte das Schränkchen, und ich hörte Fergal hinter mir sagen: »In der Vitrine werden Sie, abgesehen vom Geschirr, nichts von Wert finden.«

»Ich habe nicht vor, Ihr Geschirr zu stehlen.«

Er trat zu mir und sah, dass ich das Glaskästchen betrachtete.

»Es hat seiner Frau gehört«, erklärte er mit harter Stimme.

Das hatte ich mir schon gedacht. Genau wie das Kleid, das ich trug. Ich strich darüber und wandte mich von dem Schränkchen ab. Dabei fiel Fergals scharfer Blick auf meine Hand und den Claddagh-Ring.

»Ein irischer Ring«, stellte er fest. »Ähnliche kenne ich aus Galway. Darf ich?«

Ich legte meine Hand in die seine, sodass er sie ins Licht drehen konnte.

»Einen so kleinen habe ich allerdings noch nie gesehen. Wie sind Sie daran gekommen?«

»Ich habe ihn von meiner Großmutter geerbt. Sie war aus Irland.«

»Tatsächlich? Und aus welchem Teil?«

»Das weiß ich nicht so genau.«

»Bestimmt aus Galway, wenn sie einen solchen Ring hatte.«

»Wir nennen ihn einen Claddagh-Ring. Es gibt viele davon«, teilte ich ihm mit.

Fergal hob eine Augenbraue. »Ein Claddagh-Ring? Merkwürdiger Name für ein Liebespfand. Waren Sie schon einmal in Claddagh? Nein? Der beste Ort zum Angeln an der ganzen irischen Westküste, aber Sie werden ihn wohl nie kennenlernen, denn die dortigen Fischer sind raue Gesellen. Sie versenken fremde Schiffe, sobald sie sie entdecken.«

»Dann sind Sie also aus Claddagh?«, fragte ich.

Fergal sah mich verwundert an. »Nein. Ich komme aus Cork, wo die Männer sanft und wohlerzogen sind.« Er ließ meine Hand los. »Haben Sie Hunger, Eva Ward?«

»Ein bisschen.«

»Können Sie kochen?«

»Ein bisschen.«

»Dann«, sagte er, »begleiten Sie mich, wenn Sie den Mut dazu haben. Ich werde Sie auf die Probe stellen.«

# *Elf*

In der Küche lernte ich einen völlig neuen Fergal kennen. Hinter seiner Griesgrämigkeit kam trockener, unterhaltsamer Humor zum Vorschein. Hin und wieder lächelte er sogar. In diesem Teil des Hauses schien er sich wohlzufühlen, und als Koch bewies er großes Geschick.

»Sobald ich laufen konnte, wurde ich aufs Meer geschickt«, erzählte er, »aber auf dem Schiff war ich nur dem Koch eine Hilfe, der mir alles beigebracht hat, was ich weiß. Deswegen kann ich besser Fisch dünsten als Geflügel braten, wie Sie gleich feststellen werden.«

Die kleinen, mageren Vögel, die er gerade zubereitete, hatte ich noch nie gegessen. »Und jetzt ist Ihre Zeit als Schiffskoch vorbei?«, fragte ich.

»Nicht endgültig. Wenn Danny in See sticht, begleite ich ihn.«

»Er hat ein Schiff?«

»Das allerbeste.« Fergal nickte. »Die *Sally*. Dannys Bruder ist derzeit mit ihr unterwegs. Wenn er zurückkommt, werden Sie sie sehen.«

»Und wer ist der Kapitän des Schiffs? Mr Butler oder sein Bruder?«

Fergal schmunzelte. »Die Frage kann wohl niemand beantworten. Jedenfalls nicht Jack oder Danny. Sie streiten sich seit Jahren darüber. Vermutlich kennt die *Sally* die Antwort, aber als echte Lady gehorcht sie dem einen so gut wie dem anderen.« Er steckte die Vögel auf einen langen Spieß und hängte sie zum Braten über die offene Feuerstelle, bevor er sich die Hände abwischte und sich dem Gemüse zuwandte.

Nun konnte ich ihm helfen. Ich schälte und hackte alles und gab es in den dreifüßigen Metallkessel, in dem Fergal so etwas wie eine mit Gerste angedickte Suppe kochte.

Er beobachtete mich bei der Arbeit. »Zimperlich sind Sie nicht, das muss ich Ihnen lassen.«

»Habe ich eine Wahl?«

»Auch wieder wahr.«

»Außerdem muss ich das Schweigen üben, jetzt, da Sie dem Constable weisgemacht haben, dass ich stumm bin.«

»Tut mir leid«, sagte er, ohne auch nur im Geringsten zerknirscht zu wirken. »Etwas anderes ist mir nicht eingefallen, damit er nicht merkt, wie seltsam Sie sprechen. Er hätte bestimmt Fragen gestellt.«

»Sie brauchen sich nicht zu entschuldigen. Das war sehr galant von Ihnen.«

»Finden Sie?«

»Ja. Danke.«

Den Kopf ein wenig schräg gelegt, wischte er die Klinge seines Messers ab und legte es weg. »Die Arbeit macht durstig. Trinken Sie einen Schluck Apfelwein mit mir, Eva Ward?«

Obwohl ich mich mit Grauen an Marks Scrumpy erinnerte, konnte ich diese Einladung nicht ausschlagen, die einem Friedensangebot gleichkam. »Gern, danke.«

Als Daniel Butler später hereinkam und meine leuchtenden Augen sah, runzelte er die Stirn.

»Nicht hier«, ermahnte Fergal seinen Freund, der sich zu uns setzen wollte. »Hast du keine Manieren? Wir sind in Gesellschaft einer Dame und werden mit Stil essen.«

Und zwar in dem langen Raum hinter der Speisekammer, der in meiner eigenen Zeit als Billardzimmer genutzt wurde und jetzt holzvertäfelte Wände ohne Tapete sowie Läden an den Fenstern hatte. In der Mitte des Raums stand ein Tisch aus schwerem Eichenholz mit zehn massigen Stühlen.

Fergal deckte am einen Ende drei Plätze für uns. »Entschuldigen Sie den Schmutz«, sagte er und wischte über den Tisch, sodass der Staub aufwirbelte. »Normalerweise macht eine junge Frau aus dem Dorf für uns sauber, aber ihr Vater ist krank, und sie wird zu Hause gebraucht. Deshalb müssen wir im Moment allein zurechtkommen.«

Das Gebäude war ziemlich groß für nur zwei Männer. In meiner Kindheit hatte in Trelowarth ebenfalls eine Frau aus dem Ort, Mrs Jenner, den größten Teil der Hausarbeit erledigt, und selbst heute noch kam einmal pro Woche ein Putzdienst zu Mark und Susan.

Daniel Butler, der an der Stirnseite des Tischs Platz nahm, sagte mit einem Lächeln: »Haben Sie nur kein Mitleid mit ihm. Mit seinem Charme lockt er regelmäßig eine junge Frau zu uns herauf, und nur selten geht sie wieder, ohne den Besen in die Hand genommen zu haben.«

»Keine Geheimnisse verraten«, ermahnte Fergal ihn mit einem Augenzwinkern und ging in die Küche, um das Essen zu holen.

Ungläubig fragte ich Daniel Butler: »Fergal lockt junge Frauen mit seinem Charme hier herauf?«

»Ja. Er ist nicht immer mürrisch, wie Sie vielleicht schon gemerkt haben. Was haben Sie getrunken?«

»Apfelwein.«

»Dann haben Sie ihn beeindruckt, denn den Apfelwein in unserem Keller hat er eigenhändig gekeltert, und er bewacht ihn wie ein Drache das Gold. Er würde ihn niemandem anbieten, den er nicht als würdig erachtet.«

»Ich fühle mich geehrt, hoffe aber, dass das nicht zur Gewohnheit wird. Apfelwein macht mich schwindelig.«

»Gibt es ihn auch in Ihrer Zeit?«

»Apfelwein? Ja. Da macht er mich genauso schwindelig.«

»Dann bleiben wenigstens ein paar Dinge für Sie gleich.«

Ich glaubte, so etwas wie wissenschaftliches Interesse aus seiner Frage herauszuhören. »Es ist sicher merkwürdig, in eine andere Zeit zu kommen und festzustellen, dass man sich sehr weit entfernt von allem aufhält, was man kennt. Vermutlich fühlt man sich wie ein Schiffbrüchiger in einem fremden Land.«

»Ja, so ist es. Zum Glück hat das Haus sich nicht verändert, und ich finde mich in den Räumen zurecht. Das hilft. Und dass Sie mir glauben, hilft auch.« Das war mir selbst gerade erst bewusst geworden.

Ich wandte den Blick ab, hüstelte und wechselte das Thema. »Leben Sie schon lange in Trelowarth?«

»Zwölf Jahre. Ich habe es von einem Onkel geerbt, der wollte, dass ich einer ehrlicheren Arbeit nachgehe.«

Bevor ich mich nach seiner vorherigen Tätigkeit erkundigen konnte, kam Fergal mit den vollen Tellern zurück.

»Hier«, sagte er und stellte einen davon vor mir auf den

Tisch. »Genießen Sie es, denn morgen werde ich Ihnen nichts so Erlesenes bieten können. Bis ich das nächste Mal zum Markt komme, gibt es Porridge.«

Das Essen war einfach und schmackhaft. Fergal hatte die gebratenen Vögel mit Honig übergossen und die Gerste sowie das Gemüse mit mir unbekannten Gewürzen und Kräutern verfeinert. Ich aß mit Messer und Löffel wie die beiden Männer, dankbar für das leichte Ale, das Daniel Butler mir anstelle des Apfelweins kredenzte. Es schmeckte leicht nach dem Zinnbecher, aus dem ich es trank, machte mich aber immerhin, mit Bedacht genossen, nicht betrunken.

Die Männer tranken schweren Rotwein, und als Fergal den letzten Rest der Flasche einschenkte, bemerkte er: »Der wird auch bald zu Ende sein. Wir haben nur noch eine einzige Kiste im Keller.«

»Dann ist es ja gut, dass wir deinen Apfelwein haben«, meinte Daniel Butler.

»Nein, nein. Wer sich an den wagt, verliert eine Hand.«

»Sehen Sie?«, sagte Daniel Butler lachend zu mir. »Er hütet seine Fässer wie ein Drache.«

»Aye. Hast du ihr auch verraten, warum? Was dein Bruder getan hat, als ich ein einziges Mal nicht wachsam war? Dass er meinen ganzen Apfelwein auf die *Sally* verladen hat und damit auf und davon gesegelt ist ohne ein Abschiedswort?«

»So ist Jack nun einmal.«

»Ja, der stiehlt noch den Toten die Münze für den Fährmann von den Augen, ohne mit der Wimper zu zucken.« Fergal fiel etwas ein. »Er kann übrigens jeden Moment zurückkommen.«

»Und?«

»Wie willst du dann ihre Anwesenheit erklären?« Er nickte in meine Richtung. »Du weißt so gut wie ich, dass Jack den Mund nicht halten kann. Er lässt sich bestimmt nicht von ihrer Geschichte überzeugen.«

Daniel Butler zuckte mit den Schultern. »Sie ist doch deine Schwester, die uns im Haus hilft. So wie du es Creed weisgemacht hast. Und der hat's geglaubt.«

»Bist du dir da sicher?«

»Nein.« Daniel wurde nachdenklich. »Aber Jacks Verstand ist nicht so scharf wie der des Constable. Und Eva ist klug genug. Macht es Ihnen etwas aus, diese Rolle zu spielen?«, fragte er mich.

Ich war ein wenig unsicher, denn ich war anders als Katrina keine sonderlich gute Schauspielerin. Sie hätte die Rolle perfekt gespielt und Daniel Butler glauben lassen, sie gehöre in seine Zeit. Für sie wäre das Ganze ein vergnügliches Abenteuer gewesen.

Wieder einmal spürte ich den Schmerz des Verlustes. Als ich Daniel Butlers fragenden Blick sah, versprach ich: »Ich werde es versuchen. Aber ich bin keine Schauspielerin.«

»Das wollte ich auch nicht sagen. Es läge mir fern, Sie zu beleidigen.«

Ich erinnerte mich, dass Schauspielerinnen im achtzehnten Jahrhundert nicht viel mehr waren als Prostituierte, Frauen, die sich der Öffentlichkeit für Geld feilboten und nicht als ehrbar galten. Als ich an die Stars meiner Zeit dachte, mit denen ich zu tun gehabt hatte, an ihren Reichtum und ihre Macht, wurde mir klar, wie sehr ihr Status sich in den vergangenen knapp dreihundert Jahren verändert hatte.

»Ich habe es nicht als Beleidigung aufgefasst.«

Scherzend stand Fergal mir bei. »Pass auf, wie du mit meiner Schwester sprichst«, warnte er seinen Freund und fügte, an mich gewandt, hinzu: »Ich zeige Ihnen jetzt das Haus, damit Sie sich zurechtfinden.«

»Das kann ich auch machen«, sagte Daniel.

Fergal lehnte sich auf seinem Stuhl zurück. »Na schön.«

Offen gestanden, achtete ich stärker auf Daniel selbst als auf das, was er mir erklärte, als er mich durch die Räume von Trelowarth führte. Im Untergeschoss, das ich bereits kannte, bemerkte ich, dass Daniel schöne Hände hatte, mit denen er seine Erklärungen unterstrich, und dass sich beim Lächeln ein leichtes Grübchen in seine rechte Wange stahl.

Auf dem Weg nach oben sagte ich: »Tut mir leid, dass ich Ihren Hausmantel nicht mit zurückgebracht habe.«

Er wandte sich mir auf dem Treppenabsatz zu. »Wie bitte?«

»Den Hausmantel, den Sie mir geliehen haben.«

»Ach so.« Er nickte. »Mein Banyan. Das macht nichts. Ich lasse mir einen neuen nähen.«

Das Kleid seiner Frau, das ich jetzt trug, würde sich nicht ersetzen lassen, wenn ich damit in meine Zeit zurückkehrte. Ob ihm das bewusst war?

Wir erreichten die oberen Räume. An der Tür zu seinem Arbeitszimmer erklärte er: »Wenn Sie lesen wollen, können Sie jedes Buch hier oder unten nehmen. Haben Sie die Regale dort gesehen?«

»Ja, danke.«

»Niemand sonst interessiert sich in diesem Haus für Bücher. Fergal hat keine Geduld zum Lesen, und mein Bruder Jack möchte lieber selbst Abenteuer erleben.« Er nickte in

Richtung des hinteren Schlafzimmers. »Das ist Jacks Zimmer«, sagte er. »Ich möchte Sie warnen: Obwohl mir mein Bruder lieb und wert ist, rate ich Ihnen, sich dieser Tür nicht zu nähern, wenn er sich in Trelowarth aufhält. Es hat schon seinen Grund, dass alle Mütter in Polgelly ihre Töchter einsperren, sobald Jack in den Hafen segelt.«

»Ich bezweifle, dass ich Ihren Bruder störe, denn ich verbringe die Nächte ja in Ihrem Zimmer.«

Er lachte. »Das könnte mein Bruder als Herausforderung auffassen.« Wir standen jetzt so nahe beieinander, dass ich den Kopf heben musste, um ihm in die Augen zu sehen. Nur ein Narr würde Daniel Butler herausfordern, dachte ich. Und das lag nicht primär an seiner Größe und Kraft, sondern an seiner Selbstsicherheit, die davon zeugte, dass er in Auseinandersetzungen nicht oft den Kürzeren zog.

Da riss er mich aus meinen Gedanken. »Morgen besorge ich Ihnen Nadeln, damit Sie das Haar hochstecken können.«

»Darin habe ich keine Übung.«

»Das lernen Sie sicher schnell.«

»Wo schlafen Sie jetzt?«, fragte ich unvermittelt.

Er trat an die Tür zu dem Zimmer neben dem meinen. »Hier«, antwortete er und öffnete sie.

In dem schmalen Raum, in den durch das Fenster sanftes Licht drang, hatten er und Fergal sich unterhalten, als ich sie das erste Mal hörte. Das Bett darin war nicht ganz so groß wie das nebenan, hatte aber ebenfalls einen Baldachin mit himmelblauen Vorhängen. Eine lange, mit einem Deckel geschlossene Deckenkiste stand am Fußende, und am Fenster befand sich ein Stuhl, von dem aus man auf die grünen Hügel über dem Meer hinausblicken konnte.

Das war das Zimmer einer Frau, deren Anwesenheit ich so deutlich spürte, dass ich meinte, sie am Fenster sitzen zu sehen. Wie lange sie wohl schon tot war?

Ich richtete den Blick auf die geschlossene Tür in der Wand zwischen diesem Raum und dem meinen. Es entging Daniel nicht.

»Ich finde sicher irgendwo ein Schloss dafür, wenn es Ihnen die Angst nimmt.«

»Die Angst?«

»So fern von der Heimat, in Gesellschaft fremder Männer. Bei unserer ersten Begegnung haben Sie sich doch gefürchtet.«

»Sie hatten ein Messer und waren wütend«, erinnerte ich ihn.

»Bin ich Ihnen wütend erschienen? Ich fühlte mich eher wie ein Feigling. Schließlich hatte ich noch nie zuvor einen Geist getroffen.«

»Ein Geist würde sicher vor Ihnen fliehen.«

Daniel Butler lächelte. »Aber Sie sind kein Geist.«

Ich schüttelte den Kopf.

»Und ich muss zugeben, dass Sie nicht aussehen, als hätten Sie Angst.«

»Ich habe auch keine.« Das überraschte mich selbst.

Er nickte. »Gut. Das ist ein Anfang.«

Ich konnte nicht schlafen, obwohl ich den Kopf ins Kissen drückte und die Augen fest geschlossen hielt.

Ich gehörte nicht hierher. Dies war weder mein Zimmer noch mein Bett. Trotzdem hatte ich das Gefühl, am richtigen Ort zu sein.

Ich öffnete die Augen, um durch das offene Fenster den

klaren Sternenhimmel zu betrachten, und lauschte dem Meer, das vom dunklen Ufer heraufflüsterte. Als sich andere leise Geräusche dazugesellten, stand ich auf und ging barfuß ans Fenster. Ich trug wieder den Pyjama; das schöne Kleid lag über dem Stuhl.

Von meinem Platz aus konnte ich sehen, wie der Hügel sich zu den Klippen und zum Meer erstreckte. Der Wilde Wald schien mir näher beim Haus und größer, als ich es in Erinnerung hatte. Plötzlich löste sich eine Reihe Schatten aus dem Wald.

Sie verließen einer nach dem anderen den Pfad und kletterten zum Haus hinauf, finstere Gestalten, die sich im Mondlicht bewegten. Zu hören waren nur ihre Schritte und das leise Klappern der Hufe von zwei Pferden mit Bündeln auf dem Rücken, die sie bei sich führten.

Die Bodendielen im Nachbarzimmer knarrten, als auch Daniel Butler aufstand und aus dem Raum und die Treppe hinunterschlich. Wenig später beobachtete ich vom Fenster aus, wie sein Schatten sich zu den anderen gesellte, er ihren Anführer mit einem Schulterklopfen begrüßte und den Männern und Pferden hinter das Gebäude voranging. Meine Ahnung, dass er ein Schmuggler war, verdichtete sich zur Gewissheit.

Als mir am Fenster kalt wurde, wollte ich zum Bett zurückkehren.

Und blieb stehen. Denn das Bett, über das sich die Schatten der Vorhänge bewegten, verschwamm vor meinen Augen.

Plötzlich war ich wieder im Flur, auf dem Weg vom Bad zurück zu meinem Zimmer. Und alle anderen im Haus schliefen, als wäre nichts geschehen.

# *Zwölf*

»Du bist so ruhig heute Morgen. Alles in Ordnung?«, erkundigte sich Mark, der schon seit Stunden draußen arbeitete, als ich mich endlich hinauswagte. Das Wetter hatte umgeschlagen, und die Blumen duckten sich aus dem für diese Jahreszeit ziemlich feuchten und kalten Wind. Sogar die Hunde wandten ihm mit eingezogenem Schwanz den Rücken zu und scharten sich dicht um Mark und mich, als wir zum Gewächshaus gingen.

Ich wusste nicht so genau, wie ich mich fühlte. Einerseits war ich froh, wieder zurück zu sein. Andererseits hätte ich den gleichen Spaziergang mit Daniel machen können statt mit Mark, und dass ich es nicht tat, bedauerte ich.

»Ja, alles in Ordnung.«

Er schien es mir zu glauben. Die Hunde begannen, wie wild mit dem Schwanz zu wedeln, weil Felicity aus dem Treibhaus kam, um uns zu begrüßen.

Sie hatte gute Laune wie immer. Während sie sich einen Weg zwischen den Hunden hindurchbahnte, sagte sie: »Ihr habt euch ganz schön Zeit gelassen mit eurem Besuch. Ihr werdet staunen, was wir geschafft haben!« An der Tür zum Gewächshaus stellte sie sich hinter Mark und hielt ihm die Augen zu. »Noch nicht gucken. Du auch nicht, Eva.«

»Felicity, was … aua!« Mark stieß mit dem Ellbogen an den Türrahmen.

»Jetzt.« Felicity nahm die Hände von seinen Augen. Susan und sie hatten die Wände grün und elfenbeinfarben gestrichen; der Raum wirkte elegant und strahlte eine angenehme Ruhe aus. Zum ersten Mal ähnelte er eher einer Teestube als einem alten Treibhaus.

Mark entschlüpfte ein »Wow!«.

Dieses eine Wort von Mark genügte Felicity als Lob. Wieder einmal fragte ich mich, wieso Mark ihre Zuneigung nicht bemerkte.

»Der Boden fehlt noch«, erklärte sie. »Aber ist alles andere nicht wunderschön?«

Ich nickte.

Susan wusch gerade die Malerpinsel in dem Waschbecken aus, das der Klempner installiert hatte. Als sie uns bemerkte, drehte sie den Hahn zu und kam zu uns.

»Und, Bruder? Wie gefällt's dir?«

»Könnte doch was werden mit der Teestube«, antwortete er.

»Siehst du.« Auch Susan wirkte erfreut über Marks Anerkennung. »Jetzt müssen wir nur noch die Touristen herlocken. Den Anfang hat Eva schon gemacht. Weißt du, dass sie einen alten Herzog ausgegraben hat, der möglicherweise in Verbindung zu Trelowarth stand?«

»Ach.« Mark wandte sich mir zu. »Und wer soll das gewesen sein?«

»Der Duke of Ormonde.« Den hatte ich völlig vergessen.

Ich fasste für Mark und Felicity kurz zusammen, wie er anfangs gegen die Jakobiten gekämpft und dann die Seiten gewechselt und versucht hatte, den jungen King James als Nachfolger von Queen Anne ins Land zu holen. »Er hat hier in der Gegend einen Aufstand geführt. In Cornwall. Leider hat das Parlament davon erfahren und ihn des Hochverrats beschuldigt, sodass er ins Exil musste.«

»Ein Jakobiten-Aufstand? Hier in Cornwall?«, wiederholte Felicity.

»Ja«, bestätigte Susan. »Ganz schön romantisch, findest du nicht?«

»Und in welcher Verbindung stand dieser Duke zu Trelowarth?«, erkundigte sich Mark.

Wenn ich ein so geschickter Lügner gewesen wäre wie Fergal, hätte ich geantwortet, ich hätte irgendwo gelesen, Trelowarth sei im Jahr 1715 der Sitz eines Blutsverwandten des Duke of Ormonde gewesen, doch ich wandte den Blick ab und zuckte mit den Schultern. »Das habe ich noch nicht herausgefunden.«

»Du solltest Oliver fragen«, riet Susan mir. »Erinnerst du dich an ihn?«

Ich nickte. »Ja, natürlich. Ich bin ihm am Mittwoch begegnet, in Felicitys Laden.«

»Tatsächlich?«, meinte Felicity. »Das hat er mir gar nicht erzählt.«

»Was hältst du von ihm?«, erkundigte sich Susan.

»Tja …«, antwortete ich.

»Ein ganz schönes Sahneschnittchen, was?« Susan lachte. »Sieht er nicht aus wie ein Filmstar?«

»Ich denke, dass Eva eine ganze Menge echter Filmstars kennt, Sue.«

»Wenn sie ihn nicht will, nehm ich ihn gern. Aber egal«, sagte sie zu mir. »Wenn es um Geschichte geht, solltest du dich an ihn wenden. Er kennt sich aus, weil er vor der Eröffnung seines Schmugglermuseums viel recherchiert hat. Und wenn er es selbst nicht weiß, kann er dir mit Sicherheit Tipps geben, wie du an die Informationen kommst.«

»Hat sein Museum am Sonntag geöffnet?«, wandte Mark ein.

»Wenn nicht, ist das auch kein Problem«, antwortete Susan. »Er wohnt gleich darüber und macht bestimmt auf.«

»Besonders wenn die richtige Besucherin vor der Tür steht«, fügte Felicity hinzu.

Olivers Museum befand sich an der Hafenstraße und war tatsächlich geöffnet. Der Wind blies so heftig, dass ich hineinstolperte und mich von innen gegen die Tür stemmen musste, um sie hinter mir schließen zu können.

Im Innern roch es nach salziger Meerluft, alten Gipswänden und den Sägespänen auf den Bodendielen. Auf den ersten Blick schien es, als ginge die Helligkeit von den Schiffslampen aus Messing an den dunklen verwitterten Balken aus und nicht von den modernen Lichtern in der Decke. Diese erschien mir anfangs ungewöhnlich niedrig, doch wie bei den meisten alten Cottages der Gegend war auch hier der Boden so ausgetreten, dass er sich unterhalb der Höhe der Straße befand. Sobald ich die beiden Stufen hinuntergegangen war, konnte ich aufrecht stehen, ohne mit dem Kopf anzustoßen.

Ich fühlte mich wie unter Deck eines Schiffes und erwartete angesichts der Pfosten, Balken, Laternen, Fässer und

Seile fast, dass der Boden sich unter meinen Füßen zu heben und zu senken begänne.

»Eva!« Oliver kam aus dem hinteren Teil des Raumes hervor, nahm die Brille ab und steckte sie in die Hemdtasche.

Ich schaute mich um. »Sehr hübsch ist es hier, Oliver.«

»Danke. Das Lob gebührt nicht mir allein. Das Projekt war die Idee meiner Mutter. Sie stammt selbst aus einer Schmugglerfamilie, hatte über die Jahre allerlei Sachen gesammelt und meinte, irgendjemand sollte ein Museum dafür eröffnen. Und so …« Er breitete die Arme aus. »Leider ist sie nicht geblieben, um mir zu helfen.«

Ich erinnerte mich an seine Mutter, eine fröhliche, zupackende Frau. »Ach. Wohin ist sie denn gegangen?«

»Nach Bristol, zu meiner Tante. Sie hat mich einfach im Stich gelassen.«

»Du scheinst ganz gut zurechtzukommen.«

»Hiermit? Das Museum finanziert mir meinen Lebensunterhalt nicht.« Oliver lächelte. »Das ist ein Liebesdienst. Nein, ich besitze ein paar Ferienhäuser drüben bei St. Non's, die ich vermiete. Davon kann ich ganz gut leben.«

»Ferienhäuser? Da ist nicht zufällig gerade eins frei?«

»Bedaure, nein. Sie sind alle bis September ausgebucht.«

»Schade.«

»Warum, suchst du eins?«

»Ja, ich habe daran gedacht. Im Moment gönne ich mir eine Pause von meinem Job und von L. A. und … von der Sache mit Katrina. Du weißt schon. Ich dachte, vielleicht könnte ich ein Cottage mieten und eine Weile bleiben.«

»Such dir eins aus, dann werf ich den Mieter raus.«

Ich musste lachen. »Nicht nötig. Aber wenn im September eins frei werden sollte …«

»Gehört es dir.« Als er merkte, dass ich mich weiterhin in dem Raum umsah, fragte er: »Soll ich dir alles zeigen?«

»Ja, bitte.«

Er hatte die Ausstellungsstücke chronologisch angeordnet, von den Anfängen der Besiedelung der Gegend über die verwegenen Freibeuter der Tudor-Ära bis zur Blütezeit des Schmuggels Ende des achtzehnten Jahrhunderts, von dem alle, auch die Steuereintreiber, profitierten, die eigentlich die Schmuggler kontrollieren sollten.

Es hatte immer Handelsbeziehungen gegeben zwischen Cornwall und der französischen Bretagne, und weder Kriege noch Steuern waren in der Lage gewesen, die kornischen Schmuggler um diese Einnahmequelle und ihre Abenteuer zu bringen.

»Es war ein Katz-und-Maus-Spiel«, erklärte Oliver. »Alle kannten die Schmuggler; die Schwierigkeit bestand darin, sie zu fassen. Und selbst wenn das gelang, hieß das noch lange nicht, dass sie tatsächlich bestraft wurden, denn die örtlichen Geschworenen ließen sie wieder laufen. Deshalb gaben manche Steuereintreiber die Jagd am Ende auf, beteiligten sich lieber am Gewinn und drückten beide Augen zu.«

Ich konnte mir nicht vorstellen, dass der Constable bei irgendetwas auch nur ein Auge zudrückte. Und meinem Empfinden nach wusste er genau, was die Butlers trieben.

»Was wurde üblicherweise ins Land geschmuggelt?«, fragte ich.

»Brandy, Tee, Tabak, französische Spitze und Seide. Alles, worauf der Staat hohe Steuern erhob.« Oliver setzte sich, während ich Zeichnungen von Polgellys berühmten Schmugglerschiffen betrachtete.

»Hast du je von einem Schiff namens *Sally* gehört?«

Oliver dachte einen Moment nach. »Nein, ich glaube nicht. War das ein Schmugglerschiff?«

»Wahrscheinlich. Es gehörte den Butlers, die in Trelowarth wohnten.«

»Die Butlers? Die kenne ich auch nicht. In welcher Zeit?«

»Anfang des achtzehnten Jahrhunderts.«

»Und woher weißt du das alles?«

Ich zuckte mit den Schultern. »Aus dem Internet. Leider hab ich mir nicht gemerkt, wo.«

»Die Butlers. Waren in dem Artikel ihre Vornamen erwähnt?«

»Jack und Daniel.«

»Das hätte ich mir sicher gemerkt.« Oliver grinste. »Denn die erinnern mich an meinen Lieblingswhiskey.« Nach einem Blick hinaus, wo es nicht mehr regnete, fragte er: »Du hast das Museum gesehen. Jetzt lade ich dich zum Lunch ein.«

»Machst du das bei allen Besuchern?«

»Natürlich«, antwortete er schmunzelnd. »Wohin möchtest du gehen? Ins *Wellie* oder in die Teestube?«

Obwohl das *Wellington*, in dem ich noch nie gewesen war, mich gereizt hätte, entschied ich mich für die Teestube. »Vielleicht kann ich dort für Susan spionieren.«

»Gut. Ich hole nur meine Jacke.«

Wir waren die einzigen Mittagsgäste. Offenbar hatte die Kellnerin, die sich mir gegenüber fast unhöflich verhielt, ein Auge auf Oliver geworfen. Ihm fiel das gar nicht auf.

»Was ist?«, fragte er verwirrt, als er sah, dass ich ein Lachen unterdrückte.

»Nichts.«

»Felicity meint, Sue hätte dich auch mit Arbeit eingedeckt.«

»Ja. Genau das führt mich heute zu dir. Ich hoffe, eine berühmte Persönlichkeit in Trelowarths Vergangenheit zu finden, mit der sie die Touristen anlocken kann.«

So wie er mich ansah, wusste ich, dass er auf die gleiche Idee gekommen war wie ich: »Ja, ich weiß. Ich habe Susan gesagt, sie könnte Katrinas Namen verwenden, aber das will sie nicht. Ich muss jemand anderen für sie auftreiben.«

»Eine berühmte Persönlichkeit in Trelowarths Vergangenheit. Hm.«

»Vielleicht wäre der Duke of Ormonde der geeignete Kandidat«, schlug ich vor.

Wir unterhielten uns eine Weile über ihn. Olivers beeindruckende Kenntnisse über den Jakobiten-Aufstand veranlassten mich, ihn zu fragen: »Er hieß doch Butler, oder? James Butler.«

»Wie deine Butler-Brüder, meinst du?« Er überlegte. »Möglicherweise waren sie verwandt.«

»Du bist also wild entschlossen, diese berühmte Persönlichkeit für Sue zu finden, was? Hoffentlich hat sie mit der Teestube Erfolg. Ich fände es sehr traurig, wenn die Halletts Trelowarth verlören.«

Ich legte überrascht den Löffel weg. »Ist es so schlimm?«

Er nickte.

»Das war mir nicht klar.«

»Ich recherchiere für dich. Selbst wenn der Duke of Ormonde nicht hier in der Gegend gewesen ist, könnten sich deine Butler-Brüder als interessant erweisen.«

»Danke.«

»Keine Ursache. Und hinterher lade ich dich wieder zum Essen ein.«

Als die Kellnerin das hörte, knallte sie meinen Sandwich-Teller so heftig auf den Tisch, dass er erzitterte, was diesmal sogar Oliver bemerkte. Sobald sie weg war, sagte er: »Sie hat ganz schön schlechte Laune.«

Ich sah ihn an.

»Was?«, fragte er.

Es kostete mich Mühe, nicht laut loszulachen. »Nichts.« Vermutlich würde sich ein Essen mit Oliver überall im Ort als Abenteuer erweisen.

# *Dreizehn*

Wir hatten Claire einige Tage lang nicht gesehen, und so besuchte ich sie nach dem Abendessen mit dem kleinen Mischling Samson. Jetzt lag Samson zufrieden zusammengerollt unter dem schmalen Tisch, auf dem Claire in ihrem hellen Atelier die Farben mischte. Ich sah ihr gern bei der Arbeit zu und liebte den Geruch der auf der Leinwand trocknenden Farbe, der in Terpentin einweichenden Pinsel und des Kaffees, der irgendwo in einer großen Tasse kalt wurde, weil sie ihn wie immer beim Malen vergessen hatte.

Ihre Bilder, hauptsächlich Landschaften, gefielen mir, denn sie hatten etwas Phantastisches. Die Weihnachtskarten, die sie meinen Eltern und mir jedes Jahr geschickt hatte, waren nach Vorlagen von ihr gedruckt worden und noch lange nach den Feiertagen auf unserem Kaminsims geblieben. Wo sie wohl jetzt lagerten? Nach dem Tod meiner Eltern waren so viele der kleinen Bindeglieder zur Vergangenheit verschwunden.

Claire, die gerade einen Sonnenuntergang malte, sagte: »Schön, dass du Oliver getroffen hast.«

»Fast hätte ich ihn nicht wiedererkannt.«

»Ja, er hat sich verändert. Aber im Innern ist er noch derselbe Oliver wie früher. Wo wart ihr zum Essen?«

»In der Teestube am Hafen. Felicity hat recht: Die Frau dort kann keine Scones backen. Sie ist keine Konkurrenz für Susan.« Nach kurzem Schweigen fuhr ich fort: »Tante Claire?«

»Ja, Liebes?«

»Gibst du mir eine ehrliche Antwort, wenn ich dich etwas frage?«

Sie hörte auf zu malen. »Natürlich.«

»Wie viel Geld brauchen Mark und Susan, um Trelowarth nicht zu verlieren?«

Claire legte blinzelnd den Pinsel weg. »Woher weißt du das?«

»Das darf ich nicht verraten.«

Claire steckte den Pinsel in ein Glas mit Terpentin und wischte sich die Hände ab. Dann erklärte sie mir, wie die Rücklagen weniger und die Steuern höher geworden waren. »Noch ist Mark nicht hoch verschuldet«, versicherte sie mir. »Doch wenn es ihm nicht gelingt, das Ruder herumzureißen, wird es nächstes Jahr um diese Zeit kritisch.«

»Ich würde Mark und Susan gern helfen«, sagte ich.

»Das tust du doch schon.«

»Wirklich helfen. Finanziell. Ich weiß, dass Mark nie Geld von mir nehmen würde, aber es ist ja nicht das meine, sondern das von Katrina. Sie würde nicht tatenlos mitansehen, wie Trelowarth in ernste Schwierigkeiten gerät. Wenn ich ein Treuhandvermögen einrichte, könnten Mark und Susan, falls nötig, darauf zurückgreifen. Außerdem hätten sie die Gewissheit, dass der Fonds auch noch für ihre Kinder und Enkel da wäre.«

Ich wartete auf Claires Reaktion.

Claire musterte mich ziemlich lange schweigend, bevor sie sagte: »Ich finde, das wäre ein sehr schönes Vermächtnis. Es würde Katrina sicher freuen, wenn sie davon wüsste. Wie kann ich dir dabei helfen?«

Während wir uns darüber unterhielten, gingen wir in die Küche. Claire setzte den Wasserkessel auf, und als sie die Wedgwood-Kanne mit Tee füllte, war unser Plan fertig.

»Morgen habe ich einen Termin bei Mr Rowe von der Bank in Polgelly«, erklärte ich. »Der wird alles für mich organisieren.«

»Dann musst du dich für den Weg stärken. Wie wär's mit Keksen? Ich habe welche mit Kokosnuss oder mit Schokolade.«

Als sie die Keksdose auf den Tisch stellte, schüttelte ich den Kopf. »Ich müsste den Hügel zehnmal am Tag rauf und runter laufen, wenn ich die esse.«

»Unsinn. Du bist sowieso zu dünn.«

»In Kalifornien gibt es kein ›zu dünn‹.«

Claires Blick verriet, was sie von Kalifornien und der dortigen Mode hielt. Sie reichte mir wortlos die Dose. Ich nahm eine Kokosmakrone und teilte sie mit Samson, der mich schwanzwedelnd anbettelte. Er ließ sich neben meinem Stuhl nieder, als ich Claire fragte: »Hast du dir das Gewächshaus schon angeschaut?«

»Nein.«

»Sie haben es frisch gestrichen. Es ist schön geworden.« Beim Tee erzählte ich von Felicitys und Susans Werk.

Ich fühlte mich wohl in Claires Küche, was weniger an der Einrichtung als an Claire selbst lag. Sie sorgte in allen Räumen, in denen sie sich aufhielt, für Behaglichkeit.

Vielleicht spürte ich deshalb bei ihr die Anwesenheit meiner Schwester. Sehr viel Phantasie war nicht nötig, um mir Katrina auf dem leeren Stuhl am anderen Ende des Tischs vorzustellen, das Kinn in eine Hand gestützt, wie immer, wenn sie einem Gespräch lauschte.

Als Claire und ich mit dem Tee ins Wohnzimmer gingen, glaubte ich zu fühlen, dass Katrina uns begleitete und sich neben mich aufs Sofa kuschelte. Später brachte Claire mir Kissen und Decke und meinte, ich sehe müde aus. Ich wehrte mich nicht und streckte mich aus, nach wie vor mit dem Gefühl, Katrina sei bei mir.

Als ich aufwachte, war sie verschwunden.

Ich hatte viel länger geschlafen als beabsichtigt. Es war Morgen, und in der Küche roch es nach Toast. Claire hatte mir einen Zettel hingelegt: *Bin mit Samson spazieren. Nimm Dir, was Du möchtest.*

Doch ich wollte die ordentlich aufgeräumte Küche nicht durcheinanderbringen. Das Frühstück konnte warten, bis ich in Trelowarth geduscht hatte. Ich schrieb ein paar Zeilen auf Claires Zettel, bedankte mich und legte ihn zurück auf den Tisch.

Dann schlüpfte ich in meine Jacke und verließ das Cottage. In der Nacht hatte es geregnet, sodass Tropfen auf den Blättern der Bäume lagen. Wenn der Wind hindurchwehte, rieselte das Wasser auf mich herab, und ich rutschte ein wenig auf dem matschigen Weg, doch das störte mich nicht. Als ich aus dem Wald trat, brach die Sonne durch die Wolken. Ich sah Susan zum Gewächshaus gehen.

Nach dem Frühstück würde ich mich zu ihr gesellen und ihr helfen, dachte ich, und anschließend die Bank im Ort aufsuchen.

Da öffneten sich die Schleusen des Himmels, und wie aus dem Nichts blies mir der Sturm Regen ins Gesicht. Ich rannte in Richtung Haus, um dort Schutz zu suchen.

Der Wind war wie ein wildes Tier, das mich heulend verfolgte, als ich durch die Tür hastete und sie hinter mir zuschlug. Der Regen prasselte so heftig von draußen dagegen, dass es sich anhörte wie Faustschläge.

Das Wasser lief mir in die Augen. Ich strich mir das Haar aus dem Gesicht, zog meine Jacke aus, schüttelte sie und drehte mich um, weil ich sie zu den anderen Mänteln hängen wollte.

Doch da waren keine Mäntel.

Ich ließ meine Jacke fallen, um die herum sich eine Pfütze bildete, während ich meine schlammverschmierten Stiefel auszog und auf Strümpfen in die Küche ging.

Die knorrigen Äste des Apfelbaums scharrten am Fenster, und die tropfenden Blätter warfen in der Düsternis sich ständig verändernde Schatten. Alle Teller waren weggeräumt, die Töpfe, sauber geschrubbt, standen auf der Feuerstelle, die nach kalter Asche roch. Heute Morgen hatte hier niemand gekocht.

Leise legte ich meine durchnässte Jacke und die schmutzigen Stiefel unter ein paar Säcke in dem kleinen Raum, den Fergal die »Spülküche« genannt hatte.

Dann schlich ich auf Zehenspitzen durch die Küche zu der schmalen hinteren Treppe, über die ich in mein Zimmer zu gelangen hoffte, bevor jemand mich entdeckte. Daniel und Fergal hatten gesagt, dass Daniels Bruder Jack jeden Augenblick zurückkehren konnte. Möglicherweise war er schon zu Hause.

Ich ging die steilen Stufen in den ersten Stock hinauf und an der geschlossenen Tür von Jacks Zimmer vorbei. In meinem Zimmer angekommen, sah ich voller Erleichterung, dass das Gewand über dem Stuhl vor dem Schreibtisch ausgebreitet lag, genau wie ich es zurückgelassen hatte. Diesmal fiel es mir schon leichter, mich anzukleiden, obwohl das Schließen der Nadeln am Oberteil nach wie vor Zeit und Geduld erforderte. Die Haare kämmte ich mit den Fingern zurück und ließ sie offen über die Schultern hängen.

So setzte ich mich auf die Bettkante und wartete.

Vielleicht war es noch zu früh am Morgen. Die Zeit ließ sich bei dem heftigen Regen, der an den Fensterscheiben herunterlief, und dem heulenden Wind nur schwer bestimmen.

Die Minuten vergingen. Als ich, nicht an die Feuchtigkeit gewöhnt, zu frieren begann, stand ich auf und lief ein wenig auf und ab, um mich aufzuwärmen. Der Klang meiner Schritte, dachte ich, würde Daniel nebenan bestimmt wecken, doch es blieb still im Haus. Nach einer gefühlten Ewigkeit nahm ich all meinen Mut zusammen, trat an die Tür, die unsere Zimmer verband, und öffnete sie vorsichtig.

Das blaue Himmelbett war leer.

Ich klopfte an der anderen Verbindungstür, doch auch in dem Raum dahinter war niemand. Eines nach dem anderen überprüfte ich die Zimmer und stellte fest, dass sich im Moment außer mir niemand in dem Gebäude aufhielt.

Weil Daniel mich gewarnt hatte, das Haus zu verlassen, und ich dem Constable nicht allein begegnen wollte, wagte ich mich nicht hinaus.

Ich war schon eine ganze Weile auf den Beinen und bekam allmählich Hunger und Durst.

Ich hatte Fergal beobachtet, wie er Wasser aus einem Eimer neben der Feuerstelle in der Küche schöpfte, aber als ich hineinblickte, sah ich, dass er leer war. Der Regen, der gegen das Küchenfenster prasselte, brachte mich auf eine Idee: Ich ging mit dem Eimer zur hinteren Tür und stellte ihn hinaus. Es dauerte einige Minuten, bis sich darin genug Flüssigkeit zum Trinken gesammelt hatte und ich meinen Durst löschen konnte.

Dann machte ich mich in der Spülküche auf die Suche nach etwas Essbarem. In einem Sack befand sich die Gerste, aus der Fergal die Suppe gekocht hatte, aber nicht eingeweicht war sie hart und ungenießbar. Ein anderer Beutel beinhaltete grob gemahlenes Mehl. In einer Kiste unter dem Arbeitstisch entdeckte ich zwei weiche Äpfel; alle anderen Lebensmittel lagerten vermutlich in dem hohen Schrank, doch der war verschlossen.

Ich aß einen Apfel und hob mir den zweiten für später auf. Anschließend sah ich mich nach einem Zeitvertreib um.

Es war seltsam, allein in dem Haus zu sein. Abgesehen von dem Lärm, den der Sturm draußen verursachte, hörte ich jede Menge anderer Geräusche: knarrende Stufen, ächzende Balken, trippelnde Mäuse.

Was hatte Daniels Frau wohl getan, wenn er auf See war? Sie hatte den Haushalt führen und kochen müssen, was damals wahrscheinlich den ganzen Tag in Anspruch nahm. Aber ich kam aus einer Zeit, in der ich nur auf einen Knopf oder Schalter zu drücken brauchte, um Musik oder die stündlichen Nachrichten hören zu können.

War Daniels Frau je nach oben gegangen, wie ich es nun tat, um in seinem Arbeitszimmer, in dem eine Ahnung seines Pfeifenrauchs in der Luft hing, Trost zu suchen? Ich überflog die Titel von Daniels überwiegend in Kalbsleder gebundenen Büchern auf der Suche nach etwas, das ich kannte. Neugierig zog ich eine Ausgabe von Jonathan Swifts Gedichten aus dem Regal, so neu, dass ich noch die Druckerschwärze roch. Swift lebte, wurde mir beim Lesen bewusst, und machte sich vielleicht gerade Gedanken über *Gullivers Reisen*, ein Buch, das er noch nicht geschrieben hatte.

Ich entdeckte weitere gerade erschienene Bücher, von Alexander Pope, William Congreve und dem Dichter Matthew Prior. Es war faszinierend, diese Werke in der Form in Händen zu halten, in der die Verfasser sie bekommen hatten, möglicherweise in der Erstausgabe, die Einbände glatt und die Seiten noch nicht aufgeschnitten.

Wie wäre die Reaktion der Schriftsteller ausgefallen, wenn ich ihnen gesagt hätte, dass eine Frau, die dreihundert Jahre nach ihrer Zeit in diesem Haus lebte, ihre Namen kennen und lesen würde, was sie geschrieben hatten?

Ich stellte Swifts Gedichte zurück, nahm eine Folio-Ausgabe von Shakespeares Dramen heraus und blätterte so lange darin, bis ich *Der Kaufmann von Venedig* fand, das erste Stück, das ich je auf der Bühne gesehen hatte, mit meinen Eltern und Katrina in Stratford. Katrina hatte immer gesagt, diese Vorstellung habe ihr offenbart, wofür sie bestimmt war.

Ich setzte mich in den Sessel am Fenster und verbrachte die nächste Stunde mit Lesen. Beinahe hatte ich den Eindruck, mit Katrina im dunklen Zuschauerraum des Theaters zu sitzen und das Geschehen auf der Bühne zu verfolgen. Der attraktive junge Schauspieler, der den Bassanio gab, hatte Katrina in ihrer Berufswahl bestärkt. Jahre später hatte sie ihn bei Dreharbeiten persönlich kennengelernt und ihn einen Egomanen genannt, als sie am Abend zu mir gekommen war, um sich zu entspannen.

Ich hatte Rohrzuckersandwiches gemacht wie früher unsere Mutter und gefragt: »Wirklich?«

»Ja. Und ich habe all die Jahre für ihn geschwärmt. Man sollte sich nicht in ein Ideal verlieben.«

Am Abend wurde mir klar, dass ich vielleicht länger allein bleiben würde, als ich gedacht hatte. Ich beschloss, hinunterzugehen und ein Feuer anzuzünden.

In der kalten Asche des Küchenkamins lag frisches Holz. Leider stellte ich mich beim Feuermachen nicht geschickt an, nicht einmal mit normalen Streichhölzern, die ich nicht hatte. Meine Suche förderte eine Zunderbüchse aus Metall zutage, einen Gegenstand, den ich nur aus Büchern kannte. Die Theorie war mir klar: Ich musste mit Feuerstein und Feuerstahl Funken auf den Zunder, eine Mischung aus Holzspänen und Stofffetzen, schlagen und, sobald sie ihn erfassten, daraufblasen, um mit der Flamme das Holz im Kamin zu entzünden. Narrensicher.

Doch nach fast einer halben Stunde Mühe hatte ich lediglich ein paar kleine Funken zustande gebracht, die den wertvollen Zunder auffraßen, ohne eine richtige Flamme zu ergeben. Mein Gesicht war schmutzverschmiert, meine Laune im Keller, und meine Knie schmerzten vom langen Hocken. Trotzdem konzentrierte ich mich weiter auf meine Aufgabe.

Und hörte die Tür nicht. Erst das Geräusch schwerer Stiefelschritte auf den Bodendielen ließ mich zusammenzucken. Ich drehte mich um, erwartete Daniel oder Fergal.

Es war keiner von beiden.

# *Vierzehn*

In der Düsternis des Raums jagte die Gegenwart des Constable mir Angst ein. Zum Glück war er ebenfalls überrascht, jemanden in Trelowarth anzutreffen.

Ich versuchte, ruhig zu bleiben.

Er erholte sich als Erster von dem Schrecken. »Mistress O'Cleary.« Allein mit mir, machte er sich nicht einmal die Mühe, eine Verbeugung anzudeuten. Seine kalten Augen verengten sich zu Schlitzen. »Haben sie Sie allein gelassen?« Sein Blick wanderte kurz zur Feuerstelle. »Und noch dazu ohne Feuer. Wie unachtsam. Da ich keinen Rauch aus den Schornsteinen gesehen habe, dachte ich, es sei niemand da.«

Er hatte also gehofft, sich ungestört hier umschauen zu können, und ich hatte ihm einen Strich durch die Rechnung gemacht.

Wie ein Chamäleon passte er sich den neuen Gegebenheiten an. Seine Miene wurde ein wenig sanfter, als er mit angedeuteter Höflichkeit fragte: »Haben Sie Schwierigkeiten?«

Gerade noch rechtzeitig fiel mir ein, dass ich angeblich stumm war. Ich nickte argwöhnisch.

»Dann lassen Sie es mich versuchen.« Das Zittern meiner Finger, als ich ihm die Zunderbüchse reichte, schien ihm nicht aufzufallen. Auch ihm gelang es nicht sofort, Funken zu schlagen, aber am Ende brannte ein munteres Feuer, das den Raum mit Licht und Wärme erfüllte.

Als er sich aufrichtete, musste ich mich zwingen, nicht zurückzuweichen. »Wie wollen Sie mir nun danken, wenn Sie nicht sprechen können?« Er musterte mich von oben bis unten. »Ich sehe, dass Sie sich fürs Bett bereit machen wollten. Vielleicht benötigen Sie auch dort Beistand?« Er wirkte belustigt über mein Entsetzen. »Nein, ein wenig Wein würde mir reichen. Eine Flasche vom besten, den Butler hat, und Sie können Ihre Schuld als beglichen erachten.«

Ich erinnerte mich, im Esszimmer Wein gesehen zu haben – einige verstaubte Flaschen in einer Ecke bei der Anrichte. Also nickte ich kurz und eilte hinüber. Zum Glück fand ich sie gleich. Ich nahm die oberste, wischte den Staub mit der Hand weg und kehrte damit zurück in die Küche.

Doch er war nicht mehr dort. Ich lauschte. Weit konnte er nicht sein.

Da hörte ich ihn in der Spülküche.

Mein Mund wurde trocken. Wenn er meine Jacke und die Stiefel entdeckte … Als ich mich zu ihm gesellte, verkrampften sich meine Finger um den Hals der Flasche. Zu meiner Erleichterung hatte er die Säcke auf dem Boden noch nicht aufgehoben. Sein Interesse schien sich auf den verschlossenen Vorratsschrank zu richten.

»Sperrt Ihr Bruder immer das Essen weg, wenn er Sie allein lässt?«, fragte er. »Oder könnte Interessanteres als Lebensmittel in diesem Schrank sein?«

Ich versuchte, ruhig zu bleiben, als er auf die Säcke zuging. Zum Glück schob er sie nur mit dem Fuß beiseite und griff nach einer kurzen Axt, die an der Wand dahinter lehnte.

»Ich kann nicht zulassen, dass Sie Hunger leiden«, erklärte er mit gespielter Sorge und ließ die Axt mit solcher Wucht auf das Schloss heruntersausen, dass es zerbarst und die Schranktür aufschwang.

Auch ich wusste nicht, was sich in dem Schrank befand. Vielleicht war hinter den Lebensmitteln Schmuggelware verborgen. Nachdem der Constable einige Behälter geöffnet hatte, murmelte er etwas, überlegte und wandte sich mir zu.

»Sind Sie wirklich allein im Haus?«, erkundigte er sich.

Ich wusste, dass ich ihm nichts vormachen konnte, und nickte.

»Dann halte ich es für sinnvoll, alle Räume zu inspizieren, um sicher zu sein, dass Ihnen kein Unheil droht.«

Was sollte ich darauf sagen?

Er nahm die Axt mit. Als ich ihm folgen wollte, drehte er sich zu mir um und deutete in die Küche. »Nein, Mistress, warten Sie hier. Das mache ich allein.«

Er blieb ziemlich lange weg, so lange, dass ich mit dem Gedanken spielte, in die Stallungen oder den Wald zu fliehen, aber weil draußen nach wie vor der Sturm tobte und meine Angst sich allmählich in Wut verwandelte, entschied ich mich dagegen. Außerdem wollte ich Daniel berichten, was der Constable getan und gefunden hatte.

Der Wind heulte so laut, dass ich nicht hören konnte, was der Constable oben machte. Ich wusste nicht, was er durch seine Berührung beschmutzte.

Es freute mich, sein enttäuschtes Gesicht zu sehen, als er zurückkehrte. Offenbar hatte er nicht gefunden, wonach er suchte.

An der Tür zur Spülküche ließ er die Axt fallen. Sie landete klappernd auf dem Steinboden. »Nun, Mistress O'Cleary.« Er klang herausfordernd. Mit einem Blick auf die Flasche in meiner Hand fragte er: »Ist das mein Wein? Dann geben Sie ihn mir doch.«

Er setzte sich, nahm ein kleines Messer aus seiner Tasche, brach damit das Wachssiegel und trank einen großen Schluck. Und noch einen. Nachdem er den Mund mit dem Ärmel abgewischt hatte, sagte er: »Vielleicht gehe ich das Problem falsch an und muss nur fragen?« Er sah mich an. »Haben Sie hier in letzter Zeit Besucher empfangen? Männer hohen Ranges?«

Ich schüttelte den Kopf.

»Sie täten gut daran, mir die Wahrheit zu sagen, Mistress, denn die Gesetze dieses Landes bestrafen hart, wer einem Landesverräter Schutz gewährt.« Mit Verachtung in der Stimme fügte er hinzu: »Auch Frauen, die einen in ihr Bett gelassen haben.« Noch einmal musterte er mich von oben bis unten, während er einen weiteren großen Schluck aus der Flasche nahm. Als ich nicht auf seine Beleidigung reagierte, fuhr er fort: »Glauben Sie ja nicht, dass er Sie achtet. Wissen Sie, warum er Ihnen dieses Gewand gegeben hat? Um einem Geist Leben einzuhauchen. Jede Dirne würde den gleichen Zweck erfüllen.«

Er stand auf. »Denken Sie daran, wenn Sie versuchen,

ihn vor dem Arm des Gesetzes zu bewahren. Ich kann Gnade walten lassen, Ihnen aber nicht helfen, wenn Sie selbst den Hals in die Schlinge stecken.« Er stellte die Flasche auf den Tisch. »Passen Sie gut auf die Glut auf, die ich für Sie entfacht habe, Mistress O'Cleary. Es würde mich schmerzen zu sehen, wenn Sie sich daran verbrennen.«

Als er sich zum Gehen wandte, fing ich trotz des Feuers zu zittern an.

Der Wein hätte mich wärmen können, doch ich wollte nicht aus derselben Flasche trinken wie er. Ich trug sie zur hinteren Tür, leerte sie draußen aus und hielt mein Gesicht in den Regen, bis ich mich wieder sauber fühlte.

Der Eimer, den ich zuvor hinausgestellt hatte, war nun halb voll. Ich holte ihn herein und verschloss die Tür, schleppte den dreifüßigen Eisenkessel zur Feuerstelle und goss den größten Teil des Wassers hinein. Den Rest sparte ich für später auf. Dann schüttete ich Gerste in den Kessel, zündete eine Kerze an und ging nach oben, um zu überprüfen, was der Constable angerichtet hatte.

Als ich es sah, kehrte meine Wut zurück. Daniels Bücher lagen auf dem Boden des Arbeitszimmers, in den anderen Räumen waren Schubladen herausgezogen und Betten abgedeckt. Der Constable hätte genug Zeit gehabt, alles zu durchsuchen, ohne Spuren zu hinterlassen, aber offenbar wollte er, dass Daniel sein Tun bemerkte. Warum, wusste ich nicht. Wenn der Anblick der Verwüstung mich schon so erzürnte, konnte ich mir Daniels Reaktion gut vorstellen.

Es sei denn, der Zweck des Unternehmens hatte darin bestanden, Daniel zu provozieren. Bestimmt ging nicht ohne Strafe aus, wer den Constable herausforderte.

Ich schob meine Wut beiseite, zündete weitere Kerzen an, um die Zimmer zu erhellen, und begann, die Bücher ins Regal zurückzustellen und die Stühle aufzurichten. Besondere Sorgfalt verwendete ich auf den Raum, der einmal das Zimmer von Daniels Frau gewesen war und in dem das Eindringen des Constable mir wie eine Schändung erschien.

Er hatte die Kleider in der Truhe am Fußende des Betts durchwühlt, aus der Ärmel und Teile von Unterröcken hingen. Ich ordnete die Kleider, so gut ich konnte, und legte sie sorgfältig zusammen, als gehörten sie Katrina.

Dann fiel mir mit einem mulmigen Gefühl ein, dass ich meine Sachen in einer der Kisten in meinem Zimmer versteckt hatte. Wenn er sich die Zeit genommen hatte, diese hier zu durchsuchen …

»Verdammt.« Ich riss die Tür zwischen den beiden Räumen auf, um nachzusehen.

Zum Glück waren beide Truhen geschlossen. Die erste, das Versteck meiner Kleidung, sah nicht so aus, als hätte jemand hineingeschaut. Ganz oben lagen einige weiße Hemden aus feinem Stoff, darunter brokatgeschmückte Westen und wieder darunter meine Sachen, zusammengelegt, wie ich sie hineingetan hatte.

In diesem Zimmer schien der Constable seine Suche auf den kleinen Schreibtisch beschränkt zu haben. Er hatte sich auf den Stuhl gesetzt, der anders dastand als zuvor, und unter der Abdeckung des Tischs klemmte ein Stück Papier.

Ich zog es heraus und legte es zu den anderen. Es handelte sich um eine kurze Aufstellung der Ausgaben für den Haushalt, verfasst in kräftiger Handschrift und offenbar uninteressant für den Constable.

Ich ahnte, dass er etwas ganz Bestimmtes gesucht hatte.

Später am Abend schob ich die Riegel sämtlicher Türen vor, nachdem ich etwas von meinem selbst gekochten Porridge hinuntergewürgt hatte. Den Rest stellte ich zum Abkühlen neben die Feuerstelle. Darauf, dass die Glut am Morgen noch glimmen würde, konnte ich mich trotz meiner Bemühungen, sie zu schüren, nicht verlassen. Ich holte einen der hohen Glasstürze aus dem Wohnzimmer und ließ eine Kerze brennen, um damit, wenn nötig, das Feuer im Kamin wieder zu entfachen. Dann legte ich mich in dem schlichten Unterrock ins Bett.

Nach dem Tod von Katrina war ich auf Bills Wunsch hin ihre Schränke durchgegangen, um Kleidungsstücke für eine Versteigerung zu wohltätigen Zwecken auszusortieren. Ihre Lieblingssachen hatte ich behalten, damit ich sie in Augenblicken, in denen sie mir besonders fehlte, anziehen konnte.

Kurz bevor ich einschlief, kam mir in den Sinn, was der Constable behauptet hatte: dass Daniel mir das Gewand nur gegeben habe, um einem Geist Leben einzuhauchen.

Ein Klappern in der Küche weckte mich auf. Die Sonne warf bereits Schatten durch die nach Osten gehenden Fenster rechts und links vom Kamin.

Ich setzte mich auf und lauschte.

Das Stapfen von Stiefeln näherte sich über die Treppe, und kurze Zeit später rief eine fremde Männerstimme vom Flur aus: »Bist du noch im Bett? Du hast das Feuer fast ausgehen lassen. Und warum zum Teufel ist alles verriegelt?« In dem Moment öffnete sich die Tür zu meinem Zimmer. »Dass mein eigener Bruder plötzlich zu einer alten …« Als der Mann mich im Bett von Daniel Butler sitzen sah, verstummte er mitten im Satz.

Jack sah mich mit ungläubigem Blick an. Kopfschüttelnd und mit schrägem Grinsen begrüßte er mich: »Guten Morgen, Mistress.«

Ich wusste, dass ich nichts erwidern durfte, denn nach Fergals und Daniel Butlers Plan sollte ich auch für Jack, der laut Aussage von Fergal den Mund nicht halten konnte, Fergals Schwester sein. Also nickte ich nur.

»Ist mein Bruder zu Hause?«

Ich schüttelte den Kopf.

»Können Sie nicht sprechen?«, fragte er belustigt.

Als ich den Kopf schüttelte, wirkte er überrascht, dann trat ein leicht neidischer Ausdruck in seine Augen. »Eine Frau ohne Stimme.« Er stieß einen Pfiff aus. »Mein Bruder ist wirklich ein Glückspilz.«

Er lehnte sich mit einer Schulter gegen den Türpfosten. Jack war nicht so groß und gut aussehend wie Daniel, hatte jedoch einen gewissen Charme. Nun verstand ich, warum die Mütter von Polgelly ihre Töchter einschlossen, sobald Jack nach Hause kam. »Können Sie kochen? Auf dem Weg hierher bin ich über einen Hammel gestolpert, der nur darauf wartet, mein Abendessen zu werden. Leider habe ich selbst keine Ahnung, wie man einen Braten zubereitet.«

Mein unsicheres Nicken schien ihn zufriedenzustellen. »Gut. Dann lasse ich Sie jetzt allein.« Er verließ mich mit einem freundlichen Nicken und einem Lächeln.

Als er gegangen war, schloss ich die Augen und stieß einen tiefen Seufzer aus. Jack Butlers Anwesenheit brachte neue Komplikationen mit sich.

Nachdem ich mich hastig angekleidet hatte, ging ich

nach unten in die Küche, wo das Hammelfleisch auf dem Tisch bei dem Fenster lag, durch das Jack Butler offensichtlich hereingekommen war. Dabei hatte er einen Stuhl umgestoßen, den ich aufrichtete, während ich überlegte, wie Menschen in dieser Zeit wohl einen Hammelbraten zubereiteten. Am Ende beschloss ich, das Fleisch genau so zu braten, wie Fergal es mit dem Geflügel getan hatte. Allerdings erwies es sich als schwierig, den Spieß hindurchzutreiben und die schwere, sperrige Last über die Feuerstelle zu hängen.

Immerhin hatte Jack das Feuer angefacht und frisches Holz daraufgelegt, und in dem gewaltsam vom Constable geöffneten Schrank fand ich einen Topf mit Honig. Wenn ich das Fleisch wie Fergal damit einrieb, konnte ich nicht allzu viel falsch machen.

Und wenn ich die erdverschmierten Karotten, die Jack auf den Tisch gelegt hatte, zu meinem Porridge gab, ließ sich daraus so etwas wie Fergals Gemüsesuppe machen, vorausgesetzt, ich trieb Wasser auf.

Das Problem löste sich wenig später, als Jack Butler mit zwei schwappenden Eimern durch die hintere Tür trat. »Es war kein Wasser im Haus«, sagte er, als wüsste ich das nicht. »Ich habe welches gebracht.« Er stellte die Eimer ab, setzte sich und warf einen anerkennenden Blick auf den Hammelbraten. »Gut, dass Sie da sind.« Dann fügte er hinzu: »Ich wollte Sie nicht drängen.«

Als ich ihn verständnislos ansah, deutete er auf seinen eigenen Kopf und erklärte: »Ihr Haar. Sie hätten sich ruhig die Zeit nehmen können, es hochzustecken; das hätte mir nichts ausgemacht. Ich bin nicht so schwierig wie mein Bruder.«

Auf jeden Fall war er gesprächiger. Die meisten Menschen hätten sich in Gesellschaft einer Stummen vermutlich unwohl gefühlt, aber für Jack Butler schien das kein Problem zu sein. Während ich kochte, wippte er auf seinem Stuhl vor und zurück, bis seine Schultern die Wand berührten, und stellte mir Fragen, die er selbst beantwortete. »Hat er Ihnen alles über mich erzählt? Natürlich, denn wenn nicht, hätten Sie sich vor mir gefürchtet. Auch wenn er wohl nicht erwartet hat, dass ich vor ihm heimkomme.«

Seinen Äußerungen entnahm ich, dass er glaubte, sein Bruder sei noch mit der *Sally* unterwegs. Das erklärte, warum der Constable der Meinung war, es sei niemand zu Hause.

»Sie sind die ganze Zeit allein hier gewesen?« Als er meine Reaktion sah, hakte er nach: »Es war jemand da?«

Ich nickte.

Er stieß sich von der Wand ab, sodass die Stuhlbeine den Boden wieder berührten. »Ein willkommener Gast?«, erkundigte er sich in ernsterem Tonfall.

Ich schüttelte den Kopf. Sein Blick verriet mir, dass er ahnte, wer da gewesen war. Der gewaltsam geöffnete Schrank in der Spülküche bedurfte keiner weiteren Erklärung.

»War der Constable allein? Hat er das Haus durchsucht? Hat er etwas gefunden?«

Zum Glück konnte ich den Kopf schütteln.

»Das muss ihm die Laune gründlich verdorben haben«, meinte Jack Butler mit spöttischem Grinsen. Dann schien ihm ein anderer Gedanke zu kommen. »Hat er Ihnen etwas getan?«

Ich schüttelte zögernd den Kopf.

»Sicher?« Er musterte mich eingehend. Dabei fiel ihm zum ersten Mal das Gewand auf, das ich trug.

Obwohl er es zu erkennen schien, runzelte er lediglich kurz die Stirn. »Gut, denn sonst würde Daniel ihm die Eingeweide aus dem Leib reißen.«

Ich hatte völlig vergessen, dass Männer seiner Zeit sich noch verpflichtet fühlten, die Ehre einer Frau zu verteidigen, und war froh, dass der Constable mich nur mit Worten verletzt hatte.

Warum wohl? Ich erinnerte mich, wie sein dunkler Blick über mein Kleid gewandert war. Hatte er am Ende selbst einen Geist darin gesehen und sich deshalb zurückgehalten?

In jedem Fall war ich dankbar, dass er mich verschont und ich mir die Zeit genommen hatte, die Zimmer aufzuräumen, bevor Jack sie sah. Er hätte Daniel sicher von dem Chaos erzählt. Fergal hatte recht gehabt – Jack Butler redete gern.

Hauptsächlich über sich selbst. Trotzdem war ich froh über seine Gesellschaft, in der ich mich sicherer fühlte als allein. Dass Jack Butler sich in einem Kampf gut schlagen würde, lag auf der Hand.

Zu meiner Überraschung hatte er Manieren. Obwohl der Hammelbraten am Ende ziemlich verkohlt war und die Gersten-Karottensuppe längst nicht so gut schmeckte wie die von Fergal, verzehrte Jack beides, ohne zu murren, und aß die Reste kalt am Abend.

Erst als die Dämmerung hereinbrach und Jack die Kerzen auf dem Tisch in der Küche anzündete, blitzte sein Schalk auf.

»Nun, Mistress«, fragte er, »soll ich Sie ins Bett bringen?«

Zum Glück blieb mir eine Reaktion darauf erspart, weil sich eine Gestalt aus den Schatten hinter uns löste.

»Welch freundliches Angebot, Jack«, stellte Daniel Butler mit vor der Brust verschränkten Armen fest. »Aber ich glaube, das ist mein Vorrecht.«

# *Fünfzehn*

Fergal schob sich an Daniel vorbei und sagte streng: »Benehmt euch, ihr zwei. Meine Schwester findet ohne eure Hilfe ins Bett.«

»Deine Schwester?«, rief Jack überrascht aus. Fergals Antwort hörte ich nur mit halbem Ohr, weil meine Aufmerksamkeit sich auf Daniel konzentrierte.

Er wirkte genauso erfreut über unser Wiedersehen wie ich.

»Besinn dich auf deine Manieren«, wiederholte Fergal, an Jack gewandt.

»Selbstverständlich«, versicherte Jack. »Möglicherweise warnst du den falschen Butler.«

»Das gilt auch für Daniel«, erwiderte Fergal, dessen Blick auf den verkohlten Hammelbraten fiel. Er runzelte die Stirn. »Woher hast du das Fleisch?«

»Das ist mir über den Weg gelaufen«, antwortete Jack. »Unter so traurigen Umständen, dass ich es befreien musste.«

»Und was hast du sonst noch befreit?«, erkundigte sich Fergal.

»Nur den Hammelbraten. Mehr konnte ich nicht tragen.«

Daniel, nach wie vor an der Tür, fragte: »Und wer muss nun deinetwegen Hunger leiden?«

»Ein fauler Händler, der dumm genug war, sein Fuhrwerk beim Schlafen unbeaufsichtigt zu lassen.«

»Irgendwann wirst du den Bogen überspannen«, meinte sein Bruder. »Du kannst von Glück sagen, dass dir der Constable nicht begegnet ist. Er hätte dich wegen Diebstahls festgenommen.«

Jack zuckte mit den Schultern. »Die Richter in dieser Gegend mögen mich, sie hätten mich freigesprochen. Außerdem war der Constable mit anderen Dingen beschäftigt.« Er klang ernst. »Er war hier und hat das Haus durchsucht.«

Daniels Augen verengten sich, und Fergal, der kleine Stücke vom Hammelbraten abgeschnitten hatte, um das Ergebnis meiner Bemühungen zu kosten, wandte sich uns zu. »Gütiger Himmel, Jack. Hast du denn nicht versucht, ihn aufzuhalten?«

»Ich hatte keine Möglichkeit. Als ich herkam, war er schon weg. Deine Schwester konnte mir natürlich nicht erzählen, was passiert ist, aber offenbar hat sie ihm allein die Stirn geboten. Dem Zustand des Schranks in der Spülküche nach zu urteilen, hatte er ziemlich schlechte Laune.«

Während Fergal den Schrank inspizierte, sah Daniel mich an. Jack, der seinen Blick bemerkte, beeilte sich zu versichern: »Ich habe sie gefragt, ob er zudringlich geworden ist, und sie hat mir auf ihre Weise zu verstehen gegeben, dass das nicht der Fall war.«

Daniel schwieg.

Fergal, der aus der Spülküche trat, verkündete: »Er hat mit der Axt den Schrank aufgebrochen.« Dann forderte er Daniels Bruder auf: »Jack, geh mit mir zu den Stallungen. Der Himmel weiß, was er dort angerichtet hat.«

»Aber …«

»Komm mit.«

Daniel trat einen Schritt beiseite, um sie hinauszulassen, und wartete, bis sie außer Hörweite waren, bevor er sagte: »Alles in Ordnung?«

»Er hat mir kein Haar gekrümmt.«

»Das habe ich nicht gefragt.«

»Mir geht's gut.« Ich wich seinem ruhigen Blick aus, der mehr zu erkennen schien, als mir lieb war. »Ich bin bloß ein bisschen durcheinander, das ist alles. Als ich zurückkam, war keiner da, es regnete, ich konnte das Feuer nicht anmachen, und plötzlich stand er vor mir …«

»Sie haben ihn nicht hereingelassen?«

»Der Constable ist einfach reingekommen, weil er niemanden im Haus vermutete. Er schien zu wissen, dass Sie weg sind. Waren Sie auf Ihrem Schiff?«

»Ja. Wie hat er reagiert, als er Sie bemerkte?«

Ich fasste die Ereignisse für ihn zusammen, vom Entfachen des Feuers über das Aufbrechen des Schranks bis zu der Suche im ersten Stock. »Ich bin mir ziemlich sicher, dass er nichts gefunden hat.«

»Hier gibt es auch nichts für ihn zu finden. Was hat er gemacht, als er wieder hier unten war?«

»Eigentlich nichts. Er hat Wein getrunken und ist wieder gegangen.«

»Mehr nicht?«

Ich schüttelte den Kopf.

»Sie müssen Jack bitten, Sie in die Kunst des Lügens einzuweisen, denn das beherrschen Sie nicht allzu gut.«

Ich hob das Kinn. »Das war keine Lüge. Er hat mich nicht angefasst.«

»Ich kenne den Constable gut genug, um zu wissen, dass er andere Methoden anwendet, um Menschen zu verletzen. Es tut mir leid, dass ich nicht da war.«

»Gott sei Dank. Sonst hätten Sie ihn jetzt vielleicht auf dem Gewissen.«

»Ja, möglich.« Endlich wich die gefährliche Ruhe von ihm. »Muss ich meinen Bruder schelten, oder hat er sich anständig benommen?«

»Hat er.« Hauptsächlich deshalb, vermutete ich, weil er mich in Daniels Bett entdeckt hatte. Jack Butler mochte ein Draufgänger sein, aber er war nicht so töricht, im Revier seines Bruders zu wildern.

»Kaum zu glauben«, erwiderte Daniel. »Vergessen Sie nicht: Ich habe seine Worte gehört.«

Ich wurde rot. »Das hat er nicht ernster gemeint als Sie.«

»Nein?« Als er lächelte, spürte ich deutlich das Knistern in der Luft.

Er wandte den Blick ab. »Sie haben die Begegnung mit Jack gut gemeistert. Er scheint tatsächlich zu glauben, dass Sie stumm sind.«

»So schwierig war das nicht. Ihr Bruder redet selbst so viel, dass ich wahrscheinlich sowieso nicht zu Wort gekommen wäre.«

Zum ersten Mal lachte er.

»Wann ist er nach Hause zurückgekehrt?«, erkundigte er sich.

»Heute Morgen. Durchs Fenster, weil ich die Türen verriegelt hatte.«

»Falls Sie wieder einmal allein hier sind, sollten Sie sich im Wandloch verstecken, wenn ein Fremder auftaucht.«

»In was für einem Wandloch?«

»Dem Priesterloch.« Als er meinen verständnislosen Gesichtsausdruck sah, fragte er: »Ist das in Ihrer Zeit nicht mehr in Gebrauch?«

Ich schüttelte den Kopf. »Bei uns besteht keine Notwendigkeit, Priester zu verbergen.«

»Bei uns auch nicht. Trotzdem kann ein solches Versteck sehr nützlich sein. Kommen Sie.« Er nahm eine Kerze vom Tisch und ging mir voran zu dem Treppenabsatz mit den getäfelten Wänden. »Es heißt, Trelowarth sei gebaut worden, kurz nachdem sich King Henry dem Papst widersetzt und von seiner Gemahlin getrennt hatte, um Anne Boleyn zu heiraten. Die damalige Zeit war genauso unruhig wie die unsere, und Männer, die dem alten Glauben anhingen, mussten im Geheimen beten und ihre Priester verbergen, wenn ein Gesandter des Königs auftauchte.« Daniels Finger glitten über die Vertäfelung und drückten dagegen. Mit einem leisen Klicken öffnete sich eine mannshohe Platte nach außen.

In dem Hohlraum dahinter konnte ein Mensch stehen – oder sitzen, wenn er müde wurde –, jedoch nicht viel mehr. Geschlossen war er dunkel und stickig, aber sicher.

»Von innen schließen Sie die Tür so«, erklärte Daniel und zeigte mir einen an der Innenseite angebrachten Metallring. »Dann findet Sie niemand.«

»Haben Sie das Versteck selbst je benutzt?«

»Einige Male.« Er zuckte mit den Schultern. »Ich warte

lieber eine Stunde lang hier drin, als an einem Strick zu baumeln.«

»Geht das Gesetz so unerbittlich gegen Schmuggler vor?«

»Meiner Erfahrung nach ist der Wortlaut des Gesetzes strikter als seine Durchsetzung. Der Constable verdient gut durch seine Arrangements mit den Schmugglern, die Polgelly als Hafen wählen. Er drückt die Augen zu, wenn wir unsere Fracht löschen. Nein, nicht die Schmuggelei stört ihn. Er würde mich lieber eines anderen Vergehens wegen an den Galgen bringen, das seiner Ansicht nach weit verwerflicher ist.«

»Hochverrat.«

Daniel schloss den Hohlraum und drehte sich zu mir um. »Hat er Ihnen das erzählt und Ihnen gesagt, dass Sie selbst verloren sind, wenn Sie einem Landesverräter Schutz gewähren?« Sein Blick wurde hart. »Ich bin kein Verräter, Eva, sondern dem rechtmäßigen König von England genauso treu ergeben wie mein Vater vor mir, und ich werde es bleiben bis zu meinem Lebensende.«

Er meinte den im Exil lebenden James Stuart. Ich hätte Daniel darüber aufklären können, dass seine Ergebenheit sinnlos war, weil die Stuarts niemals auf den Thron kommen würden. Ihre Träume würden zusammen mit zahllosen Jakobiten auf dem Schlachtfeld enden. Doch wenn ich ihm das verriet, mischte ich mich in den Lauf der Geschichte ein und veränderte unter Umständen künftige Ereignisse.

Er deutete meine Reaktion falsch. »Ich verspreche Ihnen, dafür zu sorgen, dass niemand Ihnen ein Leid antut«, sagte er.

Ich wandte verlegen den Blick ab.

Bis dahin war mir nicht bewusst gewesen, dass er nahe genug bei mir stand, um mich zu berühren. Nun legte er die Hand unter mein Kinn und drehte meinen Kopf so, dass ich ihn ansehen musste, bevor er wiederholte: »Das verspreche ich.«

Ich blieb stumm. Zum Glück, denn in dem Moment hörte ich Fergal mit Jack zurückkommen.

Daniel ließ lächelnd die Hand sinken. »Verdammter Fergal«, brummte er. »Er führt sich auf wie ein großer Bruder.«

Daniel hatte recht. Fergal begleitete mich hinauf in mein Zimmer, überprüfte alle Winkel und wartete im Flur, bis ich den Schlüssel, den er mir gegeben hatte, im Schloss drehte.

Und am folgenden Morgen war es Fergal, nicht Daniel, der mich in die Kunst des Frisierens einwies.

Er brachte einen Spiegel und Haarnadeln mit in mein Schlafzimmer, setzte mich vor das Fenster und demonstrierte mir mit ruhigen, geschickten Bewegungen, wie ich die einzelnen Strähnen zu Locken drehen und feststecken musste.

»Gibt es eigentlich etwas, das Sie nicht können, Fergal?«, fragte ich ihn.

»Ich glaube nicht.« Er stand hinter mir, sodass ich im Spiegel mitverfolgen konnte, wie er mich frisierte. »Allerdings muss ich Sie darauf hinweisen, dass dies möglicherweise nicht die neueste Mode ist. Ich habe das lange nicht gemacht und war früher schon nicht sonderlich gut darin. Ann hat behauptet, ich lasse ihren Kopf wie ein zerzaustes Vogelnest aussehen, nicht wie den einer Lady.«

»Ann?«

»Aye.«

»Daniels Frau?«

»Aye. Als sie am Ende zu krank war, um sich selbst das Haar zu machen, habe ich ihr geholfen. Sie wollte in seiner Anwesenheit nicht ungepflegt sein.«

Ich spielte nachdenklich mit einer der Haarnadeln. »War sie lange krank?«

»Aye, mehrere Monate. Es hat als Husten begonnen. Sie wurde immer schmaler, und Ende des Sommers ist sie von uns gegangen.«

Ich schwieg betroffen. Bei Katrina war es ganz ähnlich gewesen.

»Er reißt mir den Kopf ab, wenn er erfährt, dass ich Ihnen das erzählt habe«, sagte Fergal.

»Fergal?«

»Aye?«

»Könnten Sie mir das Haar ein bisschen anders machen als ihr damals?«

Er nickte. »Daran habe ich auch schon gedacht. Nehmen Sie den Handspiegel, dann zeige ich Ihnen, wie Sie den Hinterkopf frisieren. Ich kann ja nicht jeden Morgen zu Ihnen ins Zimmer kommen. Das würde Jack sicher gar nicht gefallen.«

»Wo steckt Jack überhaupt?«

»Er holt die Pferde. Wenn wir unterwegs sind, stellen wir sie auf die Koppel in Penryth, wo ein Bauer sie füttert und ihnen Wasser gibt.«

An die Pferde hatte ich keinen Gedanken verschwendet. Ich hätte nicht einmal gemerkt, wenn sie im Stall verhungert wären. Als ich das gestand, meinte Fergal nur: »Sie hatten andere Sorgen. Es ist ja nichts passiert.«

Als er fertig war, erkannte ich mich fast nicht wieder.

Mein Haar war nach oben frisiert und so festgesteckt, dass sich wie zufällig ein paar Locken um mein Gesicht kringelten. »Das kriege ich nie hin.«

»Doch, das schaffen Sie«, widersprach Fergal. »Das ist nichts im Vergleich zu der Begegnung mit Constable Creed. Setzen Sie die Haube auf«, wies er mich an und reichte mir eine schlichte Kappe aus weichem weißen Leinen. »Dann sind wir fertig und können uns der nächsten Lektion zuwenden.«

»Was für einer Lektion?«

»Meine Schwester sollte in der Lage sein, einen Hammelbraten zu machen, ohne ihn anbrennen zu lassen, und Porridge ordentlich zu würzen. Unsere Mutter würde sich im Grab umdrehen«, fügte er mit ernster Miene hinzu.

# *Sechzehn*

Die *Sally* lag nicht lange vor Anker. Schon am folgenden Morgen stach Jack damit in See. Ich beobachtete mit Daniel von unterhalb des Hauses aus, wie die weißen Segel am Hafen von Polgelly weit unter uns vorbeiglitten und sich in Richtung Osten entfernten.

»Wo will er hin?«, fragte ich.

»Das darf ich nicht sagen.«

»Weil Sie mir immer noch nicht vertrauen.«

»Weil es das Beste ist, wenn Sie über bestimmte Dinge nichts wissen«, widersprach er.

Obwohl ich spürte, dass er mich ansah, hielt ich den Blick auf Meer und Schiff gerichtet.

»Sind alle Frauen in Ihrer Zeit so neugierig?«

»Die Frauen in meiner Zeit sind vieles«, antwortete ich. »Ärztinnen, Anwältinnen, Staatsoberhäupter. Wir können das Gleiche erreichen wie Männer.«

Ich wusste nicht, ob er mir glaubte. »Staatsoberhäupter? Wir hatten bis vor Kurzem auch eine Königin.«

»Unsere Frauen sind nicht nur Königinnen, sondern gewählte Staatsoberhäupter.«

»Sie scherzen.«

»Sie glauben nicht, dass eine Frau die Fähigkeiten dazu besitzt?«

Er überlegte. »Ich spreche Frauen nicht die Intelligenz ab. Was mich wundert, ist, dass die Gesellschaft es zulässt.«

»Ja, das kann ein Problem sein. Aber immerhin haben wir Frauen die Möglichkeit, unsere Begabungen zu nutzen. Im Prinzip können wir jeden Beruf ergreifen.«

Die Segel der *Sally* wurden kleiner und waren bald nur noch ein kleiner weißer Punkt auf den Wellen des blauen Atlantiks.

Wieder dachte Daniel nach. »Wenn die Frauen Ihrer Zeit tatsächlich solche Freiheiten genießen, muss der Aufenthalt hier schwierig für Sie sein.«

Wenn ich dauerhaft bleiben wollte, hatte er recht. Die Eingewöhnung wäre schwierig. Meine Meinung zählte in der Öffentlichkeit nicht mehr, alle gesetzlich gesicherten Rechte, die ich bisher für selbstverständlich gehalten hatte, gälten nicht mehr, und ich wäre finanziell abhängig, weil ich mir meinen Lebensunterhalt nicht selbst verdienen konnte.

Daniel musterte mich einen Moment, bevor er den Blick aufs Meer richtete. »Mein Bruder segelt zur bretonischen Küste.«

Das war ein offener Beweis nicht nur seines Vertrauens, sondern seiner Achtung vor mir.

»Er hat Freunde in einem Hafen dort, die ihn mit Wein, Seidenstoffen und Perücken für den Handel beliefern. Außerdem gibt es junge Frauen, deren Männer zu lange zum Fischen auf See bleiben. Höchstwahrscheinlich hat mehr als nur ein Kind in dem Ort Ähnlichkeit mit meinem Bruder.« Er schmunzelte. »Die Frauen Ihrer Zeit wären sicher zu klug, um auf ihn hereinzufallen.«

»Gewisse Dinge ändert die Zeit nicht.«

»Aber Sie sind anders. Mein Bruder sagt, sein Charme habe Sie ungerührt gelassen.«

»Hat es ihn gekränkt?«

»Vermutlich. Auch wenn er behauptet, er habe mir das nur anvertraut, um mich zu beruhigen, denn aus der Tatsache, dass er Sie in meinem Bett entdeckt hat, zieht er gewisse Schlüsse.«

»In Zukunft wird mich niemand mehr im Bett überraschen. Fergal hat mir ein Vorhängeschloss gegeben.«

»Tatsächlich? Wie aufmerksam von ihm.«

Da erklang das Klappern von Pferdehufen von der Straße hinter Trelowarth.

Daniel bedeutete mir mit einer Geste, dass ich näher zu ihm treten solle, und ich folgte seiner Aufforderung. Er griff nicht nach seinem Schwert, sondern zog den Dolch aus dem Gürtel und hielt ihn in der Hand wie bei unserer ersten Begegnung, die Klinge fast gänzlich in seiner Faust verborgen.

Als ein Reiter auf einem grauen Pferd in Sicht kam, reichte er mir den Arm. Sobald sicher war, dass es sich nicht um den Constable handelte, seufzte ich erleichtert auf, doch Daniel blieb wachsam. »Bleiben Sie neben mir.«

Wir kletterten den Hügel zum Haus hinauf, während der Reiter das Pferd von der Straße auf den Hof lenkte und abstieg. Aus der Entfernung konnte ich lediglich erkennen, dass er schlank war, eine weiße Perücke, einen Hut sowie Kleidung nach der Mode der Zeit trug. Aus der Nähe sah ich, dass seine lange Jacke aus dunkelgrünem glänzenden

Brokat war, und seine hohen Stiefel glänzten wie neu. Sein Gesicht wirkte im Vergleich zu seiner Kleidung eher unauffällig.

Ohne mich zu beachten, nickte er Daniel zur Begrüßung zu. »Guten Morgen. Darf ich Sie belästigen? Bei meinem Pferd ist ein Hufeisen locker.« Sein Akzent war schwer zuzuordnen. Schottisch, vermutete ich, obwohl auch etwas vom Kontinent mitschwang.

Ich spürte, wie sich Daniels Anspannung löste. »Auf dieser Straße lauern Gefahren«, bemerkte er.

»Ja, das habe ich gehört.«

Einen Moment lang musterten die Männer einander schweigend, dann streckte der Reiter Daniel lächelnd die Hand hin. »Ich heiße Wilson, Mr Butler, und soll die besten Wünsche eines gemeinsamen Bekannten überbringen.«

»Das freut mich, Mr Wilson.« Daniel steckte den Dolch so unauffällig in seinen Gürtel, dass ich seine Bewegung fast nicht wahrnahm. Dann gab er dem Fremden die Hand und fragte mit einem Blick auf die leere Straße: »Sie reisen allein?«

»Ich bin gestern mit meinem Diener angekommen. Wir haben uns in einem Gasthaus in St. Non's einquartiert. Er wartet dort.« Erst jetzt bemerkte er mich. Er sah Daniel fragend an.

»Verzeiht«, sagte Daniel, als hätte er vergessen, mich vorzustellen. »Mistress Eva O'Cleary, ein Gast meines Hauses.«

Wilson verneigte sich. »Ihr ergebener Diener, Mistress O'Cleary.«

In der Hoffnung, das Richtige zu tun, machte ich, wie ich es aus Kostümfilmen kannte, einen tiefen Knicks.

Zu meiner Erleichterung wandte Wilson sich wieder Daniel zu und erkundigte sich: »Darf ich mein Pferd im Stall unterstellen?«

»Ja, hinter dem Haus.«

Ich konnte kein Hinken des Pferdes feststellen, was meine Vermutung bestätigte, dass die Sache mit dem lockeren Hufeisen genauso Teil eines festgelegten Ablaufs war wie Daniels Antwort, eine Art Erkennungszeichen.

Wahrscheinlich war ihr »gemeinsamer Bekannter« James Butler, der zweite Duke of Ormonde, der sich nach allem, was ich in der Zwischenzeit gelesen hatte, noch in England aufhielt, um zu erfahren, was das Oberhaus hinsichtlich des Hochverratsvorwurfs gegen ihn zu unternehmen gedachte. Er würde bald schon angeklagt werden, das wusste ich. Doch hier ahnte das keiner.

»Wie geht es unserem Freund?«, erkundigte sich Daniel.

Wilson – falls das sein wahrer Name war –, ging ein paar Schritte vor uns her, die Zügel des Pferdes in der Hand. »Gut, auch wenn gewisse Ereignisse der jüngeren Vergangenheit seine Geduld, wie Sie sich vorstellen können, auf die Probe gestellt haben. Man hat ihm geraten, seine Unruhe mit Reisen zu bekämpfen.«

»Falls ihm der Sinn nach einer Reise steht, braucht er es nur zu sagen. Dann stelle ich ihm mein Schiff einschließlich Mannschaft zur Verfügung.«

»Sehr freundlich.« Wilson bedankte sich mit einem Nicken. »Das teile ich ihm mit, wenn ich ihn das nächste Mal sehe.«

Ich versuchte mich zu erinnern, ob in einer der historischen Quellen etwas von einer Flucht des Duke of Ormonde nach Frankreich gestanden hatte.

Es war merkwürdig, Augenzeugin der Geschichte zu werden. Bestimmt hätten viele Historiker eine Menge Geld dafür gezahlt, wie ich mitverfolgen zu können, wie diese Männer ihre Rolle in der Verschwörung spielten, die wenige Monate später in offene Rebellion münden sollte.

Wilson war anzumerken, dass er meine Gegenwart als störend empfand. Was er als Nächstes sagte, bestätigte mein Gefühl. »Mistress O'Cleary wartet sicher lieber hier draußen, während Sie mir zeigen, in welche Box ich mein Pferd stellen soll, nicht wahr?« Direkt an mich gewandt, fügte er hinzu: »Sie wollen doch nicht Ihre Schuhe ruinieren.«

Er erwartete eine Reaktion von mir. Daniel kam mir zu Hilfe.

»Sie kann nicht sprechen.«

Wilson hob die Augenbrauen. »Ach. Wie ist das geschehen?«

»Soweit ich weiß, ist sie so zur Welt gekommen.«

»Interessant.« Wilson betrachtete mich wie ein wissenschaftliches Studienobjekt. Ich konnte mich des Eindrucks nicht erwehren, dass ich in seiner Wertschätzung soeben gesunken war. »Traurig«, sagte er und wandte sich ab.

Ich löste meinen Arm von dem Daniels.

»Gehen Sie doch bitte und informieren Sie Ihren Bruder, dass wir einen Gast zum Essen haben«, bat er mich.

Ich nickte und entfernte mich. Als ich mich umdrehte, waren die beiden bereits mit dem Pferd in den Stall gegangen. Fergal erwartete mich an der offenen Tür des Hauses, die Hände in die Hüften gestemmt und die Stirn gerunzelt. »Ich dachte, ich hätte ein Pferd gehört«, erklärte er.

Ich beschleunigte meine Schritte, weil ich erst drinnen mit Fergal sprechen konnte.

»Ist jemand gekommen?«, erkundigte er sich.

Plötzlich veränderte sich Fergals Gesichtsausdruck, und er hob eine Hand, um sich zu bekreuzigen. »Gütiger Himmel.«

Bevor ich etwas sagen konnte, wurde er zu einem Schatten, der sich auflöste.

Unvermittelt befand ich mich nicht mehr im Hof von Trelowarth, sondern trat aus dem Wilden Wald hinaus auf den Hügel. Die Sonne brach durch die Wolken, und vor mir ging Susan in Richtung Gewächshaus.

Es dauerte einen Moment, bis die Erinnerung wiederkehrte: der mit Claire verbrachte Abend, die Nacht in ihrem Cottage, mein Aufwachen dort. Dann der Weg über den Küstenpfad durch den Wald, der Regen, der mich zum Haus laufen ließ, und …

Für mich hatten sich diese Dinge zwei Tage zuvor ereignet, doch hier war keinerlei Zeit vergangen. Als ich den Blick senkte, sah ich, dass sich die Abdrücke meiner Füße tief im Schlamm hinter mir abzeichneten. Alles war wie zuvor.

Nun, vielleicht nicht alles.

Meine Hand ertastete den Seidenstoff des Kleides. Und mein Haar war unter der Haube hochgesteckt. Das konnte ich nicht so leicht erklären, wenn ich jemandem begegnete. Ich rannte den Hügel hinauf, um mich zu verbergen.

Um diese Uhrzeit arbeitete Mark gewöhnlich bereits draußen. In der Hoffnung, dass es auch jetzt so war, hastete ich durch die vordere Tür ins Haus und in Richtung Treppe.

Ich war schon auf halber Höhe, als ich hörte, wie sich oben eine Tür schloss. Dann erklang Claires fröhliches

Summen. Es bestand keine Möglichkeit, in mein Zimmer zu schlüpfen oder kehrtzumachen, bevor sie mich entdeckte.

In meiner Panik drückte ich gegen die Vertäfelung, wie Daniel es mir gezeigt hatte. Die Geheimtür öffnete sich, und ich verschwand gerade noch rechtzeitig in dem engen Raum voller Spinnweben, bevor Claires Schritte die Treppe erreichten.

Das Kleid sah anders aus. Ich breitete es auf dem Bett aus und ließ die Finger vorsichtig darübergleiten. Auf meiner Reise aus der Vergangenheit war die Farbe ausgeblichen, und die Stiche an den Säumen wirkten brüchig.

Was für ein hübsches Gewand, dachte ich. Leider würde ich es höchstwahrscheinlich nicht in die Zeit zurückbringen können, in die es gehörte. Meine eigene Kleidung, die sich bei Daniel befand, ließ sich leicht ersetzen, aber das …

»Tut mir leid«, sagte ich leise, obwohl ich wusste, dass Daniel mich nicht hörte, nahm einen Bügel aus dem Schrank und hängte das Unterkleid, den Rock und das Oberteil darüber, bevor ich Daniels roten Hausmantel aus Seide, den Banyan, wie er ihn genannt hatte, darüberbreitete. Das Ganze war fast zu sperrig, um es im Schrank unterzubringen. Wenn jemand die Tür öffnete, fiel sein Blick sofort darauf, doch ein besseres Versteck hatte ich nicht.

Die Schuhe und die Haarnadeln ließen sich leichter verbergen. Eingeschlagen in die weiche Leinenhaube, legte ich sie in die Schublade, in der sich meine Schlaftabletten, meine Armbanduhr und mein Handy befanden. Uhr und Telefon hatte ich dort verstaut, weil ich nicht das Risiko eingehen wollte, sie auf meine Zeitreisen mitzunehmen. Die moderne Technologie hatte in der Vergangenheit nichts verloren.

*Du auch nicht*, erinnerte ich mein Spiegelbild.

Doch die Augen, die mich daraus anblickten, wirkten nicht überzeugt.

# *Siebzehn*

Mark und Claire saßen in der Küche, als ich nach unten kam.

»Da bist du ja«, begrüßte mich Claire. »Oliver hat angerufen. In seinem Archiv ist ein altes Buch, in dem ein Schmuggler erwähnt wird, der in Trelowarth lebte.«

»Tatsächlich?«, fragte ich aufgeregt. »Das ging aber schnell.«

»Falls es dich interessiert, sollst du dich um eins mit ihm treffen. Er sagt, die Information sei eine Verabredung zum Lunch wert.«

»Mit solchen Tricks geht er auf Mädchenfang?«, meinte Mark, griff grinsend nach einer Orange in dem Korb auf der Arbeitsfläche und begann, sie zu schälen. »Nicht schlecht.«

»Hör auf zu spotten. Er hilft mir bei der Recherche.«

»Klar. Und du bleibst bei deiner Geschichte, dass du vergangene Nacht bei Claire warst, oder?«

Ich sah Claire an. »Claire?«

Sie lächelte. »Achte gar nicht auf ihn, Eva«, riet sie mir

und ging an die Spüle, um ein Glas mit Wasser zu füllen. »Er weiß ganz genau, dass du bei mir warst. Ich habe ihn eigens angerufen, um ihm Bescheid zu sagen.«

»Gott sei Dank. Ich hatte schon gedacht, du seist verschwunden wie die graue Frau. Obwohl es noch lange kein Beweis ist, wenn Claire behauptet, du seist bei ihr gewesen …«, stichelte Mark weiter.

»Wer ist die graue Frau?«, fiel ich ihm ins Wort.

»Eine Frau, die in Trelowarth verschwunden ist. Hast du nicht von ihr gehört?«

»Nein.« Ich bekam eine Gänsehaut. »Wann soll das denn gewesen sein?«

Mark wandte sich Claire zu. »Weißt du das? Du kennst die Geschichte besser als ich.«

Claire überlegte. »Ein alter Mann im Dorf hat mir davon erzählt, als ich nach Trelowarth kam. Er war fast neunzig und jung gewesen, als es passierte. Er sagte, er habe es mit eigenen Augen gesehen.«

»Was?« Ich ahnte, was sie antworten würde.

»Er hat beobachtet, wie eine Frau verschwand.« Sie erzählte es ganz sachlich. »Gleich hier, hinter dem Haus. Eine Frau, die er gut kannte. Er sagte, in der einen Minute hätten sie sich noch unterhalten, und in der nächsten wurde sie grau und hat sich in Luft aufgelöst.«

Wieder fröstelte mich.

Mark, der es bemerkte, wollte mich beruhigen: »Es ist bloß eine Geschichte, Eva. Menschen lösen sich nicht einfach in Luft auf.« Er teilte die Orange und bot mir einen Schnitz an.

Ich nahm ihn und zwang mich zu einem Lächeln. »Das ist doch eine hübsche Geschichte für die Touristen.«

»Warum fragst du nicht Oliver danach?«, sagte Mark mit Unschuldsmiene. »Er kennt sich aus in der örtlichen Historie.«

»Wende dich lieber an Felicity«, meinte Claire.

»Warum Felicity?«

»Weil sie sich für Geister und Folklore interessiert. Sie ist heute im Laden. Falls du nach Polgelly willst, Eva, schau doch auf einen Plausch bei ihr vorbei.«

»Warum gehen wir nicht alle?«, schlug ich vor. »Wir könnten am Hafen Fish and Chips essen.«

Claire schüttelte den Kopf. »Susan und ich wollen Tische und Stühle aussuchen. Aber Mark kommt sicher mit. Der hat immer Lust auf Fish and Chips.« Als ich sah, wie Claire ihren Stiefsohn anschaute, wusste ich, dass sie wie ich Felicitys Gefühle für ihn ahnte und ein wenig kuppeln wollte.

Mark fiel darauf herein. »Gut. Aber ich muss mich zuerst noch mit meinem Blog beschäftigen.«

»Dann gehe ich schon mal vor«, sagte ich. »Ich muss sowieso zur Bank. Anschließend hole ich Felicity und Oliver ab, und du kannst am Hafen zu uns stoßen. Um eins?«

Er nickte.

Ich verließ die Küche. Eigentlich stand mir der Sinn nicht nach diesem Lunch. Ich wünschte mir nichts sehnlicher, als mich hinzulegen und von der anstrengenden Reise durch die Zeit auszuruhen. Doch die Neugierde siegte. Mithilfe von Olivers Buch würde ich mehr über die Butler-Brüder herausfinden.

Außerdem hatte ich tatsächlich etwas in der Bank zu erledigen. Falls es Mr Rowe erstaunte, dass ich einen Fonds für Trelowarth einrichten wollte, war er zu professionell, um sich etwas anmerken zu lassen. Natürlich sei das möglich, sagte er. Allerdings würde es eine Weile dauern, die nötigen Formulare vorzubereiten.

Ich verabschiedete mich und machte mich auf den Weg zu Felicity. Weil Kunden im Laden waren, wartete ich bei den Regalen mit den kleinen tanzenden *pisky*-Figuren und nahm eine davon in die Hand, um sie genauer zu betrachten.

»Nimm dich in Acht vor ihnen«, warnte sie mich. »Die *piskies* sind durchtriebene kleine Gauner.«

Mit ihren spitzen Mützen, Elfenkleidchen und lachenden Augen wirkten sie ziemlich harmlos, aber ich kannte die Geschichten über sie und ihre Streiche. »Keine Sorge. Was ist das?«, fragte ich und deutete auf ein Schild mit der Aufschrift »Porthallow Green«.

»Kennst du die Geschichte von Porthallow nicht? Es heißt, dort habe es einmal einen Jungen gegeben, der für seinen Herrn etwas erledigen sollte. Als er heimgehen wollte, war es dunkel, und unterwegs hörte er eine Stimme sagen: ›Ich bin unterwegs nach Porthallow Green.‹ Da der Junge nichts gegen Gesellschaft hatte, rief er zurück: ›Ich auch.‹ Und im Handumdrehen befand er sich in Porthallow Green, von tanzenden *piskies* umgeben. Kennst du die Geschichte wirklich nicht?«

»Nein.«

»Nach einer Weile rief dann einer der *piskies*: ›Ich bin unterwegs nach Seaton Beach!‹ Der Junge dachte, warum nicht? Also sagte er: ›Ich auch.‹ Und schon war er dort, wieder mit den *piskies*. So ging das die ganze Nacht, bis sie schließlich im Keller des Königs von Frankreich landeten, wo sie seinen Wein tranken und tanzten. Als die *piskies* den

Jungen am Morgen nach Porthallow Green zurückbrachten, hatte er noch das Weinglas in der Hand und wusste, dass es kein Traum gewesen war.« Felicity lachte. »Zu schön, wenn so etwas tatsächlich möglich wäre. Stell dir vor, wie viel Geld für Flugreisen ich sparen könnte, wenn ich einfach nur auf der Wiese rufen müsste: ›Ich bin unterwegs nach Ibiza!‹ Und schon wäre ich am Strand.«

»Aber du müsstest den *piskies* vertrauen, dass sie dich wieder nach Hause bringen«, erinnerte ich sie. »Das tun sie nicht immer.«

»Stimmt.«

»Darüber, dass mal jemand aus Trelowarth verschwunden ist, weißt du nichts, oder?«, fragte ich.

Die Geschichte der grauen Frau war ihr neu. »Hast du eine Ahnung, wann das gewesen sein soll?«, wollte sie wissen.

Ich rechnete nach. »Claire sagt, sie habe davon gehört, als sie nach Trelowarth kam, was fast dreißig Jahre her ist. Von einem fast Neunzigjährigen. Sagen wir … vor ungefähr hundert Jahren?«

»Ich gehe der Sache nach«, versprach sie. »Überraschen würde mich im Zusammenhang mit Trelowarth nichts. Wusstest du, dass es auf einer Wasserader erbaut ist? Viele alte Monumente und heilige Stätten stehen auf solchen Wasseradern. Eine verläuft direkt unter dem Brunnen von St. Non's, dem Leuchtfeuer und Trelowarth hindurch nach Cresselly Pool.« Sie lachte über meinen erstaunten Gesichtsausdruck. »Ich hab mir das nicht ausgedacht. Wünschelrutengänger können sie erspüren. Die Wasseradern besitzen große Energie, und dort, wo sie sich befinden, passieren merkwürdige Dinge.«

Wie recht sie doch hatte! Ich stellte den *pisky* zurück ins Regal zu seinen tanzenden Brüdern.

»Was führt dich nach Polgelly?«, erkundigte sich Felicity.

»Ich wollte dich fragen, ob du Lust hast, mit mir etwas essen zu gehen«, antwortete ich.

Es war Flut, und es wehte ein ordentlicher Wind, sodass viele Fischer den schönen Tag nutzten, an dem die Sonne meine Schultern durch den Stoff meiner Bluse hindurch wärmte.

Als ich mit traditionell in Zeitungspapier eingewickelten Fish and Chips auf der Kaimauer saß, überkam mich ein Gefühl der Nostalgie: der scharfe Essiggeschmack, der Geruch nach Salz, die Schreie der über mir kreisenden Möwen und die Wellen, die sich am Hafeneingang brachen und an der Mauer leckten.

»Du grinst wie ein Honigkuchenpferd«, stellte Felicity fest, die neben mir saß.

»Stimmt«, pflichtete Mark ihr bei. »Wo steckst du das ganze Futter nur hin?«

»Ich hab einen Riesenhunger.«

»Und hinterher gibt's eine Tüte Fudge«, meinte Oliver, der mich wie früher als Junge neckte, um meine Aufmerksamkeit zu erregen.

Es störte ihn nicht, dass ich Mark und Felicity eingeladen hatte. Oliver war von Natur aus gesellig und ließ sich durch nichts von seinen Plänen abbringen.

Es war offensichtlich, dass er ein Auge auf mich geworfen hatte. Einen Monat zuvor hätte ich mich vielleicht darüber gefreut. Schließlich war er ein netter Kerl und sah fantastisch aus in seinem schlichten weißen Hemd und der

Jeans und mit dem vom Wind zerzausten Haar, das in der Mittagssonne glänzte. Die meisten Frauen hätten mich um diesen Verehrer beneidet.

Doch er interessierte mich längst nicht so sehr wie Daniel Butler, dessen grüne Augen in diesem Licht geleuchtet hätten wie das Meer.

Ich tat Olivers Bemerkung mit einem Lächeln und einem Schulterzucken ab. »Ich bezweifle, dass ich nach der Menge Fish and Chips auch noch Fudge verputzen kann.«

»Wenn du zuvor eine Runde mit mir spazieren gehst, schon.«

»Ich dachte, du wolltest ihr ein Buch zeigen«, meinte Mark.

»Stimmt. Das hab ich heute Morgen gefunden. Es war in einer Kiste, die ich vergangenes Jahr bei einer Haushaltsauflösung erstanden habe und die seitdem hinter meinen Bücherregalen verstaubt.«

»Was für ein Buch?«, erkundigte sich Felicity.

»Ein farbig illustrierter Führer für diese Gegend. Darin sind Leute erwähnt, für die Eva sich interessiert, weil sie für Susan bekannte Persönlichkeiten aus Trelowarth aufspüren möchte. Die Butler-Brüder waren berühmt-berüchtigte Schmuggler, beliebt bei den Menschen hier, heißt es in dem Buch. Für sie waren sie so etwas wie Helden.«

»Wie die Carter-Brüder in Prussia Cove?«, fragte Mark.

»Genau. Aber die erschienen erst Jahre später auf der Bildfläche. Sie waren noch nicht mal auf der Welt, als die Butlers von Polgelly aus schmuggelten.« Oliver, der seine letzten Pommes verspeist hatte, zerknüllte das Papier. »Eva hat mich auf ihre Fährte gesetzt. Zuvor hatte ich noch nie von den Butlers gehört.«

Felicity sah ihn an. »Ein Wunder, dass du das Buch überhaupt gefunden hast, wenn es in einer Kiste hinter den Regalen war.«

»Eva hat mir gestern Fragen über die Butlers gestellt, und heute Nacht war Zeit zum Suchen.«

»So, so«, sagte Felicity mit einem wissenden Lächeln.

»Solltest du nicht langsam wieder zurück ins Geschäft?«, erkundigte sich Oliver.

»Fünf Minuten hab ich noch. Möchte mich vielleicht einer von euch großen, starken Männern begleiten? Ich habe gerade Bilder von einer Künstlerin gekriegt – sie sind riesig, und ich bräuchte Hilfe beim Aufhängen.«

Oliver wirkte nicht eben begeistert. »Mark hat mehr Muskeln als ich. Während ihr euch damit beschäftigt, zeige ich Eva das Buch.«

Felicitys Plan ging auf.

Ich blickte ihnen nach. »Es macht Spaß, mit ihr zusammen zu sein.«

»Stimmt.« Oliver sah mich an. »Ein geschicktes Manöver.«

»Was?«

»Dass du Fee zum Lunch mitgebracht hast. Und Mark. Dir dürfte aufgefallen sein, dass sie sich in ihn verguckt hat.«

»Ich war hier wohl nicht die Einzige, die manövriert hat, oder?«

Er grinste. »Ich habe schon genug Bilder aufgehängt. Und Mark ist tatsächlich der stärkere von uns beiden.«

Ich schwieg einen Moment. »Oliver …«

»Ja?«

»Ich mag dich.«

»Aber?«

»Ich möchte nicht, dass du glaubst, ich wäre … Weißt du, ich suche nicht …«

Oliver grinste. »Hey. Ich will dir bloß ein Buch zeigen, nicht meine Briefmarkensammlung.« Er sprang von der Hafenmauer und streckte die Hand aus. »Komm mit und schau dir an, was ich gefunden habe.«

Er konnte mich nicht täuschen: Ich würde es nicht schaffen, ihn zu entmutigen. Männer wie Oliver ließen sich nicht so leicht vom Kurs abbringen. Auch nicht von einem Rivalen.

Was hatte ich da gerade gedacht? War das mein Ernst? Egal, wie ich die Sache betrachtete: Es war die Wahrheit.

Oliver, der nicht ahnen konnte, dass mich diese Erkenntnis wie ein Blitzschlag getroffen hatte, erkundigte sich, ob ich bereit sei, und ich nickte benommen.

Er hatte das Buch auf den Arbeitstisch im Lagerraum des Museums gelegt, der sich neben der kleinen Küche mit Wasserkessel, einigen Schrankfächern und einer winzigen Spüle befand.

In dem Lagerraum, in dem es nach Staub roch, drängten sich Regale und Kisten. Allerdings gab es darin auch ein Leselicht sowie einen alten Kapitänsstuhl aus Holz, der sich als ziemlich bequem erwies.

Ich versuchte, mich trotz meiner Verwirrung auf den Band zu konzentrieren.

Es handelte sich um ein altes Buch mit abgegriffenem Einband, dessen Rücken so kaputt war, dass sich ganze Seitenbündel lösten, als ich zu der Stelle blätterte, die Oliver für mich markiert hatte.

Er stellte sich hinter mich und zeigte mir die interessanten Passagen. »Da, siehst du? Unter dem Absatz über Cripplehorn.«

Ich hatte bereits begonnen, den Text zu lesen:

*Am westlichen Ende des Strandes befindet sich ein Felsen, den die Einheimischen Cripplehorn nennen. Er misst am höchsten Punkt fast dreißig Meter und bildet, über die Klippen hinausragend, einen Wellenbrecher. Auf der östlichen Seite vereinigen sich zwei Bäche zu einem Wasserfall, der bisweilen zu einem bloßen Rinnsal verkümmert, dann aber wieder zu einem Katarakt anschwillt, zum Strand hinunterbraust und die unterschiedlichsten Pflanzen auf dem Felsen gedeihen lässt …*

Nach einer ausführlichen Beschreibung dieser Pflanzen sowie einiger auf dem Cripplehorn nistenden Vogelarten fuhr der Autor fort:

*Am Fuß des Wasserfalls verbirgt sich eine schmale Höhle, die sich oberhalb der höchsten Flutmarke befindet. Angeblich wurde sie früher von den Butler-Brüdern aus dem nahe gelegenen Trelowarth für die Lagerung geschmuggelter Waren genutzt. Noch heute behaupten die Einheimischen voller Stolz, dass nie ein Dorfbewohner dieses Versteck verraten habe. – So angesehen waren die Butlers ihrer Großzügigkeit bei der Verteilung ihres ungesetzlich erworbenen Reichtums wegen. Über ihre Abenteuer berichtet ein Tagebuch, das der jüngere der Brüder unter dem Titel* Ein Leben hart am Wind *veröffentlichte. Wendet man sich in Richtung Westen, begegnet man einer Vielzahl verschiedener Vögel …*

Mehr fand ich in dem Buch, dessen Verfasser sich hauptsächlich in Schilderungen von Vögeln, Pflanzen und Felsformationen erging, nicht über die Butler-Brüder. Ich las den relevanten Text noch einmal, um sicher zu sein, dass ich nichts Interessantes übersehen hatte, und wandte mich dann zu Oliver um. »Das Tagebuch von Jack Butler …«

»Ja. *Ein Leben hart am Wind*. Ganz schön poetisch für einen Piraten. Ich habe recherchiert, konnte aber nur zwei Ausgaben ausfindig machen, beide in amerikanischen Bibliotheken. Was nicht heißt, dass es keine anderen gäbe. Wenn du ein bisschen Geduld hast, suche ich weiter.«

»Wann wurde das Buch veröffentlicht?«

»1739«, antwortete er, ohne zu zögern. »Gedruckt für einen Buchhändler am Londoner Strand.«

Es überraschte mich, dass ausgerechnet Jack, der mir nicht gerade wie ein Schriftsteller erschienen war, ein Tagebuch hinterlassen hatte.

Aber was wäre das Leben ohne Überraschungen.

Als Mark und ich wenig später gemeinsam den Hügel bezwangen, schwieg er, anstatt mich wie erwartet wegen meines Nachmittags mit Oliver zu necken.

Ich sah ihn von der Seite an. »Alles in Ordnung?«

»Ja, danke. Ich denk nur nach.«

»Weißt du, dass es unter dem Cripplehorn eine Höhle gibt?«

Er nickte. »Als Junge habe ich dort Piraten gespielt.«

»Mich hast du nie mitgenommen.«

»Du warst nicht alt genug. Das Runterklettern ist nicht ungefährlich.«

»Hast du Katrina mitgenommen?«

»Einmal. Ihr hat's nicht sonderlich gefallen. Es war ihr zu dunkel und zu feucht. Sie mochte das Licht.«

Als wir den steilen, anstrengenden Teil des Hügels erreichten, gingen wir schweigend und in Gedanken versunken weiter.

Erst nach einer ganzen Weile fragte ich Mark: »Bringst du mich hin?«

»Was, heute noch?«

»Gütiger Himmel, nein.« Ich schnappte nach Luft.

»Klar. Allerdings gibt's dort nicht viel zu sehen, und die Kletterei ist wesentlich anstrengender als das hier.«

»Kein Weg kann schlimmer sein als das hier.«

Mark schmunzelte. »Wie du meinst. Wenn du möchtest, gehen wir morgen hin.«

»Am Mittwoch. Dann kann Felicity uns begleiten.«

»Warum sollte sie das wollen?«, fragte Mark erstaunt.

»Du Trottel.«

»Wieso?«

Ich hakte mich bei ihm unter. »Ach, nur so.«

# Achtzehn

In jener Nacht träumte ich, dass Daniel Butler neben mir im Bett schlief. Ich hörte seinen gleichmäßigen Atem, spürte seine Wärme und wie er sich neben mir bewegte.

Ich hatte das Gefühl, nicht mehr in Trelowarth zu sein. Im Zimmer war es wärmer, und in der nächtlichen Luft lagen exotische Düfte, die ich nicht kannte.

Als ich Daniels Gesicht musterte, schlug er die Augen auf, erblickte mich und lächelte …

Die Vorhänge am Fenster blähten sich im kühlen Meerwind der kornischen Küste; ich wandte halb im Schlaf den Kopf. Ich war allein.

Die Wände schienen zu atmen. Ich hätte schwören mögen, dass ich eine Stimme hörte, nicht aus dem Zimmer nebenan, sondern in dem meinen, eine Stimme, die nicht mit Fergal redete, sondern mit mir. Ich hörte ihn.

»Eva.«

Nicht sicher, ob ich träumte oder wachte, sagte ich: »Ich bin da.«

Nur der Wind antwortete. Es dauerte eine Weile, bis ich in tiefen traumlosen Schlaf sank.

Am folgenden Morgen stand ich auf, bevor die Sonne die Hügel erreichte. Unten begrüßten die Hunde mich schwanzwedelnd. Da Mark und Susan noch schliefen und ich an die Luft wollte, um einen klaren Kopf zu bekommen, machte ich einen Spaziergang mit ihnen.

Mittlerweile hatte ich den Gedanken akzeptiert, mich in Daniel Butler verliebt zu haben. Doch wie ich es auch drehte und wendete: Es war aussichtslos. Wir lebten in unterschiedlichen Jahrhunderten und würden uns vielleicht nie wiedersehen. Und selbst wenn – wer konnte wissen, ob er für mich ähnlich empfand?

Nein, sicher nicht, dachte ich, als ich die Hunde am Gewächshaus vorbei den Pfad entlangführte, über den bald auch die Touristen gehen würden, einen alten Weg neben den hohen Steinmauern der Gärten, wo fröhlich die Vögel vor sich hin zwitscherten. Er konnte mich nicht lieben, weil ich ganz anders war als die Frauen seiner Zeit. Ich besaß den Reiz des Neuen, aber der würde sich bald erschöpfen; am Ende wählten Menschen immer Partner, die zu ihnen passten. Das verlangte der gesunde Menschenverstand.

Warum hatte ich mich dann in ihn verliebt?

Ich folgte dem gewundenen Pfad, auf dem die Hunde begeistert herumschnüffelten. Zweimal wäre ich fast über Samson gestolpert. Eine Antwort auf meine Frage fand ich nicht, weil meine Gefühle neu und fremd für mich waren.

Warum er? Warum nicht Oliver? Warum ein Mann, den ich nicht haben konnte?

»Das ist nicht fair«, erklärte ich den Hunden, die mit dem Schwanz wedelten, als wir die Biegung erreichten, von der aus ich das alte Leuchtfeuer auf der Klippe über dem Atlantik sehen konnte. Dort hatte der Wind Katrinas Asche fortgetragen.

Sie war nicht geblieben; warum sollte ich es tun? Ich hatte erledigt, weswegen ich gekommen war. Warum also nicht abreisen? Ich merkte, dass dieser Ort, an dem graue Frauen sich in Luft auflösten und unter dem Wasseradern verliefen, etwas Seltsames mit mir anstellte. Wenn ich ihn verließ, würde sicher wieder Normalität in mein Leben einkehren. Ja, ich würde gehen und niemandem fehlen; Daniel Butler würde mich vergessen und Trelowarth wie bisher ohne mich weiterexistieren.

Das dachte ich, bis ich an der Stelle der Straße zwischen Polgelly und St. Non's herauskam, an der Mark den Boden für einen Parkplatz geebnet hatte.

Da ermahnte ich mich, dass ich mich nicht einfach absetzen konnte. Noch nicht. Ich drehte mich um und blickte zurück auf den Weg, den ich gekommen war. Das Licht der frühen Sonne spiegelte sich im Glasdach des Gewächshauses. Und ich beschloss, mich erst zu verabschieden, wenn Susan ihre Teestube eröffnet und ich die Formulare für die Einrichtung des Trelowarth-Fonds zugunsten der Hallett-Familie unterzeichnet hätte.

Falls es noch einen anderen Grund gab zu bleiben, verdrängte ich ihn.

In den folgenden Tagen machte ich mich daran, das zu erledigen, was ich Susan versprochen hatte. Ich schickte die ersten Presseinfos hinaus und telefonierte mit den örtlichen Reisebüros, um sie von den Reizen Trelowarths zu überzeugen.

Als Felicity am Mittwoch wieder zu uns kam, konnte ich ihr mitteilen, dass die Zeitschrift *House & Garden* vielleicht über Trelowarth berichten würde und ein Minibusunternehmen in St. Non's das Anwesen ins Besichtigungsprogramm aufnehmen wollte.

Susan, die zu entscheiden versuchte, welcher der Bäume beim Gewächshaus sich am besten als *cloutie tree* eignen würde, sah mich erstaunt an. »Tatsächlich?«

»Ja. Sie veranstalten Touren von Plymouth aus und kehren auf dem Weg nach Falmouth mittags in St. Non's ein. Für die Rückfahrt brauchen sie einen Stopp, wo die Gäste aussteigen und sich die Beine vertreten können. Wir liegen genau auf dem Weg. Ich habe ihnen vorgeschlagen, unsere Gärten zu besichtigen und anschließend einen traditionellen kornischen Cream Tea bei uns zu nehmen. Sie waren begeistert.«

»Gut gemacht«, meinte Susan erfreut.

»Ich habe ihnen außerdem gesagt, sie könnten Anfang August damit beginnen. Ist das in Ordnung?«

Sie nickte. »Ja. Was hältst du von dem?«

Ich betrachtete den Baum, auf den sie deutete, während Felicity stirnrunzelnd einen Schritt zurücktrat. »Er sollte Dornen haben.«

»Warum?«, fragte ich.

»Weil die meisten *cloutie trees* Dornbüsche sind«, erklärte Felicity.

»Aber der hier ist hübsch«, sagte Susan.

»Egal, er muss Kraft ausstrahlen«, beharrte Felicity, und am Ende einigten wir uns auf den Weißdornbusch, der bei der Tür zum Gewächshaus stand.

»Vielleicht sollte ich Mark bitten, die beiden daneben

abzuschlagen, damit er besser zur Geltung kommt«, überlegte Susan.

Felicity fand die Idee gut. »Und du solltest einen kleinen Teich oder so etwas anlegen, wegen dem Wasser.«

»Wasser?«

»Susan, ein *cloutie tree* muss immer am Wasser stehen, das verlangt die Tradition«, erklärte Felicity.

»Hm.« Susan sah sich, die Hände in die Hüften gestemmt, mit nachdenklichem Blick um. »Die Leitungen fürs Gewächshaus verlaufen da drüben; die könnten wir anzapfen. Ich frag mal Paul.«

»Wer ist Paul?«, erkundigte ich mich.

Felicity lächelte wissend. »Ihr Klempner. Ich habe noch nie ein Projekt erlebt, bei dem so viel Installationsarbeit nötig war wie bei diesem.«

Susan tat die Neckerei mit einem Schulterzucken ab. »Tatsächlich?«

»Wenn du mich fragst, liegt das an der Geschichte, wie Claires Großeltern sich kennengelernt haben«, sagte Felicity. »Attraktive Klempner ziehen sich angeblich gern aus, wenn es zu regnen anfängt. Das weckt Erwartungen.«

»Claires Großvater hat sich nicht im Regen ausgezogen«, widersprach Susan amüsiert, »sondern lediglich sein Hemd abgelegt, Fee, weil er galant sein wollte.«

»Hier hat's in letzter Zeit ziemlich oft geregnet, und dein Paul ist kein einziges Mal galant gewesen«, gab Felicity zu bedenken. »Weißt du, wer galant ist?«, fragte sie mit einem Blick auf mich. »Oliver. Der hat sich in den letzten Tagen richtig reingehängt in seine Recherchen über deine Schmuggler.«

Susan schmunzelte. »So sind die Männer nun mal. Sie

geben nie auf, nicht mal, wenn man mit Steinen nach ihnen wirft.«

»Du kannst dich gar nicht an die Sache mit dem Stein erinnern; du warst damals noch zu klein«, wehrte ich mich.

»Das habe ich auch gar nicht behauptet.« Sie bückte sich, um etwas Unkraut herauszuziehen. »Hat es ihn wirklich umgehauen?«

»Ja.«

Felicity meinte, vermutlich habe er sich deshalb in mich verguckt. »Männer sind immer hinter den Frauen her, die sie am schlechtesten behandeln. Gehst du anständig mit ihnen um, beachten sie dich gar nicht.«

Ich spürte die Wehmut hinter ihrem Scherz.

»Darf ich das Thema wechseln?«, fragte ich. »Mark hat gesagt, dass er später einen Ausflug mit mir machen möchte. Wollt ihr mitkommen?«

Felicity horchte auf. »Ach ja? Wohin?«

»Zu der Höhle unter dem Cripplehorn. Die kenne ich noch nicht.«

Susan runzelte die Stirn. »Was für ein Höhle?«

»Eine Schmugglerhöhle. Bist du nie dort gewesen?«

Sie schüttelte den Kopf.

Felicity war begeistert. »Wann wollt ihr aufbrechen?«

»Gleich nach dem Mittagessen«, antwortete ich. »Vorausgesetzt, es regnet nicht.«

Das Wetter blieb uns gewogen, und so machten wir uns nach dem Essen zu viert auf den Weg.

Mark hatte recht daran getan, die Hunde zurückzulassen. Der Klippenpfad am Cripplehorn erwies sich als echte Herausforderung: Glitschige Felsen führten in unregelmäßigen Stufen zum Strand hinunter, und ein Schild warnte in roten Lettern vor Steinschlag. Wer diesen Weg benutze, tue das auf eigene Gefahr. Neben dem Schild befand sich ein etwa briefkastengroßer roter Behälter mit der weißen Aufschrift »Klippenseil«, eine Erinnerung daran, dass jährlich mehrere Touristen gerettet werden mussten.

Doch Mark kletterte sicher wie eine Bergziege hinunter. Ich folgte ihm, darauf bedacht, seine Tritte zu nutzen.

Um uns herum erhoben sich schwarze, kantige Felsen, die der Gischt wegen immer rutschiger wurden. Und das Dröhnen der Wellen verstärkte sich, als wir uns dem Strand näherten.

Wie anders war es hier als an den kalifornischen Stränden – nirgendwo gab es Sand, nur schroffe Felsen und vom Wasser abgeschliffene graue und schwarze Kiesel, die wegglitten, wenn ich darauf trat, sowie an den Steinen hängenden grünen Seetang.

Ich blieb einen Moment auf den Kieseln stehen und atmete die feuchte Salzluft ein. Heute war kein Schiff zu sehen, aber ich konnte mir gut vorstellen, wie eines – vielleicht die *Sally* – am Cripplehorn vorbeiglitt, vor Anker ging und die Männer in einem Boot die Schmuggelware an Land brachten. Ich blinzelte hinaus aufs Wasser, die Augen mit der Hand beschirmt, und überlegte, welchen Kapitän ich der *Sally* geben würde, Jack oder Daniel …

»Und wo ist die Höhle?«, fragte Felicity, die sich knirschenden Schrittes zu mir gesellte.

»Da drüben«, antwortete Mark und deutete darauf.

Der Wasserfall ergoss sich, vom Regen der vergangenen Tage gespeist, üppig über das Cripplehorn, als wollte er sich uns in bestem Licht präsentieren.

Nun erreichte uns auch Susan, die den Pfad langsamer gegangen war als wir. Sie sah zuerst den Wasserfall, dann ihren Bruder an. »Warum hast du mir den nicht schon längst gezeigt?«, wollte sie wissen.

Er antwortete ihr wie mir, dass sie zu klein gewesen sei, als er regelmäßig hier gespielt habe, und er später nicht mehr hergekommen sei. Mark war gern an diesem Ort, das merkte man ihm an. Uns Frauen fiel es schwer, mit ihm Schritt zu halten, als er, dem Wasserfall ausweichend, auf den glitschigen Felsen balancierte. Ich hielt den Blick gesenkt, um nicht auszurutschen. Als ich ihn wieder hob, war Mark verschwunden.

Ich blieb verblüfft stehen. »Mark?«

Seine Stimme schien aus dem Felsen zu kommen. »Hier.«

Als ich einen Schritt nach links trat, entdeckte ich die Öffnung, die sich dem Blick entzog, weil sie aufs Meer ging und man zunächst nur den blanken Felsen vor sich hatte. Auch vom Meer aus würde sie, versteckt hinter dem Wasserfall, nicht auffallen.

Mark wartete, bis er sicher sein konnte, dass ich ihn gesehen hatte, bevor er tiefer in die Höhle vordrang, und ich folgte ihm. Als meine Augen sich an die Dunkelheit gewöhnten, erkannte ich hinter einzelnen Lichtstrahlen von oben die nach innen gewölbten Felswände, den ausgetretenen Boden, auf dem sich kleine, seichte Pfützen bildeten, obwohl die Höhle sich oberhalb der Flutmarke befand, und die Überreste von in den Schatten vor sich hin modernden Fässern.

Beunruhigender noch als die Dunkelheit waren die gedämpften Geräusche, die klangen, als hielte ich mir eine Muschel ans Ohr. Ich hörte den Widerhall des tosenden

Meeres und leises, unablässiges Tropfen in verborgene Pfützen.

Da durchbrach Felicitys Stimme die Stille. »Unglaublich.«

Hinter mir fragte Susan ihren Bruder: »Hast du eine Taschenlampe dabei?«

»Brauch ich nicht«, antwortete er. »Die verdirbt den Effekt.«

Ich verstand, was er meinte. Jedes Licht, besonders das harte einer Taschenlampe, hätte die geheimnisvolle Atmosphäre zerstört. Mir war klar, warum die Butlers diese Höhle als Lager für ihr Schmuggelgut aus der Bretagne gewählt hatten. Vermutlich waren sie immer bei Flut vor Anker gegangen und hatten die Ware im Schutz der Dunkelheit an Land gerudert. Dazu waren mit Sicherheit mehrere Männer nötig gewesen. Mir fiel ein, was in Olivers Buch gestanden hatte: dass die Einwohner von Polgelly stolz gewesen waren, die Existenz der Höhle nie verraten zu haben.

Wahrscheinlich hatte der Constable bei der Durchsuchung des Hauses etwas finden wollen, das hier verborgen war.

Was wohl?

Susan trat näher an die Fässer heran. »Schaut euch die an. Die sind bestimmt von deinen Butler-Brüdern.«

Mark hielt das für unwahrscheinlich. »Dazu sind sie nicht alt genug. Außerdem waren nicht alle leer, als ich hier gespielt habe. Bestimmt war das Dads geheimes Whiskylager.«

»Es wundert mich, dass er dir erlaubt hat hierherzukommen«, bemerkte Susan.

»Er wusste es nicht. Sonst hätte er mich wahrscheinlich

windelweich geschlagen.« Als Mark einen Schritt zur Seite machte, trat er auf etwas, das klackernd über die Steine rutschte. Er bückte sich, um es aufzuheben.

»Was ist das?«, erkundigte ich mich.

»Ein Stück Eisenriemen von einem der Fässer, nehme ich an.« Er warf es in eine Ecke. »Früher haben wir hier ganz andere Schätze entdeckt.«

»Was für Schätze?«, fragte Felicity.

»Ach, alles Mögliche. Manchmal sogar Musketenkugeln oder alte Münzen. Ein paar davon liegen noch in irgendeiner Schublade.«

Susan, die ihm noch nicht verziehen hatte, dass er ihr die Höhle erst jetzt zeigte, stellte in vorwurfsvollem Tonfall fest: »Die habe ich auch nie gesehen.«

»Piraten verstecken ihre Schätze und zeigen sie nicht ihren Schwestern, oder?«

»Wenn sie erwarten, weiter von ihnen bekocht zu werden, sollten sie das aber tun«, sagte Susan.

Mark schmunzelte. »Ich versuche, sie zu finden«, versprach er. Da donnerte es.

Felicity meinte: »Ein Gewitter.«

»Stimmt«, bestätigte Mark. »Wir sollten zurückgehen. Im Regen ist die Kletterei ziemlich beschwerlich.«

Ich versuchte, mir vorzustellen, wie die Höhle zu Daniels Zeiten gewesen war. Doch Dunkelheit, tropfende Steine und hohle Wände sagten mir, dass es dafür zu spät war. Dreihundert Jahre zu spät.

Von draußen rief Mark: »Eva?«

Als ich durch die Öffnung unter dem Wasserfall nach draußen trat, hörte ich wieder das Lied des Meeres.

# *Neunzehn*

Im Haus gab Susan keine Ruhe, bis Mark die schmutzige Keksdose mit den Schätzen seiner Kindheit holte und auf den Küchentisch stellte.

»Da wäre der Plunder«, sagte er.

Susan schüttelte die Dose neugierig. »Was ist drin?«

»Schau rein.«

Mark setzte Teewasser auf und beobachtete, wie wir seine »Beute« begutachteten: kleine abgeschliffene Glasscherben und Steine, ein Napfschneckengehäuse, ein stumpfer Metallknopf, ein Weinflaschenkorken, zwei Shilling-Münzen und ein Half Penny, ein Frauenohrring mit abgewetzten Plastikperlen, die versprochenen Musketenkugeln und ein langes, verbogenes Stück Metall. Felicity nahm es heraus und wischte es vorsichtig ab.

Der Anblick verursachte mir eine Gänsehaut.

»Was ist das?«, fragte Susan Felicity.

»Scheint eine Art Messer zu sein.«

»Das habe ich, glaube ich, hinter den Fässern gefunden«, teilte Mark uns mit einem Schulterzucken mit. »So genau weiß ich es nicht mehr.«

Es handelte sich um einen kleinen Dolch.

Susan ließ die Finger darübergleiten. »Aus was für einem Material ist der Griff?«

Felicity betrachtete ihn genauer. »Ich glaube, aus Knochen.«

Nicht aus Knochen, hätte ich sie korrigieren können, sondern aus Muschelkalk, der im Licht bunt schillerte. Leider war der Griff so stark mit Schmutz verkrustet, dass sich das nur erahnen ließ.

»Darf ich das Messer mal in die Hand nehmen?«, bat ich. Es fühlte sich kalt und rau an in meinen Fingern, nicht wie die glatte, tödliche Waffe, die ich wenige Tage zuvor in Daniels Faust gesehen hatte. Wenige Tage zuvor ... Mir erschien es wie eine Ewigkeit. Und ich staunte, wie sehr mir Daniel fehlte.

»Sieht alt aus«, bemerkte Susan.

Da hatte Felicity eine Idee: »Eva, das könntest du doch Oliver zeigen. Er kennt sich aus mit Waffen und weiß bestimmt, wie alt das Ding ist, vielleicht sogar, wie viel Geld man dafür kriegen könnte.«

Mark hielt es in dem Zustand, in dem es war, nicht für sonderlich wertvoll.

»Man kann nie wissen«, widersprach Felicity. »Manchmal erzielen die merkwürdigsten Sachen die höchsten Preise.«

Meine Finger schlossen sich schützend um den verrosteten Dolch. »Du würdest das Messer doch nicht verkaufen, oder?«

»Natürlich nicht«, antwortete Mark sofort, als fände er den Gedanken absurd.

»Aber es macht dir nichts aus, wenn Oliver es sich mal anschaut, oder?«, erkundigte sich Susan.

»Wenn er möchte.«

Ich überlegte, ob ich Daniel je ohne den Dolch gesehen hatte. Soweit ich mich erinnerte, nur das eine Mal, als ich ihn im Bett überrascht hatte. Es war die Waffe, nach der er instinktiv griff, wenn er sich bedroht fühlte.

Welcher Bedrohung war er wohl in der Höhle ausgesetzt gewesen? Und warum hatte er die Waffe dort verloren?

Die meisten älteren Grabsteine auf dem überwucherten Friedhof waren von den Jahren und der Witterung so angegriffen, dass es mir schwerfiel, Daten oder Namen zu entziffern, und unter denen, die ich lesen konnte, fand ich keinen »Butler«.

Hier lagen sämtliche Halletts begraben: Marks Vater, sein Großvater und Urgroßvater sowie mehrere Cousins und Cousinen und andere Verwandte, denn die kleine Steinkirche St. Petroc's stand seit Menschengedenken an dieser Stelle neben der Straße von Polgelly nach St. Non's und Fowey, von der aus man Trelowarth sehen konnte.

Angeblich war in ferner Urzeit ein irisches Piratenschiff an den schwarzen Felsen der Küste zerschellt. Nur ein einziger Seeman hatte überlebt, der zum Dank für seine Rettung mit eigenen Händen das kleine Gotteshaus auf dem Hügel erbaute.

Hinter mir schwang knarrend das Tor zum Friedhof auf. »Guten Morgen«, grüßte eine Männerstimme. Als ich mich umdrehte, sah ich den Küster mit einer Gartenschere in der Hand auf mich zukommen. Ich kannte diese Gartenschere mit den Holzgriffen und auch den Küster, der, obwohl inzwischen grauhaarig, immer noch kraftvoll dahinschritt. Er schien sich ebenfalls an mich zu erinnern, vielleicht, weil meine Ankunft in Trelowarth mittlerweile ausführlich in den Pubs von Polgelly besprochen worden war.

»Miss Ward, dachte ich's mir doch, dass Sie das sind.« Sein breites Lächeln mit den verblüffend ebenmäßigen Zähnen versetzte mich in meine Kindheit zurück.

Ich kam mir vor wie eine Fünfjährige. »Mr Teague.«

»Sie sind ein wenig gewachsen seit damals, das muss ich zugeben, aber es ist ja auch … wie lange her? Zwölf Jahre?«

»Eher zwanzig.«

»Nein!« Er klang entsetzt. »Wenn Sie das sagen, fühle ich mich uralt.«

»Sie sehen aus wie immer.«

»Vielleicht sollten Sie mal einen Augenarzt aufsuchen, meine Liebe.« Aber er schien sich über mein Kompliment zu freuen. »Die Nachricht über den Tod Ihrer Schwester hat mich sehr betrübt. Es ist immer traurig, wenn die Jungen so früh von uns gehen. Es heißt, Sie hätten ihre sterblichen Überreste hierher gebracht?«

»Ja.«

»Gut. Den Toten steht ein friedlicher Ort für ihre letzte Ruhe zu. Den hätte sie in Amerika nicht gefunden«, erklärte er mit der Bestimmtheit eines Mannes, der selbst nie aus Cornwall herausgekommen war. Die Geistlichen von St. Petroc's wechselten, doch Mr Teague war das Faktotum dieser Gemeinde, solange ich denken konnte. Er schien bei allen meinen Besuchen des Friedhofs da gewesen zu sein, mit seinem Rasenmäher oder der alten Gartenschere, und er hatte sich immer die Zeit genommen, seine Arbeit für einen Plausch zu unterbrechen.

Ich fragte Mr Teague nach den Butlers. Er überlegte stirnrunzelnd.

»Butler. Soweit ich mich erinnere, gibt es ein oder zwei Gräber von Personen dieses Namens.«

»Die habe ich nicht gefunden.«

»Das wäre auch schwierig, wenn sie wirklich so alt sind, wie Sie sagen. Ich hole mal das Verzeichnis aus der Sakristei.« Er legte die Gartenschere neben dem Seiteneingang der Kirche ab, zog den großen Schlüssel hervor und öffnete die alte Bogentür aus Eichenholz mit den schwarzen Metallbeschlägen. Wenig später kehrte er mit einem schmalen, kartongebundenen Buch zurück, wie örtliche historische Gesellschaften im ganzen Land sie für ihre Veröffentlichungen verwendeten.

Mr Teague blätterte die Seiten mit schwieligen Fingern um. »1822 wurde eine Inventur der vorhandenen Gräber durchgeführt, bei der man auch die Inschriften notierte. Ja, genau: Butler. Es gibt zwei Butler-Gräber im südwestlichen Teil. Kommen Sie, ich zeige Ihnen, wo sie sind.«

Der südwestliche Teil des Friedhofs war der der Straße am nächsten gelegene. Hier führte Mr Teague einen verzweifelten Kampf gegen die am Rand gepflanzte Weißdornhecke, die die flachen Steine überwucherte. Die teilweise unter Moos und Gras verborgenen Grabsteine waren so verwittert, dass ich kaum noch Buchstaben erkennen konnte.

»Das ist laut Buch das Grab von Ann Butler«, teilte Mr Teague mir mit. »Sie starb am 20. Oktober 1711 im Alter von dreiundzwanzig Jahren. ›Geliebte Gattin‹, steht da. Und das da muss das Grab ihres Mannes sein.«

Er ging ein paar Schritte weiter. Ich hielt gespannt den Atem an.

»Jack Butler«, las Mr Teague aus dem Buch vor. Der Stein war in der Mitte gespalten, als wäre etwas darauf gefallen. »Merkwürdig: keine Daten, nur ein Spruch: ›Mein Gott lässt mich auferstehen. Darauf vertraue ich.‹«

Ich seufzte erleichtert auf. Jack Butler war sicher im hohen Alter gestorben, denn er hatte sein Tagebuch fast ein Vierteljahrhundert, nachdem ich ihm begegnet war, veröffentlicht. Das Zitat aus einem Gedicht von Sir Walter Raleigh, einem Seefahrerkollegen und Piraten, erschien mir sehr passend für Jack.

»Andere Butlers gibt es hier nicht?«, erkundigte ich mich.

Mr Teague ging noch einmal die Liste mit den Inschriften durch. »Nein, das sind alle. Waren das Vorfahren von Ihnen?«

»Nein. Ich recherchiere für Susans neues Unternehmen.« Davon hatte er bestimmt schon gehört. »Und ich möchte herausfinden, wer früher in Trelowarth gelebt hat.«

»Da kommt der junge Mann, den Sie zu solchen Dingen befragen sollten.« Mr Teague nickte in Richtung Straße, auf der gerade ein Radfahrer um die scharfe Kurve oben auf dem Hügel von Polgelly bog. Ich erkannte Oliver sofort, obwohl er einen Helm trug.

»Falls Sie das noch nicht getan haben«, fügte Mr Teague hinzu.

Sein vielsagender Tonfall ließ mich überlegen, was man sich so alles in den Pubs erzählte.

Als Oliver uns erreichte, begrüßte er uns mit einem strahlenden Lächeln. »Guten Morgen, Eva und Mr Teague.«

Nach der anstrengenden Fahrt den Hügel hinauf atmete er schwer, und das T-Shirt klebte verschwitzt an seiner Brust und seinen Schultern. Seine Beinmuskulatur kam in der Radlerhose bestens zur Geltung.

»Oliver.« Mit einem Blick in meine Richtung sagte Mr Teague: »Dann lasse ich Sie mal allein. Ich habe noch zu tun.«

Ich bedankte mich für seine Hilfe.

»Gern geschehen.«

Als er sich zum Gehen wandte, bat ich ihn: »Mr Teague, könnten Sie mir noch einmal sagen, wann Ann Butler gestorben ist?«

Er blätterte wieder in dem Buch.

»Am 20. Oktober 1711.«

Ich bedankte mich ein weiteres Mal, und er ging zur Kirche, um seine Gartenschere zu holen.

»Hast du einen Stift dabei?«, fragte ich Oliver.

»Seh ich so aus?« Er grinste.

Mit einem Blick auf seine enge Radlerhose und das verschwitzte T-Shirt antwortete ich: »Kein Problem.« Ich würde mir das Datum merken können, ohne es zu notieren.

»Wer ist Ann Butler?«, wollte Oliver wissen.

»Daniel Butlers Frau.«

»Du hast also mehr über deine Butler-Brüder herausgefunden.«

»Ja. Da liegt Jack.« Ich deutete auf den zerbrochenen Grabstein. »Der jüngere Bruder.«

»Und wo ist Daniel?«

»Keine Ahnung.« Vielleicht war es besser, es nicht zu wissen, dachte ich.

Oliver war zuversichtlich, dass er es herausfinden würde, wenn ich ihm genug Zeit ließe. »Ich liebe Herausforderungen.«

»Das merke ich.« Ich zeigte auf das Fahrrad. »Strampelst du zum Spaß?«

»Heute bin ich geschäftlich unterwegs.«

»Geschäftlich?«, fragte ich erstaunt.

»In einem meiner Cottages in St. Non's gab's einen Wasserschaden. Ich treffe mich dort um zehn mit dem Klempner.«

»Mit Susans Klempner?«

»Hat sie einen?«

Ich nickte. »Von Andrews & Son in St. Non's.«

»Das könnte er sein. Er hilft ihr bei der Einrichtung der Teestube, nicht?«

»Ja.«

»Felicity sagt, ich muss unbedingt vorbeikommen und mir ansehen, was ihr geschafft habt. Außerdem hättet ihr gestern ein Messer oder so was Ähnliches gefunden, das mich interessieren könnte.«

»Ach ja. Daniels, ich meine, Marks Messer.« Oliver schien meinen Versprecher nicht zu bemerken.

»Vielleicht schaue ich auf dem Heimweg vorbei. Du bist doch da, oder?«

»Ja.«

»Dann bis später.« Er schwang sich mit einem strahlenden Lächeln aufs Rad.

Ob er das fragliche Cottage an eine Frau vermietet hatte? Wenn ja, konnte sie sich auf einen angenehmen Tag freuen; Oliver und Susans attraktiver Klempner, das war ein doppelt appetitlicher Anblick.

Fast hatte ich ein schlechtes Gewissen, dass ich nicht in der Lage war, Olivers Interesse zu erwidern. Aber ich konnte es nicht ändern. *Entweder es funkt, oder es funkt nicht*, hatte meine Schwester einmal gesagt. Und was Oliver anging, funkte bei mir gar nichts.

Mit einem Blick auf Ann Butlers Grab fragte ich im Stillen: *Du* verstehst das, oder?

Am Friedhofstor überlegte ich kurz, ob ich den Pfad über den neu angelegten Parkplatz und die Gärten zum Haus nehmen sollte oder die Straße, auf der ich gekommen war. Am Ende wählte ich die Straße, weil sie mehr Schatten bot, und machte mich auf den Weg.

Es würde ein heißer Tag werden, das spürten die Vögel, die verhalten sangen, um ihre Kräfte zu schonen. Hier und da raschelte ein kleines Tier im hohen Gras. Alles schien vor sich hin zu dösen; nicht einmal die Hunde kamen mir zur Begrüßung entgegen …

Wahrscheinlich waren sie bei Mark in den Gärten. Doch dass das Haus so still war, fand ich seltsam.

Noch etwas anderes stimmte nicht. Erst nach einer Weile merkte ich, dass ich auf hartem Untergrund ging, nicht auf Kies. In dem Moment hörte ich fröhliches Pfeifen an der Vordertür des Gebäudes.

Es war die gleiche Melodie, die Jack Butler am Morgen seiner Heimkehr auf der Treppe gepfiffen hatte. Mich in Jeans und T-Shirt zu treffen, würde ihn vermutlich noch mehr überraschen als unsere erste Begegnung.

Ich sah mich nach einem Versteck um.

Die Bäume am Straßenrand waren zu weit weg, also schlich ich mich in den Schatten des Hauses zur hinteren Seite.

Dann hörte ich eine vertraute Stimme. Und Lachen. Daniel, dachte ich. Vermutlich Daniel und Fergal. Sie würden mich sicher ins Haus bringen, bevor Jack mich entdeckte.

Ich ging um die Ecke.

Daniel, der am anderen Ende des Hofs stand, sah mich, als ich aus den Schatten ins Licht der Sonne trat. Aber er lächelte nicht und signalisierte mir nicht, dass er mich bemerkt hatte. Mir war klar, warum.

Er befand sich nicht in Gesellschaft von Fergal.

# Zwanzig

Ich stand an einer ziemlich ungünstigen Stelle. Zurücktreten konnte ich nicht, weil Jack jeden Augenblick auftauchen würde, und der Hof bot keinerlei Versteck. Mir blieb nicht viel mehr, als bewegungslos zu verharren wie ein vom Jäger gestelltes Tier.

Daniel veränderte seine Position ein wenig, sodass der Mann sich von mir wegdrehen musste. Ich erkannte Mr Wilson an der Kleidung, dem langen Rock aus elegantem dunkelgrünen Brokat, den hohen schwarzen Stiefeln und der weißen Perücke unter der breiten Hutkrempe.

Daniel sah mich über die Schulter des Mannes hinweg an und gab mir mit einem kurzen Nicken zu verstehen, dass ich zu den Stallungen laufen sollte.

Das tat ich, ohne einen Blick zurück zu riskieren, nicht einmal, als ich die Ställe erreicht hatte, in denen es angenehm nach Heu roch. Ein oder zwei Pferde streckten bei meinem Eintreten neugierig den Kopf, wandten sich jedoch schnell wieder ab. Am hinteren Ende fand ich eine leere

Box, in der ich mich mit zitternden Knien an die raue Holzwand presste.

Ich wusste nicht, wie lange ich schon dort war, als ich Daniel hörte, zuerst seine Schritte, dann seine Stimme. »Gern.«

Hinter ihm das Geräusch weiterer Stiefel. Mr Wilson begleitete ihn. »Sie müssen sich nicht um mein Pferd kümmern, Butler. Das kann ich selbst besorgen.«

Ich hielt den Atem an, obwohl sie mich beim Satteln des Pferdes sowieso nicht gehört hätten.

»Es wird ihn freuen zu erfahren, dass er sich auf Sie verlassen kann«, stellte Mr Wilson fest.

»Wann treffen Sie ihn wieder?«, erkundigte sich Daniel.

»In zwei Tagen. Ich sage ihm, dass Ihr Schiff ihm zur Verfügung steht, wenn er es benötigt.«

»Aye. Er muss nur Bescheid geben.«

Das Pferd schnaubte beim Aufzäumen.

»Falls Sie unserem Constable begegnen sollten, täten Sie gut daran, ein Loblied auf King George zu singen«, riet Daniel Wilson.

»Wenn ich ihn treffe, begrüße ich ihn mit seinem Namen und berichte ihm, der König höchstpersönlich habe mich gesandt, um die Gastfreundschaft jener zu prüfen, die behaupten, ihm zu dienen. Das bringt mir vielleicht eine Mahlzeit ein.«

Daniel lachte. »Tun Sie das. Ich begleite Sie noch zur Straße.«

Als sie weg waren, wurde es bis auf die Geräusche der Pferde wieder still im Stall.

Nach einer Weile hörte ich Stiefelschritte, diesmal von einem Mann allein, und ich atmete erleichtert auf. Ich wollte die Box gerade verlassen, als der Mann fröhlich zu pfeifen anfing.

Zum zweiten Mal erstarrte ich. Es war nicht Daniel, sondern Jack, der die Pferde mit einem Schnalzen begrüßte und als Antwort ein Hufescharren erhielt.

»Nein, nein«, brummte er, »ihr habt heute schon genug zu fressen gekriegt. Ihr könnt euch nicht beklagen.«

Er näherte sich meinem Versteck. Weil sich mir kein Fluchtweg bot, glitt ich die Wand hinunter und schloss wie ein kleines Kind die Augen.

»Warum so unruhig?«

Es dauerte, bis ich merkte, dass er nicht mit mir, sondern mit dem grauen Pferd in der Box nebenan sprach.

»Ich bin's, du Dummkopf«, sagte er in dem liebevollen Tonfall, den Männer gern Tieren gegenüber anschlagen, wenn sie sich unbelauscht fühlen. Dann fügte er weniger sanft hinzu: »Mein Pferd ist heute ziemlich unruhig.«

Daniel, den ich nicht hatte eintreten hören, bemerkte von der Tür aus: »So, so.«

Obwohl mich der Klang seiner tiefen Stimme mit Erleichterung erfüllte, blieb ich, wo ich war, und versuchte, so leise wie möglich zu atmen.

Jack tätschelte den Hals seines Pferdes. »Vielleicht gefiel ihm die Gesellschaft nicht, in der es sich aufhalten musste. Das kann ich ihm nicht verdenken.«

»Sprichst du von Mr Wilson oder von seinem Pferd?«

»Von beiden. Wenn ich mich allerdings zwischen ihnen entscheiden müsste, wäre mir der Gaul lieber.«

Der Boden knarrte, als Daniel näher trat. »Deine Abneigung ist mir gar nicht aufgefallen. Du hast Wilson sehr zuvorkommend behandelt.«

»Ich habe keine Zeit, mich in die Politik einzumischen, und begegne allen Menschen mit der gebotenen Höflichkeit.«

»Er genießt das Vertrauen unseres Verwandten.«

»Wenn unser Verwandter Mr Wilson vertraut, zweifle ich an seinem Urteilsvermögen.« Jack drehte sich um, und die Trennwand zwischen uns erzitterte. »Himmel, erkennst du das denn nicht? Oder hat das Getändel mit Fergals Schwester dich um den Verstand gebracht?«

Nach kurzem Schweigen antwortete Daniel: »Pass auf, was du sagst, Jack.«

Aber Jack ließ sich nicht beirren. »Sie ist nicht Ann, das weißt du doch, oder? Da kannst du sie anziehen, wie du willst.«

»Ja, das ist mir vollkommen klar.« Daniels Stimme klang gefährlich ruhig. »Aber es geht dich nichts an.«

Ich konnte den Blick nicht sehen, den die Männer wechselten, spürte nur die Spannung, die in der Luft lag.

»Na schön«, meinte Jack. »Ich rede nicht mehr darüber. Doch du erlaubst, dass ich mir selbst ein Urteil über Mr Wilson bilde.«

Er begann schweigend, das Pferd zu satteln.

Kurze Zeit später fragte Daniel ihn: »Wo willst du hin?«

»Nach St. Non's. Wilson hat seinen Diener dort gelassen. Es würde mich interessieren, wie er sich die Zeit vertrieben und wen er getroffen hat. Hast du etwas dagegen?«

»Nein.«

Damit war das Gespräch beendet. Daniel trat einen Schritt zur Seite, damit Jack das Pferd hinausführen konnte, und es wurde wieder still im Stall.

»Eva?«

»Hier.« Ich richtete mich mit steifen Gliedern auf.

Daniels Miene war ausdruckslos, obwohl er wusste, dass ich jedes Wort des Gesprächs mit Jack gehört hatte. Ich zwang mich zu einem Lächeln. »Soll ich zu einem günstigeren Zeitpunkt wiederkommen?«

Er schmunzelte.

Fergal war nicht in bester Stimmung. In der Küche wandte er sich Daniel zu: »Das ist nicht witzig. Ist dir noch nicht aufgegangen, was ihr hätte blühen können, wenn sie so vor Wilson, deinem Bruder oder dem Constable aufgetaucht wäre? Du hast selbst gesehen, wie sie kommt und geht. Und ich auch. Ich muss gestehen, dass ich einen Augenblick lang dachte, der Teufel hätte seine Hand im Spiel, obwohl ich ein Mann der Vernunft bin.«

»Du weißt, dass es keine Hexerei ist«, erwiderte Daniel.

»Aye, das weiß ich. Genau wie du. Aber denk an die anderen. Du hast doch schon Hexenprozesse erlebt, oder?«

Daniel schwieg, und Fergal wandte den Blick ab.

»Ich jedenfalls schon. Und ich möchte nie wieder sehen, was der Mob mit so einer armen Frau macht …«

»Bei uns hier ist sie sicher«, sagte Daniel.

»Tatsächlich?«

»Zweifelst du etwa an mir? Man könnte fast meinen, sie wäre wirklich deine Schwester.«

Nun mischte ich mich ins Gespräch ein. »Ich kann leider nicht beeinflussen, wie ich auftauche oder verschwinde. Wenn ich in der Lage dazu wäre, würde ich …« Daniel sah mich an. »Aber es geht nicht. Ich werde immer Ihre Nähe suchen, wenn ich da bin, damit Sie im Notfall andere Anwesende ablenken können.«

Fergal nickte.

»Aye. Wollen wir hoffen, dass es gut geht.« Er musterte mich. »Möchten Sie eine zweite Mahlzeit?«

»Eine zweite?«

»Aye«, antwortete er mit einem Blick auf den leeren Teller auf dem Tisch. »Die erste hatten Sie schon; den habe ich gerade aus Ihrem Zimmer geholt, wo Sie seit zwei Tagen krank im Bett liegen.«

»Verstehe.« Natürlich hatten er und Daniel sich eine Erklärung für Jack und Mr Wilson ausdenken müssen.

»Soweit ich sehen kann, hat sie wieder alles aufgegessen«, stellte Daniel fest.

Fergals Mundwinkel zuckten. »Aye, für eine Kranke hat sie einen gesunden Appetit.«

An mich gewandt, meinte Daniel: »Gott sei Dank sind Sie zurückgekommen, bevor ihm keine Hose mehr passt.«

Das erinnerte mich an meine eigene Kleidung. Verlegen verschränkte ich die Arme vor der Brust. »Tut mir leid, ich habe … das Kleid von Ihnen ist … nun …«

»Das ist mir schon aufgefallen«, stellte Daniel fest.

Fergal, der dicke Scheiben von einem Laib Brot für mich abschnitt, stand mit dem Rücken zu uns und konnte unsere Blicke nicht sehen.

»Tut mir leid«, wiederholte ich.

»Es ist nur ein Kleid.«

Nein, das stimmt nicht, dachte ich. Sein Schulterzucken konnte mich nicht täuschen. Wie er wohl reagieren würde, wenn ich ihm sagte, dass ich Anns Grab besucht und auch das mit Gras überwachsene von Jack in einer ruhigen Ecke des Friedhofs entdeckt hatte?

»Machen Sie sich keine Gedanken«, sagte Daniel. »Ich habe noch andere Gewänder.«

Ohne sich umzudrehen, bemerkte Fergal: »Das geblümte würde ihr gut stehen.«

»Ja, das stimmt«, pflichtete Daniel ihm bei.

So bekam ich das Kleid mit den Blumen. Als ich nach dem Essen hinaufging, lag es auf dem Bett für mich bereit. Es hatte einen weiten Rock mit breiter blauer Borte, die gut zu den kleinen Blütenrispen, vielleicht Vergissmeinnicht, auf dem Oberteil passte. Auch der runde, tiefe Ausschnitt war mit einer solchen Borte verziert. Das schlichte Kleidungsstück gefiel mir.

Erst nach zwei oder drei Versuchen gelang es mir, mein Haar so hochzustecken und die kleine Leinenkappe so ordentlich darauf zu befestigen, wie Fergal es mir gezeigt hatte.

Als Daniel hörte, dass ich die Tür öffnete, rief er von seinem Arbeitszimmer aus: »Eva?«

»Ja?«

»Alles in Ordnung? Brauchen Sie Hilfe?«

Ich ging die wenigen Schritte zu ihm hinüber und sog den aromatischen Duft des Pfeifentabaks ein, der aus dem Raum drang. »Nein, danke. Ich komme zurecht. Ich …«

Daniel saß mit der Schulter zur Wand auf demselben Stuhl neben dem kleinen Fenster wie bei unserem ersten Gespräch dort. Er hatte ein aufgeschlagenes Buch in der Hand und betrachtete mich schweigend.

»Ein hübsches Kleid«, sagte ich unsicher. »Wenn ich es lieber nicht tragen soll …«

»Das ist es nicht.« Er legte die Pfeife weg und ließ den Blick über das Gewand und meine Frisur wandern. »Haben Sie sich die Haare selbst hochgesteckt?«

Ich hob die Hand, um zu prüfen, ob die Haarnadeln richtig saßen. »Habe ich etwas falsch gemacht?«

»Nein.« Daniel erhob sich und bot mir den Stuhl neben dem seinen an. »Leisten Sie mir Gesellschaft?«

Als ich Platz nahm, setzte auch er sich wieder, schloss das Buch und schickte sich an, seine Pfeife auszuklopfen. Doch ich hielt ihn davon ab.

»Kein Problem. Ich habe nichts dagegen, wenn Sie rauchen.«

»Danke.« Er lehnte sich zurück. »Sie bewegen sich elegant in dem Kleid. Tragen Frauen in Ihrer Zeit noch solche Gewänder? Oder nur Hosen wie Männer?«

»Manchmal tragen wir Kleider. Wenn auch keine wie dieses.« Ich legte die Hand ausgebreitet auf die Schnürung des Oberteils.

»Ich muss gestehen, dass ich nicht weiß, was mir besser gefällt«, erklärte er mit einem Lächeln. »Wo haben Sie Ihre andere Kleidung gelassen?«

»In der Truhe in Ihrem Schlafzimmer. Unter Ihren Hemden.«

»Dort sind sie fürs Erste sicher. Aber später sollten Sie sie Fergal geben. Er weiß Verstecke in diesem Haus, die nicht einmal ich kenne.«

»Fergal scheint viele Talente zu besitzen«, bemerkte ich.

»Aye«, bestätigte Daniel. »Nur wenige können ihm das Wasser reichen. Es war seine Idee, Jack und Wilson zu sagen, dass Sie krank sind. Er hat die Rolle des Pflegers so hingebungsvoll gespielt, dass er fast sogar mich überzeugt hätte.«

»Sie sind schon lange befreundet, sagt Fergal.«

Daniel nickte. »Ja. Etwa zwanzig Jahre.«

»Dann müssen Sie beide sehr jung gewesen sein, als Sie sich kennenlernten.«

»Ich war fünfzehn und Fergal ein wenig älter, als wir in Plymouth beinahe bei der Marine gelandet wären.«

Meine geschichtsbegeisterte Mutter hatte mir einmal ausführlich geschildert, wie damals Presstrupps Dorfbewohner mit Gewalt für den harten Militärdienst rekrutierten. Die britische Marine verdankte den zahllosen Burschen viel, die sich nach einem Zechgelage plötzlich auf einem Schiff, weit entfernt vom Festland, wiederfanden.

»Ich war unerfahren und tat nicht viel mehr, als mich mit den Fäusten zu wehren«, erzählte Daniel, »doch Fergal mit seinem scharfen Verstand und seiner spitzen Zunge gelang es, uns vor dem Presstrupp zu bewahren und uns auf ein Fischerboot zu manövrieren. Noch heute hält er mich für unfähig, selbst auf mich aufzupassen. Vermutlich ist er deshalb nach wie vor hier«, meinte Daniel schmunzelnd, aber auch ein wenig nachdenklich. »Fergal öffnet sich anderen Menschen nicht leicht. Doch wer seine Zuneigung einmal erworben hat, dem bleibt sie ein Leben lang.«

»Dann können Sie sich glücklich schätzen.«

»Nicht nur ich. Wenn Fergal wütend wirkt, ist das kein Zorn, sondern Sorge um Ihr Wohlergehen. Er ist viel zu stolz, sie Ihnen zu gestehen.«

Ich nickte.

»War ich wirklich zwei Tage lang weg?«, fragte ich.

»Ja.«

Bisher hatte ich über meine Reisen in die Vergangenheit lediglich gewusst, dass ich daraus nahtlos in meine eigene Zeit zurückkehrte. Doch an diesem Ende der Gleichung schienen andere Regeln zu gelten.

Daniel, der mein Stirnrunzeln bemerkte, blinzelte. »Was ist?«

Ich erklärte es ihm, so gut ich konnte. »Das ergibt keinen Sinn«, beklagte ich mich. »Es ist nicht logisch, es …« Er lachte. »Was?«

»Verzeihen Sie meine Belustigung, aber Sie reisen durch drei Jahrhunderte, und Ihre größte Sorge ist, dass die Zeiten nicht zusammenpassen?«

»Ja, was finden Sie daran so lustig?«

»Würde ich auf der Straße nach Plymouth einem voll bekleideten Schwein mit Stiefeln begegnen, gälte mein Interesse nicht der Farbe seiner Knöpfe.«

»Ich würde nur gern begreifen, was vor sich geht.«

»Ich weiß. Aber es gibt Dinge im Leben, die unser Denkvermögen übersteigen. Warum sie sich ereignen, verstehen wir möglicherweise nie. Trotzdem passieren sie.« Seine Belustigung verwandelte sich in Neugierde. »Was würde es ändern, wenn wir es verstünden?«, fragte er.

»Keine Ahnung. Wahrscheinlich nichts.«

»Sie wären immer noch hier.«

Was sollte ich darauf sagen?

Daniel klopfte die Asche aus seiner Pfeife. »Wenn ich mich nicht gegen den Wind stemmen kann«, sagte er, »muss ich mich von ihm tragen lassen, wohin er möchte.«

Er hatte recht. Manche Mächte ließen sich nicht beherrschen; das galt für Herzen und Schiffe auf See gleichermaßen. Ich sah ihn an. »Ich bin keine gute Seglerin.«

»Geduld«, riet er mir. »Vielleicht lernen Sie es noch.«

# *Einundzwanzig*

Zuvor musste ich jedoch noch viele andere Dinge lernen.

Fergal zeigte mir, für den Fall, dass ich wieder in seiner Zeit eintreffen würde und niemand da wäre, wie der Haushalt und alles, was dazugehörte, organisiert war, von dem kleinen Gemüsebeet in dem gestuften Garten hinter den Ställen bis zu dem Brunnen nahe dem Hof.

Als ich mich über den Steinrand des Brunnens beugte, sah ich mein Spiegelbild im Wasser. »Kann man das trinken?«

»Aye, wenn wir Pferde wären. Ich stille meinen Durst lieber mit Ale und Apfelwein.«

Am liebsten hätte ich ihm auf der Stelle einen großen Becher Apfelwein eingeschenkt, um seine Laune zu verbessern, denn er war schroff und ungeduldig, wie Daniel es beschrieben hatte. Wenn mir der Grund nicht klar gewesen wäre, hätte ich es ihm übel genommen. Unter den gegebenen Umständen jedoch fand ich es rührend, dass dieser raue Mann die Rolle meines Beschützers spielte.

Fergal wandte sich von dem Brunnen ab. »Das Wasser

ist nicht ungenießbar, aber trotzdem würde ich Ihnen raten, lieber Ale zu trinken. Sie erinnern sich, wo es sich befindet?«

»In dem Fass neben der Kellertreppe.«

»Und wenn das Ale ausgeht, müssen Sie den Apfelwein …?«

»Auf jeden Fall beschützen«, versuchte ich, ihn zum Lachen zu bringen.

Er verzog die Mundwinkel tatsächlich etwas.

»Weiß Jack wirklich nicht, wo er ist?«, fragte ich.

»Nein. Und ich wäre Ihnen dankbar, wenn Sie es ihm nicht verraten.«

»Und wenn Sie nicht da sind, er aber schon, und das Ale geht aus …?«

Fergal versicherte mir, dass das Ale in Jacks Anwesenheit nicht ausgehen würde. »Denn wenn, würde er hinunter zum *Spaniard* gehen und sich dort versorgen. Er braucht meinen Apfelwein nicht. Doch Sie sollten Trelowarth nicht ohne Danny oder mich verlassen.«

Er ging weiter, und ich hatte Mühe, seinen langen Schritten zu folgen. An der nördlichen Stallmauer stand ein kleiner Schuppen mit windschiefem Dach.

»Das Brennholz ist hier«, erklärte Fergal, drückte die Tür auf und zeigte mir die dicht an dicht geschichteten Stapel. »Ich hoffe, dass Sie keines von hier holen müssen, denn eigentlich ist immer genug in der Spülküche.«

Als wir das Haus erreichten, sah ich, dass die Lebensmittel in dem Schrank in der Spülküche bereits geordnet waren. So würde ich kein Problem haben, die Zutaten für ein Porridge zu finden. »Wenn wir Käse haben, was normalerweise der Fall ist, lagert er in dem Behälter da hinten.

Und das«, erklärte er, hob den Deckel eines kleinen Fasses und holte etwas Langes, Ledriges heraus, »ist Salzfleisch. Der Fluch des Seemanns; wir haben immer etwas für die *Sally* da. Damit müssen Sie nie Angst haben zu verhungern.«

Ich nahm den Streifen gepökeltes Fleisch in die Hand und spürte, dass es hart wie Holz war. »Und das isst man?«

»Ja, aber nicht in dem Zustand. Daran würde man sich die Zähne ausbeißen. Nein, man weicht es ein, um das Salz herauszuspülen, und dann kocht man es mit anderen Zutaten zu einer Brühe. Das zeige ich Ihnen heute Abend.«

Anschließend demonstrierte er mir den Gebrauch der Zunderbüchse. Diesmal bekam ich deutlich mehr mit als bei den Bemühungen des Constable. Sobald das Feuer brannte, begann Fergal das Essen zuzubereiten. Trotz seiner schwieligen, vernarbten Hände verfügte er über das Geschick eines erfahrenen Küchenchefs. Ein Mann mit vielen Talenten.

»Fergal?«

»Aye?« Er drehte sich mit dem Messer in der Hand zu mir um.

»Danke.«

»Wofür?«

»Dass Sie sich meiner annehmen. Ich hatte nie einen großen Bruder.«

»Nein?«

»Nein. Eine große Schwester, aber die ist letzten Winter gestorben.«

Er sah mich an. »Gott hab sie selig.« Fergal bekreuzigte sich und wandte sich wieder seiner Arbeit zu.

»Sie haben nicht wirklich sieben Schwestern, oder?«

»Habe ich das behauptet?«

»Das haben Sie dem Constable erzählt.«

»Nun, dann muss es stimmen, denn den Constable würde ich nie belügen.«

Ich schmunzelte. »Ich auch nicht.«

»Habe ich nicht gesagt, dass Sie eine O'Cleary sind?«, meinte er mit einem anerkennenden Nicken.

Aus dem Kessel über der Feuerstelle stieg der Duft von Salzfleisch und köchelndem Gemüse auf. Ich fühlte mich sehr wohl in Fergals Gesellschaft, obwohl ich noch viel zu lernen hatte.

»Sind die Bewohner von Trelowarth denn nicht mit Ihnen verwandt?«, erkundigte sich Fergal.

Ich erklärte ihm meine Verbindung zu den Halletts, zu Mark, Claire und Susan.

Fergal lauschte aufmerksam. »Und was denken sie, wenn Sie aus ihrer Zeit verschwinden? Was sagen Sie ihnen, wo Sie gewesen sind?«

»Sie merken es gar nicht; deshalb muss ich nichts erklären. Auf der Zeitebene läuft alles ein bisschen anders als hier. Wenn ich dorthin zurückkehre, ist es, als wäre ich nie weg gewesen. Ich kehre zu dem Moment meines Verschwindens zurück.«

Er überlegte. »Aber als Sie das letzte Mal in Ihre Zeit zurückgekehrt sind, haben Sie andere Kleidung getragen.«

»Ja.«

»Und das ist niemandem aufgefallen?«

»Ich war allein unterwegs. Keiner hat mich beobachtet.« Seine Frage erinnerte mich an etwas. »Daniel meint, ich soll meine Kleidung Ihnen geben, damit Sie sie verstecken.«

»Dann bringen Sie sie mir. Ich sehe, was ich tun kann.«

Deshalb traf Daniel, als er sich wenige Minuten später

in der Küche zu uns gesellte, Fergal bei der faszinierten Begutachtung meiner Jeans an.

»Schau, Danny«, sagte Fergal, »das ist das Werk eines Genies.« Er machte den Reißverschluss auf und zu. »So etwas habe ich noch nie gesehen. Und der Saum: ein Stich wie der andere. Nicht einmal meine Oma konnte einen Saum wie diesen nähen, und sie war im ganzen County für ihre wunderschönen Näharbeiten bekannt.« Er ließ seine rauen Finger bewundernd über den Stoff gleiten. »Eine solche Hose hält etwas aus. Schade, dass Sie nicht größer sind«, meinte er, an mich gewandt, »denn ich würde sie Ihnen abnehmen, als Lohn für meine Mühe mit Ihnen.«

Er legte die Jeans zusammen. Mein schlichtes weißes T-Shirt schien ihn nicht so sehr zu interessieren. Allerdings fiel ihm das Schildchen am Rücken auf. »Es wurde in Indien hergestellt. Das heißt also, dass die Handelswege in Ihrer Zeit nach wie vor offen sind?« Ohne auf meine Antwort zu warten, fuhr er fort: »Ich bin nie in Indien gewesen. In Jamaika, ja, sogar zweimal, aber nie in Indien.«

Ich musste an den schwarzen Strand von Kerala an der Südküste Indiens denken, den ich mit Katrina während einer Drehpause in Mumbai besucht hatte.

Daniel schnupperte. »Was zum Teufel kochst du da, Fergal?«

»Rinderbrühe.«

»Und was verwendest du anstelle des Rindfleischs?«

Fergal bedachte ihn mit einem betrübten Blick. »Salzfleisch, damit Eva damit umzugehen lernt.«

»Das wäre nicht das Erste, was ich zu kochen lernen wollte«, gab Daniel zu bedenken.

»Suchst du eine sinnvolle Beschäftigung?«, fragte Fergal.

»Wir brauchen Brennholz für die Spülküche. Wenn du Zeit hast, dir ein Urteil über meine Kochkünste zu erlauben, kannst du auch zum Holzschuppen gehen.«

Daniel sah mich an. »Kommen Sie mit?«

»Zum Holzschuppen?«

»Die Arbeit ist zu zweit erträglicher.«

Ich begleitete ihn ins grelle Licht der Sonne auf dem Hof.

»Hat Fergal Ihnen den Brunnen gezeigt?«, fragte Daniel, als wir daran vorbeigingen.

»Und den Garten und wo sich alles im Haus befindet. Er hat mir sogar gezeigt, wo der Apfelwein ist.«

»Tatsächlich?«

Ich nickte. »Er wollte sicher sein, dass ich nicht verdurste, wenn kein Ale da ist.«

»Und was machen Sie, wenn es auch keinen Apfelwein mehr gibt?«

»So lange würden Sie nicht wegbleiben.«

»Wenn alles gut geht, nicht, das stimmt. Aber auf See kann viel passieren.« Nach kurzem Schweigen fügte er hinzu: »Da wäre noch ein anderer Ort, an dem Sie Wein finden könnten, doch der Weg dorthin erfordert Trittsicherheit und etwas Mut.«

»Die Höhle unter dem Cripplehorn.«

»Woher kennen Sie sie?«

Ich sah keine Veranlassung zu lügen. »Aus einem Buch, und mein Freund, der hier wohnt, hat als Junge in der Höhle gespielt. Er hat sie mir gezeigt.«

»Wie sieht sie aus?«

»Sie ist praktisch leer; es liegen nur noch ein paar alte Fässer darin, die wohl nicht die Ihren sind.« Die Sache mit dem Dolch verschwieg ich ihm. »Wenn Sie das beruhigt: In dem Buch steht, dass niemand je Ihr Versteck verraten hat.«

Kurz vor dem Holzschuppen blieb er stehen, um mich ungläubig anzusehen. »Das steht in dem Buch? Ist darin auch von mir die Rede?«

Ich nickte zögernd.

»Wird mein Name genannt?«

Ich versuchte, mich zu erinnern. »Ihr Name kommt nicht vor. Es heißt nur ›die Butler-Brüder von Trelowarth‹.«

»Warum erwähnt der Verfasser uns überhaupt?«

Ich holte tief Luft. »Weil Sie in Ihrer Zeit bekannte Schmuggler waren. Es ist ein altes Werk.« Ich verriet ihm nicht, dass Jack eines Tages selbst ein Buch verfassen würde. »Ein Naturführer über Vögel, Felsen und Bäume mit kurzen Ausflügen in die örtliche Geschichte. Es steht lediglich darin, dass Sie Schmuggler waren, die Leute hier Sie schätzten und Sie die Höhle unter dem Cripplehorn benutzten.«

Daniel überlegte.

»Und wie sind Sie auf dieses Buch gestoßen?«

Ich hob das Kinn. »Ich wollte mehr über Sie erfahren.«

»Ach. Den Dingen, die man in Büchern liest, sollte man nicht vertrauen. Wenn Sie etwas wissen wollen, müssen Sie nur fragen.«

Wenn er mich so anlächelte, fiel es mir schwer, eine vernünftige Frage zu formulieren oder überhaupt etwas zu sagen. Außerdem erschienen mir plötzlich alle Fragen unwichtig.

Zu meiner Erleichterung wandte er den Blick ab, um zum Himmel hinaufzuschauen. »Ich glaube, wir haben Zeit, ein wenig spazieren zu gehen.«

»Das Feuerholz … und Fergals Essen …«

»Wird in einer Stunde genauso ungenießbar sein wie jetzt. Salzfleisch ist unzerstörbar. Es überdauert jede Zivilisation.«

Und so ließ ich mich von ihm am Holzschuppen und am Feld hinter den Ställen vorbei zu dem gepflegten Garten hinaufführen, wo Fergal sein Gemüse anbaute.

Hier wehte ein starker Wind, der mir den Rock um die Beine blies und es mir schwer machte, den vor mir gehenden Daniel zu verstehen, wenn er etwas sagte. Er musste den Kopf zu mir wenden, um eine Frage zu wiederholen. »Können Sie reiten?«

Ich bejahte. Nicht sonderlich gut, aber ich konnte es.

»Dann bringe ich Sie zu meiner Lieblingsstute. Vielleicht werden Sie sie irgendwann einmal reiten. Kommen Sie, die Koppel ist nicht weit weg.«

Ich wusste nicht, welche Weide er meinte. Der Hügel hatte sich im Lauf der Jahrhunderte verändert. Was ich als Gartenanlagen mit Mauern und Hecken kannte, war nun offenes Land mit hohem, windgepeitschtem Gras, und der Wald lag zu meiner Linken. Wir erreichten die Hügelkuppe und die Straße, die jetzt ein furchiger, grasüberwachsener Feldweg war. Sie verlief so wie in meiner Zeit, und ihre Windungen ergaben auf einmal einen Sinn, als ich den Baum sah, um den sie sich herumwand.

Die alte Eiche trotzte mit ihren dicken Ästen dem Wind. Der Weg führte geradewegs auf sie zu, machte eine Kurve um den Baum und den Hügel herum und verlief weiter in Richtung St. Non's. Die Eiche sah aus, als würde sie noch viele Jahre an dieser Stelle stehen, doch ich wusste, dass es sie in meiner Zeit auf dem Anwesen von Trelowarth nicht mehr gab. Und ich hatte auch nie etwas über sie gehört.

»Wirklich?«, meinte Daniel, als ich es ihm erzählte. »Wurde sie gefällt?«

»Ich weiß es nicht.« Ich würde Oliver fragen.

»Hier würde niemand es wagen, die Eiche von Trelowarth abzuschlagen«, erklärte Daniel. »Der Volksglaube ist stark in dieser Gegend, und ein einzelner Baum, besonders eine Eiche, wird als heilig erachtet. Bitten Sie doch Fergal, Ihnen etwas über Eichen zu erzählen«, schlug Daniel mit einem Lächeln vor. »Er glaubt zwar nicht an Hexen, ist aber dem Volksglauben durchaus zugetan.«

Die Bewohner von Irland, Cornwall und Wales stammten von den Kelten ab, und Mythen und Aberglaube verbanden sie. Fergals »Volksglaube« würde sich also nicht allzu sehr von dem unterscheiden, woran Claires Großmutter geglaubt hatte. Meine Neugierde war geweckt.

Die Blätter eines niedrigen Astes strichen sanft über mein windzerzaustes Haar, als ich mit Daniel vom Feld auf den Weg trat. Die Kirche sah bis auf den Friedhof, der kleiner und verlassener wirkte, aus wie in meiner Zeit und stand frei, ohne Wald und schützende Steinmauer, da. Ich schaute verstohlen über die Schulter, doch von dieser Stelle aus konnte ich Ann Butlers Grab nicht entdecken.

»Keine Angst«, beruhigte Daniel mich, der meinen Blick falsch deutete. »Zu dieser Zeit sind auf der Straße nicht viele Menschen unterwegs, und außerdem sind Sie in meiner Begleitung sicher.« Er verlangsamte seine Schritte, sodass ich zu ihm aufschließen konnte.

Nach einer Wegbiegung gelangten wir an ein langes, flaches Stück Land mit Zaun und Tor. Im Gras erkannte ich die dunkle Linie eines schmalen Bachs, der die Koppel durchquerte, unter dem Zaun sowie unter einer Holzbrücke hindurchführte und schließlich den Wasserfall speiste, der sich über das Cripplehorn ergoss.

»Hier lassen wir die Pferde weiden, wenn wir nicht zu Hause sind«, teilte Daniel mir mit.

Die schattenspendenden Bäume, das fließende Wasser und das üppig grüne Gras machten dieses Feld zu einem Paradies für Pferde.

»Von hier wollen die Tiere bestimmt nur ungern in den Stall zurück«, bemerkte ich.

»Aye, wahrscheinlich verfluchen sie mich jedes Mal, wenn ich sie hole.«

Im Moment stand nur eine braune Stute auf der Koppel. Sie schaute uns vom anderen Ende der Weide aus an und schien tatsächlich nicht sonderlich begeistert, als Daniel pfiff. Sie hob den Kopf und blieb, wo sie war.

Daniel lachte und pfiff noch einmal.

Die Stute rührte sich nicht von der Stelle, doch von der Straße hörte ich das Klappern von Hufen. Ich drehte mich um, und Daniel trat einen Schritt näher zu mir. Obwohl ich nicht sah, wie sich seine Hand zum Gürtel bewegte, wusste ich, dass er den Dolch herauszog.

Wir hatten keine Zeit, uns zu verstecken. Die Pferde erreichten bereits die kleine Brücke und überquerten sie nacheinander. Jack saß auf dem vorderen.

Mir fiel auf, dass seine Hände seltsam starr auf dem Nacken des Pferdes lagen. Kurz darauf sah ich das Seil, mit dem sie zusammengebunden waren, und seinen warnenden Blick in unsere Richtung.

Hinter ihm ritt mit zufriedener Miene der Constable, begleitet von einem kleinen Mann, den ich nicht kannte, sowie einem halben Dutzend anderer Leute, die keinen allzu glücklichen Eindruck machten, als sie Daniel am Straßenrand entdeckten.

Daniel stellte sich vor mich, so dicht, dass ich die Klinge des Dolches in seiner Faust, halb verborgen unter dem Ärmel seiner Jacke, erkennen konnte.

Dann trat er auf die Straße und ergriff mit der freien Hand die Zügel des Pferdes, auf dem sein Bruder saß. »Jack«, begrüßte er seinen Bruder in einem Tonfall, als wäre er betrunken nach Hause gekommen. »Was hat das zu bedeuten?«

# Zweiundzwanzig

Die Antwort gab nicht Jack Butler, sondern der Constable, der sein Pferd gleich hinter Daniel angehalten hatte. »Es handelt sich um eine Festnahme. Und es wird noch eine geben, wenn Sie die Zügel nicht loslassen.«

Daniel ignorierte seine Drohung. »Was wird meinem Bruder vorgeworfen?«

»Dieser Händler hier« – der Constable nickte in Richtung des rundlichen, kleinen Mannes – »wurde vor einigen Tagen auf der Straße ausgeraubt und hat dabei eine Börse voll Silber sowie einen Hammelbraten an Ihren Bruder verloren.«

Der Hammelbraten. Ich erinnerte mich an Jacks fröhliches Prahlen, wie er ihn gestohlen hatte. Mir sank der Mut, als ich die entrüstete, anklagende Miene des Händlers sah. Er war ein Mann mittleren Alters mit runden Wangen, und seine Weste spannte sich über seinem Bauch.

Jack hielt den Blick gesenkt. Warum gab er seinem Pferd nicht einfach die Sporen und floh? Draufgängerisch genug wäre er gewesen.

Der Constable genoss das Gefühl, seine Feinde in die Enge getrieben zu haben, sichtlich. Er lenkte das Pferd so nahe an Daniel heran, dass seine Stiefelspitze fast dessen Schulter berührte, und fragte ihn gespielt mitleidig: »Werden Sie zur Hinrichtung Ihres Bruders kommen?«

Ich wagte kaum zu atmen, während Daniel den Blick des Constable mit tödlicher Ruhe erwiderte.

Erst nach einer Weile löste Daniel die Spannung.

»Wo ist der Haftbefehl?«, erkundigte er sich.

Plötzlich verschob sich das Kräfteverhältnis, das merkte ich am kurzen Zögern des Constable und an den Gesichtern seiner Begleiter.

»Sie haben doch sicher einen Haftbefehl?«

»Wir sind gerade unterwegs, um einen beim Friedensrichter zu erwirken«, versicherte der Constable. »Wenn Sie nun freundlicherweise beiseitetreten würden.«

Daniel wandte sich an den Händler. »Sagen Sie, Sir, wo hat dieser höchst bedauerliche Überfall sich denn ereignet, und wann?«

Der Händler nannte Ort und Zeit und fügte hinzu: »Es war früh am Morgen, die Sonne kaum aufgegangen; ich war die ganze Nacht in Gesellschaft dieses Mannes gereist.« Er deutete auf Jack. »Er hatte mir angeboten, mich ein Stück zu begleiten, weil er sich in der Gegend auskenne und um die Gefahren dieser Straßen wisse, und so ließ ich ihn neben meinem Fuhrwerk her reiten. Als ich über Müdigkeit klagte, versicherte er mir, ich könne beruhigt schlafen, wir hätten den gefährlichsten Teil der Strecke hinter uns, und ich benötige seine Hilfe nicht mehr.«

Daniel nickte. »Und so haben Sie geschlafen?«

»Ja, Sir. Als ich aufwachte, musste ich feststellen, dass er mein Vertrauen missbraucht und sich mit einem schönen Hammelbraten und meiner Börse davongemacht hatte, Sir.«

»Ein wahrhaft dreister Diebstahl«, pflichtete Daniel ihm bei. »Umso dreister, als er am Morgen geschah, wenn der Mann Sie doch in der Nacht viel leichter und ohne Angst vor Zeugen hätte überwältigen können. Wie hat er das angestellt?«

Der Händler runzelte die Stirn. »Wie bitte?«

»Als Sie aufgewacht sind und gemerkt haben, dass er Ihre Sachen stiehlt, haben Sie doch sicher alles in Ihrer Macht Stehende getan, um ihn aufzuhalten. Hat er Sie geschlagen? Er sieht aus, als könnte er gewalttätig werden.«

Jack schaute seinen Bruder an, als hätte er den Verstand verloren.

Der Gesichtsausdruck des Händlers veränderte sich. »Nein, das war nicht der Fall … Das heißt, ich schlief noch …«

»Aha.« Wieder nickte Daniel. »Wie konnten Sie dann beobachten, dass er das Hammelfleisch und die Börse nahm?«

Der Constable, der ahnte, worauf Daniel hinauswollte, sagte gereizt: »Man muss den Dieb nicht auf frischer Tat ertappen, um zu wissen, dass er gestohlen hat.«

»Nein?«, fragte Daniel mit ruhiger Stimme. »Dann verzeihen Sie meine Mutmaßungen. Es scheint mir nur so, dass dieser gute Mann im Schlaf durchaus von irgendeinem Gauner überfallen worden sein kann, denn in dieser Gegend gibt es davon nicht wenige. Da stimmen Sie mir doch zu, oder?«

»Den ein oder anderen schon«, pflichtete ihm der Constable bei.

»Da ich diesen Händler für einen aufrichtigen Mann halte, versuche ich, seinem Gedächtnis auf die Sprünge zu helfen, damit er am Ende nicht den Falschen beschuldigt.«

»Den Falschen?«, wiederholte der Constable entrüstet.

Daniel sah Jack an. »Du gibst zu, dass du während der Nacht neben dem Wagen des Händlers her geritten bist und ihm deinen Schutz angeboten hast?«

»Aye, das tue ich«, antwortete Jack argwöhnisch.

»Und er schlief, als eure Wege sich trennten?«

»Ja.« Allmählich schien Jack Daniels Argumentation zu durchschauen. »Ich war sicher, dass wir alle Stellen passiert hatten, an denen Gefahr drohte, und da ich so bald wie möglich nach Hause wollte, hielt ich es für richtig, mich zu entfernen.«

Daniel wandte sich wieder an den Händler. »Sir, Sie sollten die Sache auf jeden Fall dem Friedensrichter vortragen, wenn Sie davon überzeugt sind, dass dieser Mann Sie beraubt hat, obwohl Sie es nicht mit eigenen Augen gesehen haben und keinen Eid darauf schwören könnten.«

Fast tat mir der Händler leid, wie er mit seinem Gewissen rang.

Daniel schob seinen Dolch mit einer kaum merklichen Bewegung in den Gürtel und nahm einen kleinen Beutel aus seiner Jacke. »Egal, wie Ihre Entscheidung ausfällt, Sir: Ich bedaure Ihren Verlust und möchte nicht, dass Sie uns in der Überzeugung verlassen, alle Menschen in Polgelly seien Diebe.« Er hielt ihm den Beutel hin, in dem sich offensichtlich Münzen befanden. »Vermutlich wiegt das nicht auf, was man Ihnen gestohlen hat, aber vielleicht gibt es Ihnen den Glauben an uns zurück.«

Der Händler nahm den Beutel und schaute hinein. Offenbar war mehr Geld darin, als man ihm gestohlen hatte, denn er schloss ihn hastig wieder und steckte ihn in seinen Mantel.

»Vorsicht, Butler«, warnte der Constable Daniel. »Mischen Sie sich nicht ein.«

»Ich bemühe mich nur, christliche Nächstenliebe zu beweisen.«

»Indem Sie ihn mit den Erlösen Ihrer ungesetzlichen Machenschaften abspeisen.«

»Meine Herren«, meldete sich der Händler zu Wort. »Ich möchte nicht Grund eines Streits zwischen Ihnen sein.« Er klopfte auf die Vorderseite seines Mantels und musterte Jack. »Offen gestanden, bin ich mir nicht mehr so sicher, ob dieser Mann der Schuldige ist.«

Den Begleitern des Constable, die dieser zu seiner Unterstützung zusammengetrommelt hatte, war die Erleichterung anzusehen. Daraus schloss ich, dass keiner von ihnen erpicht darauf war, Jack zum Friedensrichter zu bringen.

Über die Gesetze dieser Zeit wusste ich nur wenig. Ich erinnerte mich jedoch vage, dass Kinder in der viktorianischen Ära schon zum Tod durch den Strang verurteilt wurden, wenn sie einen Laib Brot stahlen, und das war über hundert Jahre später gewesen.

Jack wirkte genauso erleichtert wie die Begleiter des Constable, obwohl er sich eine spöttische angedeutete Verbeugung dem Händler gegenüber nicht verkneifen konnte. »Ich stehe in Ihrer Schuld, Sir.«

»Aber nein«, widersprach der. »Die Schuld liegt bei mir.«

»Es handelt sich bestimmt um ein Missverständnis«, meinte Daniel. »Würden Sie uns die Freude machen, bei uns zu essen?«

»Bei Ihnen zu essen?«, wiederholte der Händler ungläubig.

»Aye, als Zeichen unserer Dankbarkeit. Mein Haus ist nicht weit entfernt.«

Nach kurzem Überlegen nickte der Händler. »Ja, Sir. Danke.«

Der Constable schnaubte verächtlich. »Sie Narr. Diese Männer führen Sie an der Nase herum. Die Börse, die Sie bekommen haben, wird noch vor Einbruch der Nacht wieder in ihren Händen landen, da können Sie sicher sein.«

Was bedeutete, dass er die Butlers unverhohlen Diebe und Gauner nannte.

»Dann kommen Sie doch mit und schützen Sie ihn«, sagte Jack wütend.

Der Constable hatte Mühe, seinen Zorn zu unterdrücken und den Vorteil des Arrangements zu erkennen. »Gut. Dann nehme ich Ihre freundliche Einladung an.«

Daniels Miene blieb ausdruckslos.

»Es tut mir leid, dass wir nicht genug Platz für euch alle haben«, entschuldigte er sich bei den anderen Männern. »Aber wenn ihr gleich jetzt nach Trelowarth House reitet und Fergal sagt, ich hätte euch geschickt, gibt er euch bestimmt einen Krug Ale und tränkt eure Pferde.«

Einer der Männer blieb kurz neben Daniel stehen.

»Danke, Danny.« Er neigte das Haupt, und Daniel antwortete mit einem Nicken.

»Peter.«

»Wir konnten nichts machen«, erklärte er verlegen und schloss sich den anderen an, die bereits in Richtung Wald davonritten.

Die Stille, die sie hinterließen, hatte etwas Gefährliches.

Der Händler, der sich nun mir zuwandte, schien das nicht zu bemerken. »Mrs Butler«, sagte er mit einer Verbeugung. »Ich hoffe, Sie vergeben mir.«

»Das ist nicht Mrs Butler«, fiel der Constable ihm ins Wort. Nicht zum ersten Mal fragte ich mich, in welcher Beziehung er zu Ann Butler gestanden hatte.

Daniel, der nicht auf seinen Einwand einging, stellte mich dem Händler vor.

»Sie sind nicht mehr im Bett«, stellte Jack überrascht fest, der mich erst jetzt wahrzunehmen schien.

Als der Händler die Stirn runzelte, rettete Daniel meinen Ruf, indem er erklärte: »Sie ist die letzten Tage krank gewesen.«

»Jetzt sieht sie wieder ganz gesund aus«, sagte der Constable nach eingehender Musterung.

Jack war offensichtlich nicht seiner Meinung. Er sprang aus dem Sattel und landete trotz der gefesselten Hände geschickt auf den Füßen. »Eva soll mein Pferd nehmen. Es ist ein ganzes Stück Weg bis zum Haus, und sie ermüdet sicher schnell.«

Er streckte Daniel die Hände hin, der den Dolch aus dem Gürtel zog und die Fesseln mit einem schnellen Schnitt durchtrennte.

Da war sie wieder, die Spannung zwischen den Brüdern, die ich im Stall gespürt hatte. Jack, der Daniels Blick auswich, forderte mich auf: »Kommen Sie, Eva, ich helfe Ihnen in den Sattel.«

Doch es war Daniel, der mich seitlich auf den Sattel setzte, was ich schrecklich unbequem fand. Ich hielt mich fest, so gut ich konnte, als Daniel die Zügel in die Hand nahm.

»Was ist das Ziel Ihrer Reise, Sir?«, fragte er den Händler.

»Lostwithiel.« Er erklärte, dass er eigentlich schon dort sein wollte, der Diebstahl ihn jedoch gezwungen habe, in St. Non's Waren zu verkaufen, um Lebensmittel erwerben zu können. Während der Händler seine Geschichte erzählte, warf Daniel seinem Bruder einen vorwurfsvollen Blick zu. Jack ignorierte ihn.

»Zum Glück«, schloss der Händler, »ist der Wirt des Cross Oak wie Sie ein verständnisvoller, mitfühlender Mensch und hat mich auf das bloße Versprechen hin, ihm später Geld zu geben, ein Zimmer beziehen lassen. Dass ich dieses Versprechen jetzt einlösen kann, habe ich Ihnen zu verdanken.«

Er tätschelte seinen Mantel, unter dem sich die prall gefüllte Börse befand. Der Constable wirkte alles andere als beeindruckt.

»Sie täten gut daran aufzupassen, wohin Sie sich begeben«, warnte der Constable den Händler. »Es sind gefährliche Zeiten hier in Cornwall.«

»Nicht nur hier, Sir«, meinte der Händler. »Auf dem Land riecht es nach Rebellion, und die Städte sind in Aufruhr. In den letzten Monaten habe ich immer wieder von Invasionsplänen des jungen Prätendenten gehört.«

»Und wie ist die allgemeine Stimmung in dieser Sache Ihrer Ansicht nach?«, fragte der Constable.

Der Händler zuckte mit den Schultern. »Das kümmert mich nicht, Sir, denn ich bin weder Whig noch Tory und mische mich nicht in die Politik ein.«

»Hier gibt es Etliche, die sich zu sehr einmischen«, stellte der Constable, den Blick auf Daniel gerichtet, fest.

»Mir würde so mancher einfallen, dem ein in England

geborener und der englischen Sprache mächtiger König recht wäre«, bemerkte Daniel.

Die Augen des Constable verengten sich. »Solche Äußerungen klingen sehr nach Verrat.«

»Tatsächlich?«

»Aye. Ich an Ihrer Stelle würde meine Zunge hüten. Ihr Verwandter muss sich bereits eines solchen Vergehens wegen vor den Lords verantworten.«

Der Händler sah zuerst ihn, dann Daniel an. »Ihr Verwandter? Sie sind mit dem Duke of Ormonde verwandt?«

Daniel nickte. »Entfernt.«

Das schien den Händler zu beeindrucken. »Ein großer Mann, der Duke of Ormonde. Ich kenne einige, die auf dem Kontinent unter ihm dienten und das Gleiche denken. Er hat uns Frieden gebracht.«

Der Constable hüstelte belustigt. »Einen Frieden, der eher seinen eigenen Bedürfnissen entsprach als den unseren oder denen von Queen Anne. Er verdient keine Verehrung.«

»Mit Verlaub«, wandte der Händler ein, »die Anschuldigungen …«

»… kommen von Männern höheren Ranges, als Sie oder ich es sind«, erinnerte der Constable ihn. »Von Männern, die die Wahrheit besser kennen als wir.«

»Ist die Wahrheit das Vorrecht jener geworden, die sie sich leisten können?«, fragte Daniel.

Der Constable musterte Daniel mit herausforderndem Blick. »Wähnen Sie sich den Mitgliedern des Oberhauses ebenbürtig?«

»Allen zusammen? Nein, natürlich nicht. Aber einzeln? Das kommt auf den Lord an«, antwortete Daniel.

Der Constable verzog den Mund. »Möglicherweise werden Sie früher Gelegenheit haben, sich mit ihnen zu messen, als Sie glauben.«

Der Händler, der diese Äußerung für einen Scherz hielt, lachte. »Ich sehe schon, dass wir uns beim Essen lebhaft unterhalten werden, meine Herren. Ich freue mich darauf.«

»Wollen wir hoffen, dass O'Clearys Kochkünste ausreichen, uns alle zu sättigen«, meinte der Constable.

»Machen Sie sich darüber keine Gedanken«, sagte Daniel. »Als ich das Haus verlassen habe, war Fergal dabei, ein Essen zu kochen, das selbst einen Seemann satt machen würde.«

# *Dreiundzwanzig*

Ich hätte viel dafür gegeben zu sehen, wie der Constable das Salzfleisch aß, doch leider bekam ich dazu nicht die Gelegenheit. Als wir Trelowarth erreichten, übergab Daniel mich der Obhut Fergals, der sich besorgt über meinen gesundheitlichen Zustand äußerte und mich in mein Zimmer brachte, vorgeblich, damit ich mich ausruhen konnte.

Er schloss die Tür leise hinter uns. »Ich weiß von den Männern, was passiert ist, aber sagen Sie mir doch bitte mit Ihren Worten, was Sie gesehen haben und was geredet wurde.«

Ich erzählte es ihm mit leiser Stimme, damit niemand uns hören konnte. Fergal nickte ein- oder zweimal und fluchte ein wenig über Jacks Unbesonnenheit. »Verschließen Sie die Tür und bleiben Sie hier drinnen, bis Sie von Danny oder mir geholt werden.« Nachdem Fergal mir ermutigend die Schulter getätschelt hatte, ging er hinaus und wartete auf dem Flur, bis ich die Tür hinter ihm zugeschlossen hatte.

Als ich allein war, dachte ich nach. Was für ein verrückter Tag! Ich war müde, wollte aber nicht schlafen, solange der Constable im Haus war.

Leider boten sich mir in dem Zimmer nicht allzu viele Beschäftigungsmöglichkeiten. Doch dann entdeckte ich eine Zunderbüchse auf dem Kaminsims. Damit konnte ich ein wenig üben.

Ich kniete vor der Feuerstelle nieder und besann mich auf das, was Fergal mir am Morgen gezeigt hatte. Aber nun gelang es mir nicht einmal mehr, einen Funken zu schlagen. Die Aufgabe erforderte so viel Konzentration, dass es mich fast überraschte, Schritte auf dem Flur zu hören, und dann, wie Fergal vor der Tür meinen Namen rief.

Ich legte Feuerstein und Stahl weg und erhob mich mit steifen Gelenken, um ihn hereinzulassen.

»Die Gäste sind weg. Wenn Sie wollen, können Sie wieder hinuntergehen. Allerdings muss ich Sie warnen: Unten tobt gerade ein kleiner Sturm.«

Als ich auf den Treppenabsatz trat, begriff ich, was er meinte, denn Jacks laute Stimme drang bis zu mir herauf.

»Habe ich nicht gesagt, dass ich dir dankbar bin? Soll ich dir vielleicht die Stiefel küssen?«

»Wir haben Regeln vereinbart, Jack.« Daniel klang wie immer, wenn er wütend war, gefährlich ruhig. »Und an diese Regeln halten wir uns. Wir nehmen nicht, was uns nicht gehört.«

»Das ist großherzig von uns, aber …«

»Du hast einen Mann bestohlen«, fiel Daniel ihm ins Wort. »Wir sind keine Diebe.«

Schweigen.

Fergal, der zweifelsohne nicht zum ersten Mal Zeuge derartiger Auseinandersetzungen zwischen den Brüdern wurde, ging weiter die Treppe hinunter. Ich blieb auf halber Höhe stehen, weil ich nicht in den Streit hineinplatzen wollte.

Obwohl Jacks Stimme leiser wurde, konnte ich nach wie vor jedes Wort verstehen. »Dem würde King George möglicherweise nicht beipflichten.«

»Der Prinz von Hannover ist nicht mein rechtmäßiger König«, erwiderte Daniel. »Ich schulde ihm nichts, denn der Schmuggel ist ein ehrliches Gewerbe. Was wir verkaufen, haben wir erworben und bezahlt, nicht von Fremden gestohlen.« Er atmete deutlich hörbar aus. »Hast du dich nie gefragt, warum keiner in Polgelly uns je verraten hat, trotz Creeds Bestechungsversuchen? Weil sie uns achten, Jack. Sie wissen, dass wir ehrliche Menschen sind.«

»Was dich angeht, ja. Und was sie von mir denken, ist mir egal. Ehrlichkeit kann mir nicht alle Wünsche erfüllen.«

»Würde es dich glücklich machen, wenn du dir alle Wünsche erfüllen könntest?«

»Das sage ich dir, sobald es so weit ist«, antwortete Jack trotzig.

Ich spürte eine Hand an meinem Ellbogen. Fergal war zu mir getreten. »Keine Sorge, das ist viel Wind um nichts.«

»Sie möchten sicher allein sein.«

Das schien Fergal zu belustigen. »Wenn sie allein sein wollten, würden sie sich an einem Ort unterhalten, wo man sie nicht belauschen kann, das versichere ich Ihnen. Außerdem glaube ich, dass das Schlimmste vorbei ist.«

Er hatte recht. Als wir die Küche betraten, herrschte eine Art Waffenstillstand, wie bei Soldaten, die sämtliche Munition verschossen hatten, das Schlachtfeld jedoch noch nicht verlassen wollten.

Fergals Anwesenheit fiel ihnen früher auf als die meine.

»Fergal«, wandte sich Daniel an ihn, »würdest du Jack bitte sagen, dass es im Leben wichtigere Dinge gibt als seine Person?«

Jack konterte: »Fergal, würdest du meinem Bruder freundlicherweise mitteilen, dass ich leider über ein weniger moralisches Wesen verfüge als er und er mir deshalb kein Maßstab sein kann?«

Fergal sah zuerst Daniel an und dann Jack, bevor er trocken bemerkte: »Ich möchte euch lieber darauf aufmerksam machen, dass ihr euch in Gesellschaft einer Dame befindet. Und«, fügte er an Jack gerichtet hinzu, »wenn du glaubst, Daniel würde dich nur des Diebstahls wegen anbrüllen, bist du ein größerer Narr, als ich dachte. Er hatte Angst, dass man dich hängen würde und er tatenlos zusehen müsste, du Trottel. Natürlich würde er das nie zugeben.« Mit einem Blick auf Daniel fügte er hinzu: »Du kannst jetzt aufhören, den harten Mann zu mimen.«

»Hast du dir tatsächlich Sorgen gemacht?«, fragte Jack erstaunt.

»Du denn nicht?«, fragte Daniel zurück.

Jack zuckte mit den Schultern. »Die Geschworenen hätten mich freigesprochen.«

»Creed hatte nicht vor, Geschworene zu bemühen«, erklärte Daniel, ebenfalls mit den Schultern zuckend. »Einen anderen Ersten Maat für die *Sally* zu finden, wäre gar nicht so leicht.«

»Einen Ersten Maat?« Jack grinste herausfordernd. »Du meinst sicher ›Kapitän‹.«

Fergal ging ins Esszimmer, holte eine Flasche Rotwein und Becher, setzte die Butler-Brüder an den Küchentisch, stellte die Flasche dazu und räumte mit mir das Geschirr ab.

Ich spülte die Teller, während er sie abtrocknete und an ihren Platz stellte, damit ich lernte, wo sie hingehörten.

Jack erzählte unterdessen die Geschichte seiner Festnahme in St. Non's.

Er war wie angekündigt in das Gasthaus gegangen, um sich nach Wilson zu erkundigen. Dort hatte er einen Freund getroffen, der ihm etwas zu trinken spendierte. »Wir hatten unseren Spaß«, berichtete Jack. »Vermutlich hat der Händler mich beobachtet und den Constable holen lassen. Der kam nicht ins Gasthaus, dazu ist er zu gerissen. Er hat mich auch nicht beim Hinausgehen festgenommen, denn dort hätte es Zeugen gegeben, Männer, die mir beigestanden wären.«

»Wo hat er dich dann verhaftet?«, erkundigte sich Daniel.

»Im Wald, vor der Mühle. Auf dem Abschnitt der Straße ist nicht viel los. Er hat mir aufgelauert, mit einem Knüppel, der Feigling.«

»Mit einem Knüppel?«

»Aye.« Jack rieb sich die Beule am Hinterkopf mit verzogenem Gesicht. »Du glaubst doch nicht, dass ich mich so einfach ergeben würde, oder? Egal, wie viele Männer versuchen, mich zu fesseln.«

Fergal, der mit den Begleitern des Constable gesprochen hatte, nickte. »Sie haben Creed geholfen, um dem Gesetz Genüge zu tun, nicht aus Loyalität ihm gegenüber, da bin ich mir sicher. Vermutlich waren sie genauso erfreut wie Jack, dich am Straßenrand zu sehen, Danny.«

Daniel schien etwas anderes zu interessieren. Er leerte

den letzten Rest der Flasche in seinen Becher und fragte seinen Bruder: »Hat sich dein Ausflug nach St. Non's überhaupt gelohnt?«

»Du meinst, ob ich etwas über unseren Mr Wilson erfahren habe? Aye, das habe ich.« Er nahm einen Schluck Wein. »Eigentlich heißt er Maclean. Sein Diener hat ihn ein- oder zweimal ›Oberst Maclean‹ genannt, behauptet mein Freund.«

Daniel entspannte sich.

»Findest du es nicht merkwürdig, dass er uns gegenüber nicht seinen wahren Namen verwendet hat?«

»Wer mit diesem Unternehmen in Verbindung steht, muss Vorsicht walten lassen«, antwortete Daniel. »Aber ›Oberst Maclean‹ ist ein guter Name, Jack, denn so heißt der Privatsekretär des Duke.«

»Dann ist er also tatsächlich auf unserer Seite?«

»Aye. Zweifelsfrei.«

»Hoffentlich hast du recht.« Jack wirkte nach wie vor nicht überzeugt. Doch er wollte nicht schon wieder einen Streit vom Zaun brechen. Er stellte den leeren Becher auf den Tisch. »Dieser Wein macht Lust auf Stärkeres. Ich gehe runter, den Rum des *Spaniard* kosten.«

Fergal, der neben mir stand, wandte sich ungläubig um. »Du weißt, dass Creed jetzt noch mehr hinter dir her ist als zuvor, oder?«

»Er wird es heute kein zweites Mal versuchen.«

Daniel äußerte sich nicht dazu. Doch als sein Bruder das Haus verließ, sah ich die Sorge in seinem Blick.

»Was ist der *Spaniard*?«, fragte ich.

»*The Spaniard's Rest*, unten am Hafen«, klärte Fergal mich auf.

Eine Kneipe also, dachte ich, und nickte. »Wo genau?«

Fergal sagte es mir.

»In meiner Zeit heißt der Pub *The Wellie*, kurz für *The Wellington.*«

»Was ist denn das für ein Name?«

Wie sollte ich ihnen das erklären, ohne Einzelheiten über Kriege zu verraten, die noch bevorstanden – Wellington, Napoleon und Waterloo? »Das war ein berühmter Feldherr, Arthur Wellesley, Duke of Wellington, von jetzt aus betrachtet, lebt er in hundert Jahren. Vieles wurde nach ihm benannt.«

Fergal meinte, ihm sei *The Spaniard's Rest* lieber. Mit einem Blick auf Daniel fügte er hinzu: »Und wo willst du hin?«

Daniel, der aufgestanden war, straffte müde die Schultern. Dabei glitt seine Hand unwillkürlich zum Gürtel, um zu überprüfen, ob der Dolch sich an Ort und Stelle befand. »Ich muss auf Jack aufpassen.«

»Er wird es dir nicht danken, Danny.«

»Möglich.«

»Dann setz dich, du Narr. Du wärst Creed eine noch willkommenere Beute als Jack, das weißt du.«

Daniels Schweigen bestätigte, was Fergal sagte. Er griff nach seinem Hut.

»Danny …«, versuchte Fergal es erneut.

»Er ist mein Bruder«, sagte Daniel.

Fergal gab sich seufzend geschlagen. »Dann nimm wenigstens dein Schwert mit.«

Daniel schüttelte den Kopf. »Im *Spaniard* ist kein Raum, es zu ziehen.« Doch er steckte eine Pistole in den Gürtel, bevor er sich auf den Weg machte. Was waren das wohl für

Leute, die sich in *The Spaniard's Rest* trafen? Vermutlich deutlich rauere Genossen, als ich in meiner eigenen Zeit in den Pubs von Polgelly begegnen würde.

»Sie werden beide tot im Straßengraben landen«, prophezeite Fergal düster und stocherte mit dem Schürhaken in der Feuerstelle herum. »Creed wird behaupten, es sei ein Unfall gewesen, und ich muss das Schwein eigenhändig umbringen.«

»Fergal?«

»Aye?«

»Warum ist der Constable hinter Daniel her?«

Fergal stellte den Schürhaken schweigend zurück.

»Es kann sich doch nicht nur um die Schmuggelei drehen. Denn davon profitiert er ja auch, oder?«

Fergals Mundwinkel zuckten, wie immer, wenn er sich über mich amüsierte. »Aye, allerdings.«

»Also geht es noch um etwas anderes.« Ich räusperte mich. »Hat es mit Ann zu tun?«

»Wie kommen Sie denn darauf?« Ich hatte ins Schwarze getroffen. »Was hat Creed Ihnen gesagt?«

»Nichts. Es ist nur … Wie er mich manchmal ansieht. Es gefällt ihm nicht, wenn ich ihre Kleider trage.«

»Was mit den Kleidern geschieht, ist allein Dannys Entscheidung«, meinte Fergal. »Und er hat Sie Ihnen gegeben.«

»Hat er sie geliebt? Ich meine Constable Creed.«

»Geliebt?« Fergal verzog den Mund. »Wie man es nimmt.« Fergal wandte den Blick ab. »Sie war seine Schwester.«

»Seine Schwester?«, wiederholte ich verblüfft.

»Sie hatten denselben Vater. Creeds Mutter ist gestorben, als er ein Kind war. Angeblich hat er der neuen Frau seines Vaters und seiner Halbschwester zunächst nicht viel Beachtung geschenkt. Aber als Ann älter wurde, begann er, sich auf unnatürliche Weise für sie zu interessieren.« Fergal spuckte in die Flammen. »Er hat sie mit seiner Besessenheit erdrückt und konnte es nicht ertragen, wenn sie einen anderen angesehen hat.«

»Und sie hat Daniel angesehen.«

»Aye. Danny hat ihr Interesse erwidert.«

»Dann war der Constable vermutlich nicht gerade erfreut über ihre Heirat.«

»Nein. Doch Ann hatte ihren eigenen Kopf und tat, was sie wollte. Sie hätte Creed nie gezeigt, dass sie Angst vor ihm hatte. Darin sind Sie ihr ähnlich. Beide zu stolz, ihre Angst zu zeigen.«

»Ich bin überhaupt nicht stolz. Wenn der Constable in der Nähe ist, habe ich schreckliche Angst.«

»Das brauchen Sie nicht. Wenn er Sie nicht in Ruhe lässt, bekommt er es mit mir zu tun, und hinter mir steht Danny. Der ist kein leichter Gegner.«

»Solange er nicht tot im Straßengraben liegt«, erinnerte ich ihn.

Fergal zuckte mit den Schultern. »Das war nur so dahingesagt. Machen Sie sich keine Sorgen.«

Später, als ich im Bett lag, konzentrierte ich mich auf die leisen Geräusche im Haus: das Trippeln der Mäuse hinter den Wänden, das Knarren der Deckenbalken, Fergals Schnarchen am anderen Ende des Flurs. Ich wollte mir einreden, dass ich genauso ruhig schlafen konnte wie er. Doch es gelang mir nicht.

Vor meinem geistigen Auge stiegen schreckliche Bilder

auf: Daniel, der sich dem Hügel näherte und dort wie Jack in einen Hinterhalt geriet, verprügelt und gefesselt wurde, während der Constable alles mit zufriedenem Grinsen beobachtete.

Ich wälzte mich im Bett herum. Obwohl es draußen kühler und feuchter geworden war, ließ ich die Fenster offen, um jedes Geräusch von der Straße zu hören. Es war windstill, und nur der Ruf einer Eule aus dem Wald und das träge Lecken der Wellen am Kiesstrand unter den schwarzen Klippen waren zu hören.

Als ich Stunden später endlich Schritte vernahm, war meine Erleichterung von kurzer Dauer, weil diese Schritte seltsam ungleichmäßig klangen. Hatten die Handlanger des Constable Daniel aufgelauert, der sich nun verwundet zum Haus schleppte?

Dann schwang unten die Tür auf und schlug zu, als hätte ihr jemand einen Fußtritt versetzt. Es folgte lautes Geklapper.

Ich stand an der Tür, als ich Lachen hörte, Jacks vom Alkohol undeutliche und Daniels tiefe, ruhige Stimme. Er hatte Jack nach Hause gebracht. Ihm war nichts passiert.

Warum ihre Schritte draußen so ungleichmäßig geklungen hatten, wurde klar, als die Männer die Treppe heraufkamen: Jack war so betrunken, dass er sich kaum noch auf den Beinen halten konnte, und Daniels Fluchen entnahm ich, dass es ihm beträchtliche Mühe bereitete, seinen Bruder zu stützen.

»Linker Fuß … *linker* Fuß. So ist's gut«, sagte Daniel.

»Sch«, erwiderte Jack übertrieben leise. »Willst du das ganze Haus aufwecken?« Er brach in Gelächter aus.

Dann knallte etwas gegen meine Tür, und das Lachen brach unvermittelt ab.

Wieder fluchte Daniel.

Als ich die Tür halb öffnete, um auf den Flur hinauszuschauen, sah ich Jack bewusstlos davor liegen. Daniel bückte sich gerade, um seinen Bruder unter den Achseln zu packen und hochzuziehen.

Der Tabak- und Schnapsgeruch, den man nach einem Abend im Pub mit nach Hause brachte, hatte sich in dreihundert Jahren nicht verändert. Jack erschien mir so betrunken, dass er nicht hören würde, wenn ich etwas sagte. Mit gesenkter Stimme fragte ich Daniel: »Alles in Ordnung mit ihm?«

»Was?« Er hob erstaunt den Blick. »Ach, ihm geht's gut. Sie können wieder zu Bett gehen«, versicherte er mir. »Ich schaffe ihn gleich hier weg.«

Ich öffnete die Tür ganz und schob die Arme zum Schutz gegen die Kälte unter die Decke. Jack kippte zur Seite und wäre wieder zu Boden gestürzt, wenn sein Bruder ihn nicht aufgefangen hätte. »Ist wirklich alles in Ordnung? Er sieht irgendwie …« Fast wäre mir das Wort »tot« herausgerutscht.

»Keine Sorge. Ich habe ihn schon in schlimmerem Zustand erlebt.«

»Wenn Sie meinen.« Als ich zurück ins Zimmer wollte, schlug Jack die Augen auf und starrte mich verblüfft an.

»Eva?«

*Verdammt,* dachte ich. Er hatte mich doch sprechen gehört.

Jack versuchte, sich dem Griff seines Bruders zu entwinden. »Eva«, wiederholte er mit ungläubiger Miene. »Sie können …«

Mehr bekam er nicht heraus, bevor er erneut das Gleichgewicht verlor und wie ein Holzklotz auf dem Boden landete.

Ich blieb an der Tür stehen, unsicher, was ich sagen sollte, weil ich ein schlechtes Gewissen hatte. Es wäre besser gewesen, im Zimmer zu bleiben und mich nicht einzumischen. Ich sah Daniel an und wartete auf seine Strafpredigt.

Er hob nachdenklich die Hand und rieb sich den Nacken. Mit einem Nicken in Richtung seines auf dem Boden ausgestreckten Bruders meinte er: »Hab ich nicht gesagt, dass ich ihn schon schlimmer erlebt habe?«

Ich musste lachen.

Was zu weiteren Problemen führte.

# *Vierundzwanzig*

»Was zum Teufel machst du da?« Fergals Worte schossen den Flur hinunter wie Pistolenkugeln, als er, in sein Hemd schlüpfend, auf uns zukam. Er war alles andere als erfreut darüber, aus dem Schlaf gerissen worden zu sein. »Ein Mann in seinem Zustand ist nun wirklich kein Anblick für eine Frau«, rügte er Daniel und nickte in Richtung des am Boden liegenden Jack. »Was hast du dir nur dabei gedacht, Danny, Eva zu dieser nachtschlafenden Zeit aus dem Bett zu holen?«

Ich wollte sagen, dass Daniel mich nicht geweckt hatte, doch Fergal sah nicht aus, als würde ihn das interessieren, und Daniel brauchte meinen Beistand nicht. Er bückte sich, um seinen Bruder hochzuhieven und ihn über die Schulter zu nehmen.

Fergal musterte Jack stirnrunzelnd. »Hat er wieder mal ausgiebig dem Rum zugesprochen?«

»Aye.«

»Und sich auf einen Kampf eingelassen …?«

Ich betrachtete Jack genauer. In der Dunkelheit waren mir die roten Flecken in seinem Gesicht entgangen.

»Ach«, meinte Daniel, »ich glaube, dabei ging es hauptsächlich um seinen Ruf. Die Verhaftung am helllichten Tag hat seinen Stolz verletzt – er hat im *Spaniard* wohl bewusst Streit gesucht, um zu beweisen, dass er kein Schwächling ist.«

»Im Augenblick sieht er nicht sehr stark aus.«

»Er hat den Kampf gewonnen«, bemerkte Daniel.

»Aufrecht stehend?«

Daniel schmunzelte. »Er hat sich auf den Beinen gehalten, bis wir die Treppe hochgestiegen sind. Hier ist er dann umgefallen.«

Das habe er mitbekommen, sagte Fergal. »Und euer Lachen auch. Was wäre, wenn Jack Eva gehört hätte?«

»Das hat er«, antwortete Daniel. »Tja, Pech.«

Fergal fluchte leise und straffte die Schultern, bevor er mit den Achseln zuckte. Schicksalsergeben meinte er: »Da kann man wohl nichts machen. Mit ein bisschen Glück erinnert er sich nicht mehr daran, wenn er aufwacht.« Er trat näher an Daniel heran und zog Jack zu sich herüber. »Ich bringe ihn in sein Zimmer«, erklärte er und tat Daniels Protest mit einer Handbewegung ab. »Du hast ihm schon genug geholfen.«

Wenn Fergal sich etwas in den Kopf gesetzt hatte, nutzte es nichts, ihm zu widersprechen, also ließ Daniel ihn gehen und wandte sich mir zu.

»Es tut mir leid«, sagte ich.

»Sie haben nichts falsch gemacht. Und Fergal ist eigentlich nicht wütend, sondern nur …«

»Besorgt, ich weiß.«

Mir war so kalt, dass ich zitterte. Daniel, dem das auffiel, blickte an mir vorbei in mein Zimmer.

Stirnrunzelnd bemerkte er: »Sie haben kein Feuer.«

»Als ich schlafen ging, habe ich nicht gedacht, dass ich eines brauchen würde. Es wurde erst später kalt, und da war Fergal schon im Bett. Ich selbst kann leider nicht so gut mit der Zunderbüchse umgehen«, gestand ich. »Theoretisch weiß ich, wie es funktioniert, aber in der Praxis kriege ich es einfach nicht hin.«

»Es bedarf lediglich der Übung. Soll ich es Ihnen zeigen?«

Ich war hin- und hergerissen. Einerseits fror ich, was deutlich zu sehen war, und wäre froh um ein Kaminfeuer gewesen. Doch wenn ich Ja sagte, würde er mein Zimmer betreten, und ich war in seiner Gegenwart schon hier auf dem Flur ziemlich nervös. Was würde erst im Schlafzimmer, in der Dunkelheit, passieren? Es blieb mir nichts anderes übrig, also antwortete ich: »Ja, bitte.«

Offenbar hatte Daniel im *Spaniard* ebenfalls Rum getrunken, denn ich roch den Alkohol in seinem Atem. Er ging zum Kamin, nahm die Zunderbüchse vom Sims und ging in die Hocke. Ich gesellte mich zu ihm.

Das Mondlicht, das durch das Fenster in der östlichen Wand drang, warf ein schräges Viereck aus fahlem Licht auf Daniels Hände.

Er nahm ein Stück Stoff aus der Büchse, legte es auf den Kamin und instruierte mich: »Halten Sie den Stahl so.« Er schob die Finger durch den ovalen Ring, bis er seine Knöchel erreichte, und schloss die Faust darum. »Nehmen Sie den Feuerstein in die andere Hand und schlagen Sie beides gegeneinander, so.« Der Stahl traf mit einem lauten, klingenden Geräusch auf den Stein und erzeugte einen einzigen Funken, der seitwärts wegsprang und sofort erlosch.

Daniel hielt mir seine Hand hin und streckte die Finger in dem Stahlring aus, sodass ich ihn abziehen konnte. »Versuchen Sie es.«

Ich zögerte. »Könnten nicht Sie …?«

»Man lernt besser, wenn man es selbst probiert«, beharrte er.

Als ich den Stahlring ergriff, war ich erstaunt, wie stark mein Körper auf die kurze Berührung unserer Finger reagierte.

Ich versuchte, Stahl und Stein so gegeneinanderzuschlagen, wie Daniel es mir gezeigt hatte, stellte mich jedoch ungeschickt an.

»Geduld«, sagte Daniel. »Es dauert seine Zeit.«

»Das merke ich.«

»Bald wird es Ihnen leicht von der Hand gehen«, tröstete er mich. Während ich mich weiter abmühte, fragte er: »Was verwenden Sie in Ihrer Zeit zum Feuermachen?«

»Streichhölzer.«

»Streichhölzer?«

»Ja, warum?«

»Damit würde ich eine Kanone abfeuern, aber für die Verwendung im Haus erachte ich Streichhölzer nicht als geeignet.«

Ich sah ihn verwirrt an. »Was verstehen Sie denn unter einem Streichholz?«

Er beschrieb es mir ausführlich. Jetzt begriff ich.

»Wir nennen das eine Lunte«, erklärte ich. »Ein Streichholz in meiner Zeit ist wie …« Wie hießen nur die streichholzähnlichen Stücke eng gewickelten Papiers, die sie zum Pfeifenanzünden verwendeten? »Ein Fidibus in der Ihren. Wie ein kleiner Fidibus. Am einen Ende ist das Ganze in

Chemikalien getaucht, die sich entzünden, wenn man damit über eine raue Oberfläche streicht.«

»Ach. Fidibusse, die sich selbst entzünden«, überlegte er laut. »Und welche Chemikalien bewirken das?«

»Ich weiß es nicht … Aua!« Ich hatte mit dem Feuerstein meinen Daumen getroffen und hielt kurz die Luft an, bis der Schmerz abklang. »Sehen Sie? Ich bin ein hoffnungsloser Fall.«

Er musterte mich eine Weile schweigend, bevor er seine Hände um die meinen legte. Mit ruhiger Stimme versicherte er mir: »So schwierig ist es nicht.«

Bei seiner Berührung blieb mir wieder die Luft weg.

»Es erfordert Geduld, ja, aber …« Er schloss die Finger fester um die meinen und führte meine Hände für mich. »… aber alles, was im Leben etwas wert ist, erfordert das.«

Reiß dich zusammen, ermahnte ich mich, doch Daniels Nähe aktivierte alle meine Sinne. Er war in der Dunkelheit so dicht an mich herangerückt, dass unsere Schultern sich beinahe berührten, und als er weitersprach, spürte ich seine Lippen an meinem Ohr. »Wenn Sie ihnen die nötige Zeit geben, erzeugen Feuerstein und Stahl einen Funken. Sie können gar nicht anders.«

Feuerstein und Stahl waren nicht das Einzige in dem Raum, das Funken schlug. Ob Daniel merkte, welche Wirkung er auf mich hatte? Obwohl er tagsüber hin und wieder mit mir flirtete, war er zu sehr Gentleman, um das Spiel in meinem Schlafzimmer fortzusetzen.

Ich wusste, dass ich eine sehr schlechte Schülerin war. Trotzdem versuchte ich, mich auf die Aufgabe zu konzentrieren und die Reaktion meines Körpers auf Daniels Nähe zu ignorieren. Doch es hatte keinen Sinn. Ich spürte jeden seiner nach Rum und Pfeifentabak riechenden Atemzüge an meinem Haar, und mir war klar, dass ich ihm, wenn ich den Kopf ein wenig drehte, nahe genug wäre, um …

»Es geht doch«, sagte er.

Aus unseren miteinander verbundenen Händen ergoss sich eine Kaskade aus Funken über die Feuerstelle und auf das Stück Stoff, wo sie in der Dunkelheit glühten wie winzige Augen.

Daniel ließ mich los, beugte sich vor, wölbte die Finger um den Stoff und blies auf die Funken, die sein Gesicht rötlich erhellten. Plötzlich nahm das Licht eine goldene Farbe an und stieg wie durch Zauberhand als Flamme zwischen seinen Fingern auf.

»Sehen Sie? Es ist ganz einfach«, meinte er.

Er hielt ein Stück Holz an den Stoff, bis es Feuer fing, und legte es vorsichtig unter ein größeres Scheit.

Endlich fand ich meine Stimme wieder. »Und wie geht der Trick?«

»Es gibt keinen Trick, nur Geduld.«

Ich beobachtete ihn, wie er geübt das Feuer schürte, hier und dort ein Scheit bewegte und schließlich einen Schritt zurücktrat, um sein Werk zu begutachten. Obwohl wir uns nicht mehr berührten, glaubte ich, seine Hände auf den meinen noch zu spüren, und mein Herz pochte wie wild. Ich starrte ihn an wie ein verliebtes Schulmädchen.

Es ist ganz einfach, hatte er gesagt, und recht gehabt. Eine zufällige Begegnung und eine Berührung – mehr war nicht nötig, um einen Funken zu erzeugen, der zu einer Flamme wurde …

»Hier, versuchen Sie es selbst«, sagte Daniel, hielt mir

einen Stecken hin und machte mir Platz. »Oder haben Sie Angst, sich die Finger zu verbrennen?«

Ich nahm den Stecken und stocherte im Feuer herum, bis die Flammen auf das größte Scheit übergriffen und blau daran entlangzüngelten.

Als Daniel mir einen anerkennenden Blick zuwarf, spiegelten sich die Flammen in seinen Augen.

Ich hätte lächeln und wegschauen sollen, aber meine Gefühle waren so stark, dass sie mich verrieten. Daniel reagierte verwirrt, dann veränderte sich seine Miene.

Das große Scheit sank knackend auf die kleineren darunter, und ich wandte mich bemüht nonchalant ab. »Nun …«, hob ich an.

»Das hätten wir«, sagte Daniel nach kurzem Schweigen und richtete sich auf.

Auch ich erhob mich, bevor er die Möglichkeit hatte, mir aufzuhelfen, weil ich keine weitere Berührung riskieren wollte. Mit gesenktem Blick murmelte ich: »Danke.« Dann verfing sich mein Fuß in der Decke, die ich immer noch um die Schultern trug, und ich stolperte.

Daniel brachte mich mit einer Hand wieder ins körperliche Gleichgewicht, innerlich jedoch vollends aus der Balance.

»Tut mir leid«, sagte ich, streckte instinktiv beide Arme aus und berührte seine Brust. Seine Finger schlossen sich um meine Ellbogen, und ich machte die Augen zu, damit er die Liebe darin nicht sah.

»Eva.«

Ich öffnete die Augen wieder, und wir blickten einander an. Verblüfft dachte ich: Er fühlt es auch. Mein Gott, er empfindet genauso wie ich.

Seine Berührung veränderte sich, und ich wurde unsicher. Obwohl ich mir wünschte, dass er mich küsste, hatte ich Angst davor.

Als seine Hände zu meinen Schultern wanderten, hielt ich den Atem an. Er ergriff die Enden der Decke, die heruntergerutscht waren, und wickelte mich vorsichtig wieder hinein.

Ich hatte das Gefühl, dass er etwas sagen wollte, doch am Ende nickte er nur und verabschiedete sich mit einem »Gute Nacht«.

Die Tür zu meinem Zimmer stand halb offen. Die Hand auf der Klinke, fragte er, über die Schulter gewandt: »Eva?«

»Ja?«, krächzte ich.

»Verschließen Sie die Tür.«

Dann zog er sie hinter sich zu. Ich schlang die Decke enger um den Leib und spürte eine Wärme, die nichts mit dem Feuer zu tun hatte.

# *Fünfundzwanzig*

»Sie haben selten gute Laune heute Morgen.« Aus Fergals Mund klang das wie ein Vorwurf. Er hackte Brennholz am hinteren Ende des Hofs neben den Stallungen, und ich sah ihm, auf einem Baumstamm sitzend, zu. Fergal holte mit solcher Wucht aus, dass die Axt das Scheit mit einem einzigen Schlag spaltete und in dem vernarbten Hackstock stecken blieb. Als er sie herausgezogen hatte, blickte er mich argwöhnisch von der Seite an. »Ich frage mich, warum?«

»Weil ich glücklich bin.«

Das war die Wahrheit. So glücklich, dass nichts mir die Laune verderben konnte. Weder Fergals Gebrummel noch mein Magenknurren, das mich daran erinnerte, dass ich nicht gefrühstückt hatte, noch der wolkenverhangene Tag. An diesem Morgen erschien die Welt mir wunderschön, weil Daniel Butler für mich das Gleiche empfand wie ich für ihn.

Seit dem Aufwachen hatte ich die Szene vom Vortag mehrfach vor meinem geistigen Auge abgespult und war mir bei jedem Mal sicherer geworden, dass ich mich nicht täuschte. Er begehrte mich so wie ich ihn.

Daniel hatte kurz nach Tagesanbruch das Haus verlassen. Ich hatte das Knarren der Bodendielen im Zimmer nebenan gehört und bemerkt, dass er sich der Verbindungstür zweimal näherte, stehen blieb und wieder umkehrte. Am Ende war er die Treppe hinuntergegangen, und wenig später hatte sich das Klappern der Pferdehufe von den Ställen zur Straße und schließlich den Hügel hinauf entfernt.

Ich sah Fergal an. Obwohl Jack noch nicht aufgetaucht war, sprach ich leise. »Wissen Sie, wohin Daniel heute Morgen wollte?«

»Nein.« Wieder sauste die Axt hernieder. »Aber mir sagt ja sowieso keiner was.«

Erneut blieb die Axt im Hackstock stecken. Fergal zog sie heraus, drehte die Klinge hin und her und ließ stirnrunzelnd den Daumen über eine Scharte gleiten.

»Ist sie kaputt?«, erkundigte ich mich.

»Leider nein. Dieses alte Ding ist unzerstörbar. Es hat einmal Dannys Onkel gehört und ist mindestens so mürrisch wie er.«

Ich schmunzelte bei der Vorstellung, dass Fergal sich etwas beugen musste, das noch störrischer war als er selbst.

»Wie hieß dieser Onkel? War er ebenfalls ein Butler?«

»Nein, ein Pritchard. Warum?«

»Nur so. Auf dem Friedhof gibt es nicht viele Butler-Gräber, nur das von Ann und ...« Ich verstummte gerade noch rechtzeitig.

Fergal entging mein Zögern nicht. »Haben Sie auch mein Grab gesehen?«

»Fergal.«

Er stellte schulterzuckend ein weiteres Scheit auf den

Hackstock. »Keine Angst. Ich bin nicht daran interessiert, etwas über meine Zukunft zu erfahren. Niemand sollte in seine eigene Zukunft blicken.« Er sah mich von der Seite an. »Es sollte auch niemand etwas über das Schicksal eines anderen erfahren, denn das wäre eine zu große Last. Zum Beispiel dieser Aufstand, in den Danny verwickelt ist. Angenommen, Sie wüssten, dass er misslingt, und könnten uns das nicht verraten. Das würde Ihnen sicher schlaflose Nächte bereiten.«

Er ahnte, dass das Unternehmen zum Scheitern verurteilt war.

»Nehmen Sie es sich nicht zu sehr zu Herzen«, fuhr er fort. »Der gesunde Menschenverstand sagt einem, dass der Duke of Ormonde mit seinen Plänen keinen Erfolg haben wird.« Fergal wandte sich ab und spuckte aus, um seine Meinung über den Duke zu illustrieren. »Danny weiß das genauso gut wie ich, glauben Sie mir.«

»Warum will er dann …?«

»Warum er trotzdem mitmacht?« Fergal zuckte mit den Schultern. »So ist er nun mal. Danny hält die Ahnung, dass der Kampf nicht so enden wird, wie er sich das wünscht, nicht davon ab, daran teilzunehmen, wenn er ihn für gerechtfertigt hält.« Wieder sauste die Axt hernieder. »Ich will nur sagen: Egal, was Sie wissen oder nicht wissen: Belasten Sie sich nicht damit. Wir haben keinen Einfluss auf den Lauf der Dinge.« Er streckte die Hand nach dem nächsten Scheit aus, hatte jedoch bereits alle gespalten.

»Sie könnten den da drüben fällen«, schlug ich vor und deutete auf einen schlanken, schief gewachsenen Baum hinter ihm. »Er sieht aus, als würde er sowieso bald umfallen.«

»Was, die Eberesche?« Er drehte sich um und vergewisserte sich. »Die würde ich nie anrühren.«

»Warum nicht?«

»Das ist ein Hexenbaum. Nähert man sich ihm ohne Erlaubnis mit der Axt, hat man den Rest seines Lebens Pech.«

Ich musste an die große alte Eiche denken, um die die Straße herumführte und die in meiner Zeit nicht mehr stand. Daniel hatte mir geraten, Fergal über Eichen und keltischen Glauben zu befragen, und da Fergal gerade so gesprächig war, tat ich das nun.

»Die Eiche ist heiliger als die Eberesche«, erklärte Fergal. »Der Volksglaube sagt, ihre Wurzeln seien mit der Unterwelt verbunden und der Baum selbst diene als Pforte zwischen den Reichen von Schatten und Licht. Man soll sich nie unter eine einzelne Eiche legen, sonst wacht man auf …« Er verstummte.

»Wo?«, hakte ich nach.

»An einem Ort, an dem man nicht sein sollte.«

Wie aufs Stichwort blies der Wind durch die Bäume. Plötzlich hörte ich schwere Räder heranrollen, dann Hufschlag, und schließlich bog ein Mann auf einem von einer stämmigen kastanienbraunen Stute gezogenen Karren ums Haus. Als der Karren vor uns anhielt, legte Fergal die Axt weg und trat vor, um dem Mann die Hand zu reichen. »Guten Morgen, Peter.«

»O'Cleary.« Der Mann begrüßte ihn und mich mit einem Nicken.

»Du kennst meine Schwester schon, nehme ich an«, meinte Fergal.

Jetzt wusste ich, woher das Gesicht des Mannes mir bekannt vorkam. Er hatte nach Jacks Festnahme den Constable begleitet und später Daniel gesagt, dass Creed ihn und die anderen gezwungen habe, ihm zu helfen.

Immer noch verlegen wegen des Zwischenfalls, verbeugte er sich leicht vor mir. »Mistress O'Cleary.«

Dann hob er einen Sack vom Sitz seines Karrens und sagte: »Ich bin unterwegs zum Markt und dachte mir, du hast sicher Verwendung für das hier.«

»So, so.« Fergal nahm den Sack und schaute hinein. »Du kennst mich wirklich gut, Peter. Erst heute Morgen habe ich gedacht, dass mir der Sinn nach Seeaal-Pastete steht.« Er bedankte sich und fügte hinzu: »Aber du brauchst mir nichts zu schenken.«

»Nun …« Der Mann wandte den Blick ab. »Das war eine üble Sache gestern, und ihr musstet euer Abendessen teilen. Ich weiß, dass du Seeaal magst.« Mit einem weiteren Nicken wünschte er uns einen guten Tag, wendete den Karren und verschwand.

Der Sack war feucht und roch nach Fisch. Als ich hineinsah, entdeckte ich einen großen toten Aal darin.

»Er ist nicht besonders schön«, meinte Fergal, »aber daraus lässt sich eine hervorragende Pastete machen.«

Da öffnete sich die hintere Tür des Hauses, und Jack Butler trat, beide Hände um den Kopf gelegt, mit unsicheren Schritten heraus.

»Himmel«, klagte er, die Augen geschlossen, als schmerzte ihn der Klang seiner eigenen Schritte. »Wo zum Teufel steckt Daniel?«

Fergal stellte sich direkt vor Jack und antwortete mit lauter Stimme: »Er ist heute Morgen losgeritten. Wohin, weiß ich leider nicht.«

»Himmel.« Die Finger stärker gegen die Schläfen pressend, blinzelte Jack Fergal an. »Du verdammter alter …«

»Nicht«, warnte Fergal ihn. »Nicht vor meiner Schwester.«

Jack wandte den Kopf und zuckte vor Schmerz zusammen. »Eva. Guten Morgen.«

Als ich zur Antwort nickte, dämmerte ihm etwas. »Ich hatte heute Nacht einen unglaublichen Traum … von Ihnen …«

»So, so«, sagte Fergal. »Besinn dich auf deine gute Kinderstube.«

»Nein, nichts Ungehöriges.« Einen Moment vergaß Jack seinen Kater und schüttelte den Kopf. Wieder zuckte er vor Schmerz zusammen. »Sie konnte sprechen.«

»Tatsächlich? In welcher Sprache denn?«

»Natürlich in Englisch. Sie hat mit Daniel geredet.«

»Wie stark war der Schlag auf deinen Kopf?«, erkundigte sich Fergal. »Oder war es eher der Rum?«

»Es kam mir so echt vor.«

»Das kann ich mir vorstellen. Ich sehe auch kleine Männchen, wenn ich zu viel Whiskey getrunken habe.« Er reichte Jack den feuchten Sack. Der Geruch ließ Jack erblassen.

»Was ist das?«, fragte er mit matter Stimme.

»Dein Abendessen«, antwortete Fergal. »Sobald Eva und ich ihn ausgenommen haben. Bringst du ihn bitte für mich ins Haus?«

Jack wurde so blass, dass sich die blauen Flecken in seinem Gesicht dunkel von seiner Haut abhoben. »Mach das selbst, du Mistkerl. Ich lege mich wieder ins Bett.« Jack warf Fergal den Sack vor die Füße und verschwand mit einem letzten erbosten Blick in Richtung Haus.

Fergal grinste, als ich ihn ansah.

»Was?«, fragte er. »Gönnen Sie mir den kleinen Spaß nicht?« Er schwang den Sack mit dem Aal über die Schulter und folgte Jack. »Nehmen Sie die Axt, wenn sie Ihnen nicht zu schwer ist«, bat er mich.

Ich zog die Axt aus dem Hackstock. Für ein Werkzeug mit so kurzem Griff war sie tatsächlich ziemlich schwer. Es dauerte eine Weile, bis ich sie richtig gefasst hatte, und als ich mich auf den Weg über den Hof machte, waren Jack und Fergal bereits im Haus.

Da hörte ich einen Reiter den Hügel herunterkommen.

Von meiner Position aus konnte ich die Straße nicht sehen, aber ich vermutete, dass es Daniel war. Ich blieb auf dem Hof stehen und versuchte, die Schmetterlinge in meinem Bauch unter Kontrolle zu bekommen, während ich voller Vorfreude in seine Richtung schaute.

Das dunkelbraune Pferd trabte mit einer gewissen Arroganz um die Ecke, die gut zu seinem schwarz gekleideten Reiter passte. Ich wusste nicht, wer von uns beiden überraschter war. Meine Finger schlossen sich instinktiv um den Griff der Axt.

Mit einem verächtlichen Lächeln lenkte er das Pferd zwischen das Haus und mich und brachte es zum Stehen. »Mistress O'Cleary«, begrüßte mich der Constable. »Guten Morgen.«

Ich nickte und sah ihm in die Augen, um ihm zu zeigen, dass ich keine Angst vor ihm hatte. Mir war klar, dass meine schauspielerischen Fähigkeiten weit hinter denen Katrinas zurückstanden, aber offenbar gelang mir meine Vorstellung gut, denn er reagierte mit einem leichten Heben der Augenbrauen.

Nach einem Blick auf die Axt in meiner Hand murmelte er: »Sie wollen mir Ihren Mut beweisen? Da sind Sie sehr schlecht beraten.« Er beugte sich über den Sattel und sagte in vertraulichem Tonfall: »Ich an Ihrer Stelle wäre überhaupt vorsichtig, denn es könnte mir in den Sinn kommen, Ihren Liebhaber mit einem verlockenderen Mittel aus dem Haus zu holen als das letzte Mal.«

Er musterte mich von oben bis unten, als ließe er seine Hände über meinen Körper gleiten. Mir stellten sich die Nackenhaare auf.

Da schlug die hintere Tür zu, und Fergal rief: »Eva!«

Meine Füße schienen am Boden festgewachsen zu sein.

»Eva!« Fergals Stimme klang dringlicher. »Komm her.«

Ich zwang mich, den Griff der Axt fest umklammernd, aus dem Schatten des großen Pferdes herauszutreten und langsam den Hof zu überqueren.

Doch der Constable folgte mir.

»Was gibt es?«, fragte Fergal ihn.

Creed schenkte der Frage keine Beachtung. »Ihre Schwester sollte mit der Axt vorsichtig sein«, bemerkte er. »Ich könnte sie für eine Waffe halten.«

»Tatsächlich?«

Als ich Fergal erreichte, streckte er die Hand nach der Axt aus, und ich gab sie ihm erleichtert.

»Dann nehme ich sie wohl lieber selbst«, sagte er zu Creed. »Damit Sie keine falschen Schlüsse ziehen.«

Das war eine offene Drohung. Ich hielt den Atem an, während die Männer einander zornig anstarrten. Nach einer Weile wies Fergal mich an: »Eva, geh hinein.«

Ich zögerte, weil ich fürchtete, dass er sich mit dem Constable anlegen würde.

»Du siehst blass aus und solltest ins Haus gehen. Jetzt!«, wiederholte Fergal.

Er war selbst blass oder eher grau im Gesicht.

Da begriff ich.

Denn ich spürte, wie die Veränderung sich vollzog und meine Umgebung zu verschwimmen begann. Aus meiner Erstarrung heraus merkte ich, wie Creeds Kopf sich mir zuwandte.

Dann plötzlich hörte ich harten Hufschlag vom Hügel her, und Fergal sagte: »Da kommt Danny.«

Creed drehte sich abgelenkt in Richtung Straße.

Ich rannte die wenigen Schritte bis zur hinteren Tür des Hauses und stürzte in den dunklen Flur. Im selben Moment verwandelten sich die Wände in Schatten und lösten sich auf.

Unversehens befand ich mich auf der schattigen Straße vor Trelowarth House, in dem hübschen geblümten Kleid, dessen dünner, ausgefranster Saum den Kies berührte. Ich blieb mit zitternden Knien stehen.

Der kleine Samson stürmte schwanzwedelnd und ungestüm wie immer ums Haus herum, blieb knapp vor mir stehen und legte leicht die Ohren an.

»Alles in Ordnung«, beruhigte ich ihn, ging in die Hocke und ließ ihn an meinen Fingern schnüffeln. Ihr Zittern hatte ich genauso wenig im Griff wie die Kälte, die mir über den Körper kroch. Ich holte tief Luft und wiederholte, diesmal weniger für Samson als für mich selbst: »Alles in Ordnung.«

# *Sechsundzwanzig*

Obwohl das Zimmer neben dem meinen von der Mittagssonne erhellt wurde, fröstelte ich bei dem Gedanken, wie knapp ich einer Katastrophe entgangen war.

Eine steife Brise vom Meer rüttelte an den Fenstern, als ich den Raum betrat. Niemand wusste, dass ich mich hier aufhielt. Die Tür zum Flur war verschlossen; ich war durch die Verbindungstür zu meinem eigenen Zimmer gekommen, Ann Butlers geblümtes Kleid über dem Arm.

Das zweite Kleid von ihr, das ich aus ihrer Zeit mitgenommen hatte. Es erschien mir richtig, es in diesen Raum zu bringen, der einmal ihr Zimmer gewesen war.

An der hinteren Wand befand sich unter der Speichertreppe ein Einbauschrank, in dem im Winter die Sommerkleidung aufbewahrt wurde und umgekehrt. Ich schob die dicken Wollsachen beiseite, machte einen Bügel frei und legte das geblümte Kleid sorgfältig darüber. Dann hängte ich den Bügel hinter die anderen Sachen, wo ich bereits das ausgeblichene blaue Gewand und den Hausmantel versteckt hatte.

Meine Finger berührten die Seide von Daniels Banyan. Hier spürte ich ihn stärker als anderswo, so intensiv, dass ich fast das Gefühl hatte, ich müsste nur die Augen schließen, um mich in seine Zeit zurückzuversetzen.

»Du bist wieder da«, hörte ich Claires Stimme. Von der offenen Tür zu meinem Zimmer aus fragte sie: »War es ein schöner Ausflug?«

Ich schloss die Schranktür, bevor ich mich mit schlechtem Gewissen umdrehte und nickte. »Ja, ich bin zur Kirche hochgegangen.« Das schien Ewigkeiten her zu sein. Hüstelnd fügte ich hinzu: »Mr Teague war dort. Er hat sich nicht verändert.«

Claire lächelte. »Er wird immer derselbe bleiben. Wenn er eines Tages das Zeitliche segnet, wandert er bestimmt als Geist über den Friedhof und hält alles in Ordnung. Hat er sich gefreut, dich zu sehen? Natürlich. Mr Teague liebt Gesellschaft.« Ihr Blick wanderte durch den Raum. »Mein Gott, wie verstaubt es hier ist. Den Schrank müsste man mal ausräumen.«

»Das kann bis zum Winter warten, oder? Wenn die dicken Mäntel sowieso rausgeholt und die Sommersachen reingehängt werden.«

»Ja, wahrscheinlich hast du recht.« Claire musterte mich. »Ich kann mich nicht erinnern, dich je mit hochgestecktem Haar gesehen zu haben, Eva. Steht dir gut.«

Das hatte ich in meiner Eile, ins Haus und in meine eigene Kleidung zu schlüpfen, bevor mich jemand entdeckte, völlig vergessen. Ich hob die Hand zum Kopf und ertastete eine Haarnadel. »Es ist ein bisschen aufwendig …«

»Nein, lass es zum Lunch so.« Sie schmunzelte. »Du hast nämlich Besuch.«

Als ich Claire in die Küche folgte und die Klinge eines Messers über das Schneidebrett scharren hörte, dachte ich: Ach, Fergal kocht. Einen Moment lang fehlte mir die Orientierung.

Mark saß am Tisch und schrieb in ein Notizbuch, während Susan an der Spüle Gemüse schnitt. Ihre Aufmerksamkeit schien jedoch Oliver zu gelten, der neben ihr an der Arbeitsfläche lehnte, nach wie vor in Radlerhose und eng anliegendem Oberteil. Der Wind hatte sein Haar getrocknet; nur an den Schläfen war es noch feucht von der Anstrengung, die steile Straße von St. Non's zurückzuradeln.

Er begrüßte mich mit einem Grinsen. »Ich bin wieder da.«

»Man wird ihn einfach nicht los«, bemerkte Claire liebevoll und musterte ihn von oben bis unten. »Weiß deine Mutter, wie du dich kleidest?«

»Von der habe ich die Sachen«, antwortete er.

»Ach. Willst du jemand Bestimmten mit deiner Männlichkeit beeindrucken?«, spottete Susan.

Mark bemerkte, dass Lycra-Shorts nicht gerade ein Symbol für Männlichkeit seien.

»Das, mein lieber Bruder, ist Ansichtssache«, meinte Susan.

Ich kam Oliver zu Hilfe. »Er ist heute schon nach St. Non's und zurück geradelt.«

»Schwierigkeiten mit einem der Cottages?«, erkundigte sich Mark.

»Ja, ein Wasserschaden«, antwortete Oliver. »Es war übrigens tatsächlich Susans Klempner«, teilte er mir mit.

Susan wurde rot. »*Mein* Klempner?«

»Paul, von Andrews & Son. Der hat das Problem in null Komma nichts behoben«, erklärte Oliver. »Ich dachte mir, ich schaue auf dem Rückweg hier vorbei ...«

»Wie zufällig zur Essenszeit«, stellte Claire mütterlich-nachsichtig fest und fragte Susan: »Reicht's für alle?«

Susan nickte.

Oliver versuchte, entrüstet auszusehen. »Man hat mich hergebeten.«

Claire blickte mich an. »Tatsächlich?«

»Ich soll mir Marks Messer ansehen.«

Mark hob den Kopf. »Mein was?«

»Felicity meint, du hättest ein altes Messer ...«

»Ach so, das. Warte, ich hole es.«

Mark stand auf und ging hinaus, während Claire den Tisch für fünf deckte. »Oliver, was trinkst du?«

»Wasser, bitte.«

Ich hatte Fergals Stimme im Ohr, als er sagte, dass er seinen Durst lieber mit Ale und Apfelwein löschte. Fast war ich versucht, Claire um Apfelwein zu bitten.

Auf einmal fiel es mir schwer, mich in meiner eigenen Zeit zurechtzufinden, besonders in der Küche, wo ich so viele Stunden verbracht hatte. Fergals mürrische Miene und sein kurzes Lächeln fehlten mir, Jacks Stuhlkippeln und Daniel ...

»Du siehst toll aus mit der Frisur«, sagte Susan zu mir, die gerade den Salat mischte. »Du solltest dein Haar öfter hochstecken.«

»Danke.«

Oliver gestand, dass es ihm überhaupt nicht aufgefallen war. »Heute Morgen an der Kirche war es noch nicht hochgesteckt, oder?«

»Nein, ich …« Ich hob verlegen die Hand zum Kopf und rückte eine Nadel zurecht. »Ich wollte mal was Neues ausprobieren.«

»Habt ihr zwei heute Morgen schon um den Segen der Kirche gebeten?«, neckte Susan uns.

»Unter dem wachsamen Blick von Mr Teague?«, fragte Oliver zurück. »Eher nicht. Nein, deine PR-Expertin hat die letzten Ruhestätten der berühmten Butler-Brüder von Trelowarth aufgespürt.«

Mark, der gerade mit seinem Schatzkästchen zurückkehrte, sagte: »Die schon wieder?«

»Wir wollen unserem Unternehmen eine Geschichte geben, Mark, und Schmuggler versprechen Abenteuer«, erklärte Susan. »So etwas mögen Touristen.«

Mark stellte das Kästchen schulterzuckend auf den Tisch. Wir beugten uns darüber, um seine gesammelten Schätze zu bewundern.

Oliver war fasziniert von den Musketenkugeln, aber er meinte: »Wenn du die in der Höhle gefunden hast, stammen sie eher aus einer Pistole. Ich kann mir nicht vorstellen, dass dort genug Platz zum Abfeuern einer Muskete gewesen wäre. Auf so kurze Distanz würde man eine Pistole verwenden.«

Ich betrachtete die sieben kleinen Metallkugeln in seiner Handfläche.

»Kannst du aufgrund der Größe feststellen, aus was für einer Waffe sie abgefeuert wurden?«, wollte ich wissen.

»Nicht wirklich. Sowohl bei Musketen als auch bei Pistolen war der Lauf innen glatt und hinterließ keine Spuren an den Kugeln. Außerdem waren sie kleiner als der Lauf der Waffe, da vor dem Laden noch Papier darumgewickelt wurde. Standardmusketen der Marine wurden mit größerer Munition geladen, bei Donnerbüchsen und anderen Musketen kamen auch kleinere Geschosse wie diese zum Einsatz.« Er drehte die Kugeln mit dem Finger um. »Trotzdem bleibe ich dabei, dass die hier aus einer Pistole stammen, weil du sie in einer Höhle gefunden hast.«

Ich musste an die Pistole denken, die Daniel vergangene Nacht in seinen Gürtel gesteckt hatte, bevor er zum *Spaniard* gegangen war, um nach Jack zu sehen. Vergangene Nacht …

Ich versuchte, mich auf Olivers Erklärungen zu konzentrieren.

»Ich habe eine Luntenschlosspistole im Museum, für die man Kugeln ungefähr dieser Größe verwendete.«

»Die wurde mit einer Lunte abgefeuert?«, versicherte ich mich.

»Genau.« Oliver bedachte mich mit einem anerkennenden Blick. »Mit einer langsam brennenden Lunte. Du hast dich kundig gemacht, stimmt's?«

Mark nahm vorsichtig den Dolch aus dem Kästchen. »Und für wie alt hältst du den, Einstein?«

»Wow«, rief Oliver aus, legte die Kugeln zurück und nahm ehrfürchtig den Dolch in die Hand. »Der ist wunderschön.«

Nur ein Mensch, der Geschichte liebte, konnte Gefallen an etwas finden, dem der Zahn der Zeit so sehr zugesetzt hatte. Er drehte den verbliebenen Teil des Griffs ins Licht. »Ich glaube, der ist aus Muschelkalk.«

Bravo, Oliver! Ich war gespannt, wie nahe er der Wahrheit mit seiner Einschätzung kommen würde.

»Das könnte das Messer eines Schmugglers sein«, meinte er.

»Warum?«, wollte Mark wissen.

»Mit ziemlicher Sicherheit gehörte es jemandem, der viel Zeit auf dem Meer verbrachte, denn Seeleute hatten Messer dieser Größe. Es handelt sich um ein Multifunktionsgerät, mit dem sich sowohl ein Seil splitten als auch das Essen schneiden und aufspießen ließ. Auf einem Schiff war man ohne so etwas aufgeschmissen. Dieses Stück ist besonders schön gearbeitet. Wenn ich es so halte …«, er wölbte die Handfläche um den Griff, »… sieht man die Klinge kaum. Wer es gefertigt hat, verstand sein Handwerk.« Er wiederholte Marks Frage: »Wie alt es ist? Schwer zu sagen in dem Zustand, aber die Form war in der Restaurationszeit verbreitet, zwischen 1660 und 1680.«

»Eine ziemlich genaue Angabe«, stellte Mark beeindruckt fest.

»Ja. Wisst ihr, ich habe eine Schwäche für Messer. Würdest du es verkaufen?«

»Ich denke nicht, dass das sinnvoll wäre«, antwortete Mark, nahm Oliver den Dolch aus der Hand und legte ihn zurück in das Kästchen. »So kaputt, wie es ist, würde es wohl nicht viel bringen.«

Falls Oliver wusste, was das Messer wert war, hatte er wohl beschlossen, es uns nicht zu verraten. Vielmehr zuckte er mit den Schultern, was Claire veranlasste, mit der Zunge zu schnalzen und eine Wunde an seinem Arm zu begutachten.

»Übler Kratzer«, stellte sie fest. »Ich hole dir ein Pflaster.«

»Nein, nein, nicht nötig«, versicherte er ihr. »Das war

nur dieses verdammte Gesträuch neben dem Gewächshaus.«

»Susans Weißdornbusch. Sie hat gerade alle Sträucher rund herum entfernen lassen.«

»Na, toll«, sagte Oliver, an Susan gewandt.

»Das ist ein kornischer Brauch, du Dummkopf«, wehrte diese sich. »Wir machen daraus einen *cloutie tree* wie der am Brunnen in St. Non's. Das gefällt den Touristen. Sie können ein Stück Stoff an einen Ast binden und sich dabei etwas wünschen wie die Leute früher.«

»Ach so.« Oliver strich über die Wunde. »Dann war das ja ein guter Anfang.«

Als er sich Salat nahm, fragte ich ihn: »Oliver?«

»Ja?«

»Hast du schon mal was von der Trelowarth-Eiche gehört? Ein ziemlich großer Baum in der scharfen Kurve der Straße?«

»Die Trelowarth-Eiche? Klar. Davon habe ich sogar eine Radierung. Die könntest du dir ansehen. In meinem Wohnzimmer.«

»Was ist mit dem Baum passiert?«

Er spießte ein Salatblatt auf. »Methodisten.«

»Wie bitte?«

»Die Ortsansässigen glaubten, dass der Baum Zauberkräfte hat, und dem Methodisten-Pfarrer passte das nicht. Er hat ihn fällen lassen.«

»Wann?«

»Irgendwann im neunzehnten Jahrhundert. Wenn es dich interessiert, schlage ich es für dich nach.«

Susan schüttelte den Kopf. »Wie albern. Sie haben den Baum einfach gefällt?«

»Ja. Und den Stumpf haben sie verbrannt und ausgegraben.«

Aber nicht die Wurzeln, hätte ich beinahe gesagt. Die hatten sie nicht zerstören können.

Die Wurzeln, die dem keltischen Volksglauben nach die Welten von Licht und Schatten verbanden, sodass der Baum als eine Art Pforte diente …

Da hörte ich aus der Ferne Lachen, Männerlachen, und hob den Kopf. Ich sah, wie der Raum sich aufzulösen begann und Fergal zur offenen Feuerstelle ging … Ich blinzelte, und alles war wieder wie zuvor.

»Stimmt etwas nicht?«, erkundigte sich Oliver besorgt. »Hast du Kopfschmerzen?«

»So was Ähnliches.« Ich griff zur Gabel. »Aber das ist sicher gleich wieder vorbei.«

Aus den Augenwinkeln nahm ich den Schatten eines schwarz gekleideten Mannes wahr, der am Fenster vorbei zur hinteren Tür schritt.

# *Siebenundzwanzig*

Mir stockte der Atem, bis mir klar wurde, dass ich mich sicher in der Gegenwart bei meinen Freunden befand und der Constable sich nicht in meine Zeit verirrt hatte. Den Mann draußen vor dem Fenster kannte ich nicht; er war größer als Creed und hatte breitere Schultern.

Oliver hatte ihn auch gesehen. Als es an der hinteren Tür klopfte, rutschte er mit dem Stuhl zurück und stand auf. »Ich geh schon.«

Dem Gespräch nach zu urteilen, das sich zwischen ihm und dem Besucher auf dem Flur entspann, kannten sie sich. Als Oliver in die Küche zurückkam, sah er Susan an und trat einen Schritt beiseite. Der Mann hinter ihm war kräftig und attraktiv, sein Alter schwer zu schätzen, doch sein gut geschnittenes rotbraunes Haar schimmerte an den Schläfen bereits grau.

Er zögerte einen Augenblick lang. Claire löste die Spannung mit einem Willkommenslächeln. »Nigel. Schön, dich zu sehen.«

»Claire. Mark«, begrüßte er die beiden. Mir nickte er kurz zu. »Susan.«

Susan antwortete nicht. So wie sie ihn anschaute und wie Mark, Claire und Oliver sie beobachteten, ahnte ich, wer er war: der Mann aus Bristol, Susans Exfreund.

Nigel wandte den Blick nicht von Susan, bis diese ihre Stimme wiederfand.

»Hallo, Nigel. Was führt dich nach Cornwall?«

»Ich habe einen Grund zu feiern«, erklärte er mit etwas unsicherem, entwaffnendem Lächeln.

»Du bist befördert worden«, riet sie.

»Ja.«

»Toll. Das hast du verdient.«

»Es bedeutet, dass ich nach London umziehe. Ich fahre am Wochenende hin und fange an, nach einer Wohnung zu suchen. Und ich wollte dich fragen, ob du mich begleitest.«

Ich merkte, wie viel Kraft es Susan kostete, sich gegen seinen Charme zu wehren. »Das haben wir doch alles schon besprochen. Außerdem brauchst du mich nicht, um eine Wohnung auszusuchen.«

»Meinst du?«

»Nigel …«

»Gut, dann mache ich es kurz«, sagte Nigel. »Ich liebe dich. Und ich fühle mich elend ohne dich.«

»Nigel …«

»Bitte, lass mich ausreden. Ich weiß, dass du glaubst, wir hätten keine gemeinsame Zukunft, aber meiner Ansicht nach täuschst du dich. Und das würde ich dir gern beweisen.«

Ohne auf uns andere zu achten, nahm er eine kleine, samtbezogene Schmuckschatulle aus der Tasche.

»Nigel.« Susans Stimme klang matt.

»Susan Hallett.« Wie der Prinz im Märchen kniete er nieder, klappte das Kästchen mit dem Ring auf und fragte sie: »Willst du mich heiraten?«

»Es ist ihre Entscheidung.« Mark packte die dornigen Zweige eines Rosenbuschs mit seiner behandschuhten Hand und schnitt einen Trieb ab.

Seit Nigels Auftauchen und dem Heiratsantrag waren zwei Stunden vergangen. Susan und er waren mit dem Auto unterwegs, um über seinen Vorschlag zu sprechen. Wie Mark verbrachte ich die Nachmittagsstunden mit Arbeit, obwohl ich wusste, dass meine Bemühungen, die hübschen alten Rosen zu fotografieren, sich als überflüssig erweisen würden, wenn Susan Nigels Antrag annahm und nach London zog.

»Dann sind die Pläne mit der Teestube dahin«, sagte ich. »Sie hat doch so viel Arbeit hineingesteckt.«

Mark warf schulterzuckend den Trieb zu den anderen, die bereits auf dem Boden lagen. »Es wäre nicht das erste abgebrochene Projekt in Trelowarth. Dad hat die Dinge auch nie zu Ende gebracht. Deswegen ist das Gewächshaus ungenutzt geblieben«, erinnerte er mich.

Onkel Georges erfolglosen Ausflug in die Kunst des Rosenzüchtens hatte ich völlig vergessen. »Zumindest hat er's versucht«, verteidigte ich ihn. »Und jetzt habt ihr ein Gewächshaus.«

»Stimmt. Und die da«, fügte er hinzu und nickte in Richtung eines Buschs mit orangefarbenen Rosen, »ist die einzige Hybride meines Vaters.«

»Ach.« Ich machte ein Foto. »Wie heißt sie? Und nenn mir jetzt bloß keinen lateinischen Namen, Mark«, warnte ich ihn. »Sonst könnte es sein, dass du dir eine Ohrfeige einfängst.«

»Sie hat weder einen lateinischen noch einen anderen Namen.«

»Warum nicht?«

»Dad hat ihr nie einen gegeben. Das Projekt war bei seinem Tod noch in der Versuchsphase.« Er schwieg nachdenklich. »Wenn du möchtest, können wir sie taufen. Dazu sind lediglich ein paar Formulare nötig.«

»Wie würdest du sie nennen?«

»Sag du was.«

Ich berührte vorsichtig eines der Blätter. »Man kann Rosen doch nach Menschen benennen, oder?«

»Eva.«

»Oder?«

»Ja.«

Ich fotografierte die zerbrechlich wirkende Rose, die in allen Farben der untergehenden Sonne leuchtete, noch einmal. »Dann soll sie Katrina heißen.«

Er schwieg.

»Es ist nicht das Gleiche, wie ihren Namen für Werbezwecke zu nutzen. Sie hat diesen Ort mit seinen Gärten geliebt, und es wäre eine Möglichkeit, ihr Gedächtnis zu ehren.«

»Na schön«, meinte er nach kurzem Überlegen. »Nennen wir sie also nach Katrina Ward.«

Obwohl die Gartenmauer den Wind abhielt, strich eine leichte Brise über meine Wange, als wollte Katrina mir ihre Zustimmung signalisieren.

Ein wenig von ihrem Mut hätte ich nach meiner Begegnung mit Constable Creed im Hof gut gebrauchen können.

Das nächste Mal würde ich vielleicht nicht so viel Glück haben. Selbst wenn ich nicht vor seinen Augen verschwand, machte er möglicherweise seine Drohung wahr und nutzte mich als Druckmittel gegen Daniel. Wenn ich mich nicht mehr in Trelowarth blicken ließ, beseitigte ich dieses Risiko.

Musste aber mit dem Abschiedsschmerz fertigwerden.

Susan stand vor einer ähnlich schweren Entscheidung. Genau wie vor langer Zeit Claire.

Wo ich sie finden würde, war klar, denn ich hörte den sanften Klang des Klaviers aus dem großen vorderen Zimmer schon lange, bevor ich das Haus betrat. Ich schlich mich hinein, um Claire nicht beim Spielen zu stören. Das ruhige, ein wenig wehmütige Stück von Chopin entsprach meiner eigenen momentanen Stimmung. Ich ließ die Finger über die abgegriffenen Rücken der alten Bände im Bücherregal gleiten, die meine Mutter einmal Onkel George geschenkt hatte.

Ein Titel interessierte mich besonders. Ich zog ihn heraus, als Claire gerade das Prélude beendete.

»Nicht aufhören«, sagte ich. »Das war wunderschön.«

»Ich wusste nicht, ob ich das Stück noch kann«, gestand sie lächelnd. »Ich habe es Jahre nicht gespielt, seit ich so alt war wie du.«

»Und wann war das?«, neckte ich sie. »Gestern?«

Sie freute sich über mein Kompliment. »Manchmal erscheint es mir so.« Sie blickte zum Fenster hinüber. »Ist Susan noch nicht zurück?«

»Nein.«

»Tja, eine solche Entscheidung darf man nicht überstürzen.«

»Tante Claire?«

»Ja, Liebes?«

»Als du Onkel George kennengelernt hast … ich meine, für dich muss es eine ganz schöne Umstellung gewesen sein, hierher zu ziehen, nicht nur geografisch gesehen. Du hast dein Leben völlig verändert, die Erziehung von Mark und Susan übernommen und alles andere. Wie hast du … Wie kann man bei einer so wichtigen Entscheidung …?«

»Wie man wissen kann, dass sie richtig ist? Fragst du wegen Susan oder wegen dir selbst?«

Bevor ich etwas sagen konnte, ging eine Tür, und ich hörte Schritte am anderen Ende des Flurs. Wenig später betrat Oliver den Raum.

»Haben wir dich heute nicht schon mal rausgeworfen?«, begrüßte Claire ihn.

Die Jeans und das T-Shirt, die er nun trug, waren nicht weniger sexy als die Radlerhose. »Ich habe gerade eine Lieferung erhalten, die Eva interessieren könnte«, erklärte er und hielt ein Päckchen hoch. »Mark hat gesagt, ich soll ruhig reinkommen.« Er sah sich in dem Raum um. »Ist Susan noch nicht wieder da?«

»Nein«, antwortete Claire wie ich zuvor.

Oliver hob eine Augenbraue. »Ihr glaubt doch nicht, dass sie ihn tatsächlich heiratet, oder? Er ist ja ganz nett, dieser Nigel, aber nicht der Richtige für sie. Das hätte ich ihr gleich sagen können.« Er gesellte sich zu mir und warf einen Blick auf das Buch in meiner Hand. »Was ist das?«

Ich zeigte es ihm.

»*Handbuch der Hausfrau für Haus und Garten …?*«, las er den Titel laut vor.

»In der Überarbeitung von …« Ich schlug den Band auf. »1692.«

»Das erklärt, warum das Ding schon fast auseinanderfällt.«

»Nur der Umschlag ist kaputt. Die Seiten sind völlig in Ordnung.«

Er warf einen Blick hinein. »›Wie man Porridge zubereitet‹?«

»Ja.«

»Aha. Es stört dich nicht, dass der nächste Eintrag lautet: ›Heilmittel gegen Erbrechen‹?«

»Es handelt sich um einen Ratgeber mit Hausmitteln, Rezepten und Tipps, wie man Wäsche wäscht und Dinge sauber bekommt.« Alles Nützliche für eine junge Frau, die Ende des siebzehnten Jahrhunderts einen Haushalt führen musste – oder für jemanden, der eine Zeitreise in die Vergangenheit machte.

»Probier's doch lieber damit«, riet Oliver mir und gab mir das Päckchen.

Als ich es auswickelte, kam ein in glattes Leder gebundener Band mit dem gold geprägten Titel *Ein Leben hart am Wind* zum Vorschein: Jack Butlers Tagebuch. »Oliver! Wo hast du das aufgetrieben?«

»Ich habe meine Quellen.«

Es handelte sich um eine teure Erstausgabe. »Das würdest du mir wirklich leihen?«

»Nein«, antwortete er und schmunzelte über meine enttäuschte Reaktion. »Ich schenke es dir.«

Ich schüttelte den Kopf. »Ich kaufe es dir ab.«

»Tut mir leid, geschenkt ist geschenkt.«

Da hörte ich das Geräusch von Autoreifen auf dem Kies der Auffahrt. Wir verstummten.

Die Wagentür wurde zugeschlagen, dann entfernte sich das Geräusch der Reifen wieder.

Kurz darauf gesellte Susan sich zu uns, allein.

»Ich habe Nein gesagt«, teilte sie uns mit. »Unsere Leben sind zu unterschiedlich; es würde nicht klappen.« Sie sah sich müde um. »Mark ist im Garten, oder? Ich erzähle ihm alles. Dann braucht er sich keine Gedanken mehr zu machen.«

Oliver, der zuverlässige Freund, trat einen Schritt auf sie zu. »Ich weiß, wo er steckt. Komm, ich bringe dich zu ihm.«

Als sie weg waren, sagte ich zu Claire: »Du scheinst nicht überrascht zu sein.«

»Nein. Nigel ist nicht der Richtige für sie.«

»Weil der Altersunterschied zu groß ist?«

Sie schüttelte den Kopf. »Weil es nicht sein soll. Jede Beziehung hat ihre Hürden, Liebes. Wie du richtig festgestellt hast, war das auch bei Onkel George und mir so. Und bei dir wäre es nicht anders, wenn du hier jemanden kennenlernen solltest.« Sie schien Oliver zu meinen. »Du würdest praktische Entscheidungen treffen müssen, zum Beispiel wo ihr leben und arbeiten wollt. Außerdem gäbe es Unterschiede im Lebensstil, an die man sich gewöhnen müsste. Es ist eine Sache, einen Sommer in Trelowarth zu verbringen oder eine Weile ein Cottage zu mieten, und eine andere, das ganze Jahr über in Polgelly zu sein. Einschneidende Veränderungen sind nie einfach.«

Ich nickte und senkte den Blick.

»Aber«, fuhr Claire fort, »all das ist nicht wichtig, wenn du jemanden liebst. Glaub mir, Eva, wenn ich in der Lage war, mich anzupassen, schaffen andere das auch.«

# *Achtundzwanzig*

Von jenseits der Wand hinter meinem Bett hörte ich leise Stimmen.

»Ich denke, du wirst meine Hilfe brauchen.«

»Ich habe genug Männer auf der *Sally*.« Es war Daniel. »Ich kann dich nicht mitnehmen.«

»Dann nimm Jack mit.«

»Soll ich mich die ganze Zeit mit ihm darüber streiten, wer das Schiff führt? Nein, danke. Ich kann auch nicht Jack allein schicken, weil in der Botschaft klar und deutlich nach mir verlangt wird.«

Kurzes Schweigen.

»Diese Frau bringt uns ganz schön in Schwierigkeiten«, meinte Fergal.

»Daran bist du selbst schuld, du hast sie zu einer O'Cleary gemacht.«

Sie sprachen also über mich. Ich zwang mich, die schweren Augenlider zu öffnen.

Es war Morgen und hell, und ich lag auf dem großen Himmelbett. Die Tür zum Flur war geschlossen, die Verbindungstür zu Daniels Zimmer offen. Fergal stand darin mit dem Rücken zu mir.

Blinzelnd versuchte ich, mich zu erinnern. Ich war mit Jacks Tagebuch in der Hand in meinem eigenen Bett eingeschlafen.

»Ich habe ihr meinen Schutz zugesichert«, sagte Daniel. »Du musst hierbleiben und dich um sie kümmern, falls sie zurückkehrt.«

Gerade, als ich mich zu Wort melden wollte, fragte Jack: »Von woher zurückkehrt?«

Ich hatte weder seine Schritte auf dem Flur gehört noch, wie er die Tür zu Daniels Zimmer öffnete. Fergals Reaktion bewies, dass auch er und Daniel von Jacks Auftauchen überrascht waren.

»Ich wollte gerade sagen«, antwortete Daniel ganz ruhig, »wenn sie wieder zu uns Gesunden zurückkehrt.«

Fergal veränderte seine Position so, dass er den Eingang zu meinem Zimmer versperrte.

Jack sagte nun etwas, das ich nicht verstand. Offenbar war es derb, denn sein Bruder ermahnte ihn: »Achte auf deine Ausdrucksweise. Es ist eine Frau im Haus.«

»Ach, tatsächlich?« Als die Bodendielen unter Jacks Schritten knarrten, schaute ich mich hektisch nach einer Decke um, unter der ich meinen Pyjama verstecken konnte.

»In den letzten Tagen hast du mich zweimal weggeschickt, um unwichtige Dinge zu erledigen, und während der ganzen Zeit habe ich deine Schwester weder gesehen noch gehört, Fergal. Trotzdem wollt ihr mir weismachen, dass sie hier ist«, sagte Jack.

»Was hätten wir davon, dich zu belügen?«, fragte Daniel.

Jack kam näher. »Das weiß ich nicht, aber genau das

macht mich misstrauisch. Wie übrigens auch die Erinnerung an ihre Stimme.«

Da die einzige verfügbare Decke außer Reichweite über der Kleiderpresse lag, zog ich die Laken bis zum Kinn hoch. Fergal nahm das leise Geräusch wahr. Er wandte sich mir zu, als Jack sich erkundigte: »Wie geht es ihr denn heute Morgen?«

Wieder einmal bewunderte ich Fergals Geistesgegenwart. Ohne eine Miene zu verziehen, antwortete er: »Sie schläft.«

Ich schloss artig die Augen.

»Sie schläft sehr ruhig«, stellte Jack fest.

»Dann vergewissere dich selbst, wenn du uns nicht glaubst.« Fergal trat beiseite, und das Knarren der Bodendielen näherte sich meinem Bett. Ich konzentrierte mich darauf, gleichmäßig zu atmen.

Nach einer gefühlten Ewigkeit flüsterte Jack zerknirscht: »Tut mir leid, ich …«

»Wenn du mich noch einmal einen Lügner nennst, wirst du es bereuen«, drohte Fergal. »Und jetzt raus mit euch beiden. Sie braucht Ruhe.«

Ich spürte, wie Fingerspitzen leicht über meine Wange glitten, vielleicht eine Haarsträhne wegstrichen. Ich wusste, wem diese Finger gehörten, bevor Fergal sagte: »Danny, Jack: Raus!«

»Ich finde, heute sieht sie schon gesünder aus«, meinte Daniel ziemlich nahe bei mir.

»Aye«, pflichtete Fergal ihm bei. »Es würde mich nicht wundern, wenn sie bis zum Nachmittag wieder auf den Beinen ist. Aber jetzt braucht sie Ruhe.«

Ich spürte, wie Daniel die Hand von meiner Wange

nahm, und hörte die Brüder leise diskutierend durch das Nachbarzimmer auf den Flur hinaus und die Treppe hinuntergehen. Fergal schloss die Verbindungstür laut und vernehmlich.

Ich öffnete die Augen. Lachend wandte er sich mir zu. »Allmählich glaube ich doch, dass Sie eine Hexe sind, denn Sie beweisen teuflisches Geschick bei der Wahl des Zeitpunkts, an dem Sie auftauchen.«

Plötzlich war ich glücklich wie seit Jahren nicht mehr, wie damals, wenn ich in den Sommerferien in Trelowarth neben Katrina aufwachte. Ich hatte das Gefühl, zu Hause zu sein.

»Sie können von Glück sagen, dass ich Ihr Frühstück noch nicht verspeist habe«, bemerkte Fergal. »Es ist dort auf dem Tablett.«

Er hatte mir eine dicke Scheibe Brot mit Käse und einen Becher kühles Ale gebracht. Fergal holte das Tablett von dem Tisch in der Ecke, stellte es aufs Bett und beobachtete mit verschränkten Armen, wie ich mich aufrichtete und zu essen begann.

»Das haben Sie geschickt eingefädelt«, lobte er mich. »Wie haben Sie das gemacht?«

Daniel und Jack waren mittlerweile im unteren Stockwerk. Da ich hin und wieder ihre Schritte oder das Knarren einer Tür hörte, wusste ich, dass ich gefahrlos sprechen konnte, solange ich die Stimme senkte. »Wie bitte?«

»Dass Sie so im Bett aufgetaucht sind.«

»Keine Ahnung. Ich bin einfach nur aufgewacht, das ist alles.«

»Dann ist das auch in Ihrer Zeit Ihr Zimmer?«

Als ich nickte, begriff er, warum Daniel mir diesen Raum überlassen hatte.

»Wie lange war ich diesmal weg?«, fragte ich.

»Acht verdammte Tage.«

»Und Daniel muss fort?«

»Ja. Das kann er Ihnen selbst erzählen, sobald Sie aufgestanden und angezogen sind.«

»Tut mir leid«, sagte ich mit einem Blick auf mein Pyjama-Oberteil.

»Wenn das so weitergeht, verfügen Sie bald über die Garderobe einer Königin«, stellte er trocken fest, bevor er aus Daniels Zimmer das prächtigste Gewand holte, das ich bis dahin in dem Haus gesehen hatte.

Meine Finger wanderten über den grünen, im Licht changierenden Stoff. »Fergal, das kann ich nicht annehmen.«

»Warum nicht?«

»Ich habe schon zwei Kleider von Ann verloren. Noch eines, und ich …«

»Das hat nicht Ann gehört«, fiel Fergal mir ins Wort.

Ich sah ihn fragend an.

»Danny hat es aus Plymouth mitgebracht, wo er letzte Woche geschäftlich war. Dazu gibt es passende Schuhe.«

»Für mich?«

»Für mich ja wohl nicht. Zwar ist das meine Lieblingsfarbe, aber der Schnitt würde mir bestimmt nicht stehen.« Aus einer Tasche nahm er eine Handvoll Haarnadeln. »Die werden Sie ebenfalls benötigen.«

»Danke.«

Als von unten das Geräusch lauter Stimmen heraufdrang, hob er warnend den Finger an die Lippen und entspannte sich erst, als die Haustür mit einem Knall ins Schloss fiel und sich Schritte knirschend über den Kiespfad entfernten. Fergal trat ans Fenster, um nachzusehen, was los war.

»Jack trollt sich, seine Wunden lecken«, erklärte er mit zufriedener Miene. »Wenn Sie wollen, können Sie nach unten gehen, denn Danny hat Ihnen bestimmt einiges zu sagen.«

Er nahm das leere Tablett und verließ das Zimmer, damit ich mich anziehen konnte.

Dieses Kleid unterschied sich von Anns Kleidern. Auch in früheren Zeiten hatte sich die Mode verändert. Die Ärmel lagen nach wie vor bis zum Ellbogen eng am Arm an und waren an den Handgelenken zurückgeschlagen, sodass die Rüschen darunter hervorlugten, doch das Oberteil hatte eine andere Form und einen anderen Schnitt und wurde an der Seite, nicht vorn, geschlossen, was es mir erschwerte, allein zurechtzukommen.

Ich wollte schon aufgeben, als Daniel hinter mir fragte: »Brauchen Sie Hilfe?«

Ich hatte ihn weder die Treppe heraufkommen noch die Tür zwischen unseren Zimmern öffnen hören. Vermutlich zeichnete die Fähigkeit, sich leise zu bewegen, einen Schmuggler aus.

Er trug andere Kleidung als bei unserer letzten Begegnung. Die eng geschnittene, in die Stiefel gesteckte Hose war nicht braun, sondern marineblau, und das weite weiße Hemd mit dem offenen Kragen neu und aus feinem Leinen. Nur sein Lächeln hatte sich nicht verändert.

Ich wandte nervös den Blick ab. »Es ist schwierig.«

Daniel, der das als »Ja« interpretierte, trat zu mir, schob sanft meine Hand weg und schloss das Kleid fachmännisch.

»Es steht Ihnen gut«, stellte er fest. »Ich war mir nicht sicher, ob es passen würde.«

Ich bedankte mich. »Das war sehr aufmerksam.«

»Es hat mich eine ganze Kiste Brandy gekostet und einen Tanz mit der Tochter der Näherin.«

Sein Scherz löste meine Anspannung. »Hoffentlich war sie hübsch.«

»Sie hat getanzt wie ein Ochse, aber ein Kleid, das man für den Preis eines Tanzes erwirbt, muss Glück bringen. So, das wär's«, sagte er und drehte mich herum, um mich zu begutachten.

Ich betrachtete verlegen die Bänder, die sein Hemd zusammenhielten. »Sie hätten sich nicht so viel Mühe machen sollen. Wenn ich in meine eigene Zeit zurückkehre, ist es so gut wie verloren. Wie die Kleider Ihrer Frau. Ich weiß keine Möglichkeit, sie zurückzubringen.«

Er zuckte mit den Schultern. »Deshalb habe ich Ihnen ja dieses gekauft.«

»Damit ich keine weiteren von ihr verliere?«

»Damit Sie keine geborgten Sachen mehr tragen müssen.« Seine Hand ruhte auf meiner Taille. »Ich hielt es für angebracht, dass Sie etwas besitzen, das nur Ihnen gehört.«

Als ich ihm in die Augen schaute, wusste ich, dass er nicht mehr nur von dem Kleid sprach. Der Constable hatte einmal behauptet, Daniel gebe mir die Gewänder von Ann, um ihren Geist zu neuem Leben zu erwecken. Obwohl mir klar war, dass Creeds Worte dazu dienen sollten, unser Verhältnis zu vergiften, fragte ich mich seitdem, wen Daniel in mir sah.

Jetzt erblickte ich in seinen Augen nur mein eigenes Spiegelbild, und meine Zweifel schwanden.

Er hob die Hand, schob sie unter mein Haar in meinen Nacken und senkte den Kopf.

Seine warmen Lippen streiften meine Wange. Dann bewegte sich einer von uns – vielleicht ich – ein wenig, und unsere Münder trafen sich. Er blieb ganz Gentleman und übereilte nichts, weil er nicht wusste, wie erfahren ich war.

Bis ich seinen Kuss erwiderte.

Da änderten sich die Spielregeln.

Er umfasste mich mit beiden Armen und zog mich an sich. Gott allein wusste, wie viel Zeit verging, bis wir auf Fergals Hüsteln und schließlich Fluchen reagierten.

Daniel drehte den Kopf nur so weit zur Seite, dass er, immer noch meine Stirn berührend, zur Tür sehen konnte.

»Ja?«

Fergal verschränkte die Arme. »Wollt ihr nun runterkommen oder lieber warten, bis Jack wieder da ist und wir uns zusammensetzen und alles besprechen können?«

Erstaunt fragte ich: »Was besprechen?«

»Daniel muss noch heute Nacht mit der *Sally* lossegeln, auf Geheiß des Duke of Ormonde.«

»Auf seine Bitte, nicht auf sein Geheiß. Man hat mich gebeten, einem Verwandten einen Gefallen zu tun.«

»Ohne richtige Mannschaft …«

»Ich habe genug Männer.«

»Nicht einer davon ist fähig, dir mit dem Schwert Rückendeckung zu geben, falls etwas schiefgeht.«

»Du wirst hier dringender gebraucht«, sagte Daniel.

Darüber hatten sich die beiden gestritten, als ich in ihre Zeit zurückgekehrt war.

Ich atmete tief durch. »Fergal soll also in Trelowarth bleiben und auf mich aufpassen«, stellte ich fest.

Daniel lächelte, ohne die Hände von meiner Taille zu lösen. »Ich werde nur kurz weg sein. Und es ist keine gefährliche Reise.«

»Dann nimm mich mit.«

»Wie bitte?«

»Nimm mich mit«, wiederholte ich. »Dann kann Fergal auch mitkommen. Sag deinen Leuten, ich bin dabei, um zu kochen und andere Arbeiten zu verrichten. Ich halte mich im Hintergrund. In Gesellschaft von Fergal und dir passiert mir schon nichts ...«

»Nein, unmöglich«, fiel er mir ins Wort. »Bei jeder anderen Fahrt würde ich deinen Vorschlag in Erwägung ziehen, aber nicht bei dieser.«

»Warum nicht? Du hast selbst gerade gesagt, es sei nicht gefährlich.«

Daniel sah Fergal an.

Daniel hatte sich in eine Sackgasse manövriert. Falls er zugab, dass die Reise Risiken barg, würde Fergal erst Ruhe geben, wenn er ihn begleiten durfte. Und falls Daniel bei seiner Version blieb, dass keine Gefahr bestehe, hatte er keinen Grund, mich und Fergal zurückzulassen.

»Ich finde es keine schlechte Idee, sie mitzunehmen«, sagte Fergal. »Du kannst der Mannschaft ja sagen, ich sei dabei, um ihre Tugend zu schützen.«

»Die Mannschaft braucht keine Erklärung für deine Anwesenheit. Ich muss keine Ammenmärchen erzählen.«

»Wer behauptet denn, dass das ein Märchen ist?«, fragte Fergal mit einem strengen Blick auf Daniels Hände, die nach wie vor auf meiner Taille ruhten, bevor er sich kopfschüttelnd zum Gehen wandte.

# *Neunundzwanzig*

Der Abend brachte eine sanfte Brise und gedämpftes Licht über die Wälder, wo die Vögel und anderen Tiere träge verstummten. Fergal, der vor mir herging, verursachte trotz seiner schweren Stiefel kaum ein Geräusch und bewegte sich wie ein Schatten zwischen den Bäumen. Ich versuchte, es ihm gleichzutun, doch der Saum meines langen grünen Kleides raschelte über Gras, Zweige und niedrige Sträucher, und schließlich hoppelte direkt vor mir ein aufgeschrecktes Kaninchen über den Weg.

Fergal drehte sich um und gab mir ein Zeichen, dass ich ihm leiser folgen solle.

Ich tat mein Bestes.

Auf diesem Pfad war ich das erste Mal. Es handelte sich um den Weg, der vor so langer Zeit bei einem Spaziergang durch den Wilden Wald aufgetaucht und wieder verschwunden war und der, das wusste ich inzwischen, zum Meer führte. Der Geruch von Salz und Gischt verstärkte sich, als wir uns dem südlichen Rand des Waldes näherten.

Hier führte der Pfad scharf nach rechts unten und wand

sich die schwarzen Felsen am Rand der Klippe entlang. Dieser Abstieg zum Strand war breiter und weniger tückisch als der am Cripplehorn. Dennoch musste ich aufpassen, wohin ich trat. Die leichten Schuhe machten meine Schritte unsicher, und das schwere Kleid drohte mich aus dem Gleichgewicht zu bringen. Ich war froh über Fergals stützende Hand.

Aus den Augenwinkeln nahm ich hohe Masten und ein Schiff wahr. Erst als wir das untere Ende des Wegs erreicht hatten und ich den Kopf heben konnte, sah ich die *Sally* nicht weit vom Ufer entfernt vor Anker liegen.

Ich hatte sie erst einmal zuvor vom Hügel bei Trelowarth aus beobachtet, als Jack in Richtung Bretagne gesegelt war.

Sie war kein allzu großes Schiff, maß etwa fünfzehn Meter vom Bug bis zum Heck und hatte vier Stückpforten für die Kanonen in ihrem gewölbten Bauch sowie zwei hoch aufragende Masten mit Tauwerk und Segeln, die im Wind flatterten.

Sie lag im Windschatten des schützenden Landvorsprungs, der Rumpf schwarz wie die hohen Klippen hinter ihr, und wirkte mit den weiß schimmernden Zierleisten auf mich wie eine elegante Dame.

»Aye, sie ist eine Lady«, pflichtete Fergal mir bei, als ich ihm das sagte. »Sie wurde in Deptford gebaut. Nur wenige Schiffe sind so schnell wie sie.«

Von Segeltörns mit Freunden in Kalifornien wusste ich, Steuer- von Backbord zu unterscheiden, aber ich hatte keine Ahnung von Schiffen dieser Zeit, in welche Klassen man sie einteilte und wie die Segel hießen. Doch der Anblick der *Sally* ließ mich begreifen, warum Jack und Daniel sie gleichermaßen für sich beanspruchten: Sie war zu schön, um sie zu teilen.

Fergal winkte, und von Deck aus winkte ein Mann zurück. Dann tauchte ein zweiter auf. Und ein weiterer.

Ich beobachtete vom Kiesstrand aus, wie sie ein Boot zu Wasser ließen und ein Mann zu uns herüberruderte. Fergal hob mich hinein, ohne mich vorzustellen oder meine Anwesenheit zu erläutern.

An Deck der *Sally* klärte Fergal die Mannschaft auf: »Das ist meine Schwester Eva. Sie begleitet uns. Sie kann nicht sprechen, aber wenn irgendeiner von euch sie belästigt, erfahre ich es. Ist das klar?«

Der jüngste der Männer war noch fast ein Kind, der älteste an die sechzig, und alle hatten den Blick von Seeleuten, die die harte Zeit auf See mit Trinkgelagen in Hafenkneipen beendeten. Zum Glück wirkte keiner von ihnen so, als könnte er Fergal in einem Kampf besiegen.

Als die Männer wieder an ihre jeweilige Arbeit gegangen waren, blinzelte Fergal in den Himmel, als wollte er den Stand der Sonne bestimmen. »Zwei Leute fehlen noch«, erklärte er. »Und Danny. Unter Deck ist das Warten bequemer.«

Eigentlich wäre ich gern oben geblieben, weil ich noch nie auf einem alten Schiff gewesen war. Es faszinierte mich, wie die Segel über mir flatterten und das Tauwerk ächzte, das Deck sich mit den Wellen hob und senkte und wie der Wind und die untergehende Sonne sich auf meinem Gesicht anfühlten. Aber es hatte keinen Sinn, Fergal zu widersprechen, und so folgte ich ihm nach unten.

Dort entdeckte ich eine vergitterte Falltür, die vermutlich in den Laderaum des Schiffes führte. Welche Fracht dort lagerte, konnte ich nur vermuten. Auf diesem Deck zählte ich acht Messingkanonen, deren Lafetten mit Seilen am Innern des Rumpfs befestigt waren, um den Rückstoß zu dämpfen. Dahinter schwangen Hängematten parallel zu Bug und Heck. Wieder dahinter befanden sich ein abgetrennter Raum mit Fergals Kombüse und einem Esstisch für die Männer und am Ende eine schwere Tür.

»Die Kabine des Kapitäns«, erklärte Fergal. »Sie schlafen hier.« »Allein« brauchte er nicht hinzuzufügen, weil klar war, dass er vor meiner Tür Wache halten würde, um sicher zu sein, dass keiner aus der Mannschaft – oder der Kapitän – mich belästigte.

Fast hatte ich Mitleid mit Daniel, weil ich nun, da ich seine Kabine kannte, wusste, auf welchen Komfort er verzichten musste.

Die Kabine hatte Fenster, von denen zwei offen standen, um die frische, salzige Luft hereinzulassen. Was für eine Wohltat nach dem Mief des Raums, in dem die anderen nächtigten! In der Kapitänskajüte waren an den Wänden Kerzenhalter angebracht, und ein kleiner, mit Schnitzereien verzierter Schreibtisch aus schwerem Holz stand auf einer Seite unter einem Regal mit Seekarten und anderen Papieren. An der hinteren Wand schwang eine breite Hängematte, die bequem mit einem Kissen ausgestattet war.

Ich hatte noch nie eine Nacht in einer Hängematte verbracht. Sicher würde ich herausfallen und mir beim Sturz auf den Boden die Knochen brechen. Ich wollte sie gerade genauer begutachten, als ich das Platschen von Rudern vor dem offenen Fenster hörte.

»Da kommt jemand«, sagte Fergal. »Warten Sie hier.«

Er ging nach oben. Ich vernahm, wie das Boot gegen den hölzernen Rumpf der *Sally* stieß, dann das Geräusch von

Stiefeln auf dem Deck über mir und schließlich fröhliche Stimmen, darunter die von Daniel.

Er kam zu mir nach unten.

Fergal begleitete ihn mit mürrischem Gesicht. »Von wegen Williams Cousin. William ist krank, ja, aber der Bursche ist nie und nimmer sein Cousin.«

Daniel begrüßte mich mit einem Lächeln und einem Nicken und pflichtete Fergal bei: »Das glaube ich auch nicht.«

»Warum zum Teufel hast du ihn dann mitgebracht?«

»Weil er seine Geschichte gut erzählt hat und das Kennwort kannte. Es wäre schade gewesen, seine Mühe nicht zu belohnen. Außerdem«, fügte er, ein wenig ernster, hinzu, »müssen wir ohnehin noch ungefähr eine Stunde bis zur Flut warten. Wenn ich den Jungen am Ufer gelassen hätte, wäre er sofort zu dem gerannt, der ihn geschickt hat.«

»Creed.«

»Vermutlich, ja.«

»Creed kann dich nicht an der Abreise hindern«, stellte Fergal fest.

»Aber er kann uns ein anderes Schiff nachschicken. Momentan denkt er noch, dass sein Spion sicher bei uns an Bord gelangt ist. Lassen wir ihn fürs Erste in dem Glauben.« Daniel wandte sich mir zu. »Wie gefällt dir meine *Sally*?«

Ich antwortete ihm, dass ich sie wunderschön fand. »Aber was die Hängematte angeht, habe ich so meine Zweifel.«

»Tatsächlich? Mein Gewicht hält sie aus, und ich habe sogar schon erlebt, dass mehr als nur ein Mann in einer solchen Matte geschlafen hat. Du brauchst dir also keine Gedanken zu machen.«

»Stimmt«, pflichtete Fergal ihm bei, »denn weder dein

Gewicht noch das eines anderen Mannes wird sie heute Nacht zusätzlich beschweren.«

Daniel wich dem spöttischen Blick seines Freundes nicht aus. »Vielleicht sollte ich dich zurück ans Ufer bringen lassen, zusammen mit Creeds Spion.«

»Versuch es nur.« Fergal straffte kurz die Schultern, bevor er nonchalant fragte: »Wie sehen deine Pläne aus?«

Über mir hörte ich Schritte und Männerstimmen. Obwohl ich wusste, dass mich von oben aus niemand sehen konnte, wich ich zurück. Die Schritte verharrten.

»Da ist er«, drang Daniels Stimme herunter.

Weitere Schritte bewegten sich zu ihm an die Reling, und ein jüngerer Mann beklagte sich: »Ich kann niemanden erkennen.«

»Unser Mitreisender ist in dieser Gegend ein gesuchter Mann«, sagte Daniel. »Er tut gut daran, vorsichtig zu sein und sich verborgen zu halten, bis Sie ihn holen.«

»Ich?«

»Aye. Das wäre Williams Aufgabe gewesen, und Sie sagten, Sie seien gekommen, um seine Arbeit zu verrichten.«

»Aber ich sehe niemanden dort.«

»Er wird sich erst zeigen, wenn Sie mit dem Boot landen und das Kennwort rufen. Machen Sie sich auf den Weg und holen Sie ihn, damit wir lossegeln können. Die Flut ist bald da.«

Wieder hörte ich das Boot an den Rumpf der *Sally* stoßen und dann, als das Platschen der Ruder sich entfernte, ein anderes Geräusch, ein Ächzen und Klirren, das ich noch nicht kannte. Erst als die *Sally* sich leicht zur Seite neigte, merkte ich, dass es das Lichten des Ankers war. Von oben drang der Klang flatternder und sich im Wind blähender Segel herunter.

Die *Sally* legte sich ins Zeug. Als sie sich drehte, sah ich Creeds Spion, der fast das Ufer erreicht hatte. Selbst wenn der Junge Kraft genug besessen hätte, das Boot zu wenden und zu uns zurückzurudern, wäre es sinnlos gewesen, denn man hätte ihn jetzt nicht mehr an Bord gelassen. Nachdem das Boot den Kiesstrand erreicht hatte, sprang er heraus und watete, so schnell es ging, an Land.

Als wir uns aus den Schatten des Landvorsprungs lösten, kletterte er gerade den Felsenpfad zur Klippe hinauf – kein leichter Aufstieg für jemanden, der vom Rudern durchnässt und ermüdet war. Aber er konnte sich glücklich schätzen, dass man ihn in dem Boot weggeschickt und nicht einfach über Bord gestoßen hatte.

Fergal war ganz ähnlicher Meinung, als er wenige Minuten später mit Daniel zu mir unter Deck kam. Die beiden stellten sich neben mich ans Fenster.

»Nun ist er wütend«, rügte Fergal Daniel. »Du hättest sein Mütchen mit einem Schwimmausflug im kalten Wasser kühlen sollen.«

»Und wenn er nicht schwimmen kann?«

Fergal zuckte mit den Schultern. »Dann hätten wir jetzt einen Narren weniger, mit dem wir uns herumschlagen müssen.«

Daniel schmunzelte. »Du bist ein harter Mann, Fergal. Ich kann nur hoffen, es mir nie mit dir zu verscherzen.«

»Das hängt nur von dir ab«, sagte Fergal mit einem Augenzwinkern und beugte sich aus dem Fenster, um noch einmal zum Ufer zu blicken. »Er wird geradewegs zu Creed laufen.«

Diesmal zuckte Daniel mit den Schultern. »Lass ihn. Creed sind die Hände gebunden. Im Hafen von Polgelly gibt es kein Schiff, das die *Sally* einholen könnte.«

Daniel richtete sich auf. Dabei berührte sein Kopf fast die Deckenbalken der Kabine. »Bereiten Seereisen dir Schwierigkeiten?«

»Wie bitte?«, fragte ich.

»Wird dir übel?«

»Ach so. Nein.«

»Gut. Hier unten in der Kajüte ist es komfortabler, aber interessanter gestaltet sich die Fahrt auf dem Achterdeck.«

Ich nahm seine Einladung gern an.

Oben roch die Luft sauberer, und das Licht der sinkenden Sonne hatte einen warmen goldenen Schimmer angenommen. Bald schon würde ich den Abendstern sehen.

Ich beobachtete die Männer bei der Arbeit an Segeln und Seilen und gab mich dem Auf und Ab des Schiffsdecks unter meinen Füßen hin.

Daniel an Bord der *Sally* zu erleben, war eine Offenbarung. Ich hatte ihn noch nie so zufrieden gesehen wie am Steuer des Schiffs, entspannt den Blick auf den Horizont gerichtet.

Was mich nervös machte, der Aufbruch in unbekannte Gefilde, schien ihn nicht im Mindesten zu belasten; er wirkte eher motiviert, wie jemand, der sich nicht von Gefahren abschrecken ließ, sondern sicher seinen eigenen Kurs wählte.

Ich beobachtete ihn, bis der kühle Nachtwind mich unter Deck trieb. Dort bat Fergal mich, ihm beim Austeilen von hartem Brot, Ale und von ihm in der Kombüse zubereitetem Fischeintopf zu helfen.

Das einfache Essen wurde ohne großes Aufhebens verzehrt. Ich aß dankbar meine Portion, bevor ich mich in Daniels Kabine begab, vor der Fergal Posten bezog. In der schwingenden Hängematte fühlte ich mich wie in den Armen eines Geliebten, und schon bald schlief ich tief und fest und träumte von Schiffen und Segeln und fernen Ufern.

# *Dreißig*

Gerade wurden die letzten Boote beladen. Das Deck der *Sally* hob und senkte sich sanft, sodass ich mich an der Reling festhalten musste. Trotz des tiefen Nebels konnte ich das Ufer erkennen, die kleine, durch das Meer geschützte Bucht, die grünen Hügel und die Häuschen, die sich in Gruppen die Anhöhe hinaufdrängten. Nur die geringfügig andere Bauweise verriet, dass wir den schmalen Kanal, der Cornwall vom Kontinent trennte, überquert und die bretonische Küste erreicht hatten.

Daniel hatte mir erklärt, dass sie Rohmaterialien, die aufgrund der britischen Gesetze auf dem Kontinent so schwierig zu bekommen waren, gegen verarbeitete Waren, die die Menschen in England als Luxus erachteten, tauschten.

Er war mit dem ersten Boot an Land gefahren, und ich hatte gedacht, dass ich ihm auf dem letzten mit Fergal folgen würde, sobald es beladen wäre, doch Fergal belehrte mich eines Besseren.

Mit einem kurzen Nicken teilte er mir mit: »Ich gehe jetzt. Und Sie sollten sich nach unten zurückziehen.«

»Wie bitte?«

»In der Kabine sind Sie sicherer. Kommen Sie.«

Er begleitete mich und vergewisserte sich kurz, dass alles so war, wie es sein sollte.

Obwohl es mir nicht gelang, meine Enttäuschung zu verbergen, fragte Fergal, die Hände in die Hüften gestemmt, lediglich: »Können Sie mit einer Pistole umgehen?«

»Wie bitte?«, sagte ich noch einmal.

Er ging zum Schreibtisch und zog die oberste Schublade gerade so weit heraus, dass ich die Waffe darin sah. »Sie ist geladen. Wissen Sie, wie man sie abfeuert?«

»Eher nicht.«

»Ich zeige es Ihnen. Geben Sie Acht.« Er nahm die Pistole aus der Schublade.

»Fergal …«

»Sie werden sie nicht brauchen«, beruhigte er mich. »Es bleiben drei Männer mit Ihnen an Bord, und keiner wird Sie bedrängen. Denen könnte ich meine Mutter anvertrauen. Trotzdem sollte man am besten immer auf das Schlimmste vorbereitet sein«, fuhr er mit einem Schulterzucken fort, »denn dann wird man selten enttäuscht.«

»Fergal.«

»Aye?«

»Kann ich nicht mitkommen?«

Er gab sich Mühe, so zu tun, als würde er ernsthaft über meine Frage nachdenken. »Wenn Sie ein Marktweib oder eine Dirne wären, könnten Sie das, aber da Sie das nicht sind, täten Sie gut daran, in der Kabine zu bleiben«, riet er mir. »Wofür halten Sie uns? Glauben Sie wirklich, wir würden eine Frau mit an Land nehmen?«

»Nun …«

»Beobachten Sie ruhig aus diesem Fenster, wie viele Frauen aus dem Ort ihr sicheres Zuhause verlassen, um uns zu begrüßen«, sagte er. »Wenn sie sehen, dass die *Sally* vor Anker geht, verschwinden sie sofort, um ihre Tugend zu bewahren.«

»Wahrscheinlich, weil sie meinen, Jack wäre mit von der Partie.«

Fergal grinste. »Aye, gut möglich.« Er reichte mir die Pistole. »Und jetzt verriegeln Sie diese Tür.«

Als er weg war, legte ich die Pistole zurück in die Schublade, weil ich es als zu gefährlich empfand, sie in der Hand zu halten. Über mir kletterten die letzten Männer der Mannschaft in das wartende Boot. Als ich die platschenden Ruder hörte, trat ich einen Schritt vom Fenster zurück. Ich wollte nicht, dass sie sahen, wie ich ihnen, einem zurückgelassenen Kind gleich, nachschaute.

Doch Selbstmitleid hatte keinen Sinn; es blieb mir nichts anderes übrig, als nach einer Beschäftigung zu suchen.

Die Kapitänskajüte war nicht gerade darauf ausgerichtet, Gäste zu unterhalten. An der Wand beim Schreibtisch befand sich lediglich ein Regal mit Seekarten, Papieren und einigen Büchern, die mir nicht allzu verlockend erschienen. Das eine befasste sich mit Mathematik, das andere war auf Lateinisch geschrieben und das Dritte entweder von Alexander Pope selbst oder über ihn, weil sein Name auf dem Rücken stand. Das hielt ich noch für das Interessanteste. Als ich versuchte, es aus dem Regal zu ziehen, löste sich auch das daneben Stehende und fiel aufgeschlagen auf den Boden.

Ich hob es auf. Dabei sah ich die schwarze Tinte, an

manchen Stellen mit Klecksen; es handelte sich also nicht um ein gedrucktes Werk.

Es schien kein Tage- oder Logbuch zu sein, denn es waren keine Einteilungen für Tage und Uhrzeiten darin zu finden, nur durchgehende handschriftliche Absätze.

Ich klappte den Band zu und schlug ihn auf der ersten Seite auf, wo ich folgende, in nicht allzu eleganter Schrift geschriebene Worte lesen konnte: »Jack Butler, Sein Buch.«

So, wie es aussah, hatte Jack bereits etwa die Hälfte seiner Memoiren verfasst, die später veröffentlicht werden und in dreihundert Jahren ihren Weg zu mir finden sollten.

Bisher war ich nicht dazu gekommen, viel mehr als die ersten Seiten von *Ein Leben hart am Wind* zu lesen, für das Oliver bestimmt einen horrenden Preis gezahlt hatte. Die Mühe hätte er sich sparen können, dachte ich, denn nun bekam ich das Ganze kostenlos. Als Eindringen in Jacks Privatsphäre empfand ich das nicht, weil seine Erinnerungen in meiner Zeit offen zugänglich waren. Die erste Seite verriet, dass der Text ohne jegliche Veränderung veröffentlicht worden war.

Ich stellte den Alexander-Pope-Band zurück ins Regal und machte es mir mit Jacks Buch in der sanft schwingenden Hängematte bequem.

Es war merkwürdig, exakt die gleichen Worte wie zwei Tage zuvor zu lesen, den Bericht über Jacks und Daniels Kindheit. Der Text konzentrierte sich natürlich auf Jack – er führte sich als Helden der Erzählung ein –, doch hin und wieder wechselte er zu einer allgemeineren Perspektive und schilderte Ereignisse wie das Folgende:

*Zu dieser Zeit begegnete mein Bruder Daniel in London zwei Männern, die zum Militärdienst gezwungen werden sollten. Er mischte sich ein, bewirkte ihre Freilassung und wurde zum Lohn angeklagt. Nach mehreren Wochen in Newgate stellte man ihn vor Gericht, wo man merkte, dass niemand gegen ihn aussagen wollte. So kam er frei und konnte wieder zu uns stoßen …*

Fergal hatte diese Episode in ihrer Auseinandersetzung am ersten Tag meines Aufenthalts in ihrer Zeit erwähnt und Daniel daran erinnert, dass die Kämpfe des Duke of Ormonde nicht die ihren seien und dieser sich während Daniels Haft in Newgate nicht für ihn eingesetzt habe.

Aber offenbar brauchten die Butler-Brüder niemanden, der sich für sie einsetzte. Sie schienen Glückskinder zu sein, wie Jacks Schilderungen von Gefangennahmen und Fluchten vor den Handlangern Queen Annes, auch auf hoher See, bewiesen.

Mit einer einzigen Ausnahme:

*Am Ende des Sommers erlag die Frau meines Bruders ihrer langen Krankheit und wurde zur letzten Ruhe gebettet.*

Mehr schrieb Jack nicht über den Tod von Ann oder die Auswirkungen auf die Hinterbliebenen. Allerdings tauchte der Constable von da an häufiger in seinen Erzählungen auf, eine dunkle Gestalt im Hintergrund.

Trotz Jacks erbärmlicher Grammatik und seiner grässlichen Handschrift bot das Buch interessanten Lesestoff.

So interessant, dass ich, als ich in der Erwartung umblätterte, etwas über die Unruhen während der Geburtstagsfeierlichkeiten für King George zu erfahren, enttäuscht war, nur den Satz zu lesen, den ich bereits von meiner ersten Lektüre kannte.

Ich blätterte weiter, um sicher zu sein, dass wirklich nichts mehr folgte, und klappte das Buch mit Bedauern zu. Nun ja, dachte ich. Immerhin wartete die Endfassung in meiner eigenen Zeit auf mich.

Ich wollte gerade aus der Hängematte aufstehen, als die *Sally* sich plötzlich hob, wie von einer großen Welle seitlich getroffen. Aus den Augenwinkeln nahm ich wahr, dass die Heckfenster sich verdunkelten. Fest an die Hängematte geklammert, drehte ich mich um und sah, wie der Rumpf eines anderen Schiffs bedrohlich nah vorbeiglitt, so nah, dass ich die vergoldeten Ornamente an den Stückpforten erkennen konnte.

Voller Panik schwang ich die Beine über den Rand der Hängematte.

Aus den Heckfenstern konnte ich nur das schwarze Schiff sowie einen schmalen Streifen des grauen Meers und des nebelverhangenen Ufers sehen, das so weit entfernt schien, dass von dort keine Hilfe zu erwarten war. Wieder spürte ich die Enttäuschung darüber, dass Daniel und Fergal mich aus Sicherheitsgründen auf der *Sally* zurückgelassen hatten.

Das unbekannte Schiff begann ein langsames Wendemanöver, bei dem sein Bug sich in den ablandigen Wind richtete. Am Ende lag es fast parallel zur *Sally*, und ich hörte nur noch die Wellen gegen den Rumpf der *Sally* schlagen.

Erstaunlicherweise zeigten die drei Männer, die mit mir an Bord geblieben waren, keinerlei Reaktion.

Mit zitternden Fingern nahm ich die Pistole, die ich fast vergessen hatte, aus der Schublade.

Als ich sie wieder zuschob, hörte ich das gleichmäßige Platschen von Rudern herannahen und schließlich ein Scharren auf der Steuerbordseite der *Sally*.

Die Pistole in der Hand, schloss ich kurz die Augen, um mich auf das Schlimmste vorzubereiten.

Jemand kam an Bord.

# *Einunddreißig*

Dass ich die Männer nur hören und nicht sehen konnte, war das Schlimmste für mich, weil mein Gehirn die Lücke mit schrecklichen Bildern aus Piratenfilmen füllte.

Als die ersten schweren Schritte die Stufen herunterkamen, hielt ich die Pistole schussbereit in der Hand, wie Fergal es mir gezeigt hatte.

Da geschah etwas Unerwartetes: Es klopfte. Und Daniel sagte: »Eva? Lass mich ein.«

Erleichtert, aber mit zitternden Fingern, schob ich den Riegel zurück.

Daniel wirkte überrascht über den Anblick der Waffe. »Alles in Ordnung?« Er drückte die Tür hinter sich zu.

»Da ist ein Schiff«, antwortete ich mit gesenkter Stimme, damit die Mannschaft mich nicht hören konnte.

»Ja, ich weiß.« Er nahm mir die Pistole aus der Hand. »Kein Grund zur Sorge. Dachtest du denn, ich würde dich völlig wehrlos allein lassen?«

Fast wäre mir herausgerutscht, dass ich überhaupt nicht damit gerechnet hatte, allein gelassen zu werden, doch ich verkniff es mir, denn Daniel konnte ja nichts für die Sitten der Zeit, nach denen Männer und Frauen unterschiedliche Regeln befolgen mussten. Außerdem hatte ich ja selbst auf die *Sally* gewollt.

»Ich dachte nur, ich sollte auf alles vorbereitet sein«, antwortete ich und wechselte das Thema. »Habt ihr erledigt, was an Land zu tun war?«

»Ja. Und wir haben ein Boot gekauft als Ersatz für das, mit dem Creeds Bursche weggerudert ist.«

Die Schritte der Männer verrieten mir, dass das, was sie gegen die Wolle getauscht hatten, ausgeladen und im Frachtraum der *Sally* verstaut wurde. Schon bald würde über die große Winde der Anker hochgezogen werden. Das also war mein großes Abenteuer gewesen. Wir würden in null Komma nichts wieder in Trelowarth sein.

Enttäuscht trat ich ans Fenster und betrachtete das schwarze Schiff, das mir einen solchen Schrecken eingejagt hatte. »Ist das auch ein Schmugglerschiff?«

Daniel stützte sich auf die Kante seines Schreibtischs. »Es handelt sich um eine Fregatte der französischen Marine.«

»Es ist bedeutend größer als die *Sally*.«

Sein fachmännischer Blick wanderte über den schwarzen Schiffsrumpf. »Aye. Ich würde sagen, sie hat vierhundert Tonnen und im Vergleich zu unseren acht Kanonen zweiunddreißig, dazu mindestens zehnmal mehr Männer als wir.«

»Sonderlich beruhigend finde ich das nicht«, stellte ich fest.

»Keine Sorge. Dieses Schiff entspricht genau der Beschreibung dessen, was ich hier treffen soll.«

»Du sollst ein anderes Schiff treffen?«

»Ja, so lauten meine Anweisungen.« Daniel legte den Kopf ein wenig schräg, als könnte er so die Takelage des schwarzen Schiffs besser begutachten. »Allerdings muss ich zugeben, dass ich seinen Namen nicht kenne.«

Da veränderte die *Sally* leicht die Position, sodass wir wieder in den Schatten des französischen Schiffs glitten.

Daniel spürte meine Nervosität. »Dies ist nicht der geeignete Ort für eine Begegnung; hier könnten wir beobachtet werden. Wir suchen uns lieber einen ruhigeren Küstenabschnitt, um beizudrehen und herauszufinden, was sie vorhaben.«

Ich versuchte, meine Furcht zu verbergen. »Ja, natürlich.«

Daniel ließ sich nicht täuschen. »Wärst du jetzt doch lieber in Trelowarth geblieben?«

»Nein«, antwortete ich ein wenig zu hastig. »Nein, ich bin froh, dass ich mitgekommen bin.«

Mit verschränkten Armen gegen den Schreibtisch gelehnt, musterte Daniel mich nachdenklich.

»Was ist?«, fragte ich.

»Du verletzt mich nicht mit der Wahrheit, Eva. Wir sollten ehrlich zueinander sein.«

»Ich bin ehrlich.«

Er stieß sich von der Schreibtischkante ab und stellte sich neben mich ans Fenster. Wir entfernten uns von der schwarzen französischen Fregatte, bis wieder die grauen Wellen in Sicht kamen, die sich an der Felsenküste unter den grünen Klippen brachen.

»Die bretonische Küste ist von einer ganz eigenen wilden Schönheit«, bemerkte er. »Aber vermutlich lässt sie sich nicht mit der Indiens vergleichen.«

Ich schwieg. Ich hatte gedacht, ihm sei entgangen, dass ich mich an meine Zeit mit Katrina erinnerte, als Fergal das Etikett mit der Aufschrift *Made in India* in meinem T-Shirt entdeckt hatte …

»Du bist dort gewesen«, sagte Daniel.

»Ja.«

»Und wohin haben deine Reisen dich sonst noch geführt?«

»An viele Orte.«

»Glaubst du, mein Geist sei so beschränkt, dass ich die Wahrheit nicht ertrage? Verbirgst du sie deshalb vor mir?«

»Nein, ich …«

Daniel wandte sich mir zu. »Für eine Situation wie diese gibt es keine Verhaltensmaßregeln, also müssen wir sie uns selbst erschließen. Meiner Ansicht nach sollte das erste Gebot Aufrichtigkeit sein.«

Ich war mir nicht sicher, ob er darauf eine Antwort erwartete. Er wandte sich seufzend ab.

»Du bist froh, mitgekommen zu sein«, sagte er. »Du, die du Dinge gesehen und getan hast, die ich mir kaum vorstellen kann; du, die du in deiner Zeit Freiheiten genießt, die Frauen der meinen nicht einmal ahnen. Bestimmt dachtest du, diese Fahrt würde ein Abenteuer werden, aber dann musstest du den Tag allein in einer Kabine verbringen, in Angst um dein Leben. Trotzdem behauptest du, du seist froh, uns begleitet zu haben. Du musst verzeihen, wenn ich dir das nicht glaube.«

Jetzt verstand ich, was er meinte. »Na schön.« Ich holte tief Luft. »Es hat mir nicht gefallen, allein zurückgelassen zu werden, als ihr alle an Land gegangen seid. Das hatte ich nicht erwartet.«

»Ich muss mich entschuldigen. Ich hätte nicht annehmen dürfen, dass du glaubst, du könntest uns begleiten.« Er überlegte kurz. »Du begreifst, warum?«

»Ja.«

»Es wäre zu gefährlich gewesen.«

»Ich weiß, aber …« Ich versuchte, die richtigen Worte zu finden. »Du sprichst vom Reisen. Auch in meiner Zeit gibt es Länder, in denen Frauen Beschränkungen auferlegt sind. Sie dürfen sich keine höhere Bildung aneignen und ohne Erlaubnis ihrer Männer das Haus nicht verlassen, aber ich lebe nicht so. Und wenn man bestimmte Freiheiten gewohnt ist, fällt es sehr schwer, auf sie zu verzichten.«

In dem Moment dachte ich nicht daran, dass Daniel aus seiner Zeit im Gefängnis von Newgate wusste, was es bedeutete, die Freiheit zu verlieren.

»Ich versichere dir, Eva, dass ich die Freiheit als sehr hohes Gut erachte.«

»Das weiß ich.«

»Egal, wie die Sitten und Gebräuche in der Öffentlichkeit sein mögen: In meiner Familie durfte noch jede Frau ihre Gedanken frei äußern.«

»Hinter verschlossenen Türen.«

»Meiner Erfahrung nach«, entgegnete er schmunzelnd, »gibt es viele Dinge, die man besser hinter verschlossenen Türen tut als in der Öffentlichkeit. Das gilt für Männer und Frauen gleichermaßen.« Ernster fügte er hinzu: »Meinst du denn, ich kann immer sagen, was ich denke? Würde ich meine Meinung über die gegenwärtige politische Situation verkünden, würde man mich schon bald wegen Hochverrats in Ketten legen.«

»Selbst wenn du deine Ansichten nicht öffentlich kundtun kannst, handelst du nach ihnen.«

»Nicht offen. Nein, du und ich, wir müssen uns beide darauf beschränken, in der Öffentlichkeit lediglich einen Teil von uns preiszugeben und den anderen ausschließlich unseren Freunden zu offenbaren. Unsere ganze Persönlichkeit kennen nur die wenigen, die wir lieben und denen wir vertrauen.«

Ich schwieg.

»Tröstet es dich, wenn ich dir sage, dass dir bei unserem Ausflug heute Morgen nichts Wichtiges entgangen ist? Dass sogar Fergal sich gelangweilt hat? Tröstet dich das?«

»Nicht sehr.« Doch ich lächelte. »Hat Fergal dir erzählt, dass ich ihn gebeten habe, mich mitkommen zu lassen?«

Daniel runzelte die Stirn. »Und wie hat er darauf reagiert?«

Als ich es ihm verriet, musste er lachen. »Eines steht fest: Du hast seine Zuneigung errungen, denn hätte irgendeine andere Frau ihn darum gebeten, wüsste jetzt die ganze Mannschaft Bescheid.«

»Ich dachte, er hätte es dir gesagt.«

»Ich brauche Fergal nicht, um zu wissen, wann du unglücklich bist. Nicht einmal er kennt deine Stimmung so wie ich.«

»Ich bin nicht unglücklich«, widersprach ich.

»Nein?«

»Nein. Ich … Daniel?«

»Ja?«

Ich drehte Daniel so, dass er sehen konnte, was ich sah.

Ein großes schwarzes Schiff folgte der *Sally*. Sein Bugspriet pflügte durch die Wellen wie ein Raubfisch.

Daniel umarmte mich kurz und ließ die Lippen über mein Haar gleiten, bevor er mich losließ. »Halte dich von den Fenstern fern«, ermahnte er mich. »Und egal, was passiert …«

»Ich bleibe hier.«

Er nickte. »Wenn es gefährlich werden sollte, hole ich dich, das verspreche ich dir. Ach, und Eva? Verriegle …«

»… die Tür, ich weiß.«

Mit einem kurzen Lächeln verließ er die Kabine.

Offenbar handelte es sich bei dem französischen Schiff tatsächlich um das, das Daniel treffen sollte. Er wendete die *Sally*, sodass wir fast zum Stillstand kamen, und kurz darauf hörte ich, wie mehrere Männer über die Reling und ins Boot kletterten.

Ich wusste, dass Daniel darunter war, weil ich seine Stimme über das inzwischen vertraute Klatschen und Platschen der Ruder vernahm.

Ich richtete mich aufs Warten ein und setzte mich mit angezogenen Beinen auf den Boden, den Kopf bequem auf die Knie gestützt. So saß ich eine ganze Weile da, müßig meinen Gedanken nachhängend, und ließ mich vom sanften Auf und Ab der *Sally* einlullen, bis ich schließlich einschlief.

Ich träumte von Daniels lachenden Augen, seiner Berührung, seiner Stimme …

»Du kannst nicht hierbleiben«, sagte er leise.

»Ich will aber.«

Da spürte ich, wie er mich hochhob, und ich schlang die Arme um seinen Nacken und drückte mich gegen seine Brust. Plötzlich merkte ich, dass ich nicht mehr träumte.

Ich schaute mich blinzelnd um oder versuchte es zumindest. Es war Nacht; das einzige Licht in der dunklen Kajüte kam von einer Kerze auf dem Schreibtisch; die Vorhänge waren zu. Daniel zog mich hoch. »Du kannst nicht auf dem Boden schlafen.«

»Das wollte ich gar nicht. Ich habe gewartet.«

»Das sehe ich.«

»Du bist lange weg gewesen.«

»Aye, wir hatten viel zu besprechen und mussten die Fracht herüberbringen.«

Sie hatten die Waren bereits von dem französischen Schiff auf die *Sally* verladen?

»Habe ich das verschlafen?«

»Anscheinend.« Daniel zog mich auf die Füße. »Fergal hat deine Tür die meiste Zeit bewacht. Ich bin erst mit der letzten Ladung zurückgerudert.«

»Wie bist du reingekommen?«

Daniel hob eine Hand, sodass ich den Messingschlüsselring darin sehen konnte. »Das ist das Vorrecht des Kapitäns. Ich habe dir etwas zu essen gebracht.«

Erst jetzt merkte ich, dass mir der Magen knurrte; ich hatte seit dem Frühstück nichts mehr gegessen.

Auf dem Schreibtisch neben der Kerze lagen ein Kanten in Musselin eingewickelter Käse, zwei Birnen und ein paar runde Brötchen, die zerdrückt aussahen, als hätte er sie in den Taschen getragen.

»Danke.« Ich nahm ein Brötchen und biss hinein. »Mm, sehr gut. Was ist das?«

»Französisches Brot.« Er ging zum Bücherregal, schob eine Wandtür beiseite und tastete in dem Hohlraum dahinter herum.

»Wo sind die anderen?«, erkundigte ich mich, als ich merkte, wie ruhig es auf dem Schiff war.

»Ein Mann hält oben Wache. Alle anderen essen auf Einladung des Kapitäns mit dessen Crew auf dem französischen Schiff.«

Ich hob fragend die Augenbrauen. »Auch Fergal?«

»Fergal hat nur sehr wenige Schwächen, aber die französische Küche gehört dazu. Als er erfahren hat, dass dieses Schiff erst vor Kurzem auf den Kanarischen Inseln gewesen ist und sich eine ansehnliche Ladung starker kanarischer Sherry an Bord befindet, war seine Entscheidung getroffen.« Inzwischen hatte Daniel gefunden, was er suchte. Er richtete sich mit etwas silbrig Glänzendem in der Hand auf und schob die Tür wieder zu.

»Sherry?«

Er nahm eine grüne Flasche aus seiner Jackentasche. »Ja.«

»Und den mag Fergal?«

»Mehr noch als Apfelwein.« Daniel stellte die Flasche mit den beiden kleinen Silberbechern aus dem Wandschrank auf den Tisch, zog den Korken heraus und füllte die Becher. »Möchtest du welchen?«

»Gern.«

Als raues Gelächter und Musik von dem französischen Schiff herüberdrangen, sagte ich: »Klingt, als würdest du den ganzen Spaß verpassen.«

Daniel prostete mir zu. »Mir ist deine Gesellschaft wichtiger.«

Obwohl das Essen, das er mir gebracht hatte, einfach war, schmeckte es vorzüglich, besser als in jedem Gourmetrestaurant, weil ich das Vergnügen genoss, mit Daniel bei

Kerzenschein am Tisch zu sitzen, während die Schiffsbohlen im sanften Auf und Ab des Meeres knarrten, als wäre der Rest der Welt sehr weit weg.

Wir unterhielten uns über unsere Familien. Ich sagte ihm nicht, dass ich aus Jacks Buch bereits Einzelheiten über die seine wusste. Dafür erzählte ich ihm von Katrina, unseren Sommern in Trelowarth und dem Grund meiner Rückkehr.

»Du hast die weite Reise auf dich genommen, weil deine Schwester ruhen wollte, wo sie einmal glücklich gewesen ist?«, fragte Daniel.

»Ja.«

»War sie denn anderswo nicht glücklich?«

»Doch, natürlich, nur nicht so wie dort. Trelowarth war – und ist noch immer – ein besonderer Ort.«

»Trelowarth«, entgegnete er, »sind Räume unter einem Dach, nichts weiter.« Er füllte unsere Becher neu. »Ich glaube, es sind nicht die Orte, die unsere glücklichsten Erinnerungen hervorrufen, sondern die Menschen, mit denen wir sie besuchen. Deshalb können wir diese Erlebnisse später nicht wiederholen.«

Darüber hatte ich noch nie nachgedacht. Vielleicht stimmte das, was er sagte. Vielleicht war das der Grund, warum nichts im Trelowarth meiner Zeit sich so anfühlte wie erhofft, obwohl Claire, Mark und Susan sich bemühten, mir ein heimisches Gefühl zu geben. Der Ort war derselbe, aber die Zeit nicht stehen geblieben. Meine Schwester und meine Eltern hielten sich nicht mehr dort auf. Und das Mädchen, das ich damals gewesen war … gab es nicht mehr.

»›Der wandernde Finger‹.«

Daniel sah mich fragend an.

»Das ist ein sehr schönes Gedicht.« Ich zitierte eine Strophe für ihn:

Der Finger schreibt,
Dann ist er fort.
Und kein Gebet, kein Geistesblitz
Und keine Träne, die du weinst,
Löscht auch nur eine Zeile aus.

»Du hast recht, ein schönes Gedicht«, sagte Daniel. »Leider kenne ich es nicht.«

»Das wundert mich nicht. Es ist noch nicht geschrieben. Das heißt, die arabische Originalversion existiert bereits …«, ich versuchte mich zu erinnern, wann Omar Khayyam gelebt hatte, »… seit ein paar hundert Jahren. Aber es wird erst im nächsten Jahrhundert ins Englische übersetzt.«

»Das ist eine ziemlich lange Zeit zum Warten.« Daniel sah mich an, als hätte ich soeben etwas Faszinierendes getan. »Es wundert mich, dass du es für mich zitiert hast. Normalerweise hütest du dein Wissen über die Zukunft sorgfältiger.«

Ich gestand ihm, dass ich meine Schwäche auf den Sherry zurückführte.

»Verstehe.« Er nahm schelmisch lächelnd die Flasche in die Hand. »Dann lass mich die Becher noch einmal füllen, damit du mir von Indien erzählst.«

# *Zweiunddreißig*

Trotz des Sherry, der mich entspannte und wärmte, gelang es mir nicht einzuschlafen.

Stattdessen beobachtete ich Daniel von der Hängematte aus. Er hatte mehr getrunken als ich und einen härteren Tag hinter sich und war auf dem Stuhl sitzend, die Beine unter dem Tisch ausgestreckt, das Kinn auf der Brust, eingenickt.

Sonderlich bequem sah das nicht aus. Von Zeit zu Zeit hob er kurz den Kopf, der dann ganz langsam wieder hinuntersank. Irgendwann stand ich aus der Hängematte auf und ging zu ihm, um ihn zu wecken. Meine Hand hatte kaum seine Schulter berührt, als seine Augen sich schon öffneten.

»Eva?«

»Das kann nicht bequem sein.«

Er schloss die Augen wieder. »Doch.«

»Nein. Der Stuhl ist zu klein für dich. Lass mich darauf schlafen, und nimm du die Hängematte.«

»Nicht nötig.« Seine Stimme klang vom Alkohol undeutlich. In diesem Zustand hätte ihm vermutlich ein Straßengraben als Bett genügt.

Nur mit Mühe schaffte ich es, ihn zum Aufstehen zu überreden. Da er unsicher auf den Beinen war, musste ich ihn auf dem Weg zur Hängematte stützen. Als er sich schließlich artig hineinlegte, ließ er nicht los, sodass er mich mit hineinzog.

Ich versuchte, mich aufzurichten. »Daniel.«

Er schlief bereits wieder.

Daniel hatte behauptet, dass eine solche Hängematte durchaus das Gewicht zweier Menschen aushielt, also nahm ich ihn beim Wort. Nach kurzem Manövrieren lag ich so, dass mein Kopf an seiner Schulter ruhte und ich den gleichmäßigen Schlag seines Herzens hörte.

Er hatte recht gehabt mit seiner Vermutung, ich hätte auf dieser Schmuggelfahrt romantische Abenteuer erwartet. Inzwischen war mir klar, was wirklich vor sich ging.

Natürlich hätte ich mir einreden können, dass Daniel wie üblich Wolle gegen Brandy und Spitze getauscht hatte, aber die Fracht von dem französischen Schiff musste in Verbindung mit dem geplanten Aufstand stehen. Obwohl ich wusste, dass er fehlschlagen würde, war mir noch nicht klar, was das für Daniel, Jack, Fergal und die Männer der *Sally* sowie ihre Familien bedeutete, denn den Geschichtsbüchern waren sie keine Erwähnung wert.

Für mich jedoch waren sie keine Namenlosen. Ich legte schützend die Hand auf die Brust des Mannes neben mir. Daniel wachte wieder halb auf und zog mich näher zu sich heran. Irgendwann lullte das Auf und Ab des Schiffs auch mich ein.

Als es an der Tür klopfte, war es hell in der Kabine, und ich spürte Daniels warmen Körper neben mir.

Er hatte sich in der Nacht kaum bewegt. So lag ich immer noch an ihn gedrückt, den Kopf an seiner Schulter, seine Hand auf meiner Hüfte. Sonderlich bequem konnte das nicht für ihn sein. Ich stand vorsichtig aus der Hängematte auf und ging zur Tür.

Fergals Blick glitt kurz über mein zerknittertes Kleid und das gelöste Haar, bevor er sich der Hängematte näherte und ausdruckslos zu mir zurückkam. »Wecken Sie ihn auf, ja?«, bat er mich. »Er wird an Deck gebraucht.«

Dann wandte er sich kommentarlos ab. Ich spürte seine Missbilligung.

Als wir später in der Kombüse das Geschirr spülten, versuchte ich, mit ihm zu reden.

»Was Sie gesehen haben … es war nicht, wie Sie meinen. Es ist nichts passiert.«

Fergal schwieg.

»Ich habe gesagt …«

»Sie sollen nichts sagen«, fiel er mir ins Wort. »Das geht mich nichts an.«

Ich wusste, dass er nicht wütend, sondern besorgt war, und ahnte, dass diese Sorge nicht mir, sondern seinem Freund galt, der schon einmal einen schweren Verlust erlitten hatte. Egal, wie gut Fergal mich leiden konnte: Er hielt das, was sich zwischen Daniel und mir entwickelte, für den sicheren Weg ins Verderben. Möglicherweise hatte er recht.

Meine düsteren Gedanken begleiteten mich, als die *Sally* sich ihrem geschützten Ankerplatz vor den schwarzen Klippen von Trelowarth näherte.

Wir waren im Schutz der Dämmerung mit der Flut hereingekommen. Als die Männer mit dem Entladen fertig waren, gab es kaum noch genug Licht in der Kabine, um Fergals Gesichtszüge auszumachen, der mich holte.

»Danny wartet an der Höhle«, teilte er mir mit.

Wir verließen das Schiff als Letzte.

Fergal half mir in das neu erworbene bretonische Ruderboot. Die Überreste des anderen, das wir an Creeds Komplizen verloren hatten, entdeckte ich zerborsten am Strand, als Fergal uns schweigend zum Cripplehorn ruderte.

Der Constable war bestimmt nicht begeistert gewesen, seinen Spion an Land vorzufinden. Trotz Jacks Behauptung, dass örtliche Geschworene die Butler-Brüder niemals verurteilen würden, durfte man den Constable nicht unterschätzen. Was Creed innerhalb der Grenzen des Gesetzes tun konnte und was er darüber hinaus wagte, waren unterschiedliche Dinge.

Der Boden des Boots scharrte über den Muschel-Kiesstrand. Fergal hielt es fest, während ich hinauskletterte und neben dem Wasserfall wartete, der nun, im Sommer, viel schmaler war. Zum Glück kannte ich den geheimen Eingang bereits, sonst hätte mich das unvermittelte Auftauchen der Gestalt aus dem Felsen wahrscheinlich erschreckt.

Daniel berührte meinen Arm. »Wir müssen das Boot näher heranziehen. Wartest du bitte so lange drinnen?«

Ich nickte und schob mich durch den langen Spalt im Felsen an ihm vorbei.

Die Stille in der Höhle überraschte mich genauso sehr wie an dem Tag, an dem ich mit Mark hierhergekommen war. Das Rauschen des Meeres klang weit entfernt; nur das

Tropfen von Wasser hallte von den feuchten Steinwänden wider.

Allerdings war dies nicht der verlassene Ort, den ich mit Mark besucht hatte. In die Gerüche des Meeres und der vom Salzwasser feuchten Steine mischten sich menschliche – nach Pfeifenrauch, neuen Holzfässern und gerade erst gelöschten Kerzen. Die einzige brennende stand in geschmolzenem Wachs auf einem kleinen Zinnteller auf einem Fass – einem von vielen entlang der gewölbten Wand zu meiner Rechten. Ich hätte gewettet, dass sich nichts Trinkbares darin befand.

Wahrscheinlicher waren sie mit Waffen für die Rebellion gefüllt. Aus den Artikeln, die ich gelesen hatte, wusste ich, dass der Duke of Ormonde plante, im westlichen Teil Englands eine Armee aufzustellen, die unter seiner Führung für den jungen James Stuart kämpfen würde, wenn er übers Meer käme, um Anspruch auf den Thron zu erheben.

Und James Stuart würde kommen, das wusste ich. Er würde im Norden, oben in Schottland, landen und Männer von der ganzen Insel um sich scharen, die dafür mit ihrem Leben bezahlten, und am Ende wäre der Kampf verloren. Das Risiko, das diese Männer eingingen, um die Waffen oder was auch immer herzubringen und zu verstecken, war vergebens.

Ich wurde sehr traurig. Doch mir war klar, dass ich Daniel, selbst wenn ich ihn warnte, nicht von seinem Kurs abbringen konnte. Er würde seinem König die Treue halten, egal, wie die Konsequenzen aussahen, denn das diktierten ihm Herz und Ehrgefühl.

Da hörte ich leise Schritte und sah Daniel am Eingang.

»Fertig«, sagte er. »Würdest du mir bitte die Kerze bringen, Eva?«

Ich nickte und ging auf den glitschigen Steinen vorsichtig zu dem Fass hinüber. Als ich die Kerze von dem Zinnteller hob, flackerte das Licht kurz über schimmerndes Metall auf dem Boden – die Klinge von Daniels Dolch. Fast hätte ich mich gebückt, um ihn aufzuheben …

Hier also hatte er ihn verloren. Und hier würde Mark ihn später finden. Es stand mir nicht zu, mich in den Lauf der Dinge einzumischen.

Daniel bemerkte mein Zögern. »Alles in Ordnung?«

»Ja«, antwortete ich und brachte ihm die Kerze.

Er nahm sie, bedankte sich und blies sie zu meiner Überraschung aus. »Ich möchte nicht, dass unsere Arbeit durch Feuer vernichtet wird«, erklärte er.

»Brauchen wir das Licht denn nicht für den Heimweg?«

Eine dumme Frage an einen Schmuggler, dachte ich später. Daniel lächelte nur, ein Lächeln, das ich nicht sehen, dafür aber spüren konnte, als seine Lippen leicht die meinen berührten. Es war der Hauch eines Kusses; für mehr war keine Zeit, denn draußen wartete Fergal.

»Manchmal«, meinte Daniel, »ist es besser, im Dunkeln zu bleiben.«

# *Dreiunddreißig*

Am nächsten Tag schliefen wir lange. Jack war als Erster auf den Beinen. Ich hörte ihn in der Küche vor sich hin pfeifen, bevor er zu den Ställen hinausging. Daniel regte sich im Zimmer nebenan. Seine Schritte bewegten sich über die knarrenden Dielen, er zog sich an und begab sich nach unten.

Ich spielte mit dem Gedanken, mich noch einmal umzudrehen, doch am Ende stand ich ebenfalls auf und zog mich an, was einige Zeit in Anspruch nahm. Als ich die Küche betrat, war Jack wieder im Haus und diskutierte mit Daniel.

»Aye«, sagte Jack gerade, »ich weiß, was du gedacht hast, aber meiner Ansicht nach hättest du besser daran getan, den Burschen mitkommen zu lassen und ihn unterwegs über Bord zu werfen. Das hätte man als Unfall ausgeben können, und niemand wäre in der Lage gewesen, das Gegenteil zu beweisen.«

»Ich bringe keine bartlosen Burschen um. Guten Morgen, Eva«, begrüßte Daniel mich.

Mit einem Nicken nahm ich den Eimer von dem Haken an der Feuerstelle, um Wasser zu holen.

»Bartlose Burschen, die vor Creed bloßgestellt wurden, könnten sich am Ende als unerwartet gefährlich erweisen.«

Am Brunnen befand sich eine einfache Vorrichtung aus Winde, Seil und Haken. Das Heraufholen des vollen Eimers war härtere Arbeit, als ich gedacht hatte. Ich kurbelte gerade, als Jack durch die hintere Tür herauskam.

Er trat zu mir. »Ich mach das schon.« Die Energie, mit der er ans Werk ging, entsprang wohl eher dem Bedürfnis, seinen Ärger abzureagieren, als seinem Wunsch, mir zu helfen. Er zog mit einer solchen Kraft, dass das Wasser aus dem Eimer schwappte, als er ihn heraufholte.

»Hier.« Er reichte mir den Eimer, drehte sich um und ging. Nach ein paar Schritten wandte er sich noch einmal um. »Wenn Sie tatsächlich eine Stimme haben, sollten Sie sie dazu verwenden, meinen Bruder davon zu überzeugen, dass es Zeiten gibt, in denen Männer aus Eigennutz, nicht aus Ehre handeln müssen.«

Ich hätte ihm gern geantwortet, dass es keinen Sinn hatte, Daniel etwas zu sagen. Er war so, wie er war; keine Macht der Welt konnte ihn verändern.

Was Jack bestimmt wusste. Nach einem letzten wütenden Blick ging er zu den Stallungen, während ich den schweren Wassereimer über den Hof schleppte.

Fergal, der gerade erst aufgestanden war, nahm ihn mir an der Küchentür gähnend aus der Hand und schaute zu Jack hinüber. »Machen Sie sich keine Gedanken über Jack, er ist nun mal ein Heißsporn. Nach ein paar Tagen allein im Haus muss er Dampf ablassen.«

Ich machte mir gar keine Gedanken über Jack, weil ich wusste, dass er noch viele Jahre vor sich hatte. Meine Sorge galt eher den beiden anderen Männern.

»Frühstück«, verkündete Fergal. »Und hinterher müssen Sie das Abendessen allein kochen.«

»Warum? Was haben Sie vor?«

»Ich muss nach Lostwithiel.«

»Wieso?«

»Das soll Sie nicht kümmern. Kommen Sie jetzt zum Frühstück.«

»Hat es mit den Waffen aus der Bretagne zu tun?«

Fergal sah mich an. »Hoffentlich werde ich nie in die Zukunft reisen. Ich würde es nicht lange aushalten in einer Zeit voller Frauen, die so neugierig sind wie Sie.« Er stellte den Eimer auf der Feuerstelle ab und wiederholte: »Frühstück.«

Als ich hinaufging, um mein Bett zu machen, stieg mir auf dem Treppenabsatz der angenehme Geruch von Pfeifentabak in die Nase. Daniel saß in seinem Arbeitszimmer in einem Sessel am Fenster, in ein ziemlich altes Buch vertieft. Er hob den Blick, nahm die Pfeife aus dem Mund und fragte: »Brauchst du mich?«

»Ich fange bald mit dem Kochen an, Fisch. Etwas anderes ist nicht da. Wie soll ich ihn zubereiten?«

»Wie du möchtest«, antwortete er lächelnd. »Hat Fergal ihn wenigstens für dich ausgenommen?«

»Ja.«

»Gut.« Daniel legte die Pfeife auf den Tisch neben sich und straffte die Schultern.

Ich betrachtete das Buch genauer. »Was liest du?«

Er hielt es mir so hin, dass ich den Titel erkennen konnte. *Der skeptische Chemiker.*

»Ein Werk über Chemie?«, fragte ich.

»Du kennst dich aus in dieser Wissenschaft?«

»Ich weiß nur, was ich in der Schule gelernt habe.«

»Also zweifelsohne mehr als das, was selbst die bedeutendsten Wissenschaftler unserer Zeit ahnen.« Mit einem Nicken in Richtung Buch fügte er hinzu: »Der Verfasser, ein gewisser Richard Boyle, hatte einen scharfen Verstand, auch wenn er sich meiner Ansicht nach zu intensiv mit Alchemie befasste. Als ich noch ein kleines Kind war, hat er Versuche mit Feuer und chemischer Verbrennung durchgeführt. Ich hatte gehofft, sie in diesem Band beschrieben zu finden, aber er ist zu alt. Trotzdem finde ich ihn höchst faszinierend.«

»Wieso interessierst du dich für chemische Verbrennung?«

»Weil du von sich selbst entzündenden Fidibussen erzählt hast.« Er lehnte sich in seinem Sessel zurück. »Ich könnte mir vorstellen, dass Phosphor über nützliche Eigenschaften verfügt, aber was die anderen Chemikalien anbelangt, die nötig sind …«

»Das darfst du nicht machen«, fiel ich ihm voller Panik ins Wort. Doch er würde sich nicht davon abbringen lassen, das wusste ich. Für ihn war alles, was er nicht sofort durchschaute, ein Rätsel, das es zu lösen galt, eine Art Spiel. »Du kannst nicht mit Streichhölzern herumexperimentieren, Daniel. Die werden erst im neunzehnten Jahrhundert erfunden.«

Er blätterte weiter. »Wenn ich das Geheimnis lüfte, muss ich dir also versprechen, es bis dahin in der Familie zu bewahren?«

»Über so etwas scherzt man nicht. Das darfst du nicht machen«, wiederholte ich.

»Warum nicht?« Er merkte die Seite im Buch mit dem Daumen ein, schloss es und bedachte mich mit einem herausfordernden Blick. »Wieso sollte es schaden, wenn ich mein Wissen erweitere?«

»Das tut es, wenn es sich um Wissen handelt, das in dieser Zeit noch nicht existiert. Es kann die Zukunft und den Lauf der Dinge verändern.«

»Warum glaubst du das?«

»Das sagt mir der gesunde Menschenverstand.«

»Und welche Belege hast du dafür?«, erkundigte er sich. »Ist je zuvor ein Mensch durch die Zeit gereist?«

»Ich weiß es nicht …«

»Haben Gelehrte sich mit der Frage auseinandergesetzt?«

»Sie haben Theorien …«

»Wie lassen sie sich überprüfen? Theorien sind schön und gut, aber mein eigener gesunder Menschenverstand sagt mir, dass es eine Weltordnung gibt, die sich durch den Willen des Einzelnen nicht so leicht beeinflussen lässt.« Er breitete die Hände aus. »All das, mein ganzes Leben, ist für die Menschen deiner Zeit bereits vorbei und aus dem Gedächtnis getilgt. Es ist wie in dem Gedicht über den Finger. Meine Seite ist geschrieben, und nicht einmal ich kann eine Zeile davon verändern.«

»Aber ich habe hier eigentlich nichts verloren. Ich darf mich nicht einmischen.«

Daniel legte das Buch weg und trat zu mir. »Woher willst du wissen, dass dies nicht genau der Ort ist, an dem du sein sollst?«

Ich schüttelte den Kopf. »Es ist unmöglich.«

»Warum? Welchen Beweis hast du für deine These?«

»Und du für deine?«

Daniel ergriff meine Hand und hob sie an sein Herz. »Hier«, antwortete er mit leiser Stimme. Die andere Hand legte er unter mein Kinn. »Und hier«, murmelte er, bevor er mich küsste.

Kurz darauf löste er sich von mir und fragte mit rauer Stimme: »Brauchst du weitere Beweise?«

Obwohl ich wusste, dass ich damit alles noch schwieriger machte, nickte ich. Und er hob mich hoch, küsste mich ein weiteres Mal und trug mich von seinem Arbeitszimmer über den Flur ins Schlafzimmer, wo er die Tür hinter uns mit dem Fuß zustieß. Dann hörte ich, wie zugesperrt wurde, und wenig später lagen wir auf dem Bett.

Die Zeit schien stehen zu bleiben, und ich stellte mir keine Fragen mehr über meinen Platz darin. Ich war genau dort, wo ich sein sollte, im Bett neben Daniel Butler.

Als ich sein Gesicht betrachtete, sah er mich lächelnd an.

Ich schloss die Augen, um den Moment festzuhalten. Doch dann fiel mir ein, wie ich das letzte Mal von meiner Gegenwart in die Vergangenheit gelangt war. Hastig öffnete ich sie wieder.

Er war noch da.

»Zweifelst du wieder daran, dass ich real bin?«, fragte Daniel.

»Nach dem, was gerade passiert ist, ja, vielleicht.«

»Ich verstehe das als Kompliment. Oder soll es am Ende das Gegenteil bedeuten?«

Ich schüttelte den Kopf. »Nein, es war ein Kompliment.«

Als Daniel mich küsste, verdunkelten sich seine grünen Augen. Seine Miene wurde ernst, er ließ den Kopf auf das Kissen sinken und wand eine lange Strähne meines Haars um seinen Finger. »Ich habe viele Frauen gekannt, Eva, bin aber nur zweimal der Liebe begegnet. Ich kann nicht behaupten, sonderlich viel davon zu verstehen oder ein guter Ehemann gewesen zu sein. Manchmal neige ich dazu, das, was ich liebe, zu stark an mich zu drücken, und ich habe bisweilen unerwartete Launen. Ich weiß, dass es nicht leicht ist, ein Leben mit mir zu führen.«

Ich hielt den Atem an.

Er betrachtete meine Haarsträhne. »Ich bin nur zweimal der Liebe begegnet«, wiederholte er. »Das erste Mal hielt ich sie für selbstverständlich, und jetzt liegt sie im Grab und ist für immer verloren. Ich möchte nicht …« Seine Hand schloss sich zur Faust. »Mit dir möchte ich den gleichen Fehler nicht noch einmal begehen.«

»Heißt das, du liebst mich?«

»Aye.« Er blickte mir in die Augen. »Und ich möchte dich heiraten.« Anscheinend hatte er den Eindruck, dass das zu bestimmt klang, denn er formulierte es neu: »Ich frage dich, ob du mich heiraten willst.«

Mir traten Tränen in die Augen. »Ich liebe dich auch, aber …«

»Aber …?«

»Ich bin nicht immer da und habe keinen Einfluss auf mein Kommen und Gehen. So ein Leben kannst du dir doch nicht wünschen.«

»Ich will dich.« Seine Finger glitten über meine Wange und wischten die Tränen weg. »Es ist mir egal, zu welchen

Bedingungen. Sag Ja«, bat er mit leiser Stimme und berührte mit dem Daumen meine bebenden Lippen. »Sag Ja.«

»Ja.«

An sein Lächeln würde ich mich immer erinnern.

»Wie viel Zeit uns auch vergönnt sein wird«, sagte er, »sie soll uns genügen.«

# *Vierunddreißig*

Fergal stand hinter mir im Schatten der Kirche.

Wir brauchten keine Trauzeugen, weil das Gesetz die noch nicht vorschrieb. Laut Daniel hätte es genügt, einander ohne Anwesenheit eines Geistlichen im Schlafzimmer ewige Treue zu schwören und die Abmachung durch den Liebesakt zu besiegeln – was mir ziemlich verlockend erschien.

Doch er hatte mich lachend an sich gedrückt und gesagt, letztlich hätten wir das alles ja schon getan. »Das Versprechen bleibt das Gleiche, egal, wo wir es ablegen, aber mir erscheint es in der Kirche bindender.«

Einen Geistlichen aufzutreiben, war gar nicht so leicht gewesen, doch am Ende hatte Daniel über Freunde in der Nachbargemeinde einen gefunden, und Fergal hatte ihn nach seiner Rückkehr aus Lostwithiel geholt. So stand ich nun eine Stunde vor Sonnenaufgang bei Kerzenlicht in der St. Petroc's Church, Fergal bei mir, während der Pfarrer mit Daniel alles Nötige in der Sakristei besprach.

Ich glättete nervös den Rock meines grünen Gewands.

»Hören Sie auf mit der Zappelei. Sie sehen wunderbar aus«, versuchte Fergal, mich zu beruhigen.

Ich verschränkte die Hände hinter dem Rücken und flüsterte Fergal zu: »Sie sind schon ganz schön lange da drin.«

»Angeblich sind Sie meine Schwester und Katholikin. Ich nehme an, das verzögert die Sache.«

»Aha.«

»Keine Sorge. Bei dem Lohn, den Daniel ihm bietet, behält der Pfarrer seine Missbilligung bestimmt für sich.«

»Wie Sie«, bemerkte ich.

»Wie bitte?«

Ich schüttelte den Kopf und murmelte: »Nichts.«

»Sie glauben also, dass ich Ihre Eheschließung mit Danny missbillige?«

»Ich glaube, Ihnen liegt Ihr Freund am Herzen«, antwortete ich mit einem Schulterzucken. »Sie wollen nicht, dass er erneut verletzt wird.«

»Ich will ihn an der Seite einer Frau sehen, die ihn so liebt, wie er es verdient, und den Wert des Mannes kennt, dessen Herz sie erobert hat. Hat er die in Ihnen gefunden?«

Ich nickte.

»Warum sollte ich dann etwas gegen Ihre Heirat haben?«

»Tut mir leid.«

»Sie ziehen voreilige Schlüsse. Wenn ich wirklich etwas gegen Ihre Verbindung hätte, wären Sie nicht hier.«

»Wo wäre ich? Am Grund des Brunnens vielleicht?«

»Höchstwahrscheinlich, aye.«

»Sie großer, furchteinflößender Mann«, neckte ich ihn mit leiser Stimme.

Er trat schmunzelnd neben mich, von wo aus er die Tür zur Sakristei besser im Auge hatte.

Die flackernden Kerzen waren mindestens einen Zentimeter heruntergebrannt, als Daniel mit dem Geistlichen, einem Mann mittleren Alters mit gebeugten Schultern, der noch nicht ganz wach wirkte, durch die Tür kam.

»Haben Sie einen Ring?«, fragte er Daniel, bevor die Zeremonie begann.

Daniel sah mich verlegen an und machte den Mund auf, doch ich schüttelte den Kopf, zog den Claddagh-Ring von meinem Finger und reichte ihn ihm.

Wie passend, dachte ich, Katrinas Ring für diesen Anlass zu verwenden. So war sie bei der Trauung doch noch an meiner Seite.

Der Pfarrer legte den Ring hüstelnd auf das aufgeschlagene Gebetbuch. »Da Mistress O'Cleary nicht sprechen kann, möchte ich sie bitten …«

»Sie heißt Ward«, korrigierte Daniel ihn. Der Geistliche hielt inne.

»Wie bitte?«

»Sie heißt Eva Ellen Ward«, wiederholte Daniel, »und an diesem Ort des Herrn hat sie eine Stimme. Hier sollte man nichts anderes als die Wahrheit sagen.« Er sah den Pfarrer an. »Und keine Angst vor Verrat haben.«

Der Geistliche nickte erst nach einer ganzen Weile. »Ja.« Dann wandte er sich mir zu. »Nun, Eva Ellen Ward, ist es Ihr Wunsch, mit diesem Manne den Bund fürs Leben zu schließen?«

Ich sah Daniel an, dankbar dafür, dass er mir die Möglichkeit verschafft hatte, die Worte laut auszusprechen. »Ja.«

»Dann lassen Sie uns beginnen.«

Der Ring, den ich bis dahin an der Rechten getragen hatte, war ungewohnt an meiner linken Hand. Immer wieder drehte ich daran, bis Daniel seine Finger mit den meinen verschränkte und sie nicht mehr losließ.

Wir wählten den längeren Weg zurück über die Felder, über denen gerade die Sonne aufging.

Daniel hatte recht behalten: Unser Treueschwur war mir in der Kirche sehr viel bindender erschienen als unter vier Augen. Die Zeremonie hallte noch in mir nach und ließ mich schweigen, bis Daniel leicht meine Hand drückte.

»Du wirkst geistesabwesend. Verrätst du mir, was du denkst?«

»Ich versuche, meine Gedanken zu ordnen.«

»Was gibt es da zu ordnen?«

»Ich frage mich, wie wir mit der Situation zurechtkommen werden.«

»Wie jedes andere Ehepaar. Warum?«

»Aber wir sind nicht wie jedes andere Ehepaar«, wandte ich ein. »Wir können keine Pläne für die Zukunft schmieden.«

»Warum nicht?«

»Wir können von Glück sagen, wenn es uns gelingt, miteinander zu Abend zu essen, ohne dass ich vorher verschwinde.«

»Das Leben ist nun einmal unsicher«, meinte Daniel mit einem Schulterzucken. »Wir dürfen uns von der Angst davor, was passieren könnte, nicht davon abhalten lassen, so zu leben, wie wir es uns wünschen.«

»Immerhin habe ich mich nicht in der Kirche in Luft aufgelöst.«

»Stimmt.« Er blieb stehen. »Und auch nicht auf der *Sally*.«

Mir war klar, dass seine Gedanken in die gleiche Richtung gingen wie die meinen.

»Das ist mir ebenfalls aufgefallen«, sagte ich. »Was geschieht, scheint an Trelowarth gebunden zu sein.« Ich erzählte ihm von der grauen Frau, die Jahre vor mir verschwunden war.

Daniel überlegte. »Wenn du Trelowarth verlassen würdest, wäre das wahrscheinlich das Ende deiner Zeitreisen.«

»Möglich, aber sicher weiß ich es nicht. Es ist nur eine Theorie.«

»Theorien kann man überprüfen. Wir sollten eine Weile nach Bristol oder Plymouth gehen. Du hast doch gesagt, du würdest immer zu dem Augenblick in deiner eigenen Zeit zurückkehren, an dem du verschwunden bist. Dann besteht keinerlei Gefahr. Wenn wir uns täuschen, kehrst du so zurück, als wären wir hiergeblieben. Aber wenn wir uns nicht täuschen …« Er musste den Satz nicht zu Ende führen.

»Nach einer einzigen Reise an einen anderen Ort können wir nicht sicher sein«, wandte ich ein. »Wir haben keine Garantie.«

»Richtig. Doch wir können das Experiment wiederholen. Ich würde gern mit dir anderswo leben, wenn du dann bei mir bliebest.«

Ich überlegte. Wir standen an der Stelle, an der sich dreihundert Jahre später der ummauerte Ruhige Garten mit Marks geliebten Rosen befinden würde, aber im Augenblick war hier lediglich eine Blumenwiese, auf der sich das Gras im Wind wiegte.

»Du würdest Trelowarth verlassen?«, fragte ich.

»Ich kann dem Duke of Ormonde und dem König an

Bord der *Sally* genauso gut dienen wie von Land aus, möglicherweise sogar besser. Rebellionen enden alle irgendwann.« Mit einem Lächeln strich er mir das Haar aus dem Gesicht, das der Wind mir in die Stirn geweht hatte. »Ich habe auf jeden Fall vor, am Leben zu bleiben und zu sehen, wie die Sache ausgeht. Angeblich will King James, falls dieser Versuch, ihn auf den Thron zu bringen, fehlschlägt, den Duke of Ormonde zum spanischen Hof schicken, um Hilfe zu erbitten. Folglich würde der Duke dort Beistand gebrauchen können.«

»In Spanien.«

»Warst du da auch schon?«, fragte er belustigt.

»Ja.«

»Hat es dir gefallen?«

Ich hob das Kinn. »Sogar sehr.«

»Dann werden wir es Schritt für Schritt angehen. Lass uns in Bristol anfangen.«

Er zog mich näher zu sich heran, um mich zu küssen, und umfasste meine Taille. Dabei berührte meine Hand den Griff des Dolchs in seinem Gürtel.

Ich wich erstaunt zurück.

»Was ist?«, fragte Daniel.

Es war nicht dasselbe Messer. Dieses hatte einen Knochengriff und war gröber gearbeitet als das andere. »Du hast ein neues Messer«, stellte ich fest.

»Ja. Meinen Lieblingsdolch habe ich verlegt, aber das ist nicht wichtig. Wahrscheinlich ist er irgendwo auf der *Sally*.«

Sollte ich ihm sagen, wo er war? Das konnte ich nicht, weil er ihn dann aus der Höhle holen und Mark ihn nicht finden würde. Und was würde noch geschehen, wenn ich hier etwas veränderte?

»Eva?«

»Tut mir leid.«

Erst da fiel mir sein merkwürdiger Blick auf, und ich merkte, wie die Umgebung sich nach und nach auflöste.

Ich versuchte, mich an ihm festzuhalten, obwohl ich wusste, dass das nicht möglich war. »Es tut mir leid«, flüsterte ich.

Daniel schlang die Arme fester um mich und bewegte den Mund. Ich verstand nur noch ein leises Wort: »Warte.«

Dann wurde der Wind lauter und verebbte ebenso plötzlich wieder.

Tränen traten mir in die Augen.

Ich hatte geglaubt zu wissen, wie man mit Verlusten umging, aber einen solchen Schmerz erlebte ich zum ersten Mal. Noch nie im Leben hatte ich mich so allein gefühlt.

# *Fünfunddreißig*

Die gesamte folgende Woche machten meine Emotionen mir zu schaffen. Susan, die meine Gereiztheit bemerkte, erklärte Mark, ich litte vermutlich unter einer Mischung aus Trauer und Erschöpfung.

Sie hatte recht.

Und ihre Ablenkungsversuche halfen: Ich wischte die neu erworbenen Tische für die Teestube sauber, legte die Decken darauf und stellte Vasen für eine einzelne Rose in die Mitte. Anschließend wusch ich alle Gläser und Tassen in der Spülmaschine und räumte sie danach in die Schränke.

Am Mittwochmorgen faltete ich mit Felicity die Speisekarten.

Sie war noch stiller und abwesender als ich. Das erschien mir so untypisch für sie, dass ich mein Selbstmitleid beiseiteschob und sie fragte: »Alles in Ordnung?«

»Was?« Sie hob den Blick. »Ja, ja, alles okay.« Sie konzentrierte sich wieder auf die Karten.

Doch ihre Hände zitterten leicht, und ihre Augenlider waren geschwollen. Sie hatte geweint.

Als die Tür hinter uns aufging, schaute Felicity voller Hoffnung hinüber und wurde enttäuscht. »Hallo, Paul«, begrüßte sie den Klempner.

»Na, wie kann ich helfen?«, erkundigte er sich mit fröhlicher Stimme. Obwohl er in seiner eng anliegenden Jeans und dem schwarzen T-Shirt ungemein attraktiv aussah, hatte Felicity kaum einen Blick für ihn übrig, als sie ihm die Probleme erklärte, die Susan mit der Spüle hatte.

Sie war mit den Gedanken bei einem anderen. Ich konnte mir schon vorstellen, bei wem.

Mark war auf dem Feld mit dem Pfropfen der Rosen beschäftigt, die er im Frühjahr gepflanzt hatte. Er arbeitete sich durch die Buschreihen hindurch und nahm jeweils einen T-förmigen Einschnitt oberhalb der Wurzel vor, in den er einen Ableger der Rosensorte steckte, zu der er diese veredeln wollte. Geschützt durch einen Gummiflicken, würde der Ableger während der Wintermonate ruhen, bis Mark die Pflanze im Februar mit seiner Gartenschere stutzte. Von dem neuen Stamm würde dann die Knospe treiben und zu einer so schönen Rose werden wie die im benachbarten Feld. Manches benötigte Zeit, um die richtige Basis zu finden. Zeit und Geduld. Anderes hingegen brauchte einen unvermittelten Tritt.

Mark begrüßte mich mit einem Nicken, ohne seine Arbeit zu unterbrechen.

»Was hast du mit Felicity angestellt?«, fragte ich ihn ohne Umschweife.

Er war mir in der vergangenen Woche aus dem Weg gegangen, weil er meine Stimmung nicht einzuschätzen wusste. »Was wirft sie mir denn vor?«

»Nichts.«

»Hm.«

»Du hast sie zum Weinen gebracht.«

»Ich habe ihr nur gesagt, dass ich keine Zeit habe, mit ihr am Samstag eine Kunstausstellung in Falmouth zu besuchen.«

»Was ist bloß los mit dir?«

»Wie bitte?« Mark hob überrascht den Kopf.

»Du hast mich ganz richtig verstanden. Da ist eine hübsche junge Frau völlig in dich vernarrt, und du bist so blind, dass du das nicht merkst.«

»Ich bin nicht blind«, widersprach er mit leiser Stimme.

»Wie bitte?«

»Ich bin nicht blind«, wiederholte er. »Mir ist aufgefallen, dass sie mich mag, und ich mag sie auch.«

»Warum kannst du dann …?«

»Geht dich das was an?«

»Nein. Aber irgendjemand muss die Sache ja klären.«

»Die Sache ist geklärt.«

»Das sehe ich. Du bist wütend, und sie weint.«

»Es würde nicht funktionieren.«

»Warum nicht?«

»Weil Felicity Künstlerin ist.«

»Und?«

»Sie braucht ihre Freiheit«, erklärte er. »Wie Claire.« Als er meinen verständnislosen Blick sah, fuhr er fort: »In meiner Kindheit ist Claire manchmal tage- oder wochenlang zum Malen verschwunden. Hin und wieder tut sie das heute noch.« Er strich sich das Haar aus dem Gesicht. »Ich habe es gehasst aufzuwachen und festzustellen, dass sie weg war. Manche Männer können so leben. Mein Vater konnte es. Ich kann es nicht.«

»Felicity ist nicht Claire«, wandte ich ein.

»Felicity ist ein Schmetterling und erst seit ein paar Jahren hier; wer weiß, wann sie wieder geht.«

»Ja, ja, deine berühmte Theorie von den Schmetterlingen. Sie hat nur einen kleinen Haken.«

»Und der wäre?«

»Sie ist Blödsinn.«

»Und du meinst, du kannst das beurteilen.«

»Ich weiß jedenfalls, dass das Leben zu kurz ist, um sich nach dummen Theorien zu richten. Wenn man das Glück hat, jemanden zu finden, der einen liebt, sollte man diese Liebe zulassen, egal, zu welchen Bedingungen.« Daniels Worte kamen mir in den Sinn. »Die Zeit, die einem mit einer geliebten Person vergönnt ist, sollte …« Mir traten Tränen in die Augen.

»Sollte was?«, hakte Mark nach.

»Sollte einem genügen«, presste ich hervor.

Dann wandte ich mich ab, weil ich keine Lust hatte, mich weiter mit ihm zu streiten. Ich war kaum zehn Schritte gegangen, als Mark rief: »Eva?«

Ich drehte mich um.

»Liebe ist nicht alles.«

»Doch, und das weißt du auch. Sie allein zählt. Ich kann es nicht mitansehen, wie du sie einfach wegwirfst.«

Seit meiner Rückkehr in meine eigene Zeit hatte ich es bewusst vermieden, weiter in Jacks Tagebuch zu lesen, obwohl es nach wie vor auf meinem Nachtkästchen lag. Doch nach meinem Gespräch mit Mark wurde meine Sehnsucht nach

Daniel so stark, dass ich die Vorhänge zuzog, mich voll bekleidet aufs Bett legte und nach dem Band griff.

Ich konnte ja jederzeit aufhören, sagte ich mir, und musste nicht mehr lesen als das, was ich bereits erlebt hatte. Ich schlug das Tagebuch an der Stelle auf, die ich von der *Sally* kannte. Da war er, der letzte Absatz, und …

Ich hielt verblüfft inne.

Denn danach kam nichts mehr. Nichts von Jack Geschriebenes jedenfalls. Der Herausgeber der Memoiren hatte so etwas wie eine Entschuldigung angefügt:

*Jack Butlers eigener Bericht endet hier. Es folgen die Ausführungen des Reverend Mr Simon über den Nutzen dieses Tagebuchs als moralische Lektion für junge Männer, die sich versucht fühlen, dem Pfad der Verderbnis zu folgen. Sie sollten gewärtig sein, dass Jack Butler, der sowohl dem irdischen König als auch dem Herrscher über alle Menschen den Rücken kehrte, ein frühes Ende fand. Ein Ende, das einem Hochverräter gebührt, denn es ereignete sich am ersten Jahrestag der Thronbesteigung des guten King George I., den er so sehr verachtete. Er starb auf der Flucht vor den Gesetzeshütern von Polgelly und ihrem Constable durch einen gezielten Pistolenschuss und musste in Ungnade vor seinen Schöpfer treten.*

»Nein.«

Daniel hatte recht: Die Worte waren bereits geschrieben, gedruckt lange vor meiner Geburt, und kein noch so sehnlicher Wunsch konnte sie ändern.

»Pech«, lautete Olivers Kommentar zu Jack Butlers Tod. Mit schräg gelegtem Kopf versuchte er, sich an den geschichtlichen Kontext zu erinnern. »Wenn es am Jahrestag von King Georges Thronbesteigung war, bedeutet das, dass er gestorben ist im …«

»August. Genauer gesagt, am ersten August«, führte ich seinen Satz zu Ende. »Das habe ich recherchiert.«

»Aha.« Oliver beobachtete mich vom Schreibtisch in Onkel Georges Arbeitszimmer aus bei der Arbeit. Es war Samstag. Eigentlich hatte er beim Putzen der Gewächshausfenster vor der Eröffnung der Teestube in der folgenden Woche helfen wollen, dann aber irgendwie den Weg zu mir gefunden. Es störte mich nicht. Im Gegenteil: In meiner gegenwärtigen Gemütsverfassung war mir seine Gesellschaft sogar willkommen.

»Du nimmst dir diese Geschichte wirklich zu Herzen, nicht wahr?«, fragte er. »Vielleicht hätte ich dir das Buch nicht besorgen sollen.«

Natürlich konnte ich ihm nicht sagen, warum Jacks Tod mich so deprimierte. »Ich finde es nur einfach ungerecht, wie er umgekommen ist.«

»Lass dich durch ein Mittagessen mit mir ablenken«, schlug er vor.

»Geht nicht. Ich muss die Pressemitteilung fertig machen.« Ich suchte seufzend in den Papieren neben dem Computer herum. »Vorausgesetzt, ich finde meine Notizen wieder. Du weißt nicht zufällig, wie der große Preis hieß, den Trelowarth in den sechziger Jahren gewonnen hat, oder?«

»Tut mir leid, nein. Mark weiß es bestimmt, aber der kommt erst spätabends wieder.«

Ich hob den Blick. »Wo ist er denn?«

»In Falmouth bei der Kunstausstellung. Mit Fee.«

»Mark begleitet sie?« Ich sah Oliver ungläubig an. »Bist du sicher?«

»Weißt du, dass ich dich heute zum ersten Mal lächeln sehe?«

»Tatsächlich? Sorry. Ich bin ein bisschen durcheinander.«

»Susan könnte wissen, wie der Preis hieß. Ich frage sie. Ich muss sowieso rüber zum Gewächshaus. Sie zumindest wird sich darüber freuen, wie dein Jack Butler umgekommen ist. Das macht ihre Schmugglergeschichte für die Touristen dramatischer. Ist vielleicht gar nicht so schlecht, weil ich noch nichts finden konnte, was den Duke of Ormonde und die Jakobitenaufstände mit dieser Gegend verbindet. Letztlich war das Unternehmen sowieso keine große Rebellion und von Anfang an zum Scheitern verurteilt. Der Duke of Ormonde hat sich noch vor Beginn des Aufstands nach Frankreich abgesetzt. Er wusste, dass das Parlament für seine Anklage gestimmt hatte, und wollte nicht auf seine Festnahme warten.«

Das konnte ich ihm nicht verdenken. »Ist er später nach Spanien gegangen?«

»Ja. Warum?«

»Ach, war bloß so ein Gedanke.« Ob er wohl Verwandte mitgenommen hatte, die ihm helfen sollten, Beistand für die Sache der Jakobiten aufzutreiben?

Oliver bemerkte, dass Menschen wie der Duke of Ormonde immer auf den Füßen landeten. »Und sie suchen sich gern ein hübsches, warmes Plätzchen fürs Exil aus. Spanische Frauen, spanischer Wein; sonderlich gelitten wird er nicht haben. Leiden mussten eher diejenigen, die in Cornwall zurückblieben.«

»Warum? Was wurde aus ihnen?«

»Man hat sie verhaftet. King George hat von ihren Plänen erfahren und sie zusammentreiben lassen, bevor sie sich gegen ihn erheben konnten. Sie mussten tatenlos zusehen, wie King James in Schottland landete und die Schlacht verlor. Manche wurden hingerichtet, andere in die Kolonien gebracht, und …« Er sah mich an. »Alles in Ordnung?«

»Ja, ja.« Ich riss mich zusammen. »Du hast gesagt, King George habe herausgefunden, was sie planten. Wie?«

»Der Duke of Ormonde hat seinen Privatsekretär als Boten hierhergeschickt, einen schottischen Oberst. An seinen Namen erinnere ich mich nicht. McIrgendwas.«

»Maclean.«

Ich hätte ihm erzählen können, dass der Mann das Pseudonym »Wilson« verwendet und wie er ausgesehen hatte. Dass er einen dunkelgrünen Mantel, eine gepuderte Perücke und hohe schwarze Stiefel getragen hatte. Dass Jack Butler ihn nicht hatte leiden können, dass er fast umgekommen wäre bei dem Versuch, in St. Non's mehr über Wilsons Identität zu erfahren, und dass er am Ende Wilsons wahren Namen, nämlich Maclean, herausgefunden hatte. Der Privatsekretär des Duke of Ormonde.

Oliver nickte. »Stimmt. Oberst Maclean. Er hat sich in Cornwall mit den Leuten getroffen, die bereit waren, auf der Seite der Jakobiten zu kämpfen, und dann … Moment bitte.« Sein Handy klingelte. Er holte es aus der Tasche, um die Nummer des Anrufers zu überprüfen. Einen Augenblick lang glaubte ich, einen Mann in dunkelgrünem Mantel mit Daniel im Hof stehen zu sehen.

Oliver steckte das Handy wieder ein.

»Und dann?«, hakte ich nach.

»Dann hat er sie verraten«, antwortete Oliver. »Er kannte die Namen aller und hat sie an King George verraten.«

Nicht das Wissen selbst belastete mich, sondern meine Machtlosigkeit.

So ähnlich hatte ich mich schon einmal gefühlt, während Katrinas Kampf gegen die Krankheit. Auch dagegen war ich machtlos gewesen.

Ich konnte Daniel nicht warnen und Jack nicht retten. Ich war in meiner eigenen Zeit gefangen und konnte nicht durch schiere Willenskraft in die ihre zurückkehren, auch wenn ich mir das noch so sehr wünschte. Ich musste warten. Und mir Sorgen machen.

Zum Glück stand der Tag der Teestubeneröffnung unmittelbar bevor. Ich war pausenlos beschäftigt, und mir blieb kaum Zeit, über etwas anderes nachzudenken. Alles lief wie am Schnürchen: Die erste Busladung Touristen traf pünktlich ein, das Wetter hielt, Trelowarth zeigte sich von seiner besten Seite, und die Fotografin von *House & Garden* dokumentierte alles aufs Schönste für ihre Zeitschrift. Die Interviews mit Mark und Susan hätten nicht angenehmer verlaufen können, und die Gäste drängten fröhlich plappernd in den »Cloutie Tree«, um kornischen Cream Tea zu probieren.

Am Abend musste sogar Mark zugeben, dass Susan recht gehabt hatte.

»Sag das noch einmal«, forderte sie ihn mit einem spitzbübischen Lächeln heraus.

Mark ging über den Teppich des großen vorderen Raums, sank sichtlich müde in den großen Sessel beim Klavier und lehnte den Kopf zurück. »Du hast recht gehabt«, wiederholte er. »Und ich …«

»Ja?«

»Hatte weniger recht.«

Ich hob den Blick von meiner Zeitschrift. »Gib dich damit zufrieden«, riet ich Susan. »Es ist mehr, als ich bekommen habe.«

»In welcher Sache hattest du denn recht?«, erkundigte sich Mark.

»In der Sache Falmouth.«

»Ach so.« Er schloss die Augen. »Na schön, da habe ich mich getäuscht, das gebe ich zu.«

»Halluziniere ich, oder hat mein Bruder gerade einen Irrtum zugegeben?«, fragte Susan mich erstaunt und sah dann ihren Bruder an. »Hab ich was verpasst?«

»Geht dich nichts an«, antwortete Mark.

Ich wusste, dass er sich ein paar Mal mit Felicity getroffen hatte, und obwohl sie noch nicht das waren, was ich »ein Paar« genannt hätte, schienen sie sich anzunähern. Susan ahnte nichts von meiner Auseinandersetzung mit Mark. Die hatten wir für uns behalten und Frieden geschlossen wie damals in unserer Kindheit und Jugend: Am Tag nach seinem Falmouth-Ausflug hatte Mark das Federballnetz aufgebaut und mir einen Schläger in die Hand gedrückt. Obwohl ich aus der Übung war und nicht sonderlich gut spielte, hatte er mich zweimal gewinnen lassen. Das war seine Art, sich zu entschuldigen.

Wir wechselten einen Blick, als Susan seufzte und sagte: »Auch gut. Du kannst mir die gute Laune nicht verderben; ich bin zu glücklich.«

»Zu Recht. Das heute war ein perfekter Tag«, pflichtete ich ihr bei.

»Aber ich darf mich nicht auf meinen Lorbeeren ausruhen«, meinte sie. »Morgen kommt der Touristenbus aus Cardiff.« Sie wandte sich Mark zu. »Du weißt nicht zufällig, was aus Dads Vitrine geworden ist? Die wir beim Ausräumen des Gewächshauses gefunden haben. Ich dachte mir, ich könnte das Schild daran verwenden.«

»Tut mir leid«, sagte Mark. »Das male ich gerade an.«

»Wieso denn das?«

»Ich brauche es für Southport.«

Susan starrte ihn ungläubig an. »Wie bitte?«

»Für die Blumenschau in Southport. Du solltest öfter mal in meinen Blog schauen. Darin habe ich letzte Woche angekündigt, dass wir teilnehmen.«

»Aber du machst doch bei keinen Shows mehr mit.«

»Ich habe es mir anders überlegt.« Mark warf mir einen Blick zu. »Eva hat recht: Wir müssen uns profilieren.«

Susan musterte ihn einen Moment lang schweigend. »Ich scheine tatsächlich zu halluzinieren. Eva?«

»Ich hole uns was zu trinken, ja?« Ich legte die Zeitschrift weg und stand auf. »Ist noch Wein im Kühlschrank?«

Mark nickte. »Soll ich dir helfen?«

»Susan halluziniert, und du bist hundemüde. Ich mach das schon.«

Wo Claire steckte, wusste ich nicht. Es war still im Haus, und die Küchentür stand einen Spaltbreit offen. Als ich dagegendrückte, stieß sie gegen etwas und schwang zurück. Vermutlich lag einer der Hunde davor.

Da hörte ich ein Poltern und ein dumpfes Geräusch, und die Tür wurde von der anderen Seite aufgerissen. Nun sah ich, dass sie nicht von einem Hund, sondern von einem Mann blockiert wurde, der ausgestreckt auf dem Boden lag, das dunkle Haar feucht am Kopf klebend, der Kragen rot. Fergal.

Als ich den Blick hob, stellte ich erschrocken fest, dass eine Pistole auf meine Brust gerichtet war.

Den Mann, in dessen Hand sie sich befand, nahm ich nur halb wahr, weil ich bereits die kalten Augen seines Begleiters entdeckt hatte, der am Kamin stand.

»Mistress O'Cleary«, begrüßte mich der Constable, »kommen Sie doch herein.«

# *Sechsunddreißig*

Der Mann mit der Pistole packte mich am Arm und zog mich in die Küche.

»Schließen Sie die Tür«, wies der Constable ihn nicht gerade erfreut an. »Mr Hewitt?«

Ein dritter Mann trat aus dem Schatten. »Ja?«

Gütiger Himmel, dachte ich, wie viele noch? Nach dem ersten Schrecken sah ich mich in dem Raum um und entdeckte zwei weitere Personen, insgesamt also fünf. Kein Wunder, dass Fergal keine Chance gehabt hatte.

Erleichtert merkte ich, dass seine Brust sich leicht hob und senkte.

»Hatten Sie nicht behauptet, dass Sie das Haus durchsucht hätten?«, fragte der Constable gerade.

»Das habe ich«, wehrte sich Hewitt. »Ich schwöre, es war niemand da. Sie muss sich versteckt haben.«

»Aus diesem Grund nennt man den Vorgang ›durchsuchen‹. Würden Sie sich freundlicherweise noch einmal mit Mr Leach ans Werk machen?«

Der Mann, der meinen Arm festhielt, wandte den

Kopf, nickte und ließ mich los, bevor er Hewitt aus der Küche folgte. Ich straffte die Schultern, als der Constable mich musterte, ohne den Verletzten zwischen uns zu beachten.

Fast beiläufig fragte Creed: »Hatten Sie sich versteckt?«

Gerade noch rechtzeitig fiel mir ein, dass ich nicht sprechen durfte, und ich schüttelte den Kopf. Dabei ballte ich die Hände zu Fäusten, um ihr Zittern zu verbergen. Der Constable verzog die Mundwinkel. »Dann waren Sie wohl im Bett.« Sein Blick wanderte über meinen Körper. Offenbar hielt er das leichte cremefarbene Sommerkleid aus Baumwolle, das ich trug, für ein Nachthemd. Dazu das offene Haar erklärte, warum er meinte, ich sei gerade erst aufgestanden.

»Allein?«, erkundigte er sich mit einem spöttischen Lächeln.

Ich hob das Kinn, um ihm zu zeigen, dass ich eine solche Frage einer Antwort nicht für würdig hielt.

Einer der anderen Männer sagte: »Mr Creed?« Der Constable wandte sich ihm zu.

»Ja, Mr Pascoe? Was gibt es?«

Ein älterer Mann, der mir bekannt vorkam, trat in den Feuerschein des Kamins. »Ich möchte Sie bitten, auf Ihre Worte zu achten, Sir. Die junge Frau hat nichts getan, was eine solche Beleidigung rechtfertigen würde.«

Da erkannte ich ihn: der Mann, der bei Jacks Verhaftung dabei gewesen war und am folgenden Tag Fergal den Aal gebracht hatte.

Der Constable tat den Einwand mit einem Schulterzucken ab. »Es kann doch keine Beleidigung sein, sich nach den Tatsachen zu erkundigen.« Er bemerkte meinen raschen

Blick auf Fergal. »Sie fürchten um Ihren Bruder? Wirklich sehr anrührend, aber ich garantiere Ihnen, dass er seine Hinrichtung noch erleben wird.«

So sicher war ich mir da nicht, denn inzwischen atmete Fergal flacher. Ich kniete nieder und tastete nach der Verletzung an seinem Kopf.

Als Mr Pascoe – ich kannte ihn als »Peter« – einen Schritt vortrat, hielt der Constable ihn zurück. »Nein, lassen Sie sie«, warnte er ihn. »Bleiben Sie, wo Sie sind.«

Ich drückte in der Hoffnung, die Blutung zu stoppen, gegen die breite Wunde an Fergals Hinterkopf. Sie hatten ihn von hinten mit etwas Hartem niedergeschlagen, wahrscheinlich mit einem Krug, denn in der Ecke neben der Tür entdeckte ich Tonscherben.

Ich spürte einen Splitter von der Größe meiner Hand an meinem Knie, als ich meine Position verlagerte, um Fergals Puls am Hals zu überprüfen. Er fühlte sich schwach, aber zumindest gleichmäßig an.

Mittlerweile hatten Leach und Hewitt die Durchsuchung der oberen Räume abgeschlossen. Als sie in die Küche zurückkehrten, verkündete Leach: »Niemand.«

»Dann warten wir. Ich warte schon so lange, da macht ein bisschen länger nichts aus«, meinte Creed. »Vielleicht haben Sie noch nicht gehört, Mistress O'Cleary, dass das Oberhaus das Gesetz außer Kraft gesetzt hat, das Ihren Geliebten bisher schützte. Als Vertreter der Krone in Polgelly habe ich nun das Recht, jedes Anwesen zu betreten und jeden festzunehmen, den ich des Verrats am König verdächtige, und ihn nach London zu schicken, wo er, das verspreche ich Ihnen, keine Gnade finden wird.«

Meine Finger schlossen sich schützend um Fergals Schulter. Dabei drückte mein Knie auf die Scherbe, und ich spürte, wie sie den Stoff meines Kleides durchschnitt.

Die Männer schwiegen und lauschten.

Etwa eine Viertelstunde verging, bis ich Schritte hörte.

Leach hob die Pistole und entsicherte sie, bevor er sie auf die Tür zum hinteren Flur richtete.

»Mr Creed?« Die müde Stimme aus dem Hof klang ziemlich jung.

Der Mann, der am nächsten bei der Tür stand, sah den Constable an, der nickte. Kurz darauf trat der Junge ein.

Er war stämmig und hatte ein Vollmondgesicht. Seine Stimme kam mir bekannt vor, als er Creed mitteilte: »Ich weiß, wo Mr Butler ist.«

Es war der Bursche, der als Spion an Bord der *Sally* gegangen war und von dem Jack gesagt hatte, er werde uns eines Tages Schwierigkeiten bereiten. Offenbar hatte Jack recht gehabt.

»Ich habe mich Ihrem Auftrag gemäß in der Nähe des *Spaniard* aufgehalten«, berichtete der Bursche. »Irgendwann sind zwei Männer herausgekommen, und einer von ihnen hat gesagt, es sei gut, wenn der Tag bald vorüber wäre, denn ein Jahr von King Georges Herrschaft sei kein Grund zum Feiern … Ich habe mir den Namen des Verräters gemerkt.«

Creeds Augen verengten sich. »Erzähl weiter.«

»Der andere hat geantwortet, dem König seien keine weiteren Jahre vergönnt; sie selbst würden noch in dieser Nacht mithelfen, ihn dorthin zu schicken, wo er hingehöre. Sie haben beide gelacht, und der Erste hat gefragt, ob es bei Mitternacht in der Höhle bleibe. Der andere hat mit ›aye‹ geantwortet, aber beide Butler-Brüder würden schon zuvor dort sein. Beide, das habe ich ganz deutlich gehört«, endete er stolz.

Creed runzelte die Stirn. »Und wo ist diese Höhle?«

Peter senkte den Blick und schüttelte kaum merklich den Kopf in Richtung des Mannes neben sich, während Hewitt mit den Schultern zuckte. Leach schien nichts über die Höhle unter dem Cripplehorn zu wissen.

»Ich dachte, die kennen Sie, Sir. Sonst hätte ich sie Ihnen längst gezeigt. Ich kann Sie hinbringen«, erbot sich der Bursche.

»Tu das.« Creed musterte die anderen Männer. »Falls einem von Ihnen seine Verpflichtung gegenüber dem Gesetz nicht klar ist, soll er es jetzt sagen. Ich helfe seinem Gedächtnis gern auf die Sprünge.« Schweigen. »Niemand? Dann lassen Sie uns keine Zeit mehr verlieren. Mr Leach, Sie bleiben hier bei O'Cleary.«

»Und das Mädchen?«, erkundigte sich Leach.

»Sie begleitet uns.«

»Mr Creed!«, rief Peter entsetzt aus.

Als Creed ihn, erstaunt über seine Unverfrorenheit, ansah, fügte Peter hinzu: »Sir, das werde ich nicht zulassen.«

Da spürte ich neben meinem Knie eine kaum wahrnehmbare Bewegung. Fergals Hand hatte sich leicht verschoben; seine Finger ballten sich zur Faust. Ich wusste nicht, wie viel er von dem, was ablief, mitbekam, aber ich legte meine Hand auf seine und drückte sie kurz, um ihm zu signalisieren, dass er sich nicht mehr rühren sollte.

»Sie lassen das nicht zu?«, wiederholte Creed mit gefährlich funkelnden Augen.

»Nein, Sir. Sie ist nicht angemessen gekleidet.«

Offenbar beschäftigte das auch Hewitt, der sich nun zu

Wort meldete: »Oben ist eine Truhe mit Frauenkleidung. Ich gehe rauf und …«

»Nein«, fiel Creed ihm ins Wort. »Diese Kleider gehören ihr nicht.« An Peter gewandt, fügte er hinzu: »Geben Sie ihr Ihren Mantel, Mr Pascoe, wenn Ihnen das Kopfzerbrechen bereitet.«

»Der Weg zur Höhle hinunter ist zu beschwerlich für sie«, erklärte Peter, »insbesondere in der Dunkelheit.«

Offenbar war ihm nicht bewusst, was er soeben zugegeben hatte.

»Dann kennen Sie den Weg zur Höhle der Butlers also?«, fragte der Constable mit der gefährlich leisen Stimme, die ich so fürchtete.

Peters Kiefer mahlte, doch er schwieg. Nun war klar, dass ich zur Höhle mitgehen musste und Fergal hilflos bei Leach und seiner Pistole zurückbleiben würde.

Ich zog die Scherbe unter meinem Knie hervor und nahm sie vorsichtig in die Hand, mit der ich nach wie vor die von Fergal hielt. Niemand merkte etwas. Noch vorsichtiger schob ich sie Fergal zwischen die Finger und schloss sie darum. Dann drückte ich sie dicht an seinen Körper, damit sein dunkler Mantel sie bedeckte. So hatte Fergal wenigstens eine Waffe, sollte er das Bewusstsein wiedererlangen.

»Ich habe nie begriffen, warum alle so treu zu diesen Butlers halten«, sagte Creed, dessen Blick von Peter zu Hewitt und schließlich zu dem schweigenden Mann zwischen Fenster und Tür wanderte. »Schade, dass keiner aus Polgelly unter den Geschworenen sein wird, wenn der Fall verhandelt wird, denn die Londoner erliegen dem Charme der Butlers mit Sicherheit nicht.« Er wandte sich an Leach.

»Glauben Sie, Sie schaffen es, nicht nur auf O'Cleary aufzupassen, sondern auch auf seine Schwester?«

Leach musterte mich lüstern von oben bis unten. »Aye, Mr Creed, das schaffe ich leicht.«

Wieder protestierte Peter.

»Dagegen haben Sie auch etwas, Mr Pascoe?«, fragte Creed. »Möchten Sie lieber hier bei den beiden bleiben?«

»Aye.«

»Dann tun Sie das.« Creed trat einen Schritt beiseite.

Peter zog seinen Mantel aus. Der Constable ergriff den Kragen des schweren Kleidungsstücks, als wollte er es ihm abnehmen.

Plötzlich schwang sein freier Arm nach vorn und gegen Peters Brust.

Es geschah blitzschnell. Peter ging keuchend und mit erstauntem Gesicht in die Knie, die Arme hinten, weil der Constable noch immer den Mantel festhielt.

»Bleiben Sie, wenn Sie wollen«, meinte Creed und zog den freien Arm zurück. Erst jetzt sah ich das blutrote Messer. Peter keuchte noch einmal, und Creed ließ den Mantel los, sodass Peter mit dem Gesicht nach vorn reglos auf den Boden fiel.

»Nun.« Creed wischte die Klinge des Messers an dem dunklen Ärmel des Mantels ab. »Möchte sonst noch jemand hierbleiben?«

Allgemeines Schweigen.

»Niemand? Dann lassen Sie uns aufbrechen.« Mit dem Messer auf mich deutend, wies er Leach an: »Helfen Sie ihr auf die Beine.«

»Sie sagten doch …«

»Ich habe gelogen.« Creed hob die Augenbrauen, als

wäre er erstaunt darüber, dass niemand das gemerkt hatte. »Wenn Butler seine Männer dabeihat, bedarf es möglicherweise einiger Anstrengung, ihn zu seiner Festnahme zu überreden. Außerdem«, fügte er hinzu, »würde sie Sie vermutlich von Ihren Pflichten ablenken, Mr Leach, wenn ich sie hierlasse.«

Leach brummelte etwas, als er mich grob am Arm packte und hochzerrte.

Creed begutachtete sein Messer, bevor er mir Peters Mantel zuwarf.

»Bedecken Sie sich«, wies er mich an.

Der Junge, der neben der Tür stand, starrte benommen die Leiche auf dem Boden an. Falls er je zuvor einen Mord miterlebt hatte, dann wohl nicht aus der Nähe.

»Nun?«, fragte der Constable ihn.

Der Bursche, der zu meinen schien, dass Creed ihn um Rat bat, antwortete: »Sollten wir nicht … Sir, sollten wir nicht versuchen, ihn zu bewegen?«

Creed runzelte die Stirn. »Wen?« Er folgte dem Blick des Jungen. »Ach so, den. Nein, O'Cleary lassen wir hier. Leider hat er bei unseren Bemühungen, ihn festzunehmen, Mr Pascoe angegriffen und umgebracht. Wir können uns damit trösten, dass die Anklage wegen Hochverrats und Mordes den Richter zu einem strengen Urteil veranlassen wird.« Er sah den Burschen ungeduldig an. »Aber jetzt zu dieser Höhle.«

»Ja, Sir. Ich kann Sie hinführen.«

»Dann tu das. Mr Hewitt?«

»Sir?«

Creed drehte sich mit kühlem Blick zu mir um. »Bringen Sie Butlers Dirne.«

# *Siebenunddreißig*

Auf dem Hügel brannte es.

Anfangs speicherte ich diese Beobachtung einfach nur ab wie die anderen surrealen Ereignisse der Nacht – dass Fergal bewusstlos auf dem Boden lag, dass Peter vor meinen Augen umgebracht worden war und dass ich nun mit fremden Männern das dunkle Feld zwischen Trelowarth und dem Wald überquerte … ein Feuer passte da ganz gut ins Bild.

Aber es handelte sich um ein kontrolliertes Feuer – das Leuchtfeuer.

In meiner eigenen Zeit hatte ich es nie brennen sehen. Zwar kannte ich Fotos meiner Eltern von der festlichen Entfachung anlässlich des silbernen Thronjubiläums von Queen Elizabeth vor meiner Geburt, und Claire hatte mir Bilder vom Silvesterabend der Jahrtausendwende geschickt, als alle alten Leuchtfeuer in Großbritannien entzündet worden waren, doch die Fotos hatten nur einen unvollkommenen Eindruck vermittelt.

Der Anblick war ehrfurchtgebietend, golden glänzende

Flammen, die in den Sternenhimmel züngelten und Funken sprühten. Zu jedem anderen Zeitpunkt hätte ich ihn mit großen Augen bewundert, aber jetzt war ich nur in der Lage, mich auf meine eigenen Bedürfnisse und meine Angst zu konzentrieren.

Der Abstieg über die rutschigen Felsen war ein Albtraum. Ich verletzte mich an im Weg hängenden Ästen, stieß gegen scharfe Steinkanten und erreichte den Muschel-Kiesstrand mit dem Geschmack von Blut im Mund, weil ich mir vor Schmerz auf die Lippe gebissen hatte, als ich mir das Knie anschlug. Meine Lippe war so geschwollen, dass Hewitt mich neugierig beäugte, als wir in die Höhle stolperten und Creed eine Laterne auf ein großes Fass stellte. Ich zog den steifen Kragen von Peters Mantel zum Schutz gegen die alles durchdringende Feuchtigkeit enger um meinen Hals und wandte mich ab.

Der Constable beobachtete uns. Nach einem langen Blick in die Schatten der Höhle sagte er: »Ein höchst praktisches Arrangement. Benutzen die Butlers dieses Versteck schon lange?« Obwohl die Frage an Hewitt gerichtet war, antwortete der Bursche.

»Ja, schon ewig, Sir. Alle im Ort wissen Bescheid. Mein Vater hat mir die Höhle bereits vor Jahren gezeigt.«

»Tatsächlich?« Creed zog die Pistole aus seinem Gürtel und betrachtete sie scheinbar unbeteiligt. Ich spürte seine Anspannung. Er sah aus wie ein Raubtier auf dem Sprung. Die Bewohner von Polgelly würden seinen Zorn zu spüren bekommen, so viel stand fest. Mit dem Messer, mit dem er kurz zuvor Peter umgebracht hatte, justierte er das Steinschloss seiner Waffe.

Da fiel es mir ein.

Dort drüben, zwischen den Fässern zu meiner Linken, musste Daniels Dolch liegen.

Wenn ich ihn aufhob, veränderte ich die Geschehnisse der Zukunft, aber das hatte ich schon durch meine bloße Anwesenheit getan. Ein Mann war meinetwegen gestorben; daran ließ sich nichts ändern. Nun konnte ich nur noch versuchen, selbst am Leben zu bleiben, und mit einer Waffe verbesserten sich meine Chancen deutlich.

Doch wie sollte ich von der Stelle, an der ich mich aufhielt, zu der gelangen, an der ich den Dolch vermutete? Das beschäftigte mich gerade, als ich hörte, wie sich Schritte der Höhle näherten.

Creed brachte die Männer mit einer Geste zum Verstummen und zielte mit der Pistole auf den Eingang. Da erklang zu den Schritten ein fröhliches Pfeifen.

Mir sank der Mut. Jack.

Die Teile des Puzzles fügten sich zusammen. Mir wurde klar, warum das Leuchtfeuer entzündet worden war: Der Junge hatte Creed gegenüber das einjährige Jubiläum von King Georges Thronbesteigung erwähnt.

Ja, das musste der Grund sein. Wenn die Leute in meiner Zeit ein Thronjubiläum mit der Entfachung des Leuchtfeuers feierten, taten es die Menschen wohl auch in dieser Zeit. Das Schicksal hatte mich am ersten Jahrestag von King Georges Thronbesteigung hergeführt, an dem Tag also, an dem Jack laut Aussage des Herausgebers seiner unvollendeten Memoiren durch einen Schuss des Constable sein Ende finden sollte.

Das hatte ich in einem Buch gelesen, und gedruckte Seiten änderten sich nicht. Wie in dem Gedicht, das ich auf dem Schiff für Daniel zitiert hatte, war bereits durch den Finger geschrieben, was geschehen musste.

Aber ich konnte nicht tatenlos zusehen, wie ein weiterer Mann in meiner Gegenwart gewaltsam sein Leben verlor.

Als Jack die Höhle betrat, stürzte ich mich auf den Constable und rief: »Jack, verschwinden Sie! Warnen Sie Daniel! Laufen Sie weg!«

Der Schuss war so laut, dass ich nicht wusste, ob er mich gehört hatte, und durch den Rauch, der die Höhle erfüllte, konnte ich nichts mehr sehen. Als der Rauch sich verzogen hatte, war die Stelle, an der Jack gestanden hatte, leer.

Der Constable hatte einen anderen getroffen. Der Bursche schaute mich mit großen Augen an, machte einen unsicheren Schritt und legte schließlich eine Hand auf den größer werdenden roten Fleck auf seiner Brust, bevor er stolperte und stürzte.

Creed reagierte erst einmal verblüfft, dann nahm sein Gesicht einen furchteinflößenden Ausdruck an. Die Waffe in der Hand, holte er aus und schlug zu. Ich spürte den Schmerz an meiner Wange und wie Blut über meine Schläfe lief. Auch ich geriet ins Stolpern, aber ich fiel nicht hin.

Als Hewitt Anstalten machte, mir zu helfen, warnte Creed ihn: »Halten Sie sich da raus. Und Sie genauso«, fügte er, an den Mann hinter sich gewandt, hinzu. »Verschwinden Sie, beide, und bringen Sie mir Jack Butler.«

Als die Männer zögerten, wiederholte er: »Verschwinden Sie!«

Die beiden gingen. Ich hörte ihre Schritte auf dem Muschel-Kiesstrand, zuerst noch langsam, dann immer schneller werdend.

Obwohl Creed mir nicht näher kam, hatte ich das Gefühl, dass der Abstand zwischen uns geringer wurde.

»Soso«, bemerkte er. »Sie können also sprechen.«

Ich überlegte. Viel hatte ich nicht gesagt, und der Schuss war so laut gewesen, dass er mich vermutlich nicht richtig hatte verstehen können. Vielleicht wusste er noch nicht, dass ich keine Irin war. Deshalb war es das Beste, weiter den Mund zu halten.

»Ein kluger Schachzug von Butler und Ihrem Bruder«, bemerkte Creed. »Ich bin gar nicht auf die Idee gekommen, Ihnen Fragen zu stellen.«

Dass er mich nach wie vor für Fergals Schwester hielt, hätte mich mehr beruhigt, wenn er die Pistole nicht nachgeladen hätte.

»Aber jetzt, da ich Sie habe sprechen hören, würde ich gern erfahren, wie gut Sie singen.«

Er richtete die Waffe auf mich.

»Sie können doch singen, Mistress O'Cleary? Sie werden feststellen, dass das eine nützliche Fähigkeit ist, wenn man nicht mit dem Kopf in der Schlinge des Henkers landen möchte. Verraten Sie mir, was Butler heute Nacht von hier wegbringen möchte und wohin.«

Ich schüttelte den Kopf und trat einen Schritt zurück. Mir war klar, dass er mir nur Angst einjagen wollte. Denn ich war für den Constable ein Druckmittel.

Er würde mich noch nicht umbringen; an diese Hoffnung klammerte ich mich, als ich einen weiteren Schritt nach hinten tat, um näher an Daniels Dolch heranzukommen.

»Sie wissen, welches Schicksal einer Frau wie Ihnen in Newgate beschieden ist?«, fragte Creed. »Das Gesetz äußert sich eindeutig zu denen, die Verrätern Schutz gewähren. Am Ende werden Sie sagen müssen, was Sie wissen, und man wird ihn trotzdem hängen. Ihr Leid wird gänzlich umsonst gewesen sein. Wenn Sie reden, kann ich das Gericht vielleicht davon überzeugen, Gnade walten zu lassen.«

»Ein großherziges Angebot, aber ich bezweifle, dass sie es annehmen wird«, hörte ich da eine Stimme sagen.

Als ich den Kopf wandte, sah ich zu meiner Überraschung etwa sechs Meter von uns entfernt Jack am Höhleneingang stehen. Die Pistole auf Creed gerichtet, fuhr er fort: »Sie haben ihr kaum Anlass gegeben zu glauben, was Sie sagen.«

Der Constable zuckte mit den Schultern. »Menschen können sich ändern.«

Falls Jack Angst hatte, verbarg er sie gut. Er wirkte ruhig und entspannt, als er einen Schritt auf uns zukam und mich anwies: »Eva, gehen Sie.«

Ich hörte, wie Creeds Waffe, die dieser nach wie vor auf mich gerichtet hielt, unheilvoll klickte.

»Butler, ich dachte, es wäre Ihnen wichtiger, die eigene Haut zu retten, als Ihre Ritterlichkeit einer Frau gegenüber zu beweisen.«

»Menschen können sich ändern, habe ich gerade gehört«, sagte Jack mit einem spöttischen Lächeln. Dann wiederholte er, immer noch auf uns zukommend: »Eva, gehen Sie. Er wird Sie nicht erschießen.«

Der Constable runzelte die Stirn. »Nein? Woher wollen Sie das wissen?«

»Das ist nicht Ihr Plan. Sie würden nicht einmal mich erschießen, wenn ich Ihnen Gelegenheit dazu gäbe.«

»Sie scheinen sich ziemlich sicher zu sein. Warum legen Sie nicht die Pistole weg? Dann werden wir ja sehen.«

»Gut«, meinte Jack, ohne stehen zu bleiben.

Ich sah voller Schrecken, wie er die Pistole in den Gürtel steckte und die Arme etwas vom Körper abspreizte, um zu zeigen, dass er unbewaffnet war.

Nun richtete Creed die Waffe auf Jack, und ich nutzte die Gelegenheit, um weiter zwischen die Fässer zurückzuweichen, wo ich den Dolch schließlich entdeckte. Den Blick auf die Männer gerichtet, bückte ich mich vorsichtig, um ihn aufzuheben.

Weder Jack noch Creed schienen mein Tun zu bemerken.

Jack war mittlerweile, den Blick nach wie vor unverwandt auf den Constable gerichtet, noch näher an diesen herangetreten. »Sie wollen uns tot sehen, mich und Danny, aber Sie werden mich jetzt nicht erschießen, denn sollte ich durch Ihre Hand sterben, würden die Bewohner von Polgelly erfahren wollen, warum. Ihre Autorität in dieser Gegend hat ihre Grenzen.« Er legte den Kopf ein wenig schräg. »Oder glauben Sie, dass die beiden Männer, die Sie mir nachgeschickt haben, zurückkehren werden, um Ihnen beizustehen?«

»Den Bewohnern von Polgelly bleibt keine andere Wahl. Die Gesetze haben sich geändert«, erwiderte Creed.

»Das habe ich gehört. Nun kann man uns ohne Haftbefehl festnehmen und zur Gerichtsverhandlung nach London schicken, nicht wahr? Noch ein Grund mehr, mich jetzt nicht umzubringen. Dieses Vergnügen können Sie dem Henker überlassen und sich bei der Hinrichtung ganz entspannt zurücklehnen.« Ohne den Kopf zu wenden, wiederholte er: »Gehen Sie, Eva.«

»Sie bleibt«, sagte der Constable. »Vor Gericht sind Beweise nötig, und die kann sie liefern.«

»Eva kann nicht aussagen«, widersprach Jack.

»Halten Sie mich für einen Narren? Sie kann sprechen, ich habe es gehört.«

»Ja, das kann sie in der Tat. Aber nicht gegen meinen Bruder oder mich. Kein Richter würde bei einem Verfahren die Ehefrau als Zeugin zulassen.«

»Die Ehefrau!«, rief Creed überrascht aus.

»Aye, genauso habe ich auch reagiert, aber der Pfarrer versichert mir, dass es stimmt, und ich halte es für eine kluge Verbindung.« Jack versuchte, mich mit einem Blick zu beruhigen. »Folglich«, schloss er, »ist sie als Zeugin für Sie nicht von Nutzen.«

»Ich könnte mir durchaus ein paar andere Dinge vorstellen, zu denen *Mrs* Butler nutze wäre. Und selbstverständlich würde ich Ihren Bruder in Newgate darüber informieren.«

Er warf mir einen anzüglichen Blick zu. Darauf hatte Jack gewartet, der nur noch eine Armeslänge von Creed entfernt war. Er stürzte sich auf ihn, eine Hand nach der Pistole ausgestreckt.

Ungläubig hörte ich den Schuss und sah, wie Jack zurückstolperte und stürzte.

»Nein«, flüsterte ich, Tränen in den Augen.

Ich hatte doch eine Entscheidung getroffen und die Zukunft bewusst so verändert, dass er nicht sterben musste …

Trotzdem war er tot. Daran bestand kein Zweifel.

»Nein!«

Der Constable spuckte voller Verachtung auf Jacks reglosen Körper. »Jetzt müssen wir nur noch auf Ihren tapferen Ehemann warten«, sagte er und lud seine Pistole nach. »Ich hatte meine Zweifel, ob er Ihr Leben wirklich hoch genug schätzt, um sich gefangen nehmen zu lassen. Eine Geliebte ist schließlich nur eine Geliebte. Aber die Ehefrau …«

Hinterher wusste ich nicht mehr, wie es geschehen war, doch plötzlich stand ich unmittelbar vor Creed, und Daniels Dolch befand sich nicht länger in meiner Faust.

Er ließ die Pistole fallen und hob die Hand, um den Griff des Messers zu packen, das in seiner Brust steckte. Wütend zog er die kurze Klinge heraus und schleuderte den Dolch weg. Der Schwall roten Blutes, der sich auf den Boden ergoss, schien ihn noch zorniger zu machen. Er wollte mich verfluchen …

Die Worte erstarben auf seinen Lippen.

Ich beobachtete, wie sein Gesichtsausdruck sich veränderte, seine Wut Furcht wich, und ich hörte das Entsetzen in seiner Stimme, als er hervorstieß: »Hexe!«

Dann sank er auf die Knie, dieser Mann, der sich so oft an der Angst anderer ergötzt hatte, und tat seinen letzten Atemzug.

Gleichzeitig begann er, sich aufzulösen. Genau wie Jacks Leiche. Die dunkle Höhle erzitterte und verwandelte sich in den Flur von Trelowarth, und ich stand wieder vor der Küchentür, bereit einzutreten.

Ich konnte mich nicht bewegen.

Die Ereignisse hatten mich traumatisiert. Die Rückkehr wollte mir nicht gelingen; ich stand mit tränennasser, geschwollener Wange da, in den Mantel eines Toten gehüllt, der schwer auf meinen bebenden Schultern lastete.

Ich weiß nicht, ob ich je die Willenskraft oder Stärke

gefunden hätte, mich zu rühren, wenn ich nicht leichte Schritte auf dem Küchenboden gehört hätte. Als die Tür aufging und Claire mich erstaunt anblickte, warf ich mich in ihre Arme und klammerte mich weinend an sie wie ein Kind, das gerade aus einem Albtraum erwacht war.

# *Achtunddreißig*

Der Schock bewirkt merkwürdige Dinge im Gehirn.

Ich nahm willkürliche Details wahr, zum Beispiel dass sich an Claires Bluse sieben Knöpfe befanden, wogegen ich keine Ahnung hatte, wie wir die steile hintere Treppe hinaufgelangt waren.

Ich hörte jemanden in die Küche gehen und kurz darauf Marks Stimme von unten: »Eva?«

Claire antwortete für mich: »Sie ist bei mir. Ich hab ihr versehentlich die Küchentür gegen den Kopf geschlagen. Wahrscheinlich kriegt sie ein blaues Auge.«

So war das nicht, widersprach ich innerlich.

Die beiden diskutierten, ob ich einen Arzt benötigte. Claire meinte, sie sei nicht sicher und müsse mich genauer begutachten. »Dann sage ich dir Bescheid.«

Kurz darauf lag ich in der Badewanne, auf deren Rand eine kleine Schale mit sechs grell pinkfarbenen Gästeseifen in Rosenform stand.

Erst nach geraumer Zeit hörte ich zu zittern auf.

Dann war ich im Schlafzimmer, Claire neben mir. Ich

spürte, wie die Matratze sich senkte, als sie sich auf die Bettkante setzte und mich zudeckte. Dann strich sie mit ihrer kühlen Hand über meine heiße Stirn. Mein Blick war starr auf die abgeblätterte Farbe an der Wand gerichtet.

»Willst du darüber reden?«, fragte Claire.

Nein.

Ich schüttelte matt den Kopf.

»Gut.« Noch einmal spürte ich ihre Hand auf meiner Stirn, bevor sie das Zimmer verließ.

Jedenfalls glaubte ich, dass sie das tat.

Doch als ich mitten in der Nacht aus unruhigem Schlaf hochschreckte, war ich sicher, jemanden im Schatten am Kamin sitzen zu sehen.

Es war still im Haus, als ich vollends wach wurde.

Kein Lachen von unten, kein Flüstern aus dem Raum nebenan, keine Bewegung außer dem Flattern der Vorhänge im Sommerwind.

Es war warm im Zimmer, zu warm für den Morgen.

Ich drehte den Kopf auf dem Kissen. Der Schmerz, den ich spürte, als meine Wange den Stoff berührte, erinnerte mich an die schrecklichen Ereignisse.

Ich hatte einen Menschen umgebracht, einen Mörder, ja, aber das änderte nichts an der Tatsache, dass ich eines Verbrechens schuldig geworden war, zu dem ich mich nie für fähig gehalten hätte.

Ich schloss die Augen, um die Erinnerung zu verdrängen. Es funktionierte nicht; mein Gedächtnis spielte die grässlichen Minuten immer wieder durch. Wie ich ins Bett gekommen war, fiel mir erst nach einer Weile wieder ein. Ich sah mich nach Claire um.

Ich würde ihr meinen Zustand erklären müssen, wie, wusste ich nicht.

Das Aufstehen und Anziehen dauerte ziemlich lange, weil meine Glieder steif und voller Abschürfungen und blauer Flecken waren. Zum Glück sah mein Gesicht, als ich es im Spiegel betrachtete, nicht so schlimm aus wie erwartet. Mein Auge hatte keinen nennenswerten Schaden davongetragen; die Schwellung beschränkte sich fast ausschließlich auf den Bereich um den Wangenknochen, und der Bluterguss befand sich am oberen Teil der Schläfe.

Es reichte, das Haar ein wenig in die Stirn zu kämmen, um den größten Teil der Verletzungen zu kaschieren.

Als ich die Treppe hinunterging, legte ich mir eine Erklärung zurecht. Doch die Mühe hätte ich mir nicht zu machen brauchen, denn es war niemand da.

Ich versuchte, mich auf die Gegenwart zu konzentrieren, musste aber feststellen, dass die Grenzen zur Vergangenheit immer wieder verschwammen, und ich zögerte, die Küche zu betreten, weil ich nicht an die Geschehnisse dort erinnert werden wollte.

Trotzdem dachte ich an Fergals dunkle Augen und seinen trockenen Humor; es schmerzte mich, nicht zu wissen, was aus ihm geworden war. Mit der Scherbe in der Hand hatte er zumindest eine kleine Chance gegen Leach gehabt, allerdings nur, wenn Fergal überhaupt wieder zu sich gekommen war und Leach nicht allzu schnell zu seiner Pistole gegriffen hatte.

Den Gedanken, dass Fergal tot sein könnte, schob ich beiseite.

Obwohl mir klar war, dass sie inzwischen alle unter der Erde lagen. Daniel hatte recht gehabt mit seiner Feststellung, dass sein Leben für die Menschen in meiner Zeit längst vorbei und vergessen sei.

Er hatte ebenfalls recht gehabt mit seiner Annahme, dass Versuche, die Ereignisse zu beeinflussen, sich als unmöglich erweisen würden. Meine Warnung an Jack beim Betreten der Höhle hatte ihn davor bewahrt, auf der Stelle von Creed erschossen zu werden, doch am Ende war das Unvermeidliche doch geschehen. Sogar Daniels Dolch, mit dem ich den Constable ins Jenseits befördert hatte, war am Ende wieder auf dem Boden der Höhle gelandet, wo Mark ihn fast dreihundert Jahre später finden sollte. Der Lauf der Geschichte hatte sich nicht verändert.

Jedenfalls nicht, soweit mir bekannt war. Ich wusste lediglich, dass die Gegenwart sich genauso darstellte, wie ich sie verlassen hatte. Nur, dass sie sich für mich ein wenig leerer anfühlte.

Wie aufs Stichwort bewegte sich ein Schatten am Fenster vorbei, und ich hörte, wie die hintere Tür aufging und Felicity mit einer Plastikwanne voller Tassen und Untertassen in den Armen, das Handy zwischen Kopf und Schulter eingeklemmt, hereinkam.

»Nein, nein«, sagte sie gerade, »überall auf dem Boden. Ja, wir haben sie ausgeschaltet, aber in einer halben Stunde erwarten wir eine große Touristengruppe, und … ach, könnten Sie das wirklich? Danke, das wäre nett, Paul. Sie sind ein Schatz.«

Sie stellte die Wanne vorsichtig auf der Arbeitsfläche ab, beendete das Gespräch und begrüßte mich. »Hallo. Ich hab dich hoffentlich nicht aufgeweckt mit der letzten Ladung Geschirr, oder?«

Jetzt erst fiel mir auf, dass die Spüle voll mit Tellern und

Tassen war und daneben eine zweite, leere Plastikwanne stand.

»Nein. Warum, was ist los?«

»Die Geschirrspülmaschine leckt. Wir haben sie arg strapaziert, damit das Geschirr schön sauber ist für die Nachmittagsgäste, und dabei eine Überschwemmung produziert.«

»Brauchst du Hilfe?«, fragte ich in der Hoffnung, Ablenkung zu finden.

»Claire meint, du sollst dich ausruhen.« Felicity betrachtete mein Gesicht genauer. »Sie hat dich ganz schön erwischt mit der Tür. Wie geht's dir?«

»Ich bin okay, danke.«

Gemeinsam füllten wir beide Plastikwannen innerhalb von zehn Minuten mit sauberen Tassen und Untertassen.

»Komm«, sagte ich und hob eine der Wannen vorsichtig an. »Ich trage sie mit dir zurück.«

Regen, vielleicht ein Gewitter, lag in der Luft. Als ich Felicity zum Gewächshaus folgte, fiel mir auf, dass Stoffstreifen an dem Dornbusch neben der Teestube hingen, der nun ein richtiger *Cloutie tree* war.

Beim Betreten der Teestube stieg mir der Geruch frisch gebackener Scones in die Nase, und mein Magen begann zu knurren. Susan tauchte hinter der kaputten Geschirrspülmaschine einen Putzlappen in den Eimer zu ihren Füßen. Sie wirkte erstaunlich gefasst in der Krise.

»Immerhin ist der Boden jetzt trocken. Hast du Paul erreicht?«, fragte sie Felicity.

Felicity nickte. »Er hat versprochen, sofort zu kommen.«

»Prima.« Susans Blick fiel auf mein Gesicht. »Du lieber Himmel, Eva. Das tut sicher weh. Claire hat mich schon gewarnt, dass es übel aussieht.«

»Alles in Ordnung«, versicherte ich ihr. »Wo ist Claire?«

»Sie hält Ausschau nach dem Bus.«

»Lasst uns die Tische decken«, schlug Felicity vor.

Wir waren noch nicht ganz fertig, als ich auf dem Kiesweg draußen knirschende Schritte hörte. Es war Paul, der im T-Shirt und dem nicht zugeknöpften, aus der Hose hängenden Jeanshemd aussah, als wäre er auf Felicitys Hilferuf geradewegs aus dem Bett gesprungen.

Sofort hellte sich Susans Miene auf. Sie zeigte ihm gerade das Problem, als ich weitere Schritte auf dem Kies vernahm und Claire hereintrat. »Sie sind da«, verkündete sie. »Der Reiseleiter sagt, es sind einundvierzig.«

Susan richtete sich mit Paul auf, der Claire freundlich zunickte und sie mit einem »Guten Morgen« begrüßte. Bei Claire war er gesprächiger als bei uns anderen. »Wo kommt die Gruppe her?«, erkundigte er sich.

Claire wusste es nicht.

»Aus Wales«, antwortete Susan. »Wenn sie hier Tee getrunken haben, fahren sie nach St. Non's weiter.«

»Da haben sie sich aber einen schlechten Tag ausgesucht«, gab Paul zu bedenken. »Sieht ganz nach Regen aus.«

»Wir müssen ihnen nur Tee servieren«, meinte Susan. »Sie wollen keine Tour durch die Gärten.« Während sie Teller auf die Tische stellte, fragte sie Claire: »Einundvierzig, sagst du?«

Plötzlich wirkte Claire abgelenkt. »Was? Ach so, ja.« Sie entdeckte mich. »Eva, Liebes, du solltest dich ausruhen.«

»Da sind sie!«, rief Felicity aus, als die ersten Touristen

den Weg heraufmarschierten. In den folgenden fünfzehn Minuten herrschte rege Betriebsamkeit, und ich füllte Teekannen und servierte, während die anderen sich um Scones, Marmelade und *clotted cream* kümmerten und Paul versuchte, sich auf die Reparatur der Geschirrspülmaschine zu konzentrieren, was vermutlich gar nicht so leicht war, weil die Gruppe hauptsächlich aus jungen Frauen bestand, die meisten davon hübsch und definitiv an Paul interessiert.

Susan und Felicity waren zu beschäftigt, um das zu merken, aber Claire hörte die Kommentare und das Kichern der Frauen und schmunzelte. Aus dem Schmunzeln wurde ein Lächeln, als klar war, dass Paul ein lebhaftes Mädchen besonders gefiel, das nach einer Weile mit Freundinnen hinausging, um sich vor dem »Cloutie Tree« fotografieren zu lassen.

Als ich eine Teekanne füllte, nickte ich in Richtung der kleinen Gruppe bei dem Busch. »Konkurrenz für Susan«, stellte ich fest.

»Scheint so«, meinte Claire und strich mir das Haar von der geschwollenen Wange. »Sieht nicht so schlimm aus, wie ich dachte. Gott sei Dank.«

Ich holte tief Luft. »Du hast mich nicht mit der Tür erwischt.«

»Ich weiß. Aber irgendwas musste ich ihnen doch erzählen, oder?«

Da erklang von draußen Lachen und Kreischen. Es hatte zu regnen begonnen, so heftig, dass sich die Tropfen auf dem Glasdach der Teestube anhörten wie ein Trommelwirbel. Die jungen Touristinnen hasteten herein. Zwei von ihnen trugen Anoraks mit Kapuzen, sodass sie halbwegs geschützt waren, doch das dunkelhaarige Mädchen, für das

Paul sich interessierte, war in der leichten Baumwollbluse bis auf die Haut durchnässt.

Paul zog sein Hemd aus und ging auf sie zu. Die Augen sämtlicher Frauen richteten sich auf ihn. »Hier«, sagte er und reichte der jungen Touristin das Hemd. Sie bedankte sich mit einem verlegenen Lächeln.

Felicity stieß Susan an. Ein Wasserkessel begann zu pfeifen, und Susan wandte sich ihm zu.

Da ahnte ich etwas, und ich sah Claire an.

Tränen traten ihr in die Augen, als Paul der jungen Waliserin das Hemd um die Schultern legte. Plötzlich ergab alles Sinn.

Mich ungläubig räuspernd, sagte ich zu Claire: »Genau wie bei deinen Großeltern.«

Ihr Lächeln zerstreute meine letzten Zweifel.

»Liebes«, sagte sie leise. »Das *sind* meine Großeltern.«

# *Neununddreißig*

Der Regen hatte aufgehört. Hin und wieder ließ ein Windstoß die Blätter an den Bäumen um Claires kleinen Garten erzittern und im Sonnenlicht glitzernde Tropfen auf den Boden fallen.

Claire trat mit zwei großen Tassen Tee aus dem Haus, reichte mir eine und richtete ihren Stuhl wie ich den meinen auf die kleine Sonnenuhr und den Bronzeschmetterling darauf aus.

Wir lauschten eine Weile schweigend dem Gesang eines Vogels im Wald.

»Dann hast du also geahnt, wer er war«, stellte ich fest.

»Paul? Ja, von Anfang an. Und meine Großmutter habe ich auch gleich erkannt. Natürlich wusste ich nicht, ob ich den Moment ihrer ersten Begegnung miterleben würde, aber ich hatte es gehofft …« Sie sah mich an. »Tut mir leid, Liebes, dass ich dir diesen Sommer keine größere Hilfe war. Ich dachte, es wäre das Beste, wenn du dich allein zurechtfindest.«

»Dir war bewusst, was geschah.«

»Natürlich. Mir erging es ähnlich, mit dem Unterschied, dass du von dieser Zeit in die Vergangenheit reist, während dein Jetzt für mich die Vergangenheit ist.« Auf die Sonnenuhr schauend, redete sie weiter, als diskutierten wir ein ganz alltägliches Thema. »Als ich das erste Mal hierher zurückkam, war ich jung und allein wie du. Meine Eltern hatten sich scheiden lassen, das Haus verkauft und beide neue Partner gefunden. Plötzlich hatte ich Stiefbrüder und -schwestern, aber kein Zuhause mehr und sehnte mich nach meinen Kindertagen bei meinen Großeltern in St. Non's.« Sie streckte die Beine aus und nahm einen Schluck Tee. »Ich schlug mich ohne enge Bindungen an Personen oder Orte als Künstlerin durch. Irgendwann bin ich in den Ferien hergefahren und habe zwei Wochen damit verbracht, Cornwall neu zu entdecken, Besuch im ›Cloutie Tree‹ mit Cream Tea inklusive.

Ohne meine Großeltern war es anders im ›Cloutie Tree‹, doch die Sonne schien, und die Rosen standen in voller Blüte. Hinterher bin ich durch die Gärten geschlendert wie früher. Weil meine Großmutter den Ruhigen Garten immer am liebsten gemocht hatte, bin ich rauf und habe mir einen besinnlichen Moment im Gedenken an sie gegönnt. Als ich gehen wollte, konnte ich den Weg nicht mehr finden.«

Claires Schilderung nach hatte sie eher verdutzt als panisch reagiert. Wie konnte sie sich in dieser Umgebung, die sie so gut kannte, verlaufen haben? Am Ende hatte sie den Pfad entdeckt – wenn auch nicht dort, wo sie ihn vermutete. Und auch die Teestube war nicht mehr dort, wo sie hätte sein sollen.

»Es gab nicht mal ein Gewächshaus. Ich dachte, ich verliere den Verstand«, erklärte Claire. »Das kannst du sicher nachvollziehen.«

»Ja. Und was hast du gemacht?«

»Ich bin in Panik zum Haus gelaufen und habe gegen die Tür gehämmert, bis jemand öffnete. Das war meine erste Begegnung mit deinem Onkel George.« Er hatte Claire hereingebeten, sich ihre Geschichte angehört und ihr Tee gekocht.

»Keine Ahnung, wo die Kinder waren. Mark muss in der Schule gewesen sein, und Susan machte wahrscheinlich gerade ihr Mittagsschläfchen.«

George war zu dem Zeitpunkt seit einem Jahr Witwer, was sie nicht wusste.

»Dann hat jemand angerufen – das Telefon war, glaube ich, im Flur. George ist hingegangen, und …« Sie schwieg kurz, als fiele es ihr schwer, die weiteren Geschehnisse zu beschreiben. »Und plötzlich war ich wieder im Ruhigen Garten.«

Alles war an seinem Platz. Zur Beruhigung hatte sie in der Teestube ein Kännchen Tee bestellt. Nach einer Stunde im normalen Betrieb des »Cloutie Tree« war es ihr schließlich gelungen, sich einzureden, dass das soeben Erlebte ein Tagtraum gewesen sein musste.

Trotzdem hatte sie hastig ihre Sachen gepackt, das Hotel verlassen und war übers Moor nach Norden gefahren, um sich auf der anderen Seite Cornwalls in der Nähe von Boscastle neue Anregungen für ihre Bilder zu suchen.

Drei Monate vergingen, bis sie den Mut aufbrachte, nach Trelowarth zurückzukehren.

»Ich konnte nicht aufhören, daran zu denken«, gestand Claire. »Und an ihn. Ich hatte Träume …«

Inzwischen war es Herbst geworden. Die meisten Touristen waren abgereist, in den Straßen von Polgelly herrschte Ruhe, und oben in Trelowarth wurden die Gärten winterfest gemacht.

Sie hatte an die Tür geklopft. »Ich war zu dem Schluss gekommen, dass ich die Sache nur loswerden würde, wenn ich mir selbst bewies, dass sie nicht geschehen sein konnte.« Wie erwartet, war die Tür von einem anderen Mann geöffnet worden, der George zwar ähnelte, aber rötliche Haare hatte und schlanker war. »Er war sehr nett. Ich habe ihn nach George gefragt, und er hat mir geantwortet, der einzige George Hallett, den er kenne, sei sein Großvater gewesen, der sei allerdings schon lange tot.«

Ich machte große Augen. »Sein Großvater? Dann war er also …«

»Marks ältester Sohn«, führte Claire den Satz für mich zu Ende. »Stephen. Ein reizender junger Mann, ein richtiger Gartenkünstler. Obwohl alle Kinder von Mark künstlerisch veranlagt waren. Das hatten sie wohl von ihrer Mutter.«

»Felicity.«

»Ja.«

Claire nahm einen weiteren Schluck Tee. »Nach dem Gespräch mit Stephen wusste ich nicht mehr, was ich denken sollte. Ich merkte nur, dass etwas mich anzog … nein, das Wort ist vielleicht zu stark. Etwas lud mich ein hierzubleiben. Ich bin runter in den Pub in Polgelly, zum Lunch und zum Nachdenken. Zwei Tische weiter saß ein alter Mann, der mich einige Zeit musterte, bevor er mit seinem Bier herüberkam, sich zu mir setzte und sich vorstellte.«

Er war entwaffned in seiner lockeren Art, und sie hatten

sich über ihre Malerei, ihre Großeltern und alles, woran sie sich im Zusammenhang mit St. Non's erinnerte, unterhalten.

»Dann kamen wir auf Trelowarth und die Gärten zu sprechen, und er erzählte mir, seine Frau sei eine Hallett gewesen. Durch sie habe er ein Cottage auf dem Grundstück geerbt. Wenn ich wolle, könne ich es den Winter über mieten, zum Malen. Also ...«

Sie breitete die Hände aus.

»Dieses Cottage?«

»Ja.«

»Dann war es in deiner eigenen Zeit ebenfalls dein Zuhause.«

Claire nickte. »Ist es immer noch. Ich reise nach wie vor zwischen den Zeiten hin und her, wenn auch nicht mehr ganz so oft wie früher. Mit dem Alter wird es seltener, aber es lässt sich nach wie vor nicht kontrollieren.«

Mir fiel ein, was Mark mir erzählt hatte: dass Claire in seiner Kindheit tage-, manchmal sogar wochenlang zum Malen verschwunden sei und dies immer noch ab und an tue ...

»Leicht kann es nicht für dich sein, jetzt, da es Onkel George nicht mehr gibt«, bemerkte ich.

»Es war nie leicht.«

In den ersten Wochen im Cottage war nichts Außergewöhnliches passiert. Dann hatte sie eines Tages bei einem Spaziergang in den Gärten Stimmen gehört und durch die halb offene Tür in der hohen Mauer gesehen, wie Mark und George die Rosen stutzten.

George hatte sie angelächelt und gesagt: »Hallo. Du bist wieder da.«

Da war es um sie geschehen gewesen.

Doch es hatte sich nicht leicht gestaltet.

»Das Leben war ganz anders als mein gewohntes. Wenn du glaubst, wir Frauen hätten eine Menge erreicht, dann warte mal ab, was noch kommt. Außerdem musste ich natürlich auf die Kinder Rücksicht nehmen, und je mehr ich George liebte, desto komplizierter wurde es.«

Der Vogel hatte aufgehört zu singen. Im Gras raschelte ein Tier, und dann war nur noch das Rauschen des Windes zu hören und in der Ferne der Schrei einer Möwe.

»Ich habe mich abgesetzt«, gestand sie mit leiser Stimme. »Weil mir alles zu viel wurde. Ich verließ das Cottage in meiner eigenen Zeit und ging nach London.«

Sie war fast ein ganzes Jahr weggeblieben.

»Was hat dich zurückgelockt?«, fragte ich.

»Die Liebe.«

Wir saßen eine Weile schweigend da.

»Meinst du, du kannst schon darüber reden, Liebes? Ich könnte mir vorstellen, dass deine Geschichte aufregender ist als meine.«

»Wieso das?«

Sie berührte meinen Finger. »Dein Ring steckt an der anderen Hand. So, wie ich dich kenne, ist das kein Zufall. Du hast dich in letzter Zeit sehr für die Schmuggler von Polgelly interessiert. Und der Mantel, den du gestern getragen hast, war voller Blut.« Sie strich mir das Haar aus dem Gesicht. »Das war nicht er, oder?«

»Wer?«

»Der Mann, den du geheiratet hast.«

Ich hatte mich oft gefragt, warum Claire immer gelassen blieb. Nun kannte ich den Grund. Nach allem, was sie erlebt hatte, würde sie so schnell nichts mehr überraschen.

Ich schüttelte den Kopf. »Nein. Er würde mich nie schlagen.«

Dann erzählte ich ihr die Geschichte. Das dauerte seine Zeit, und wir hatten eine weitere Kanne Tee ganz und einen Teller mit Sandwiches halb geleert, als ich bei dem Mord an Creed anlangte.

»Gott sei Dank ist er tot«, lautete Claires Kommentar. »Was für ein Mistkerl.«

»Hoffentlich war ihm in der Zukunft keine wichtige Rolle zugedacht.«

Claire hielt das für unwahrscheinlich. »Dein Tun kann die Geschichte nicht verändern, hast du gesagt.«

»Das ist Daniels Theorie. Seiner Meinung nach ist die Geschichte festgeschrieben. Deshalb war ich nicht in der Lage, Jack vor dem Tod zu bewahren. Seine Zeit war gekommen.« Es fiel mir nicht leicht, das auszusprechen.

Claires ruhiger Blick tröstete mich. »Er scheint ein sehr kluger Mann zu sein, dein Daniel.«

»Ja.« Was mich an eine andere Theorie erinnerte. »Claire?«

»Ja, Liebes?«

»Als du damals so lange in London warst … was ist da passiert? Bist du in dieser Zeit in die Vergangenheit gereist?«

»Nein. Wenn ich mich außerhalb von Trelowarth aufhielt, geschah nichts.«

»Und wenn du in Polgelly oder St. Non's warst? Bist du von dort je in die Vergangenheit verschwunden?«

»Nein, nur von hier aus.«

Hoffnung stieg in mir auf. »Dann ist dieses Phänomen also tatsächlich an Trelowarth gekoppelt.«

Claire pflichtete mir bei. »Vielleicht hat es etwas mit Felicitys Wasseradern zu tun.«

Ich runzelte die Stirn. »Aber warum nur wir beide? Warum nicht Susan oder Felicity oder …«

»Liebes, das ist ein Rätsel, das wir wahrscheinlich nie lösen können. Keine Ahnung, was deinen Onkel George und mich zusammengebracht hat. Irgendwie hat er mich gerufen, das ist das Einzige, was ich weiß. Oder ich habe ihn gerufen.« Die Sonne ging allmählich unter, und die Schatten wurden länger. »Ich glaube, weil wir uns beide verloren fühlten, haben wir einander gefunden. Wie finden sich Menschen?«

Die Antwort darauf kannte ich nicht. Daniel war nach dem Verlust von Ann einsam gewesen, und ich hatte Katrina vermisst. Wer von uns hatte wohl als Erster über die Jahrhunderte hinweg nach dem anderen gerufen?

Ich blickte seufzend auf die Sonnenuhr. »Es ist so schwierig. Was, wenn ich nie mehr in seine Zeit zurückkehre? Was, wenn alles einfach aufhört oder …«

Ich musste an Fergal denken, der gemeint hatte, er wolle nichts über seine Zukunft erfahren und auch andere Menschen sollten sich nicht dafür interessieren, weil dieses Wissen eine Last sei. Wäre er hier gewesen, hätte ich ihm sagen können, dass es manchmal eine ebenso große Last war, die Zukunft nicht zu kennen.

Das erklärte ich Claire. »Es ist so schwierig, nicht zu wissen, was geschehen wird.«

»Soll ich es dir verraten?«, fragte sie.

# *Vierzig*

Mr Rowe schob mir die Formulare über den Tisch zu. »Wunderbar«, sagte ich, als ich sie gelesen hatte. »Danke.«

»Keine Ursache.« Er beobachtete, wie ich die Dokumente unterzeichnete. »Und hier.« Er deutete auf ein Feld, das ich übersehen hatte. »Sind Sie wirklich sicher? Es handelt sich um einen sehr hohen Betrag.«

»Ganz sicher, Mr Rowe. Das Geld hat sowieso nie mir gehört, sondern meiner Schwester. Sie hätte es so gewollt.«

»Aber dieses Arrangement lässt Ihnen nichts für Ihren persönlichen Bedarf«, gab er zu bedenken.

»Ich habe andere Quellen.« Es war eine Lüge.

Er nickte.

Ich unterzeichnete das letzte Dokument. »Sonst muss ich nichts machen?«

»Nein. Von jetzt an kümmern wir uns um alles. Mr Hallett, seine Schwester und ihre Erben können sicher sein, dass der Trelowarth-Trust gut verwaltet wird; sie müssen nichts tun, als uns mitzuteilen, wie viel Geld sie benötigen und wann.«

»Und Sie erklären ihnen das? Sie sind heute in London und kommen am Dienstag zurück.«

»Dann setze ich mich am Mittwoch mit ihnen in Verbindung.«

»Ich habe hier ein Schreiben für die beiden.« Ich nahm es aus meiner Handtasche und reichte es ihm. »Könnten Sie es ihnen geben, wenn Sie sie sehen?«

»Natürlich.« Als ich mich erhob, stand er ebenfalls auf.

Ich bedankte mich.

Er schüttelte mir die Hand. »Es war mir ein Vergnügen.«

»Mir auch.«

Ich trat aus der Bank in den mittäglichen Sonnenschein. Die allgemeine Stimmung in Polgelly hatte sich verändert, denn der Sommer neigte sich seinem Ende zu. Verschwunden waren die unbeschwerten Paare und Familien; jetzt drängten sich ruhelos Vergnügungssüchtige auf den Gehsteigen und in den Geschäften.

Wie immer saßen Leute mit Fish and Chips oder gestreiften Papiertüten aus dem Fudge-Laden auf der Kaimauer, doch auch sie wirkten gehetzt und sahen ständig auf die Uhr.

Auch ich war zu spät dran, als ich mich zwischen den Menschen am Hafen durchschob und die Tür des *Wellington* öffnete.

Von außen wirkte das Pub alt und unansehnlich. Die weiß getünchten Mauern standen ein wenig schief auf dem Fundament wie vermutlich bereits in den Tagen, als es noch *The Spaniard's Rest* hieß, Jack hier seinen Rum trank und Daniel zur Sicherheit die Pistole in seinen Gürtel steckte, bevor er es betrat.

Die weißen Stuckwände, die honigfarbenen Holztische

und das helle Licht, das durch die Fenster mit den kleinen Scheiben hereinfiel, überraschten mich. Ich hatte erwartet, dass das Innere der Kneipe dunkel wäre wie in einer Schmugglerhöhle. Oliver, der schon in einer der Nischen mit Blick auf den Hafen saß, begrüßte mich mit einem Grinsen, als ich mich zu ihm gesellte.

»So hast du dir's hier offenbar nicht vorgestellt, was?«

»Nein.«

»Ich war auch enttäuscht, als Onkel Alf mich zu meinem ersten legalen Bierchen ins *Wellie* eingeladen hat«, gestand er. »Nach all den Jahren, in denen wir Kinder davor gewarnt worden waren, hatte ich Messerscharten an den Tischen und Strolche an der Theke erwartet, aber leider konnte ich nirgends welche entdecken.« Er leerte sein Glas, stand auf und fragte: »Was trinkst du?«

Normalerweise hätte ich zum Lunch keinen Alkohol gewählt, doch dies war kein normaler Tag. »Die kleine Größe von dem, was du nimmst, bitte.«

Oliver ging zur Theke, während ich einen Blick in die Speisekarte warf. Als er zurückkehrte, gab er mir mein Glas nicht gleich. »Was ist los?«, erkundigte er sich.

»Wie bitte?«

»Zuerst rufst du mich an und lädst mich zum Mittagessen ein, was für sich genommen ziemlich außergewöhnlich ist, und dann trinkst du am helllichten Tag Alkohol. Das sieht dir gar nicht ähnlich.«

Ich deutete auf das Glas. »Kann ich's jetzt haben?«

»Wenn du mir verrätst, warum du es brauchst.« Er lehnte sich zurück und musterte mich. »Entweder trinkst du dir Mut an, um mir einen unsittlichen Antrag zu machen, oder du willst mir das Herz brechen …«

»Oliver …«

»Falls du dich noch nicht entschieden hast: Nimm die erste Alternative, das ist für alle Beteiligten angenehmer.«

»Ich werde doch kein Cottage von dir mieten, Oliver.«

Schweigen. Dann: »Du bleibst in Trelowarth?«

Ich schüttelte den Kopf.

»Verstehe.« Er nahm einen Schluck Bier. »Also die andere Alternative.«

»Oliver.«

»Wieso hast du es dir anders überlegt?«

Ich zuckte mit den Schultern, weil mir keine ehrliche Antwort einfiel. »Ich möchte ein bisschen reisen.«

»Allein?«

In seinem Lächeln lag Bedauern.

»Immerhin hab ich's versucht«, meinte er.

»Ja.«

Mit einem gespielt gequälten Blick fragte er: »War's die Radlerhose? War das zu dick aufgetragen?«

Was für eine Erleichterung, lachen zu können! »Nein, die fand ich stark. Es war nur … ich konnte nicht …«

»Sag nichts mehr.« Er gab mir mein Glas. »Du bist nicht die erste Frau, die von ihren leidenschaftlichen Gefühlen für mich in die Flucht geschlagen wird.«

»Tatsächlich?«

»Das passiert mir immer wieder.«

Gespielt lässig nahm er die Speisekarte in die Hand. Typisch Oliver, dachte ich, dass er versuchte, mir die Sache leicht zu machen. Bei jedem anderen Mann wäre die Situation peinlich geworden.

»Du bist große Klasse«, sagte ich.

»Ein unglücklicher Nebeneffekt.«

»Wovon?«

»Von meinem Dachschaden. Mich hat mal hier ein Stein getroffen.« Er zeigte mir die Stelle an seinem Kopf, und einen Moment lang schwand der neckende Ausdruck aus seinen Augen. »Das macht mir heute noch zu schaffen.«

Er schlug die Speisekarte auf. »Mal sehen, wozu ich mich einladen lasse.«

»Wie hat er's aufgenommen?«, erkundigte sich Susan.

Ich half ihr, vorsichtig die letzten Rosen für die Blumenschau in den Lieferwagen zu laden. »Gut. Allerdings hat er ein bisschen zu viel getrunken.«

»Er ist süß, wenn er einen in der Krone hat. Ich weiß nicht, ob ich ihm in dem Zustand widerstehen könnte«, sagte sie und band die Rosen fest. »Sind das alle?«

»Ja.«

»Ich wünschte, du würdest es dir anders überlegen und mitkommen.«

»Das geht nicht.«

»Du bist noch nie in Southport gewesen, und die Blumenschau ist toll. Außerdem könnte ich Gesellschaft gebrauchen. Fee wird nicht viel Zeit für mich haben.« Sie warf einen bedeutungsschwangeren Blick zur vorderen Tür, an der Mark sich mit Felicity unterhielt. »Komm doch mit«, wiederholte sie.

»Ich kann meine Reisepläne nicht ändern.«

»Schade. Vielleicht nächstes Jahr.«

»Vielleicht.«

Sie wischte sich die Hände an der Jeans ab. »Du bist mir eine große Hilfe gewesen. Ich kann dir gar nicht genug danken.«

»Gern geschehen.«

»Du hast unsere Website entworfen und die PR erledigt. Das war wichtig, um die Touristen anzulocken. Ganz zu schweigen von der Mühe, die du dir mit der Schmugglergeschichte für unseren Prospekt gemacht hast. Und dass Mark mit zu der Blumenschau fährt«, sagte sie mit einem Nicken in Richtung Lieferwagen, »das haben wir dir zu verdanken, Eva. Ohne dich wären wir nicht zurechtgekommen.«

Ich umarmte sie. »Pass auf dich auf.«

»Du auch. Und vergiss uns nicht. Du bist hier jederzeit ein willkommener Gast.«

Ich drückte sie und löste mich von ihr. »Viel Spaß in Southport.«

Felicity schenkte mir zum Abschied etwas.

»Der hat dir doch gefallen«, sagte sie, als sie mir die kleine Bronzefigur des tanzenden *pisky* aus ihrem Laden überreichte.

»Der ist das Pfand, dass du wieder zu uns zurückfindest. Sag ihm einfach: ›Nach Trelowarth.‹«

»Wird gemacht.« Ich schloss die Finger um die Figur. »Danke.«

Mark wartete an der Tür auf mich.

Der Abschied von ihm fiel mir gleichzeitig schwerer und leichter, als ich gedacht hatte.

»Der Sommer ist vorbei«, stellte er fest. »Wie damals.«

»Ja.«

Doch es war nicht wie damals, das wussten wir beide. Die trägen Sommer unserer Kindheit, in denen wir vier durch die Gärten und den Wilden Wald getollt waren und lachend auf den Straßen von Polgelly gespielt hatten, würden nicht mehr wiederkehren.

Aber die Rosengärten blieben, und es würde neue Sommer und neue Erinnerungen geben.

»Früher hast du dir die Taschen mit Fudge vollgestopft, bevor du weggefahren bist«, bemerkte Mark.

Ich lächelte. »Könnte gut sein, dass ich das diesmal auch mache. Wann schließt der Fudge-Laden?«

»Keine Ahnung. Vergiss nicht: Wenn du den Hügel runtergehst, musst du ihn wieder hoch. Und dann werde ich nicht da sein, um dich Huckepack zu nehmen.«

»Ihr habt mich diesen Sommer lange genug gestützt.«

»Geht's dir jetzt besser?«, erkundigte er sich.

Ich nickte. »Mark, ich weiß nicht, wann ich wiederkomme oder ob überhaupt … Das heißt, es könnte ziemlich lange dauern.« Ich senkte den Blick. Mark nahm mich in die Arme.

»Das letzte Mal waren es zwanzig Jahre«, erinnerte er mich. »Es ist egal, wie lange es sein wird.«

»Es hat nichts mit euch zu tun«, versicherte ich ihm. »Ihr und Trelowarth seid mir wichtig, aber …«

»… es ist nicht dein Zuhause«, führte Mark den Satz für mich zu Ende.

Dankbar legte ich kurz die Wange an die seine und nickte.

Er trat einen Schritt zurück und lächelte. »Schon in Ordnung. Das hatte ich auch nicht erwartet. Auch Katrinas Asche ist davongeflogen.«

Daran hatte ich gar nicht mehr gedacht. Er strich mir mit einem Finger leicht über die Wange wie ein großer Bruder. »Tut mir leid, dass ich dich nicht zum Bahnhof bringen kann.«

»Claire ist da.«

Er nickte und gab mir einen Kuss auf die Stirn. »Pass auf dich auf.«

»Du auch.«

Ich schob die Hände tief in die Taschen meiner Jacke, als ich ihnen von der Auffahrt aus nachschaute.

Da hörte ich ein leises Winseln von Samson, der, den Blick auf die Straße gerichtet, neben mir saß. Ich bückte mich, um seinen Kopf zu streicheln.

»Ganz ruhig«, tröstete ich ihn, »du siehst ihn bald wieder.«

Und an den *pisky* in meiner Hand gewandt, wiederholte ich: »Du siehst ihn bald wieder.«

Felicitys Worte über die Magie Cornwalls kamen mir in den Sinn. »Zu Daniel Butler«, sagte ich mit geschlossenen Augen.

Nur das Rauschen des Windes antwortete mir.

Da winselte Samson noch einmal, und ich öffnete die Augen. Die anderen Hunde rannten hinunter zum Unteren Garten, hinter dem sich die grünen Felder bis zu den Wäldern und Klippen erstreckten.

Über dem Meer segelten weiße Vögel. Ich musste an den Tag denken, als wir Katrinas Asche auf dem Hügel verstreut hatten, wie der Wind sie erfasst und weggeweht hatte.

An einen anderen Ort, hatte Mark gedacht. Und sich getäuscht. Nicht an einen anderen Ort, sondern zu einem anderen Menschen.

Denn ich glaubte zu wissen, wohin sie verschwunden war.

# *Einundvierzig*

Er rief erst am folgenden Morgen zurück.

Ich rechnete aus: Neun Uhr hier war ein Uhr früh in L. A.

»Eva?«

Im Hintergrund hörte ich Partygeräusche – das Klirren von Gläsern, Lachen und Musik.

»Hallo, Bill.« Ich setzte mich auf die Bettkante. »Danke, dass du mich zurückrufst.«

»Hätte ich schon früher gemacht, aber ich war am Set, und es ist spät geworden. Ich wollte dich nicht aufwecken«, erklärte er. Kurzes Schweigen. »Wie geht's dir?«

»Gut, danke. Und dir?«

Die Partygeräusche wurden leiser, als hätte er sich eine ruhigere Ecke gesucht. »Läuft so.« Wieder Schweigen. »Du bist noch in Europa?«

»Fürs Erste, ja. In Cornwall, genauer gesagt in Trelowarth. Hat Katrina je von Trelowarth erzählt?«

»Ja. Das ist also der Ort?«

»Ich habe ihre Asche an ihrem Lieblingsplatz verstreut, auf dem Hügel mit dem alten Leuchtfeuer.«

»Gute Wahl.«

»Nein.« Ich schloss die Finger fester um den Hörer und senkte den Kopf, bevor ich ihm erzählte, was passiert war, wie der Wind die Asche vom Wind aufs Meer hinausgeweht hatte. »Du wolltest, dass sie ihre letzte Ruhe findet, wo sie hingehört, aber es war nicht dort, Bill.«

»Hey.« Seine Stimme klang rau. »Wo sonst …?«

»Bei dir. Sie gehörte zu dir.«

Eine ganze Weile hörte ich am anderen Ende der Leitung nur die gedämpften Partygeräusche. Vielleicht stellte er sich vor, wie Katrinas Asche in Richtung Westen über den Atlantik wehte, nach Hause.

»Ich … wollte mich entschuldigen«, sagte ich. »Ich habe es falsch gemacht. Du warst die Liebe ihres Lebens, Bill. Sie hätte sein wollen, wo du bist.«

Das Klicken eines Feuerzeugs, dann zog er tief an einer Zigarette und stieß den Rauch wieder aus. »Da ist sie, Eva, jeden Tag. Du hast nichts falsch gemacht.« Erneut kurzes Schweigen. Er suchte nach den richtigen Worten. »Trelowarth ist nur ein Ort.«

So etwas Ähnliches hatte Daniel auch gesagt.

Tränen traten mir in die Augen. »Ja, ich weiß.«

Damit beendeten wir das Gespräch.

Ich hatte befürchtet, dass der Tag sich endlos hinziehen würde, denn dank Claire wusste ich, dass es erst in der Dunkelheit geschehen konnte. Doch bis dahin war noch eine Menge zu erledigen, und die Stunden vergingen wie im Flug.

Ich brauchte bis zum Nachmittag, um die Dateien für Susan zu ordnen, damit sie sich in Zukunft selbst um die PR für Trelowarth kümmern konnte. Und als ich den Computer schließlich heruntergefahren hatte, musste ich packen.

Es wurde Abend, und als Claire nach dem Essen herüberkam, war ich gerade dabei, mir das Haar hochzustecken.

Sie sah mir zu. »Das machst du gut, Eva. Wer hat es dir gezeigt?«

»Fergal.«

»Der Ire?« Ich hatte ihr von all den Leuten in der Vergangenheit erzählt. »Er scheint dir in diesem Sommer eine große Hilfe gewesen zu sein.«

»Ja.«

»Das freut mich. Es ist schön, jemanden zu haben, dem man sich anvertrauen kann.«

In ihrer Stimme schwang Wehmut mit. Fast bekam ich ein schlechtes Gewissen, sie zu verlassen. Doch dann fiel mir ein, dass sie nicht allein sein würde.

Ich dachte an den Abend in ihrem Garten, als sie mir erzählt hatte, was die Zukunft für mich bereithielt und woher sie es wusste. Begonnen hatte sie mit der Frage, ob ich mich an die graue Frau von Trelowarth erinnerte.

»Ja, natürlich«, hatte ich geantwortet.

»Und auch daran, wann das passiert ist?«

»Ja, vor der Zeit deiner Eltern, hast du gesagt.« Da war mir ein Licht aufgegangen.

»Meine Eltern, Liebes, sind noch nicht auf der Welt.«

»Und die graue Frau …?«

»Bist du.«

Sie hatte mir ein zweites Mal erklärt, wie sie in der Zukunft im Ort einen alten Mann treffen und wie dieser ihr von einer Frau erzählen würde, die in seiner Vergangenheit vor seinen Augen verschwunden war. Er würde wissen, wer ich war, meinen Namen kennen.

Sie hatte mir auch seinen Namen genannt, und ich war verblüfft gewesen.

»Er ist der alte Mann, den du im Pub getroffen hast?«, wiederholte ich, um ganz sicher zu sein. »Der alte Mann, von dem du dieses Cottage gemietet hast?«

»Ja.«

»Das Cottage hat er über die Familie seiner Frau bekommen. Und die war eine Hallett.«

»Stimmt.«

»Susan!«, hatte ich freudig überrascht ausgerufen.

Claire hatte genickt. »Er sagte, es sei eine sehr glückliche Ehe gewesen; er habe seine Frau ein Jahr vor unserer Begegnung verloren. Es war klar, dass er sie nach wie vor liebte.«

Ich hatte einen Augenblick gebraucht, um alles zu verarbeiten. »Dann glaubst du ihm also, dass ich die graue Frau bin?«

»Ja. Er mag bei unserer Begegnung ziemlich alt gewesen sein, aber sein Gedächtnis war völlig in Ordnung. Und bei diesem Ereignis war er sich absolut sicher. Er war ja selbst dabei.«

»Er *wird* dabei sein«, korrigierte ich sie. »Noch bin ich hier.«

Ich hatte nachdenklich die Sonnenuhr mit dem auf ewig darauf verharrenden Schmetterling betrachtet. Darunter blühten bunt die von Claire und mir gepflanzten Blumen.

»Tante Claire?«

»Ja?«

»Ist sie je zurückgekommen, die graue Frau?«

»Nein, nie.«

Ich fühlte so etwas wie Hoffnung, als ich mein Haar mit der weißen Leinenhaube bedeckte und mich zu Claire umdrehte. »So, das wär's.«

»Sehr hübsch.« Claire musterte mich von oben bis unten und bewunderte mein Gewand. »Das hat er für dich ausgesucht, nicht wahr? Kluger Mann. Die Farbe steht dir gut.«

Ich blickte an mir herunter, um zu überprüfen, ob ich nichts vergessen hatte. Meine beiden Koffer lagen gepackt auf dem Bett. »Tja«, meinte ich schließlich, »ich glaube, ich bin so weit.«

Wir nahmen jede einen Koffer und trugen sie bis zum Treppenabsatz, wo ich den Zugang zum Priesterloch öffnete. »Bist du sicher, dass das in Ordnung ist?«

»Liebes, dieses Versteck existiert seit Hunderten von Jahren, ohne dass jemand etwas davon ahnte. Es ist der sicherste Ort, etwas zu deponieren. Besser als jeder Schrank.«

Sie schob den einen Koffer vorsichtig in den Hohlraum, um den empfindlichen Stoff von Anns verblichenen Kleidern nicht zu zerreißen, die wir zuvor hineingehängt hatten, neben den Mantel von Peter und Daniels seidenen Banyan. Ich gab den zweiten Koffer dazu und stellte Felicitys *pisky* als Wächter darauf, bevor ich das Versteck verschloss.

Eines Tages, wenn Trelowarth eine Ruine wäre, würde vielleicht ein Archäologe über die Koffer aus dem einundzwanzigsten Jahrhundert stolpern, die sich den Platz mit einem alten blutverschmierten Mantel, einem Banyan und zwei Gewändern aus dem achtzehnten Jahrhundert teilten, und sich fragen, was es damit auf sich hatte. Ich wäre jede

Wette eingegangen, dass keine seiner Theorien der Wahrheit auch nur nahekam.

Ich hörte kein Flüstern hinter den Wänden, als ich Claire die Treppe hinunter, durch die helle Küche hindurch und zur hinteren Tür hinaus folgte, die Hunde schwanzwedelnd im Schlepptau, bis sie zum Stall verschwanden.

Ich ging mit Claire zu der Geißblattpflanze, die sich neben dem Küchenfenster die Mauer hinaufrankte.

»Bist du sicher, dass wir nicht zu spät dran sind?«, fragte ich Claire.

»Liebes, du kannst es nicht verpassen. Keine Sorge.«

Natürlich hatte sie recht, denn während alles für mich noch in der Zukunft lag, war es in Claires Zeit bereits geschehen und gehörte der Vergangenheit an. Der Finger hatte schon geschrieben, was sich ereignen musste.

Doch dieses Wissen minderte meine Nervosität nicht.

»Ja, aber wann …?« Da hob einer der Hunde den Kopf und bellte. Auch die anderen richteten die Schnauzen in Richtung Straße.

Wie sie und Claire hörte ich Schritte auf dem Kiesweg.

»Bald schon, glaube ich«, antwortete sie, bevor sie sich unserem Besucher zuwandte. »Guten Abend, Oliver.«

Und ich wusste, dass alles, was sie gesagt hatte, stimmte.

»Hallo«, erwiderte Oliver ihren Gruß und wehrte die herbeispringenden Hunde mit einer Hand ab. Mein Gewand kommentierte er lediglich mit einem kurzen Nicken und einem fröhlichen »Hübsches Kleid«. »Ich dachte, jetzt, da alle in Southport sind, könntet ihr vielleicht Gesellschaft gebrauchen.«

»Du hast Wein mitgebracht«, bemerkte Claire.

Dies war der Abend, auf den sie so lange gewartet hatte –

an dem sie sich endlich offen mit dem Mann unterhalten konnte, der ihr Freund und Vertrauter und bald Susans Ehemann werden sollte und den sie sechzig Jahre später wiedertreffen würde, wenn er alt und sie jung wäre.

Für sie wäre das dann ihre erste Begegnung, doch Oliver würde sie bereits kennen. An dem Tag würde sie ins Pub gehen, er würde ihr das Cottage anbieten und ihr die Geschichte von der grauen Frau erzählen, die er einmal mit eigenen Augen hatte verschwinden sehen, hier in Trelowarth.

Er würde ihr in jener Zeit ein ebenso guter Freund sein wie in dieser. Es freute mich zu wissen, dass ich sie durch mein Verschwinden zusammenbrachte.

»Es ist sehr wichtig, jemanden zu haben, dem man sich anvertrauen kann«, hatte Claire gesagt.

Aber im Moment ahnte Oliver noch nicht, was gleich geschehen würde.

Er sah auf den Wein. »Ja, leider nur eine Flasche ...«

»Die reicht fürs Erste«, meinte Claire und nahm sie ihm aus der Hand.

Sie ergriff die Flasche gerade noch rechtzeitig, bevor meine Umgebung sich zu verändern begann. Es herrschte Windstille, die Konturen verschwammen, und das Geißblatt wurde grau.

Aus den Augenwinkeln nahm ich eine Bewegung wahr, einen sich nähernden Mann. Fast wäre er an mir vorbeigegangen. Es war Fergal. Ich sah sein Lächeln, dann, wie er den Kopf leicht hob und etwas ins Haus rief.

Olivers Stimme schien aus weiter Ferne zu kommen. »Mein Gott. Eva ...«

Claire beruhigte ihn. »Alles in Ordnung. Ihr fehlt nichts.«

Da blitzte hinter mir etwas auf, und ich wandte mich um: das einladende Licht der offenen Tür, in deren Schatten jemand stand.

Daniel.

Als ich ihn sah, wusste ich, dass ich mich nicht mehr fragen musste, wohin ich gehörte. Mein Zuhause war hier. Wenn der Duke of Ormonde im Frühjahr seine Pläne für den Aufstand im Westen Englands aufgäbe und neue schmiedete, würde die *Sally* die Anker lichten und in Richtung Süden segeln, vielleicht nach Spanien oder zu den Kanarischen Inseln, wo niemand Anstoß an meinem Akzent nähme und Fergal sich ganz seiner Vorliebe für Sherry hingeben und möglicherweise sogar eine Spanierin finden könnte, die seinem Temperament entspräche und seiner scharfen Zunge gewachsen wäre.

Was machte es schon, dass unser Leben keine Spuren in Trelowarth hinterlassen würde? Dass der Pfad durch den Wald zu den Klippen, wo die *Sally* ankerte, nicht länger benötigt würde. Dass der Wald unsere Fußabdrücke im Lauf der Jahre überwuchern und sich niemand mehr an uns erinnern würde?

Ich würde es wissen, und das genügte.

Der Wind trug den rauchigen Geruch des Holzfeuers aus der Küche heran.

Ich blickte ein letztes Mal zurück zu Oliver und Claire. Denn mittlerweile hatte ich fast die Tür und den Mann erreicht, der mich mit ausgestreckter Hand dort erwartete.

Mit einem Lächeln ging ich auf ihn zu.

# *Anmerkung der Autorin*

Polgelly steht für das Cornwall meiner Erinnerung und hat große Ähnlichkeit mit dem Ort Polperro, wie ich ihn in dem Sommer erlebte, der zu meinen schönsten Kindheitserinnerungen zählt. Trelowarth ist Landaviddy Manor auf dem Hügel über Polperro nachempfunden, wo meine Schwester und ich uns ein Zimmer mit Meerblick teilten.

Ich habe die Namen verändert, zum Teil, weil es sich um ein Werk der Erinnerung handelt, zum Teil, weil ich die Landschaft und das Haus an die Bedürfnisse meiner Geschichte anpassen wollte: Den Hügel habe ich genau dort gelassen, wo er sich in der Realität befindet, das Cottage und den Strand jedoch verschoben sowie das Leuchtfeuer, den Wilden Wald und die Gärten hinzugefügt.

Bei der Gestaltung von Letzteren haben mich Stewart und Rebecca Pocock unterstützt, die mit Preisen ausgezeichneten Inhaber von *Pocock's Roses of Hampshire* und *The Cornish Rose Company of Mitchell* in der Nähe von Truro, die mich immer wieder ermutigten. Dankbar bin ich auch meiner Lektorin Lara Crisp, die mir half, den Wildwuchs aus dem Manuskript zu entfernen und ihm die richtige Form zu geben.

Danken möchte ich außerdem meiner Freundin und Schriftstellerkollegin Liz Fenwick, die mich von ihrer kornischen Heimat aus mit Informationen über Details versorgte.

Die Zeit steht für niemanden still, aber beim Überqueren des Tamar habe ich immer einen besonderen Zauber gespürt. Vielleicht wird ein künftiger Besucher von Polperro, nachdem er den Hügel erklommen hat, ein Lachen vom Rasen vor Landaviddy Manor hoch über dem Meer vernehmen und die Schatten zweier Schwestern erblicken, die in einer anderen Zeit dort spielten.